L'OLIVIER DU DIABLE

Du même auteur

Les Âmes brûlantes, Olivier Orban, 1983
Les Cités barbares, Olivier Orban, 1984
Programme MZ, Jean-Claude Lattès, 1985
Les Tentations de l'abbé Saunière, Olivier Orban, 1986
L'Or du diable, Olivier Orban, 1987
Le Bal des banquiers, Robert Laffont, 1988
Psywar, Olivier Orban, 1989
La Cantatrice, Olivier Orban, 1990
Les Sept Esprits de la révolte, Éditions n° 1, 1992
L'Enfant qui venait du froid, coécrit avec Claude Veillot, Presses de la Cité, 1993
Vercingétorix, Plon, 1994
La Bastide blanche, Presses de la Cité, 1995
Le Secret de Magali, Presses de la Cité, 1995
La Cour d'amour, Ramsay, 1996
La Fille de la garrigue, Presses de la Cité, 1997
Pour comprendre l'Égypte antique, Pocket, 1997
La Sainte-Baume au fil des eaux, Édisud, 1997
Les Maîtres du jeu, coécrit avec Claude Veillot, Ramsay, 1998
Le Roman de Cléopâtre, Presses de la Cité, 1998
Provence inspirée, Édisud, 1998
Pour comprendre les Celtes et les Gaulois, Pocket, 1999
Le Mondial bleu, Autres Temps, 1999
L'Homme qui habillait les mariés, Presses de la Cité, 1999
L'Effet mer, Conseil général du Var, 2000
La Gasparine, Presses de la Cité, 2000
Pour comprendre la Rome antique, Pocket, 2001
L'Or des collines, Presses de la Cité, 2001
La Princesse de lumière. L'esclave de la porte, Anne Carrière, 2002
La Fille de Panamá, Presses de la Cité, 2002
La Princesse de lumière. La sultane vénitienne, Anne Carrière, 2003
Tempête sur Panamá, Presses de la Cité, 2003
Imperator, Plon, 2004
Le Chanteur de sérénades, Presses de la Cité, 2004
Le Secret de l'abbé Saunière, Plon, 2005
La Pyramide perdue, Presses de la Cité, 2005
La Pénitente, Presses de la Cité, 2005
L'Enfant du mistral, Presses de la Cité, 2006
Sous la griffe de Bouddha, Plon, 2006
La Cinquième Courtisane, Presses de la Cité, 2007
La Dernière Prophétie, Plon, 2008
La Danseuse sacrée, Presses de la Cité, 2008
L'Or du forgeron, Presses de la Cité, 2009
La Malédiction de l'Ankou (coécrit avec Jean-Pierre Paumier) :
Tome I : *Les Terres désertées*, Anne Carrière, 2010
Tome II : *Le Doigt du diable*, Anne Carrière, 2010
Le Trésor de la Nore, coécrit avec Martine Alix Coppier, Presses de la Cité, 2010
La Fille du templier, Presses de la Cité, 2011

Sites : www.jean-michel-thibaux.com
www.peuplesantiques.com
www.clubecrivains.com

PROLOGUE

Sur les deux cent vingt-sept parcelles réparties sur deux départements, une seule n'avait jamais été exploitée. L'immense propriété de la Braconnerie produisait beaucoup de céréales, de vin, de légumes. Ses troupeaux de moutons rivalisaient avec ceux de Saint-Rémy-de-Provence et de Sisteron. Mais sur la parcelle deux cent un, située sur le versant sud de la Sainte-Baume, à deux kilomètres du village de Signes, il était impossible de rentabiliser la terre.

On la disait maudite.

Aucun journalier n'acceptait de la bêcher pour l'aérer, de tailler les oliviers centenaires qui étaient retournés à l'état sauvage. Aucune bête n'y paissait et de mémoire d'homme, on n'y avait jamais entendu chanter un oiseau.

Elle portait la marque du malheur ; un olivier gigantesque et mort, planté au milieu de ce maquis, la dominait. Il avait poussé dans la cour d'une ruine dont l'origine remontait à la nuit des temps. Étrangement, il ne pourrissait pas. Son aspect minéral se confondait avec les pierres amoncelées entre ses racines monstrueuses. Il griffait le ciel, il griffait l'esprit des hommes. Il les griffait au plus profond de leurs âmes.

Si le hasard vous conduisait vers lui, vous ne pouviez plus l'oublier.

Il s'appelait l'Olivier du Diable.

1

L'homme maudit

La demeure était silencieuse. Le mistral avait cessé de souffler au crépuscule. Louis Vitalis incluait dans ce silence le tic-tac de la grande horloge comtoise qu'il avait achetée à Marseille vingt-cinq ans plus tôt. Ce bruit ne le rassurait plus depuis trois ans et cinq mois. Le lourd balancier en forme de lyre égrenait les secondes inlassablement. Il avait parfois des envies furieuses de bloquer le mécanisme, de démanteler les rouages et les ressorts, de tordre le cou au temps. Pour tout dire, de prendre une hache et d'en finir avec cette salope de comtoise. La belle maîtresse du temps en bois de chêne, enrichie d'angelots et de roses sculptés dans la masse, se mit à jouer l'air immuable de toutes les pendules et les horloges de France et de Navarre, puis elle sonna quatre heures du matin.

Quatre notes lugubres qui angoissèrent Louis. Il avait rêvé de l'Olivier du Diable. Il s'était vu prisonnier des branches mortes. Il chassa les bribes de cet affreux cauchemar. Il lissa son costume de cavalier puis, par acquit de conscience, il se planta devant le miroir doré à l'or fin accroché au-dessus de la commode Louis-Philippe. Il grimaça ; il avait l'air d'un vieillard avec ses cheveux et ses gros favoris blancs, son regard bleu rougi par les nuits blanches et la fumée des cigares, les entrelacs des rides autour de sa bouche réduite à un simple trait. Il n'avait que cinquante-neuf ans et en paraissait soixante-quinze.

– Pute borgne ! jura-t-il tout bas.

Il venait de découvrir la fine balafre sur son menton. Un mauvais coup de rasoir. Le sang suintait. Il avait les nerfs à vif. La concentration et la volonté, et la chance, et la bienveillance des saints… voilà ce qui lui manquait depuis le soir fatidique où il avait perdu sa lucidité en buvant un verre de trop.

– Je suis maudit !

Son ton était monté. Il fronça les sourcils et tendit l'oreille. Dans la chambre voisine de la sienne, Gisèle, son épouse, dormait toujours. Elle ne se réveillerait pas avant huit heures quand Mauricette entamerait sa journée en donnant du balai contre les portes. Louis soupira et regretta le temps béni où il batifolait avec la jolie Gisèle. Elle avait onze ans de moins que lui et il ne la touchait plus depuis une décennie. Il n'avait aucune relation sexuelle. Personne ne lui connaissait de maîtresse et il dédaignait toutes les avances des prostituées lorsqu'il se rendait à Marseille.

À part Gisèle et Jeannette Lebescon, son bras droit, il ne risquait pas de réveiller quelqu'un d'autre. La vieille servante, Henriette, et Hubert, l'homme à tout faire, vivaient dans les annexes. Son fils unique, Antoine, était parti la veille pour la bergerie des Roches-Plates. En rejoignant son bureau, Louis pensa à son brave garçon et il eut honte. Il trahissait ce fils qui lui était dévoué, qui le respectait et l'aimait. Antoine se démenait à ses côtés depuis l'âge de quatorze ans. Il aurait pu continuer ses études, devenir médecin, avocat, officier de marine, armateur… mais il avait choisi de seconder son père et d'accroître le patrimoine à la force de ses poignets.

Antoine travaillait aussi durement que les journaliers et les paysans au service des Vitalis depuis la Révolution française.

Louis l'imagina là-haut sur le rude flanc de la montagne, aidant les bergers dans leurs tâches, récoltant des pierres pour réparer les bories et les restanques.

Le vaste bureau sentait bon la cire. Dans leurs rayonnages, les tranches dorées des livres rares se mirent à luire quand Louis alluma la lampe à pétrole. Les bronzes prirent vie, un athlète grec s'apprêtait à lancer son disque, la chair patinée d'une Vénus couchée palpita, le regard d'un buste de Cicéron s'enflamma. Sur les murs, les couleurs des tableaux s'avivèrent. La plupart de ces pièces avaient été exécutées par des maîtres. La collection Vitalis valait son pesant d'or, mais ce pesant avait été bien entamé.

La poitrine de Louis se serra. Une fois de plus, il allait rogner sur les biens précieux accumulés par son père et son grand-père dont les portraits sévères accrochés au-dessus du bureau Napoléon III le contemplaient. Il évita de lever les yeux vers eux ; il sentit peser leurs accusations et leur colère lorsqu'il ouvrit le grand sac de cuir pour y mettre la Vénus de bronze et un coffret plat.

« Ne m'en voulez pas, aurait-il pu leur dire. Un jour, les objets disparus retrouveront leur place et j'en achèterai d'autres qui feront pâlir de jalousie l'impératrice Eugénie en personne. »

Il y croyait réellement. Il traversait une mauvaise passe, voilà tout. Et puis, il n'était pas pauvre, loin de là ; il possédait les vignes de la Barque et du Petit-Jas, les oliveraies du Gros-du-Pont, du sud de Gréasque et du Pin-de-Luquet, les immenses champs de blé du Jas-de-Bassan, de Lauvas, de la Grande-Bastide, les bergeries des Ribes-Hautes, de Baumeroles et des Roches-Plates, des bois et même des parcelles dont les sous-sols renfermaient du lignite. Ses terres s'étendaient bien au-delà de Fuveau, de Gréasque et de Trets, jusqu'à Signes sur le versant sud-est de la Sainte-Baume où il avait hérité d'un domaine ruiné.

Non, il n'avait aucune raison de s'en faire pour l'avenir de la famille.

Louis Vitalis avait quitté sa belle maison située à la Braconnerie Saint-Paul. L'aube pointait son museau rouge. Le mistral reprendrait sa course folle dans la matinée. Sur son cheval fougueux aux pieds agiles, le bien nommé Achille, il avait coupé à travers les champs et les bosquets du Pin-de-Luquet et du Bias-du-Pont pour se rendre à Fuveau.

Le Grand était presque à sec. Durant avril et mai, il n'était pas tombé une goutte de pluie, et il n'y avait rien à attendre du ciel en ce mois de juin malgré les processions organisées par les prêtres. À Gréasque, on avait promené saint Jean ; à Fuveau, la Vierge portée par les fidèles avait fait le tour des collines mais les nuages n'avaient pas répondu à l'appel des prières.

La rivière contournant Fuveau par le nord et l'ouest recevait les eaux sales des mineurs et d'une populace que Louis exécrait. Ces révolutionnaires rêvaient de renverser le régime depuis la parution de l'ouvrage posthume de Proudhon, *De la capacité politique des classes ouvrières*, et des débats ouverts par le *Manifeste des Soixante*.

« Sale vermine rouge ! » pensa-t-il en prenant soin d'éviter les flaques noires à son cheval.

À cet instant, un groupe de mineurs se montra. Ils se rendaient à Trets. Tous portaient la casquette et la biasse, même les enfants de sept à douze ans, ces esclaves appelés « mendits » qui trimaient plus dur que les ânes et les chevaux au fond des mines. Louis ne s'apitoya pas sur ce troupeau. Il eut même un sourire mauvais lorsqu'un vieux se mit à tousser, crachant tripes, boyaux et silice sur les galets du ruisseau. Ces hommes et ces gamins lui jetèrent un regard de haine. Louis était connu pour ses idées capitalistes ; il ne cachait pas son désir de voir naître un État semblable à celui de l'Angleterre. Un grand gaillard l'insulta. Louis n'usa pas de sa cravache pour punir l'insolent ; il ne se sentait pas de taille à lutter contre une dizaine de voyous. Il talonna Achille et prit le chemin qui grimpait vers le cours Leydet.

Tous les abords de la ville étaient habités par la chienlit des mines. Louis leva la tête vers le sommet du village, seul endroit qui restait hors d'atteinte des rouges.

L'église lui apparut glorieuse lorsque les premiers rayons du soleil la touchèrent. Elle dominait le village, les vallées, les plans, les collines alentour. Elle défiait la Sainte-Victoire au nord et la Sainte-Baume au sud. Ce monument qui n'avait pas vingt ans d'âge était placé sous la protection de saint Michel archange et faisait partie de l'unité pastorale l'Étoile Saint-Michel avec les paroisses de Gardanne, Biver, Meyreuil et Mimet.

Le clocher avait des allures de donjon, et en ces temps troublés où des menaces se profilaient au-delà du Rhin, il attirait immanquablement l'œil de ceux qui priaient pour la paix.

Louis ne faisait pas partie de ces derniers. Il voulait une guerre contre n'importe qui dans n'importe quelles conditions. Un conflit lui permettrait de spéculer sur le prix du blé, de l'orge, de l'avoine et de l'huile. Cependant cette solution n'était pas sans conséquence. Son fils risquait d'être appelé sous les drapeaux ; ce risque était d'autant plus grand qu'il ne payait plus la prime qui aurait évité à son cher

Antoine le tirage au sort et son remplacement par un conscrit volontaire.

Le remords le travailla à nouveau. Avant d'entrer dans le village, Louis se tourna vers la Sainte-Victoire où se trouvait son fils. La montagne lui parut appartenir à un autre monde et son fils perdu à jamais dans le chaos de la rocaille.

2

La magicienne de la Sainte-Victoire

Les dernières étoiles s'éteignirent, l'horizon s'ouvrit jusqu'au Verdon, mais la jeune femme ne découvrit pas le splendide panorama. Elle avait choisi de ne rien voir. Sur sa droite, le soleil émergeait d'un océan de roches. Vers le septentrion, la pente de la Sainte-Victoire était relativement douce, et à travers les échancrures des basses collines, elle aurait pu apercevoir les taches roussâtres des villages de Saint-Marc-Jaumegarde et de Vauvenargues.

La jeune femme pivota vivement sur elle-même, faisant face au midi. Sa chevelure rousse fouetta l'air. Elle sourit à l'idée de l'extrême danger qu'elle courait au bord du précipice. Elle sentait le vide au-dessous d'elle mais n'éprouvait aucun vertige. Bien campée sur ses jambes au sommet du pic des Mouches, elle laissa son esprit vagabonder sur l'immensité du paysage.

Mille sentiers s'embranchaient sur la grande route d'Aix à Saint-Maximin et mille ruisseaux se jetaient dans l'Arc. La jeune femme les connaissait tous pour les avoir parcourus avec Tonin, le meilleur braconnier de Provence.

« Au moins jusqu'à Signes », songea-t-elle. Et sa pensée, tel un rayon de pure lumière, fila jusqu'aux sources du Gapeau à Signes la Noire. Là-bas, ses amies les sorcières lui avaient révélé l'existence des lieux maudits où elle avait expérimenté et développé ses pouvoirs. Ils se cachaient au sein des forêts de chênes blancs et rouvres, au cœur des massifs de ronces et de genêts. Il y avait un endroit plus propice que les autres pour se livrer à la magie. Un endroit où régnait un gardien, un olivier plus grand qu'un chêne, mais un olivier sans feuille, mort. L'Olivier du Diable. Elle ne s'y était jamais rendue mais il lui apparaissait souvent en rêve. Cet arbre et elle se rencontreraient un jour, elle en avait la certitude, mais elle ne parvenait pas à deviner si ce serait pour son malheur ou son bonheur. La garrigue gardait jalousement ses secrets. Son entraînement ne cessait jamais. Elle pointa son index vers Gardanne, Trets, Fuveau, Gréasque, qu'elle nomma sans les voir.

Un promeneur aventureux aurait été effrayé en la découvrant en équilibre sur son rocher car elle avait les yeux bandés. Et il se serait enfui en demandant à Dieu de le protéger contre la jeteuse de sorts de la Sainte-Victoire.

Elle avait fait un long chemin en aveugle depuis sa bastide bâtie sur l'une des marches géantes de la montagne au-dessus de la Barque, longeant la dangereuse barre du Cengle, empruntant le vallon de l'Aigle avant d'escalader le pic des Mouches. Elle était peut-être folle à enfermer… Peut-être.

Claire Charme dite Colère n'était guère aimée. Claire qui parlait aux morts, connaissait le langage des animaux, commandait aux éléments, savait concocter des centaines de potions médicinales et autant de poisons, avait plus d'ennemis que l'empereur dans cette région minière.

Elle n'était pas arrivée ici par hasard.

Son père, apothicaire à l'origine, avait fait fortune en investissant ses économies et son héritage dans le cacao, le tabac et les arachides. Dans la foulée, il avait fait construire trois navires marchands au chantier de La Ciotat, ouvert deux comptoirs en Afrique et un autre au Venezuela, puis profitant de l'instabilité politique et des révolutions à répétition dans certains pays, il avait pris le risque de racheter des milliers d'hectares de terre à des propriétaires ruinés. À cinquante-cinq ans, sa première épouse étant morte du choléra, il s'était remarié avec Adélaïde Gaudin de Marsac, une jeunette de vingt ans qui avait mis au monde Claire, dernière de ses huit enfants. Un hasard, pensait-on dans l'entourage des Charme, car la jeune épousée était entièrement tournée vers la religion. Son amour pour Dieu, la Vierge et les saints frisait l'hystérie, et c'était en fanatique qu'elle laissait entendre qu'on devait brûler tous les musulmans et les juifs.

Malgré l'opposition de cette mère tyrannique, M. Gaston Charme avait tenu à ce que Claire reçût la meilleure des éducations. Les plus éminents professeurs s'étaient chargés de nourrir l'insatiable curiosité de cette fille intelligente. Claire avait étudié les mathématiques, la physique, la chimie, la géographie, l'histoire, le grec et le latin sans se lasser jusqu'au jour où ses dons de « sorcière » s'étaient manifestés. Elle avait dix-huit ans. Tous les vases en porcelaine de Chine et les bibelots précieux des collections de sa mère avaient volé à travers les fenêtres de l'hôtel particulier parce qu'elle l'avait voulu, parce qu'elle l'avait pensé avec force et haine. Puis une quinzaine de jours plus tard, elle avait montré une autre facette de ses pouvoirs en mettant le feu à la bibliothèque contenant des centaines d'exemplaires rares de l'histoire de l'Église et des saints dont certains remontaient au XIe siècle.

Sa mère avait sollicité un exorciste que Claire avait fait fuir d'un simple regard. L'année s'était poursuivie au même rythme ; Claire avait multiplié ses horribles forfaits et fini par lasser son père qui l'adorait. Poussé par Adélaïde et son entourage mais refusant de faire enfermer sa fille dans un asile d'aliénés, il avait décidé de l'exiler à quarante kilomètres de Marseille, à la Bastide Verte, avec une rente annuelle et sa vieille nourrice, Marthe Collanges.

Claire poussa un soupir de contentement. Elle était à présent loin de sa mère qui l'avait obligée à gravir à genoux le chemin menant à la grotte de Sainte-Marie-Madeleine lors des processions annuelles, qui la gavait de prières du lever au coucher, la forçant à porter le cilice, à s'allonger les bras en croix durant des heures dans les églises entre quatre et douze ans. Après la communion solennelle, Claire était entrée en rébellion ouverte en jetant son livre de messe au feu et son chapelet dans le vieux port. Pour rompre définitivement avec le monstre maternel et l'Église, elle avait craché au visage de l'évêque lors d'un dîner mondain. Mgr Lannoux n'en avait pas pris ombrage : la famille Charme était l'une des plus généreuses donatrices de la cité phocéenne. Il avait pardonné la jeune impudente. Ces mauvais souvenirs furent emportés.

– Ah ! te voilà, s'exclama-t-elle.

Elle s'adressait au mistral. Le roi des vents, en une haleine chaude, venait de lui apporter toutes les odeurs sucrées, musquées et piquantes de ce mois de juin ; poussée par ce coquin qui tentait de soulever sa jupe, elle écarta les bras et se déplaça sur la crête jusqu'au gouffre de Gagoloup. Elle sentit le vide, devina les crocs des rocs deux cents mètres plus bas. Il suffisait d'un pas de trop et c'en serait fini de l'existence.

– Alors tu faiblis ? Éprouverais-tu de la compassion pour une misérable humaine ? Je ne te reconnais guère.

Le mistral s'essoufflait. Il était à bout de force. Il avait bataillé pendant neuf jours et neuf nuits, mugi à se casser les cordes vocales, asséchant prématurément la garrigue, affolant les bêtes et les hommes. Le charpentier de Rousset s'était pendu dans son atelier, une adolescente de Gardanne s'était volontairement jetée dans un puits de mine, une vieille cardeuse des fermes de Piconin avait été dévorée par ses chiens, des mineurs et des tanneurs en étaient violemment venus aux mains lors d'un bal à Aubagne, il y avait un mort et trois blessés graves. Ce n'était pas entièrement la faute de ce capricieux fils d'Éole. La Terre ne tournait plus rond et le pire restait à venir. Claire lisait dans les astres, interprétait le vol des oiseaux et la forme des nuages ; ses prémonitions se révélaient justes. Un drame affreux allait frapper le pays. Ce pire, elle l'avait vu : des enchevêtrements de cadavres, des villes en feu, des colonnes de réfugiés et, dans Paris assiégé, des Français tuant des Français. Pire que la peste et le choléra. Elle ressentit une profonde peine. Elle n'avait plus envie de jouer.

Elle détacha le bandeau et cligna des yeux. Le vert émeraude de son regard s'emplit de la lumière rougeoyante du soleil.

– Retourne sur les bords du Rhône ! intima-t-elle au mistral. Et fais en sorte que ta sieste soit longue, tu as fait assez de mal à la terre.

Offensé, le vent rua en une courte rafale qu'elle arrêta d'un geste.

– Va-t'en ! Les hommes vont bientôt souffrir dans leurs chairs. Ne sois pas la cause d'une famine qui alourdirait le nombre des victimes. Les blés, les vergers et les vignes ont besoin d'eau. Fiche le camp !

La voix de Claire avait tonné. Le vent sembla se plier à la volonté de cette jeune descendante des Celtes et des Ligures. Il se souvint d'un temps où les éléments vivaient en bonne intelligence avec les hommes. Il se retira en poussant des lamentations. Les loups, les renards et les chiens furent les premiers à fêter sa retraite ; des oiseaux réapparurent dans le ciel. L'équilibre régnait à nouveau.

Claire respira lentement. Son sang de druidesse s'était apaisé. Pas son esprit. À présent, elle devait accomplir le rituel. Elle se mit en marche d'un pas rapide, plus agile qu'une cabrette, vers l'oppidum de Bramefan.

3

Le fils prodigue

À deux lieues de l'oppidum, au cabanon du Loup, non loin de la bergerie des Roches-Plates où étaient parquées les chèvres, Antoine Vitalis, les quatre bergers et les cinq chiens s'affairaient à rassembler les moutons. Les hommes avaient remarqué que le comportement des chiens avait soudainement changé lorsque le mistral avait renoncé à souffler, mais ils étaient toujours à cran. Ils avaient dix jours de retard. Les bergers auraient dû partir pour la transhumance à la fin mai, mais la fièvre des marais avait cloué deux d'entre eux au lit pendant deux semaines. Pour couronner ce malheur, la veille quatre moutons s'étaient escapés. On les avait recherchés pendant une partie de la nuit. Antoine en avait retrouvé un, Sanche avait ramené le second ; il manquait deux bêtes. Cette disparition les minait.

– Je les récupérerai ! dit Antoine aux bergers. Et je les vendrai au marché de Fuveau. L'argent ira dans la cagnotte des bergeries. Ça vous va les gars ?

Les hommes acquiescèrent. Ils faisaient confiance au fils Vitalis. Ce grand gaillard mal rasé aux cheveux rebelles, au regard noir, vif et franc, n'avait pas son pareil pour pister les loups et les bêtes de toutes sortes. Seul Tonin le braconnier pouvait faire mieux, mais ce dernier était un bandit qui avait lié son âme aux démons habitant les gouffres et les cavernes.

– On nous a jeté un sort, pour sûr ! dit Sanche en dessinant avec son gros pouce calleux une croix sur son front.

Sanche, né d'une mère espagnole et d'un berger de Nans, avait été élevé dans la superstition et les Évangiles. Les autres partageaient ses peurs, comme la plupart des Provençaux vivant hors des villes. Ventre, le baïle du groupe, titre qui le désignait comme chef, secoua sa crinière blanche où couraient les poux.

– C'est la Claire Charme qui nous a emmasqués le jour où on s'est approchés de sa maudite bastide.

– Ne dites pas de bêtises ! les reprit Antoine. Cette pauvre fille n'a aucune raison d'en vouloir à nos troupeaux. On dit qu'elle aime les animaux.

– Pauvre fille ? s'exclama Ventre. Elle est plus riche que le seigneur du château de l'Arc et les patrons des mines. Il paraît que son père possède la moitié de l'Afrique et de l'Amérique du Sud.

Cette exagération fit sourire Antoine. Il n'eut pas le temps de donner son point de vue sur la fortune de Mlle Charme. Sanche ajouta :

– Et nom de Dieu ! Qu'elle est belle !

– Mais elle n'est pas pour toi, dit Ventre.

– J'en veux pas de cette fille des enfers !

– Bigre ! C'est vrai qu'elle a la beauté du diable, dit le baïle.

Antoine leva les yeux au ciel en signe d'impuissance. Il ne parviendrait jamais à faire entrer une once de rationalité dans la caboche de ces rustres. Il admettait cependant que la résidente de la Bastide Verte était très agréable à regarder, au point d'éveiller parfois des désirs ; il se souvint d'un jour de bal à Fuveau où elle était apparue avec Tonin, semant la panique parmi les danseurs et éveillant la jalousie des femmes.

« Polka ! » avait-elle crié à l'orchestre qui avait aussitôt obéi.

Guidée par le bandit des bois, elle s'était livrée sauvagement à la danse, enfiévrant les mâles de la place.

« Elle a de ces mollets… et de ces yeux… », pensa Antoine.

Les sifflements de Ventre effacèrent l'image de la belle magicienne. Les chiens firent entrer les moutons récalcitrants dans le rang. Plus de trois cents animaux de qualité donnant une bonne laine. Ils n'avaient plus rien à brouter sur les contreforts de la Sainte-Victoire. Les semaines sans pluie et l'acharnement du mistral inquiétaient Antoine. Ventre lut dans les pensées du fils de son patron. Il livra la sienne en un vieux dicton que nul ne contestait :

– *Quan pluou per san Médar, de la récolet empouerto un quar. Quan ploupa, n'empouerto la mito*[1].

Antoine en convint. L'herbe brûlée disparaissait entre les pierres des collines, les ruisseaux ne coulaient plus, les cailloux sur les bords de l'Arc brillaient comme des crânes d'argent poli.

– Putain ! les autres sont déjà dans les Grandes Alpes, râla Sanche.

Pendant quelques instants, Antoine fut tenté de partir avec eux et de s'aventurer dans l'Embrunais et le Briançonnais, de couper à travers les monts de Lure, de contempler les neiges éternelles et la Voie lactée. Mais il ne pouvait pas quitter Fuveau ; il y avait tant de tâches à accomplir. Il devait avoir l'œil à tout. Les rendements baissaient. Le père

---

1. Quand il pleut pour Saint-Médard, de la récolte il manque un quart. Quand il ne pleut pas, il en manque la moitié.

se plaignait sans arrêt en rognant sur les dépenses. C'était incompréhensible. Les Vitalis n'avaient jamais connu la pauvreté. Il était temps que son père lui ouvre les livres de comptes, le présente aux banquiers de Marseille et lui apprenne les secrets de la Bourse. Bon sang ! ils étaient riches. Cela faisait un siècle que la famille augmentait son patrimoine, achetait des terres, diversifiait les récoltes et investissait dans les sociétés dynamiques qui se créaient. Le second Empire voyait se multiplier les fortunes. La France était en pleine révolution industrielle. Antoine ne comprenait pas pourquoi les Vitalis ne profitaient pas de cet essor.

Antoine éprouvait de l'amertume. Il fut un temps où son père ne manquait jamais le départ des bergers, le premier jour des récoltes, de guider les saillies de Melchior, le taureau deux fois médaille d'or à la foire de Saint-Maximin, d'ouvrir le bal à Fuveau ou de se tenir derrière l'évêque lors des processions solennelles. Louis Vitalis s'intéressait à la vie de la commune et s'était même présenté aux élections, échouant d'une courte tête face à son adversaire.

Ce temps béni était loin.

Son père avait mis un doigt dans un engrenage destructeur. Antoine ne préférait pas y penser. Il rejetait l'idée que son père puisse se déshonorer. Il ne croyait pas aux commérages du village, aux mises en garde de ses connaissances.

« Tout rentrera dans l'ordre et maman retrouvera le sourire », se persuada-t-il.

Sanche et Riri, le jeunot du quatuor, avaient rassemblé les ânes aux longs et lourds colliers de bois patinés par les ans. Les bêtes robustes charriaient des bâts qu'aucun homme n'aurait pu porter. Les vivres, les ustensiles de cuisine, les outils et tout un tas de babioles indispensables étaient sanglés dans des peaux de bouc retenues par des cordes. Le dernier berger, Bertrand le muet, un grand gaillard sec qui avait fait ses preuves dans le Cantal avant d'émigrer dans le Midi, fermait comme d'habitude la marche. Tout au long de l'interminable voyage, il récupérerait la curaille, ce reliquat d'animaux malades ou boiteux qu'on ramènerait, coûte que coûte, à bon port. Un bon berger ne perdait pas une bête. Cette année débutait mal. Il manquait deux moutons à l'appel. Sanche avait une théorie sur les années. Sa mère, qui tirait le tarot de Marseille et interprétait la numérologie, lui avait expliqué que, si l'on additionnait les chiffres composant l'année 1870, la somme correspondait au numéro 16, celui de la Tour foudroyée et de la destruction. Il n'en dit rien à Antoine. Son esprit était déjà en route vers les glaciers alpins.

– Garde-toi bien fiston, dit-il à Antoine.

– Que les cieux vous soient cléments, répondit le jeune homme.

– On y va ! commanda Ventre en piochant la terre de son long bâton.

Le vieux baïle contempla le chemin qui fendait le plateau de Maurdy avant de se perdre dans la carrière de Grassi. Il évaluait la route et les difficultés à venir. Si tout allait bien, le troupeau atteindrait Meyrargues avant la tombée de la nuit après avoir longé le caillouteux ruisseau de Vallat.

Ah ! les longues étapes, la fatigue, les marches de nuit en se fiant aux étoiles pour éviter la canicule. La récompense d'une herbe grasse et de sources abondantes était encore loin.

Ces départs le rendaient triste. Aujourd'hui, c'était pire. Antoine avait l'impression qu'il ne les reverrait jamais. De sombres prémonitions le harcelaient depuis des semaines. Le bétail s'éloigna avec des bêlements, des sonnailles, des bousculades et des hâtes que les chiens provoquaient par leurs aboiements et leurs charges. Les quatre hommes, pareils à des spectres dans leurs grossières capes, se retournèrent et lui firent de grands signes, puis ils disparurent, avalés par la faille de la carrière.

Le bruit du troupeau ne lui parvint plus aux oreilles. Antoine était seul et il détestait le poids de la solitude. Il occupait chaque instant de sa vie comme si la mort le talonnait. Il chassa les mauvais miasmes de son esprit et sangla sur ses épaules son sac à dos qui contenait son casse-croûte, sa gourde et son carnet de notes. Il s'empressa de quitter le cabanon du Loup et prit la direction du vallon de l'Héritier. Pour gagner du temps, il avait le choix entre le pas de Monsieur et le pas de la Lèbre, mais il fonça en ligne droite.

Aucun rude sentier, aucune draille abrupte, aucun ressac de rocher, pas un ravin, pas un précipice n'était en mesure de l'arrêter. Après une course folle qui fit galoper son cœur et suer sa peau, il arriva au bord de la barre du Cengle, juste au-dessus des ruines de la Lèbre.

Tout était hors de l'échelle humaine. Les fermes minuscules, les terrils et les complexes miniers miniatures, le fin ruban de l'Arc, les villages tenant sur son pouce et les damiers des cultures se partageaient l'immense toile tendue entre les montagnes. À cette hauteur, les hommes étaient invisibles.

Antoine était le plus grand, le plus fort, le plus courageux et le plus fou des êtres vivant sur ce bout de Provence. Et il allait le prouver. Il bloqua sa respiration, laissa zigzaguer son regard sur le tracé dangereux et s'élança.

D'un bond prodigieux, il atteignit un surplomb en contrebas, se détendit encore, plana, toucha rudement un éboulis. Ses godasses cloutées arrachèrent des étincelles aux pierres qu'il déchaussait. L'angle de la pente atteignait les soixante-dix degrés. Il produisit une petite avalanche. Il passa à gauche des ruines de la Lèbre. Le bruit de sa course et des caillasses se répercuta contre les antiques pans de mur. Antoine eut une brève pensée pour les fantômes qui habitaient soi-disant ces lieux. Ce n'était pas la première fois qu'il les dérangeait. Un jour, Sanche lui avait dit que son manque de respect pour les morts lui porterait malheur. Il ne se souciait pas de ceux-là dont on ne connaissait même pas l'histoire. Ce n'était que de vieilles ruines livrées aux lézards et aux araignées.

L'éboulis qui le précédait acheva sa course sur un plat envahi de genêts. Antoine s'arrêta quelques secondes avant de prendre le sentier muletier. La poussière s'élevait autour de lui, ses jambes tremblaient. Il se retourna et mesura l'exploit accompli. Il était heureux, en communion avec la Sainte-Victoire et la nature généreuse. La bergerie des Roches-Plates était en vue. Les tintements des clochettes du troupeau de chèvres le ravirent. Il se mit en marche d'un pas militaire en entonnant un chant à la mode : *Le Couplet des rois.*

Je suis le bouillant Achille, bouillant Achille, bouillant Achille
Le Grand Myrmidon le Myr le Myrmidon
Combattant un contre mille, un contre mille, un contre mille,
Grâce à mon plongeon, grâce à mon plongeon, grâce au
[plongeon, j'aurais l'esprit tranquille.
N'était mon talon.
Je suis le bouillant Achille, le bouillant Achille, le bouillant
[Achille
Le Grand Myrmidon, le Myr, le Myrmidon, le Grand
[Myrmidon !

Il pouvait chanter sans crainte cet air. Il ne partirait jamais à Troie, ni ailleurs. Si guerre il y avait, il en serait exempté. Son père payait la prime du volontariat. Le système du tirage au sort des conscrits avait été récemment supprimé, mais les jeunes gens pouvaient toujours se faire remplacer en versant de l'argent dans une caisse de l'État. Il entamait son troisième couplet quand il parvint sur l'aire de la bergerie.

– Vous êtes bien joyeux ce matin monsieur Antoine, lança Simone en le voyant si guilleret.

Simone Lupin toute vêtue de noir approchait les soixante-dix ans, mais elle avait bon pied bon œil. Elle vivait en permanence à la bergerie et s'occupait des chèvres dont le lait donnait les meilleurs fromages du coin. Simone n'atteignait pas le mètre quarante. Elle devait sa petite taille aux travaux que ses parents lui avaient imposés dès l'âge de quatre ans, et elle répétait sans cesse que, sans le poids des lessiveuses et des fagots sur sa tête, elle aurait été plus grande que l'impératrice Eugénie. Ce petit bout de femme ne se plaignait jamais de son sort. Peut-être regrettait-elle parfois de ne pas être mariée, elle n'en avait jamais fait part à personne. Une chose était sûre : elle aimait sa liberté dans les collines.

Antoine lui sourit.

– C'est pour me donner un air, répondit-il. Qu'est-ce que tu crois ?

– *Uno bello fillo a piqua din leï quinquets*, supputa-t-elle malicieusement en mettant ses mains sur les hanches.

– Mais non Simone… aucune belle fille ne m'a frappé dans les quinquets ! se récria-t-il en riant.

– À votre âge, il serait temps.

– Si tu le veux bien, j'attendrai encore un peu.

– Ce ne sont pas les bons partis qui manquent dans la région.

– Tut ! Tut ! Tut ! Arrête de jacasser. Tu parles comme mes parents.

La bergère se tut, hochant la tête, mais n'en pensant pas moins. Un si beau garçon. Il donnerait une bonne lignée s'il épousait une jolie pucelle riche et saine. Simone passa mentalement en revue toutes les demoiselles nanties vivant dans le triangle formé par Aubagne, Gardanne et Trets. Il y en avait bien deux douzaines susceptibles de dire oui au fils unique des Vitalis. D'après ce qu'elle savait, Louis et Gisèle Vitalis avaient déjà été approchés à ce sujet par le puissant Hély d'Oissel, le comte de Castelanne et le magnat Gelin-Ricard. D'autres se poussaient au portillon pour offrir leur fille, mais il ne fallait plus tarder : Louis Vitalis filait un mauvais coton. De plus, Antoine allait devoir changer ; il ressemblait trop à un paysan avec son pantalon plein de grattons et ses cheveux bourrés de brindilles. Un monsieur ne se cassait pas les ongles et n'avait pas d'échardes et de cals aux mains. Comment ferait-il pour caresser les peaux de pêche des fragiles jeunes filles élevées dans le coton et la soie ?

Simone cessa de penser à l'avenir de son futur maître. Son visage buriné par les intempéries devint soucieux. Antoine contemplait l'abreuvoir. Le tronc évidé était à sec. L'embout de la pompe ne gouttait pas. La canalisation d'argile qui menait à la source captée ne servait à rien. On avait beau actionner le levier de la pompe, on n'en tirait qu'un air vicié. Dans la boue durcie, les sabots fourchus avaient laissé des traces indélébiles. Ces signes cabalistiques annonçaient des fléaux pour qui savait les décrypter. Le crottin partait en poussière sous les semelles.

– Peuchère de nous, se lamenta Simone. On va tous mourir. Le ventre de la Sainte-Victoire est stérile.

– Pas encore, ma Simone. On en est loin. Beaucoup de sources ne sont pas taries. Au pire, tu mèneras nos bêtes à l'Arc.

– Pour qu'elles boivent l'eau savonneuse des lavandières et toutes les saletés que les mines et les tanneries déversent dans son lit ? Risque pas ! S'il le faut, j'irai camper avec mes chèvres sous la grotte de la Sainte-Baume. Là-bas, il y a toujours de l'eau pure. Qui plus est, elle est sainte.

Antoine n'essaya pas de contredire la vieille bergère. Elle était plus têtue qu'un bouc. Il s'approcha des chèvres ; elles ne semblaient pas souffrir, elles se contentaient de peu. Elles jouaient et cabriolaient autour de la bergerie tapie entre les roches grises et plates. Il n'y avait pas de péril immédiat.

– Bon, je remplis le chariot de pierres, dit-il en retroussant les manches de sa chemise de toile.

– Je vais vous aider, dit-elle.

Elle le vouvoyait. Il n'avait jamais réussi à lui faire accepter de le tutoyer. « Chacun à sa place, lui avait-elle répondu un jour, comment tournerait le monde si nous étions tous égaux ? » Ces propos l'avaient fait réfléchir, Antoine avait fini par assumer sa position de patron tout en se disant qu'il ferait le bonheur de ses paysans. Pour autant, il ne faisait pas siennes les idées des rouges. Il songeait à des voies médianes. Mais pour l'heure, il était dans la peau d'un manœuvre.

Il y avait des moulons de pierres sèches sous la barre du Cengle. Antoine et Simone choisirent les plus régulières, des pierres avec lesquelles on bâtirait des restanques et des bories.

Une heure passa. Simone s'étonna de la disparition du mistral. Le cagnard s'annonçait. Soudain les clochettes du petit troupeau cessèrent de sonner. Les cabrettes, tournées vers le levant, s'étaient figées. Elles roulaient de gros yeux inquiets. À l'horizon, un éclair zébra le ciel et des nuées montèrent vers le soleil naissant. Le bruit sourd et menaçant du tonnerre combla le silence.

– Ça, ce n'est pas un pet de mine ! dit Simone.

– Un orage, comment est-ce possible ?

– Maintenant je comprends pourquoi le mistral a fichu le camp, dit Simone en fronçant les sourcils.

Un second éclair surgi de nulle part frappa la Sainte-Baume. Un troisième tomba sur le pic des Mouches alors qu'il n'y avait pas un nuage. Le tonnerre suivit, ébranlant la bergerie et les rochers alentour.

– Nom de Dieu ! blasphéma Antoine.

– Ne jure pas, mécréant, dit d'une voix grave la bergère qui venait de le tutoyer pour la première fois. Ce que tu vois là est l'œuvre de Claire. Ce n'est pas la première fois et il m'est arrivé d'assister de loin à ses tours de sorcellerie. La magicienne de la Bastide Verte a fait tourner les vents et elle a appelé la tempête.

Antoine se renfrogna et jeta violemment une grosse pierre dans le chariot.

– Tu sais très bien que je ne crois pas à ces sottises.

– Que vous le vouliez ou non, cette fille qu'on dit engendrée par le diable va sauver les récoltes et remplir les réservoirs des montagnes.

– Je pourrais te répondre qu'elle va mettre en danger les mineurs en provoquant des inondations dans les galeries.

– Les mineurs ont encore plus besoin d'eau que nous. Vous devez vous rendre à l'évidence. Claire Charme est en colère et c'est tant mieux.

Antoine soupira. Simone l'obstinée avait repris sa place en lui redonnant du vous. Il était inutile de poursuivre cette conversation stérile. La journée en plein air était fichue. Il attela ses percherons au chariot. La Braconnerie de Saint-Pol était à une heure de route. Il s'enfermerait dans l'atelier. Il avait un moyeu à réparer, un joint de pompe à changer. Assez de tâches pour s'abîmer un peu plus les mains.

4

Les marchands du Temple

Mathieu Sudre sortit de la forge dès qu'il entendit le pas du cheval. Le forgeron géant au visage criblé de cicatrices tenait une grosse tranche à la main, l'un de ces marteaux avec lesquels il coupait le fer chauffé au rouge.

– Hé ! mon ami, s'exclama Louis. Tu as l'intention de me fendre le crâne ?

– Dieu m'en préserve, monsieur Louis, Dieu m'en préserve.

– Tu sais très bien que les gredins ne vont pas à cheval et qu'ils ne s'attaquent jamais à un bon Français sans avoir bu trois ou quatre litrons de picrate.

– C'est vrai, monsieur Vitalis… mais on ne sait jamais. Les temps ont changé. Les gredins sont partout et prêts à tout. Hier matin, ils s'en sont pris à des ingénieurs au puits de Peynier.

– On finira par les mater, mon bon.

Les deux hommes se comprenaient. Ils étaient du même bord politique. Les gredins n'étaient autres que les mineurs, les tanneurs, les tisserands, toutes ces bandes ouvrières affiliées à l'Internationale, tous ces voyous prônant la révolution. Les deux compères ne ruminaient pas leurs idées noires dans le vide. Les antécédents étaient nombreux. L'actualité renforçait leur conviction d'en finir avec ces cancers de la société. Au Creusot, sept mille métallurgistes s'apprêtaient à prendre les armes. Le 30 avril, le gouvernement avait ordonné l'arrestation « de tous les individus qui constituent l'Internationale ». Des procès s'ouvraient. Les têtes s'échauffaient.

Celle de Mathieu le forgeron était pleine d'une haine vengeresse à l'encontre de tous ces hommes et ces femmes qui tournaient le dos au passé, à l'Église, à l'ordre établi. Il n'avait plus sa place dans le monde idéalisé des ouvriers asservis aux machines. Ces dernières mâchaient le travail, le simplifiaient à l'extrême. Les métiers manuels commençaient à disparaître et ce n'était que le début.

Les inquiétudes du forgeron n'étaient cependant pas fondées. Il était aussi un habile maréchal-ferrant et il ne manquait pas de boulot. Tous les grands propriétaires et les seigneurs le tenaient en haute estime. Il s'occupait de leurs chevaux. La population de Fuveau avait de gros besoins. Il ferrait, il fabriquait les cerclages des roues de charrettes et de tonneaux, les serrures et les clefs, les faux, les faucilles, les râteaux et les houes. Il se levait avant tout le monde. Le feu de sa forge rougeoyait une heure avant l'aube. Des ébauches de crémaillères, d'araires et de pièces plus complexes s'empilaient près des braises ardentes, attendant d'être saisies par les tricoises ou les tenailles et usinées à coups de brochoir, de lime, de rainette et de marteau ferretier. Lui seul arrivait à domestiquer les quatre éléments : la terre, d'où étaient extraits le minerai de fer, de plomb ou de cuivre, le feu qui permettait leur transformation, l'eau qui alimentait la forge et l'air qui passait dans le soufflet.

Non, il n'était pas le seul. À cet instant, un éclair frappa le pic des Mouches et le fracas du tonnerre fit faire un écart à Jupiter.

– Qu'est-ce que… Diable ! jura Louis.
– Un orage se prépare.
– Avec ce beau temps ?
– C'est la Charme.
– Quoi la Charme ? s'étonna Louis.
– Eh ben, la fille de la Bastide Verte.

Louis pâlit. Il n'était pas comme son fils. Il y croyait à ces sornettes du Moyen Âge. La Claire Charme n'en était pas à son premier essai. Elle avait montré par le passé qu'elle commandait aux quatre éléments.

– Il faudrait la brûler, dit Mathieu.

– Une autre fois. Si elle nous apporte la pluie, laissons-lui un sursis. Tu devrais au contraire la féliciter. Pense à toute cette eau qui va s'infiltrer. Tu ne vas pas pleurer la mort de quelques mineurs noyés, que je sache ?

– Non.

– Tiens, prends cette pièce de cinq francs et change les fers de ma monture. Je serai de retour avant la première messe.

Mathieu empocha l'argent en grognant. Le Vitalis chamboulait son emploi du temps, mais on ne refusait rien à un homme de son importance.

Louis détacha de la selle un gros sac contenant des objets précieux et grimpa vers le cours Leydet. Le Cours, si bruyant pendant la journée, appartenait aux moineaux qui piaillaient dans les platanes et se battaient pour quelques miettes répandues sur les pavés. Le bar *Les Joyeux* était déjà ouvert. Louis pressa le pas. Il ne tenait pas à être vu par Jolicœur et les pochards de la première heure. Il les aperçut à l'intérieur du troquet. Des loupiotes à pétrole posées sur le comptoir de cuivre éclairaient la trogne pâle de Jolicœur. Le cafetier à la langue bien pendue faisait face à quatre hommes accrochés à leurs verres de vin rouge. Tout en se hâtant, Louis imagina les pipelettes enfiévrées par l'alcool spéculer sur sa présence dans le village à une heure où les bourgeois ronflaient dans leurs draps de coton brodé. Des rumeurs le concernant circulaient, il ne l'ignorait pas. Tout se savait dans ce maudit pays dès lors que les lavandières jacassaient sur le comportement de quelqu'un.

Tout à ses pensées, au détour d'un escalier menant à une venelle, il faillit heurter le maître mineur Étienne Moustier que les gars du puits Léonie appelaient Barbe-Sale. Ils firent chacun un pas de côté en se dévisageant avec circonspection, puis ils poursuivirent leur chemin. Rencontrer Barbe-Sale n'était pas de bon augure. Moustier, le « chef » de la recette, avait une renommée de porte-poisse. En dix ans, plus de cinquante mineurs étaient morts accidentellement à cause de ses initiatives malheureuses.

Louis respira un peu mieux quand il fut dans l'aura de l'église. L'imposante façade baroque lui rappelait l'Italie. Il s'était rendu à deux reprises dans ce beau pays pour recruter des journaliers car, depuis l'extension des mines, la main-d'œuvre paysanne manquait cruellement à la terre. Une fois de plus, il regretta de ne pas être à Gênes, à Pise ou à Turin, loin de Fuveau et de ses problèmes. Le sac lui sciait le bras, la statue de bronze et la boîte pesaient lourd.

Le monumental vantail s'ouvrit sans faire de bruit. La maison de Dieu ne fermait jamais. Qui aurait osé piller ce lieu sacré sous la protection d'un archange ? Même les mineurs athées venaient y prier en masse le jour de la sainte Barbe, leur patronne. Le narthex l'enveloppa d'une ombre silencieuse. Il gagna l'un des deux bénitiers en brèche d'Entremont et y trempa ses doigts. Son signe de croix ferme démontra sa foi.

– Pardonne-moi mon Dieu, souffla-t-il en sachant qu'il allait commettre une faute.

Il avait besoin de l'aide des Cieux, de la complicité de saint Barthélemy qu'il chérissait particulièrement, de l'intercession de la Vierge auprès du Tout-Puissant.

Des cierges finissaient de se consumer dans les nefs latérales de la croix latine. On venait d'en allumer d'autres sous la *Lapidation de saint Étienne* et la statue de la Vierge Marie. Les flammes s'avivaient sous l'effet d'invisibles courants d'air, mais elles n'annonçaient pas la présence du grisou. Cependant, un tonitruant fracas de tonnerre fit vibrer les vitraux. Louis rentra la tête dans les épaules et pensa à la colère de Claire Charme. Peut-être devait-il rencontrer cette jeteuse de sorts pour mettre fin au cycle infernal de sa malchance ?

Des ennemies de la jeune druidesse rousse apparurent. Trois vieilles bigotes sentant l'antimite, l'encens et le rance. Elles grattaient des allumettes pour enflammer des mèches et redonner vie aux saints peuplant cet espace néogothique. Ces femmes vêtues de deuil l'agacèrent. Le trio, en qui il reconnut deux veuves de mineurs et une mère ayant perdu son fils à la guerre du Mexique, s'agenouilla devant le maître-autel. Pour elles, Louis Vitalis, le très riche propriétaire de la Braconnerie de Saint-Pol, et très grand pécheur devant l'Éternel, n'existait pas. D'une même voix émue où perçaient leur indéfectible attachement à Dieu et leur amour du Christ, elles se mirent à prier :

Bénis le Seigneur, ô mon âme,
Bénis son nom très saint, tout mon être !
Bénis le Seigneur, ô mon âme,
N'oublie aucun de ses bienfaits.
Car il pardonne toutes tes offenses
Et te guérit de toute maladie.
Il réclame ta vie à la tombe
Et te couronne d'amour et de tendresse.
Il comble de biens tes vieux jours,
Tu renouvelles, comme l'aigle, ta jeunesse...

Louis ne connaissait pas cette prière, elle semblait faite pour lui. Peut-être que ces femmes dans leur inconscient demandaient à Dieu de l'aider ? Il les contempla pendant une longue minute et prit la décision de ne plus jamais offenser Dieu et les saints : « C'est la dernière fois que je donne un rendez-vous ici à ce vautour de Marseillais. »

Il recula à pas prudent, puis tournant le dos aux suppliantes aux doigts liés par les chapelets, il entra dans le cercle d'ombre où trônait la vasque des fonts baptismaux. Il avait été baptisé dans l'ancienne église des seigneurs de Peysonnel à la fin du premier Empire. Il eut la conviction d'appartenir à une génération perdue, balayée par la défaite de Waterloo. Sa vie s'achèverait avec l'effondrement du second Empire. La pierre polie luisait faiblement. Dans le regard fatigué et soucieux de Louis, des regrets passèrent. Il pensa à son père et à sa mère, à ses frères et sœurs tous morts en bas âge, à la disparition de son parrain et de sa marraine, à l'anéantissement de toutes les lignées portant son sang, à l'honneur perdu de la famille. Son fils Antoine surmonterait-il les épreuves imposées aux Vitalis ?

Il perçut des pas feutrés. Il n'eut pas à se retourner. Son interlocuteur contourna la vasque et se planta face à lui. L'homme était maigre et voûté, sa barbiche poivre et sel et ses binocles aux verres ronds lui donnaient un air professionnel. Marius Granier était un expert en art, un rat des salles des ventes, un antiquaire renommé de Marseille qui avait bâti sa fortune en revendant des antiquités égyptiennes et étrusques pillées dans les tombes.

Leur salut se fit en silence. Le temps de l'antiquaire était précieux. Granier ne s'éternisa pas en paroles inutiles.

– Que m'avez-vous apporté ?

Louis ouvrit le sac qu'il avait posé contre le piédouche de la vasque. Il en sortit précautionneusement la Vénus de bronze. À la vue de cette belle déesse nue, l'œil de l'antiquaire ne s'alluma pas de convoitise. Il la tâta d'une main professionnelle, la fit tourner sur son socle et authentifia la signature de l'artiste qui l'avait coulée au XVIIe siècle.

– Ce n'est pas une œuvre de premier ordre, dit-il, mais elle a son intérêt. Voyons le reste.

Le reste était dans la boîte rectangulaire d'acajou aux fermoirs d'argent. Louis releva le couvercle et dévoila quarante deniers d'or de l'Empire romain dont le plus rare datait du Bas-Empire. Il fit coulisser deux autres plateaux contenant des sesterces de bronze et des drachmes grecques en parfait état, l'une de ces dernières remontait au temps de Crésus. Granier eut un léger battement de paupières, ce lot l'intéressait.

– Elles appartenaient à mon père, dit Louis sur un ton navré.

– Vous en voulez combien ?

– C'est à vous de me proposer un prix.

Granier tira sur sa barbichette. Son calcul était sommaire, il évaluait toute chose sous l'angle de la rapacité. La somme qu'il avança était ridicule.

– Deux mille francs.

Louis en espérait dix fois plus. Le visage empourpré, il referma sèchement le couvercle.

– Restons-en là ! Je m'adresserai à quelqu'un d'autre.

Il avait prononcé ces mots avec un pincement au cœur ; il avait un besoin urgent de liquidités.

– Attendez un instant, mon cher, dit Granier en le retenant par le bras.

– Attendre quoi ? Que vous m'en donniez deux mille cinq cents francs ? Je ne suis pas un mendiant, monsieur.

– Les temps sont durs, monsieur Vitalis. Une guerre peut éclater d'un instant à l'autre et le temps n'est pas à la spéculation sur l'art, mais aux investissements dans la métallurgie et la fabrication d'armes. En avez-vous conscience ? Combien en voulez-vous ?

– Quinze mille.

Granier faillit tomber à la renverse. Du moins simula-t-il l'asphyxie. L'affaire pouvait cependant être conclue à la baisse, il sentait que le sieur Vitalis était aux abois. Ils se mirent à discuter âprement comme les marchands du Temple, mais Jésus ne descendit pas de sa croix pour les chasser. Finalement, Louis empocha huit mille francs en gros billets et en pièces de cinquante francs-or. Aussitôt la transaction achevée, Granier s'empara du sac et fila comme un voleur, laissant Louis à ses tourments.

Louis ne s'éclipsa pas. Il alla s'agenouiller sous la chaire où les quatre docteurs de la foi finement sculptés tenaient leur livre. Repentant, Louis sentit peser les regards pleins de reproches de saint Ambroise, saint Jérôme, saint Augustin et saint Grégoire le Grand. Il avait le cœur gros et l'âme lourde et, malgré sa situation précaire et le poids de ses péchés, il s'adressa à Dieu et le supplia de lui porter chance.

5

Au fond de la mine

Bien souvent dans les ruines de l'oppidum de Bramelon, lorsque Claire lançait ses incantations, des ombres surgissaient des pierres cyclopéennes éparpillées par les temps et les séismes. Les Ligures, les Cimbres, les Teutons, les Romains, les Wisigoths, les Burgondes, les Provençaux, les Autrichiens et les Français s'étaient affrontés sur ce territoire creusé par l'Arc voué au passage des envahisseurs. Il lui arrivait de sentir leurs souffles glacés et d'entendre leurs voix gutturales lui parler le langage ancien des runes. Quelquefois, dans ses moments de transe, elle percevait les cliquetis de leurs armes, les hennissements des chevaux, les cris des suppliciés sacrifiés à des dieux oubliés. Quand elle les voyait, ils se montraient toujours sous leurs aspects les plus effroyables, décharnés dans leurs cuirasses pourries, les os trouant leurs carcasses putrides. Elle redoutait surtout les femmes aux orbites vides et aux squelettiques sourires qui lui confiaient des secrets et l'aidaient à connaître l'avenir.

Aujourd'hui, comme deux semaines auparavant, les fantômes n'étaient pas au rendez-vous.

Claire avait tourné autour d'un menhir couché qui se dressait autrefois au centre de la ville mégalithique ; elle avait répandu de la poudre d'antimoine, de soufre, de rouille et de salamandre, tirée de l'un des sachets accrochés à sa ceinture. De la pierre sacrée était monté un maelström visible d'elle seule. Les nuages attirés par ce noir vortex s'accumulaient au-dessus de la Sainte-Victoire et sur un rayon de dix lieues partant du pic des Mouches. Il y en avait beaucoup trop. Les éclairs fusaient de cet épicentre, formaient des chaînes brasillantes et aveuglantes précédant les assourdissants coups de tonnerre. Des trombes d'eau s'abattaient alors que l'artillerie du ciel était à son apogée. On ne voyait plus à cinquante pas.

Claire devint soucieuse. Elle était allée au-delà de ses bonnes intentions : la terre exsangue était en train d'être dévastée par les flots tumultueux dévalant des montagnes.

« J'ai été dépassée par mon orgueil », se dit-elle.

Elle avait eu l'espoir de faire du bien à la nature. Le mal provoqué par les éléments déchaînés détruisait à présent ce qu'elle aimait plus que tout. Claire tomba à genoux sur le sol labouré et demanda pardon au monde, maudissant sa vanité. Elle n'était plus qu'une simple femme subissant la colère des dieux anciens qu'elle avait réveillés.

Durant six heures, l'orage ravagea le bassin minier, les garrigues, les flancs des montagnes saintes et les pauvres fermes isolées. Il s'arrêta brusquement après un dernier éclair qui frappa le lointain mamelon de Garlaban au-dessus d'Aubagne. À aucun moment Claire n'avait cherché à se mettre à l'abri, endurant la flagellation des eaux ; elle avait de la boue jusqu'aux cuisses. Les gens d'ici avaient raison de dire qu'elle était folle et dangereuse. Sa servante Marthe allait se récrier en la voyant rentrer trempée jusqu'aux os et sale comme un boumian. Claire eut une tendre pensée pour la vieille femme qui avait sacrifié sa vie afin de la servir à la Bastide Verte.

Dans le calme revenu, Claire posa ses mains sur le menhir et tenta de pénétrer la matrice avec son esprit. Elle n'obtint aucun résultat. C'était étrange ; la terre violentée avait perdu sa puissance magique. Il en était ainsi de toutes les pierres, les buissons et les arbustes qui étaient toujours animés d'une vie propre. Elle seule et les quelques sorcières de Signes, de Mazaugues et de Saint-Zacharie étaient capables de la percevoir dans les microscopiques molécules qui donnaient forme à toutes choses. Mais la vie s'était retirée. Ce n'était pas la première fois que la Provence se fermait à ses investigations mentales ; on eût dit que le pays avait renoncé à son âme, qu'il était devenu inerte. Figée en une nature morte, la Provence abandonnait Claire au sein d'un univers muet, immuable. La jeune magicienne ne parvenait même pas à entendre le bruit des machines à vapeur qui actionnaient les treuils et les pompes des trente-cinq puits de mine.

« Il se prépare une catastrophe, se dit-elle. Il faut que je sache de quoi il retourne... Peut-être devrais-je me rendre à Signes la Noire ? Les femmes de là-bas ont des dons pour déceler les grands malheurs. Pourquoi ne puis-je rien deviner ? »

En elle s'exaltait la sensibilité exigeante de la voyante. Elle crut pendant quelques instants que les puits avaient été inondés par sa faute, mais elle dut se rendre à l'évidence, les cloches ne sonnaient pas l'alerte. Six heures de pluie diluvienne ne suffisaient pas à remplir les galeries que les formidables pompes anglaises vidaient à la moindre montée des eaux.

– Pauvres hommes, dit-elle à haute voix en songeant aux forçats dans les entrailles de la terre.

Si une catastrophe ne s'était pas produite dans les galeries, d'où venait alors cette sensation de fin du monde ? Quel drame nouait ses fils sur la trame du temps sans qu'elle pût remonter à son origine ? Ces temps-ci, des scènes horribles de destruction avaient troublé son sommeil, des images de villes en flammes s'étaient imposées à elle… Ses visions n'étaient pas toujours fiables. « Rien de tel ne s'est produit et rien de tel ne se produira », se persuada-t-elle. Fuveau, Gréasque, Peynier, Puyloubier, Trets et Rousset étaient toujours à leur place autour de leurs fiers clochers défiant les nuages bas et sombres que chassait une brise légère venue de la mer. On apercevait déjà vers le midi, le liseré blanc annonçant le retour du beau temps.

Elle ferma les yeux, s'ouvrant à tous les avenirs possibles, cherchant le bon chemin parmi les milliers qui s'entrelaçaient. Son effort fut vain. Devant l'inébranlable apathie de la terre, elle fut alors saisie d'un obscur désespoir.

Pas le temps d'être saisis d'un obscur désespoir dans ces trous à rats. Le désespoir, ils le repoussaient à coups de pics et de pioches ; l'obscur, ils l'enlevaient avec les pelles et les couffins, ils le remontaient au grand jour où il finissait par se diluer en fumée. La nuit était presque totale, le lignite luisait sous l'effet des faibles flammes des lampes de sécurité.

– Putain ! jura Jean en entendant craquer un étai de pin derrière lui.

Jean était avare de gros mots ; il n'était pas du genre vulgaire. Cependant son « Putain ! » était fondé. Il y eut un flottement. L'équipe s'arrêta. Aucune boiserie ne gémissait. Il n'y aurait pas d'effondrement. Pas cette fois-ci. Crever sous des tonnes de matériaux était l'une de leurs hantises.

– Fausse alerte, ironisa Luc Maurin.

– Hé Ficelle ! On ne chôme pas ! cria le chef d'équipe ; Léon Bonasse, qu'on surnommait Quatre-Doigts depuis qu'il avait perdu un pouce sous un bloc de pierre de cinquante kilos.

Ficelle, le facétieux Luc Maurin, reprit la taille près de Jean Menghi, le Corse qui avait échoué à Fuveau avec une bande de misérables vingt ans plus tôt. Ils travaillaient rarement à deux de front. La largeur de la bande de gisement et la minceur de Ficelle, gaucher de surcroît, permettaient cet exploit et amélioraient le rendement. Les ronds-de-cuir, le cul calé sur leurs chaises dans les bureaux de l'administration minière, ne connaîtraient jamais l'inconfort des deux camarades maniant en cadence leurs outils.

Ils étaient à demi couchés sur le côté, le cou tordu, grignotant le charbon au-dessus de leurs têtes couvertes d'un bandana. La chaleur était insupportable, l'air irrespirable. Luc, comme beaucoup de gars, avait fait le choix d'être nu, ne gardant que ses chaussures cloutées. Jean n'avait que le torse découvert. Son honneur et sa pudeur de Corse lui interdisaient de montrer ses attributs virils et ses fesses à ses copains. Il y avait deux gosses de huit et dix ans, Jojo et l'Anguille, qui peinaient à l'arrière du groupe. Ces enfants étaient plusieurs centaines dans les puits, on les appelait les mendits, mais on aurait pu les affubler du nom de mendiants. Jojo, le plus petit des deux apprentis, les rassura de sa voix de fille :

– Chef, les pins tiennent bon, on va ramener des étais.

« Pauvres pitchouns, ils ne sont pas plus épais que des anchois et ces salauds là-haut les font trimer comme des esclaves », se dit Jean.

Les « salauds là-haut », c'étaient les patrons des sociétés charbonnières du Midi, Lhuilier et Cie, la Compagnie des mines du Rocher-Bleu, Michel, Armand et Cie et tous les industriels, les gros bonnets de Marseille et les boursicoteurs qui se nourrissaient de la sueur et du sang des miséreux. Jean avait des idées révolutionnaires. Il rêvait de mettre le feu aux bastides, aux châteaux et aux hôtels particuliers de ces bourgeois qui se pavanaient dans de fringants équipages. Chaque fois qu'une belle en robe de soie passait en calèche dans le village, il avait envie de la prendre sur un tas de charbon, de pétrir sa poitrine laiteuse avec ses mains noires, de lui tatouer le cul de traits de lignite. Mais la révolution n'était pas pour demain. Dans les cercles et les cafés, on avait la nostalgie de celle de 1789 qui, pour Jean, était une immense tromperie. Les castes dirigeantes étaient plus fortes que jamais et les bals donnés aux Tuileries dépassaient en faste ceux de Versailles. Il jeta un œil sur la flamme dérisoire de sa lampe de sécurité qui n'aurait jamais sa place parmi les lumières des palais et il se mit à pester.

Qu'est-ce qu'il foutait dans cet enfer à six cents mètres sous terre ? Pourquoi ses parents n'étaient pas partis en Amérique ou en Algérie ? Pourquoi n'était-il pas trappeur au Canada, orpailleur dans les Rocheuses où vigneron dans le Maghreb ? Ces questions et d'autres, il se les posait souvent, puis il avait la nostalgie des grandes forêts de châtaigniers, des lumineuses couleurs de son île natale, des chanteurs de sérénades et des belles processions dans les villages perchés. Derrière ces souvenirs se cachaient des vérités qui le blessaient. Il savait que ces images idylliques habillaient une réelle misère. Il se souvenait des épidémies, de la faim et des épouvantables massacres. En un siècle, plus de cent mille Corses avaient péri au cours de vendettas vengeresses et sa propre famille avait perdu la moitié de ses membres dans une guerre de clans dont on ne connaissait plus l'origine. Oui, il était en enfer. Il payait en partie les crimes de son grand-père et de ses grands-oncles. Ce constat n'avait rien pour plaire. Il lui était cependant impossible de ne pas croire à Dieu ou au diable. Sa mère l'avait trop abreuvé de paroles d'évangile et d'histoires à faire dresser les cheveux sur la tête.

– Y a trop d'eau, c'est pas normal, se plaignit le quatrième compagnon de l'équipe, Augustin Mache, qui ramenait les couffins pleins de lignite que récupéraient les mendits.

– C'est rien, Gu, répondit Quatre-Doigts, on n'a pas crevé de nappe.

– Qu'est-ce que t'en sais ?

– Moi rien, mais le géologue nous a assuré qu'il n'y en avait pas dans ce coin.

– Le géologue se fiche de l'eau, répliqua Gu d'une voix où perçait la colère. Il est obsédé par le charbon, les gros bonnets le payent pour qu'il trouve l'or noir, pas pour nous préserver des accidents. Voilà ce que j'en dis, moi, du géologue !

– C'est l'orage, assura Quatre-Doigts.

Le vieux Léon Bonasse avait l'ouïe fine. Les explosions, le bruit infernal de la machine et le fracas des outils n'avaient pas altéré ce sens à qui il devait sa survie.

– L'orage ? s'étonna Ficelle. T'es sûr ? T'entendrais pas des pets de mine par hasard ?

– J'ai soixante-neuf ans, dont soixante-deux passés dans ce merdier, je sais distinguer un coup de tonnerre d'un coup de grisou. Ton eau, elle vient de là-haut ; elle suit tout bêtement les plans inclinés des vieux chantiers et s'infiltre dans le puits.

– Qu'est-ce qu'on attend pour remonter ? demanda Mache.

– On continue, répondit calmement Quatre-Doigts. Y a pas de risque, les pompes sont en marche. Faudrait pas que le rendement tombe et que l'équipe n° 3 nous passe devant. Sinon, adieu la prime.

Ils acquiescèrent. Tous les mineurs formaient des équipes numérotées payées au rendement. Au puits Léonie que Léon

Bonasse et ses gars creusaient avec acharnement, le patron avait inventé la « prime trimestrielle au mérite », et eux, ceux de l'équipe n° 16, l'avaient décrochée cinq fois d'affilée. Elle serait versée à la fin de ce mois de juin. La perspective d'améliorer leur salaire et de faire la fête les souda.

– La prime est pour nous, dit Jean.

– On va s'en payer des verres d'absinthe ! s'exclama Gu.

– Et des filles, renchérit Ficelle en pensant aux bordels d'Aubagne et de Brignoles.

Ces paroles firent sourire Quatre-Doigts. Ses gars étaient requinqués. Ils augmentèrent la cadence à un point tel que les mendits ne purent assurer le relais jusqu'aux wagonnets tirés par les chevaux.

6

Antoine et la bossue

La demeure des Vitalis n'aurait pas dénoté sur l'un des élégants boulevards d'une capitale européenne. Au cœur de la campagne provençale, elle n'était pas à sa place. Elle avait appartenu à un riche et excentrique Anglais qui l'avait vendue à l'arrière-grand-père d'Antoine. Avec ses hautes fenêtres surmontées de frontons sculptés, ses cariatides, ses frises, les colonnes de marbre de son entrée, sa longue allée de graviers flanquée d'ifs et de statues figurant des nymphes et satyres, elle attisait immanquablement les regards et les envies des promeneurs du dimanche.

Antoine ne s'y était jamais senti à l'aise. Il aurait préféré habiter une bastide ou, mieux encore, un mas sans étage qui se serait fondu dans les cistes et les genêts. Lorsqu'il retournait à la Braconnerie du Clos, il passait le plus clair de son temps dans les dépendances situées en contrebas de l'imposante maison qu'il rejoignait à l'heure du dîner. Il se sentait à sa place au milieu des gens simples, avec les chevaux et les bœufs, dans les granges, les entrepôts et l'atelier de réparation. Son « espace vital » formait un grand carré, pareil à un fort, au centre duquel avait été creusé un puits où se réunissaient les femmes les nuits d'été. Cinq familles vivaient dans le bâtiment exposé à l'est, face au portique de l'entrée.

Autrefois, les habitants du domaine avaient été nombreux, mais aujourd'hui la plupart des paysans servant les intérêts des Vitalis logeaient dans les fermes acquises à l'avènement du second Empire, à une époque où Louis Vitalis, dans sa lutte contre la puissance montante des patrons des charbonnières, était pris de la frénésie des investissements.

Depuis son arrivée sous la pluie battante, Antoine avait changé le moyeu d'une roue de charrette, monté un palan, réparé une pompe. La pluie avait cessé, mais il n'avait aucune envie de quitter l'atelier aux odeurs rassurantes de sciure, de graisse et de peinture. Il aiguisait à la lime le soc d'une charrue quand la porte s'ouvrit en grinçant pour laisser le passage à Maryse la bossue, une femme à laquelle son grand-père Charles-Louis avait accordé sa protection lorsqu'elle était née, la sauvant d'une mort certaine. On noyait alors les bébés contrefaits considérés comme des engeances du diable. Malgré sa difformité et sa maigreur, Maryse ne se départait jamais de sa bonne humeur. Elle s'occupait des poules, des oies, des lapins et des porcs qu'elle appelait familièrement ses petits. L'âge n'avait pas altéré son visage avenant, mais Antoine ne la reconnut pas. Un masque d'inquiétude et de désolation figeait ses traits habituellement expressifs.

Maryse s'arrêta à trois pas de lui, observant la distance que lui imposait le respect dû à l'héritier des Vitalis. Ses mains abîmées trituraient le devant de sa chemise gris anthracite, elle paraissait être dans le plus profond embarras.

– Bonjour Maryse.

– Bonjour monsieur.

– Que se passe-t-il ? demanda Antoine, intrigué par l'attitude de la paysanne.

– C'est au sujet des Chapel, monsieur Antoine.

– Des Chapel ?

Antoine vit l'image de la famille Chapel, un couple de trente ans, six enfants en parfaite santé. Le père buvait un peu mais ne rechignait pas à l'ouvrage, la mère donnait la main aux cueilleuses de safran et de câpres, vendangeait et confectionnait de solides pantalons, les enfants ne posaient pas de problème. Les deux plus grands, une fille de douze ans et un garçon de onze ans, avaient déjà des cals aux doigts tant ils trimaient dur aux champs. Comme Maryse se taisait, Antoine l'invita à continuer.

– Alors, qu'ont-ils les Chapel ?

– Ils n'ont rien, ils ne sont plus là.

– Comment, ils ne sont plus là ?

– C'est que… enfin… votre père leur a donné congé.

– Je ne comprends pas.

– Il leur a dit de quitter la Braconnerie, qu'il ne pouvait plus les payer, qu'il était désolé… Que vu la ré… la récépion.

– La récession ?

– Oui c'est ça ! La récession, les mauvaises affaires et la sécheresse l'obligeaient à prendre des mesures d'économie et à se séparer d'eux. Ils sont partis hier, je n'ai pas pu vous prévenir, vous étiez là-haut au cabanon du Loup.

– Ils sont partis où ?

Antoine était au bord de l'emportement. Son père avait profité de son absence pour chasser ces pauvres Chapel.

– À Marseille ; l'Hervé, il a dit qu'il voulait devenir ouvrier dans une savonnerie. Là où il y a de l'avenir.

– Nom de Dieu ! s'écria Antoine en imaginant la famille poussant une carriole pleine de hardes et arrivant dans la ville grouillante.

Il donna un violent coup de lime sur l'étau qui enserrait le soc. L'outil se brisa.

– Ne vous énervez pas, monsieur Antoine, et ne jurez pas. Il y a assez de malheurs comme ça.

– Je saurai de quoi il retourne !

– Je vais vous dire, moi, de quoi il retourne. C'est à cause de votre père. On dit qu'il dépense à tort et à travers son argent quand il se rend à Marseille. Je le connais bien, M. Louis, il n'était pas du genre à faire le beau sur la Canebière. Je ne comprends pas pourquoi il a changé… Les mauvaises langues prétendent qu'il y a une femme là-dessous, l'une de ces gourgandines qui cherchent à prendre des millions aux hommes.

– Non, Maryse, il n'y a pas de gourgandine, répliqua Antoine. Ce serait un moindre mal, ajouta-t-il.

Tout s'enchaînait d'une façon implacable et rationnelle. Les pièces du puzzle se mettaient en place dans sa tête. À présent, Antoine devait se rendre à l'évidence. Il eut la conviction que l'autre rumeur, distillée par les puissants rivaux des Vitalis fréquentant les cercles de la haute société du bassin minier et des affaires marseillaises, était fondée.

– J'ai autre chose à vous demander, dit Maryse d'une petite voix.

– Parle Maryse, je t'en prie.

– Quand le moment s'y prêtera…

Elle se tut. Antoine la prit par les épaules et l'interrogea du regard. La bossue vit combien il était bon et généreux, semblable aux chevaliers ou aux héros de Solferino dont on racontait les exploits aux veillées. Elle n'hésita plus.

– Dites à votre père de ne plus me toucher la bosse. Ce n'est pas en m'humiliant que la chance lui sourira.

– Pardon, pardon pour lui, balbutia Antoine en la serrant dans ses bras.

Il en avait les larmes aux yeux. Il avait honte pour son père. Il déposa un baiser sur le front de la pauvre femme et quitta précipitamment l'atelier. Il traversa au pas de charge la cour des dépendances, faisant s'envoler les poules et les oies à tire d'ailes. Le portique franchi, il se dirigea vers la noble demeure où sa mère restait enfermée en compagnie de Jeannette Lebescon, qui régissait la maisonnée d'une main de fer.

Gisèle Vitalis vivait en dehors du temps. C'était une femme à la santé fragile tournée vers la religion et les pensées romanesques. On l'eût pris pour l'une de ces délicates figurines en porcelaine de Bavière qui se brisaient au moindre choc. Issue d'une famille d'Aix ayant réussi dans l'ébénisterie et la copie des meubles de style à grande échelle, elle avait épousé Louis par l'entremise de son oncle Thierry qui était un ami des Vitalis. L'affaire avait été réglée en quelques mois. Pas le temps de souffler, juste le temps de dire oui à l'église et elle s'était retrouvée enceinte d'Antoine. L'accouchement s'était mal passé, la rendant stérile et frigide à jamais. À vrai dire, elle n'aimait pas Louis ; elle avait longtemps nourri l'espoir de rencontrer un brillant officier en costume chamarré qui l'aurait emmenée à Paris où elle serait devenue dame d'honneur de l'impératrice Eugénie. Cette perspective de briller à la cour des Tuileries s'était écroulée. À Fuveau, elle menait une vie réduite à deux dimensions, aux largeurs et aux longueurs des champs, des vignes et des vergers qu'elle avait en horreur. La campagne la déprimait, la vue des terrils lui donnait la nausée.

Dans la grande bibliothèque confortablement aménagée, Gisèle lisait Victor Hugo. Bien qu'ennemi de l'empereur et de l'impératrice qu'elle adorait, ce poète la faisait vibrer. Elle murmurait le passage de *Tentanda via est* en pensant à son fils car elle ne doutait pas que ces vers avaient été écrits pour Antoine :

Un jour il sera grand. L'avenir glorieux
Attend, n'en doutez pas, l'enfant mystérieux
Qui veut savoir comment chaque chose se nomme
Et questionne tout, un mur autant qu'un homme.
Qui sait si, ramassant à terre sans effort
Le ciseau colossal de Michel-Ange mort,
Il ne doit pas, livrant au granit des batailles
Faire au marbre étonné de superbes entailles ?
Ou, comme Bonaparte ou bien François premier,
Prendre, joueur d'échecs, l'Europe pour damier ?

La porte capitonnée s'ouvrit sans bruit. Gisèle entendit son fils l'appeler et, relevant le nez des pages aux tranches dorées, elle le vit, le conquérant superbe, l'artiste de génie, l'ange dans toute la gloire des rayons pourpres du soleil réapparu. Ce fut une image fugitive. Antoine quitta le rectangle de lumière de la fenêtre. Il redevint le jeune homme simple qu'elle connaissait. La déception passa dans son regard pâle ; elle referma le livre sur ses espoirs déçus. Elle l'aimait cependant, ce fils qui avait choisi de ressembler aux rudes bergers. Il en avait l'allure avec son pantalon noir de velours côtelé, sa chemise brune aux manches retroussées, ses cheveux en bataille et sa barbe d'une semaine.

– Mon Antoine, dit-elle de sa voix sans accent, je suis heureuse de te voir, tu viens si rarement me rendre visite dans mon nid.

– C'est que j'ai du travail, mère.

– Ne reste pas planté comme un domestique, viens t'asseoir près de moi.

Quand il prit place sur le canapé, Gisèle reprit :

– Je sais que tu te casses le dos et que tu t'abîmes les mains, ce n'est pas digne d'un homme de ta condition.

– Mère, j'apprends le métier qui me plaît et qui me rapproche des hommes qui sont sous notre responsabilité.

Antoine avait décidé de ne pas la brusquer et de subir ses éternels reproches.

– Un métier de journalier, précisa-t-elle avec une pointe de mépris. Je loue le Seigneur que tu n'aies pas choisi de devenir mineur.

– Mineur ? Mais ce n'est pas mon monde. Je mourrais si je ne voyais plus la lumière du jour.

– Soit, mais je préférerais te voir en costume le nez dans les chiffres et les contrats, secondant ton père. L'avenir de nos propriétés ne se joue pas dans les sillons quand on s'appelle Vitalis, mais dans les grands livres de comptes et les bureaux de banque.

– Peut-être vais-je devoir y mettre le nez dans les comptes, dit-il sèchement. Savez-vous que père a renvoyé les Chapel ?

Gisèle ne s'émotionna pas. Les petites gens appartenaient à un monde qu'elle ne comprenait pas et rejetait. Renvoyer des paysans, vendre des bœufs sur les marchés ou du blé aux halles procédait d'une logique dénuée de toute trace d'humanité. La gestion du patrimoine relevait des compétences de son époux. Elle ne savait pratiquement rien de la vie des fermiers de la Braconnerie et niait jusqu'à l'existence des mineurs que Louis considérait comme des taupes nuisibles.

– Les Chapel, dis-tu ?

– Oui, des braves gens qui ont six enfants. Père les a rendus à la misère.

– Peut-être devrions-nous prier pour eux.

– Non ! s'écria Antoine en se retenant de frapper du poing la petite table marquetée sur laquelle était posée une délicate théière en porcelaine et sa tasse. Il faut cesser de demander de l'aide à Dieu ! Ne comprends-tu pas qu'il a abandonné les hommes à leur triste sort ? Je doute quelquefois de son existence. Et si on devait prier, ce serait pour mon père.

Gisèle était choquée. Que son fils pût parler ainsi de Dieu la mettait dans tous ses états. Elle se signa pour se protéger. Elle essaya maladroitement de détourner la conversation.

– Tu es toujours aussi violent quand tu t'emportes. Toute cette force qui cherche à s'exprimer… J'ai toujours pensé que tu aurais fait un excellent officier dans la cavalerie et que tu te serais illustré sur les champs de bataille. Rien n'est perdu, tu sais, il est toujours temps de faire carrière dans l'armée. Avec de l'argent et des relations, on peut s'acheter un grade.

– Bientôt, nous ne pourrons même plus acheter de quoi manger si père continue à dilapider nos revenus.

– Dilapider nos revenus, ton père ! Tu déraisonnes, Antoine.

– Non, j'ai toutes mes facultés N'avez-vous rien remarqué ? Votre train de vie n'a-t-il pas baissé ? Vous verse-t-il toujours la rente mensuelle qui, si mes souvenirs sont bons, était conséquente ? Depuis quand n'avez-vous pas donné de réception ? Pour quelle raison n'êtes-vous pas allée au bal de la préfecture, à la fête donnée au château d'Arc et à celle du duc de Gramont à Aix ? Comment se fait-il que votre amie la comtesse Melvita de Dardanus ne vous rend plus visite ? Et cette autre amie excentrique qui se déplace dans un landau tiré par six chevaux blancs, Bérengère

Fabrègue de Brignoles, pourquoi ne la voit-on plus à la Braconnerie ?

Il aurait pu allonger la liste des personnalités ayant déserté les horizons de Fuveau, mais il en avait assez dit. Sa mère était au bord de la suffocation.

– J'ai…

Le complément du verbe avoir et les explications qui devaient suivre étaient en perdition dans sa cervelle. Gisèle rougit, baissa le regard. Son fils disait vrai. Elle avait dû réduire ses achats, se priver de robes et de bijoux. Il était impensable de se montrer en public sans de nouveaux atours. Quant à donner des dîners, elle n'y songeait même plus. Inviter une centaine de personnes de qualité coûtait une fortune. Cela faisait deux ans que les lustres ne brillaient plus de tous leurs feux et que le champagne ne coulait plus à flots dans les grands salons du rez-de-chaussée. Ses amies s'étaient détournées d'elle pour aller brûler leurs ailes de soie à d'autres feux plus prestigieux. Toutefois, ce manque de luxe ne l'affectait guère ; elle se sentait vieillir. Elle redressa la tête, ses yeux s'écarquillèrent, il lui sembla voir poindre un danger mortel. Cette sensation fugace s'effaça aussitôt. Son orgueil reprit le dessus. Elle s'appelait Mme Gisèle Vitalis, épouse du plus gros propriétaire terrien de Fuveau et de Gréasque. Les terres qu'ils possédaient étaient bien en place entre la Sainte-Baume et la Sainte-Victoire et ils avaient de quoi vivre sans se priver pour les cent prochaines années. Elle avait un compte en banque bien fourni et Louis une demi-douzaine. À cet argent dormant dans les coffres, on pouvait ajouter les onze appartements de bon rapport à Marseille. La demeure était truffée de tableaux de maîtres et d'objets rares. Et, à eux seuls, ses bijoux représentaient plus de cent mille francs. Elle avait repris son souffle et son assurance.

– Tu t'imagines des choses. Il n'y a pas lieu de s'alarmer. Bien des gens mourront de faim avant nous. Ton père sait ce qu'il fait. Tu devrais te renseigner auprès de Jeannette, c'est elle qui gère la maisonnée. Elle a l'œil sur tout. Ost, notre intendant, est sous ses ordres. Je suis sûre qu'elle te rassurera.

– C'est une idée, pardonnez-moi de vous avoir importunée mère, dit-il en déposant chastement un baiser sur sa joue poudrée.

Il quitta la bibliothèque. Il n'avait jamais rien tiré de sa mère, pas même de la tendresse. Elle vivait dans un univers fantasque. Il emprunta le large et long corridor décoré de toiles du XVIe, XVIIe et XVIIIe siècle. Là, une marquise en perruque blanche se balançait sous une tonnelle, ici un Bacchus couronné de pampres levait sa coupe d'or, plus loin des personnages rougeauds appartenant à l'école flamande tâtaient des étoffes. Les peintures se succédaient en un camaïeu de riches couleurs et de paysages idylliques, de dieux, de déesses, de héros et de personnages.

Il remarqua soudain un vide sur la tapisserie, le rectangle plus clair d'un tableau manquant. Il se figea et essaya de se souvenir… Des fruits dans une coupe de cristal, une nature morte peinte par un maître dont il avait oublié le nom.

– Putain ! On nous l'a volé.

Qui avait eu l'audace de s'introduire dans la Braconnerie ? Et pourquoi avoir dérobé un seul tableau, une œuvre qui ne figurait pas parmi les pièces majeures de la collection de son grand-père ? On ne lui avait pas signalé la présence de romanichels dans le secteur et il n'avait pas eu vent de méfaits commis à Fuveau ou à Gréasque. Seuls les sangliers avaient saccagé les récoltes.

Son sang avait fait plusieurs tours, son cœur crachait comme une locomotive à plein régime. Où était cette garce de Jeannette ? Il descendit au rez-de-chaussée, enfila les deux salles de réception en jetant des regards suspicieux. Il lui sembla que les objets n'étaient plus à leur place mais il n'aurait su dire lesquels car il ne traînait jamais dans cette partie de la maison.

Il déboula dans la cuisine où Jeannette Lebescon, munie d'un carnet et d'un crayon, faisait le point sur le ravitaillement avec la grosse cuisinière et l'intendant Maurice Ost, un grand échalas taciturne dont l'efficacité était encore à démontrer après quinze ans de service.

– J'ai à vous parler, dit Antoine en s'adressant à Jeannette.

Jeannette Lebescon aurait pu être une mère supérieure dans un couvent de sœurs recluses. Les cheveux blancs tirés vers l'arrière en bandeaux se réunissaient pour former un chignon sévère recouvert d'une résille. Une robe de taffetas noir à col montant sans aucune fioriture la couvrait comme une armure. Son seul luxe était une croix d'argent épinglée à hauteur de son cœur. Elle était entrée au service de la famille sous le règne fastueux de Charles-Louis Vitalis et elle justifiait son deuil permanent par toute une suite de malheurs. Une hécatombe avait frappé les Lebescon. Son père était mort à Waterloo, sa mère avait rendu l'âme lors d'une épidémie de choléra en 1830, ses deux frères avaient disparu pendant la conquête de l'Algérie et sa sœur cadette, elle aussi veuve et sans enfant, avait mis fin à ses jours en se jetant du haut du cap Sicié après la célèbre procession à Notre-Dame-du-Mai. À soixante-dix ans, vindicative, animée d'une foi fanatique, Jeannette avait mis toutes ses facultés et son énergie à seconder Louis Vitalis dont elle était secrètement amoureuse. Sa responsabilité était grande ; elle avait en charge les dépenses concernant la demeure et le salaire des journaliers. Elle recevait une somme mensuelle qui variait selon les saisons et, depuis trois ans, selon les humeurs de son maître.

– Eh bien, parlez-moi !

Avec Antoine, elle était sèche et distante. Elle ne l'estimait pas capable de faire fructifier le domaine, il n'avait pas la trempe et la classe du grand Charles-Louis, ni le caractère opportuniste de Louis.

« Un paysan malpropre, un bouseux, un épouilleur de chèvres, un vacher, une espèce de Breton qui se complaît dans le fumier. »

Les termes ne manquaient pas pour qualifier le futur héritier, mais ils ne passaient jamais ses lèvres et ses dents serrées en public. Elle les confiait au curé de Fuveau qui ne lui était d'aucun secours. Il lui répétait qu'Antoine méritait sa considération, que chez ce garçon honnête et courageux, d'autres qualités sommeillaient et que, le jour venu, il se montrerait à la hauteur.

Pas ici, répondit Antoine en lui tournant le dos.

Elle lui emboîta le pas sous les regards interrogateurs de la cuisinière et de l'intendant. Jeannette et Antoine ne se parlaient pratiquement jamais. Le face-à-face promettait d'être orageux. Antoine marchait vite. Il entendait le *clac-clac* des talons de la gérante, son souffle court, le frou-frou de sa robe empesée. Il fila directement vers le bureau de son père qu'il trouva fermé comme d'habitude.

– La clef ! exigea-t-il.

– Vous n'avez pas le droit d'entrer ici !

– Donnez-moi cette fichue clef ou j'enfonce cette porte.

Jeannette pâlit à l'idée de la porte fracassée et des explications qu'elle devrait donner à M. Louis. Elle portait le double de la clef pendue à une chaînette sous sa camisole. Elle était la seule à être autorisée à pénétrer dans cet antre qu'elle nettoyait une fois par semaine. Louis ne faisait pas confiance à son fils ; il n'avait jamais fait l'effort de l'initier aux arcanes du commerce et des finances, régissant tout, ne déléguant rien à personne. Autocrate, égoïste, égocentrique, il se prenait pour le Louis XIV de l'agriculture.

Jeannette faisait de la résistance.

– Vais-je devoir vous arracher cette clef par la force ? gronda Antoine.

Ce n'était pas des paroles en l'air, elle le vit à son visage. Tremblante de colère et de peur, elle déboutonna son col et retira le passe.

– Vous serez puni, fit-elle.

– Puni ? Je voudrais savoir comment. Ce serait une première, ma chère, persifla-t-il.

Il n'avait jamais subi de punition corporelle. Contrairement à des garçons de sa connaissance, il n'avait jamais senti la brûlure de la ceinture paternelle. Ce n'était pas dans les mœurs des Vitalis. Il s'estimait suffisamment puni moralement ; il ne franchissait jamais les interdits imposés par son père. Ce temps-là était révolu, il avait décidé de s'émanciper et de revendiquer le pouvoir.

Le bureau, il y venait sur ordre, quand Louis avait la décence de lui communiquer des résultats. Au dernier moment, Antoine apprenait qu'une parcelle de terrain avait été échangée contre une autre, qu'une ferme avait été achetée, que la vente des céréales n'avait pas tenu ses promesses… Antoine prit une profonde inspiration, il entamait sa révolution.

Il introduisit la clef dans la serrure sans hésiter, fit tourner le gros bouton doré de la porte, poussa le battant et alla s'asseoir dans le faudesteuil des maîtres de la Braconnerie. Il l'appelait « faudesteuil » et non pas « fauteuil » car ce siège était un véritable trône de chêne sculpté de motifs mythologiques et surmonté d'une couronne de laurier. Il était inconfortable, il n'avait pas été fait pour s'endormir. Face à lui, désemparée, Jeannette le contemplait avec des yeux de chouette effrayée.

Antoine venait de commettre le plus grand des sacrilèges en s'installant derrière le vaste bureau second Empire encombré de dossiers et de journaux. Il y avait un revolver américain posé sur une chemise cartonnée. En voyant l'arme, elle eut des envies de meurtre.

– Je connais le fond de vos pensées ma bonne Jeannette, mais vous en conviendrez, en toute logique, vu notre différence d'âge, vous ne me survivrez pas. N'en doutez pas une seconde, dit Antoine en s'emparant de l'arme.

Il tourna l'engin dans tous les sens, fit jouer le barillet. Jeannette était sur des charbons ardents, se demandant ce qu'attendait d'elle ce fou. N'y tenant plus, elle lui posa la question.

– Que me voulez-vous ?

– Si je vous dis Chapel, que me répondez-vous ?

– Que ces bons à rien ne nous manqueront pas, dit-elle méchamment.

– Ce n'est pas la bonne réponse. Je pense que d'autres « bons à rien » prendront le même chemin que les Chapel et qu'un jour votre tour viendra. J'espère que vous avez eu le bon sens de mettre un peu d'argent de côté. À votre âge, plus personne ne voudra de vous. Pensez aux taudis de Marseille, aux mouroirs que sont les hospices.

– Votre père m'a fait part de sa décision de se séparer des Chapel il y a quinze jours. Il faut bien faire des économies.

– Voilà qui est mieux, dit-il en pointant le revolver sur elle. Vous avez l'œil à tout, n'est-ce pas ?

Elle fit oui de la tête. Il abandonna son ton ironique pour entrer dans le vif du sujet.

– On nous a volé un tableau dans la galerie du premier étage. Je suppose que mon père a fait faire une enquête.

Jeannette était hypnotisée par le canon de l'arme qui la prenait pour cible ; elle porta inconsciemment la main sur la croix épinglée sur sa robe.

– Il n'a pas été volé, répondit-elle d'une voix presque inaudible tandis que son regard affolé sautait d'un endroit à un autre dans le bureau où s'accumulaient des livres et des objets dignes de figurer au catalogue des grands musées.

Antoine suivit ce regard qui ne zigzaguait pas au hasard. Il lui apparut que le décor qu'il connaissait avait été modifié, comme dans les autres pièces de la maison. Le guéridon sur trois pieds à tête de lion avait perdu sa statue.

– La Vénus, murmura-t-il.

Il en avait des souvenirs charnels. Adolescent, il admirait les formes parfaites de la déesse. Une seule fois, profitant de l'absence momentanée de son père qui s'entretenait avec Ost sur le palier, il avait caressé les seins de bronze.

– Elle est partie, comme les Chapel et le reste, bafouilla Jeannette.

– Comment est-elle partie et c'est quoi le reste ?

– Je n'ai pas tout vérifié, mais votre père a emporté la Vénus, le tableau, le buste de Cicéron, l'épée de Louis XIII, les lettres de Mazarin.

Elle s'approcha de la bibliothèque et montra un emplacement vide en poursuivant d'une voix plus assurée :

– Et là, je vois qu'il manque la boîte contenant la collection de pièces.

Le sang d'Antoine monta en une poussée de lave. Il faillit presser sur la détente du colt, mais il jeta rageusement l'arme au milieu des dossiers empilés, puis il s'arracha brutalement au trône du patriarche, le contourna pour se planter devant le coffre-fort. Le cube d'acier sombre contenait les secrets de son père et de grosses quantités d'actions et de billets.

– Vous connaissez la combinaison ? éructa-t-il.

– Non, non… Oh ! monsieur Antoine, je vous en conjure, ne faites pas de sottises. Votre père a sûrement ses raisons. Peut-être a-t-il besoin d'argent pour compenser les pertes des récoltes ? Cette maudite sécheresse nous a été envoyée par le diable ! Ou alors il veut acheter la grande ferme des Tilleuls à Auriol. C'était son intention, vous vous rappelez bien.

– Vous me parlez d'un projet vieux de quatre ans. N'essayez pas de prendre sa défense. Vous savez très bien à quoi il emploie cet argent.

– Non, je n'en sais rien ! Il ne me fait pas de confidences. Je vous le jure sur le Christ !

Antoine la crut. Jeannette n'était pas femme à mettre en jeu son âme en prenant le Christ à témoin. Elle venait de jurer, ce qui était déjà pour elle un énorme péché. Elle ne lui avait pas révélé le fond de ses pensées. Comme Maryse et la plupart des commères, elle devait imaginer que la source du mal se trouvait dans l'entrejambe d'une courtisane qui avait piégé M. Vitalis. À Marseille, des hommes en vue avaient dilapidé leur fortune en entretenant des créatures qui vivaient sur le pied de l'impératrice.

Toutes ces choses perdues… Sentimentalement, il regrettait la collection de monnaies. Il se souvint des bons moments passés avec son grand-père, quand ce dernier lui glissait un denier d'or impérial dans la main en lui disant : « Mon petit, ferme les yeux. Tu es à Rome. Entends-tu les clameurs du cirque où s'affrontent les gladiateurs, le fracas des chars se brisant contre les bornes, le rugissement des lions dévorant les chrétiens et les hurlements des spectateurs ? Les trompettes retentissent, l'empereur Caracalla descend dans l'arène avec sa maîtresse amazone et tous deux tuent des adversaires. L'empereur est fou et cruel. Pourtant il a succédé à un sage. »

Son grand-père lui récitait alors une pensée de Marc Aurèle.

Il lui en vint une à l'esprit ; il en connaissait quelques-unes par cœur. La voix de grand-père disait :

> *Rappelle-toi depuis combien de temps tu remets à plus tard et combien de fois, ayant reçu des dieux des occasions de t'acquitter, tu ne les as pas mises à profit. Mais il faut enfin, dès maintenant, que tu saches de quel monde tu fais partie, et de quel être, régisseur du monde, tu es une émanation, et qu'un temps limité te circonscrit. Si tu n'en profites pas pour accéder à la sérénité, ce moment passera ; tu passeras aussi, et jamais plus il ne reviendra*[1].

L'écho de ces paroles du passé le confirma dans ses intentions de se libérer du carcan paternel. Il n'avait que trop tardé. Son dictateur de père l'avait relégué parmi les paysans et il s'y était complu, refusant les responsabilités inhérentes à son rang.

– C'est bon, vous pouvez retourner à vos occupations, dit-il à Jeannette. Je n'évoquerai pas notre entretien avec mon père.

– Il saura si vous lui parlez de la statue et des pièces de monnaie, il saura que c'est moi qui vous ai donné la clef.

– Vous ne m'avez rien donné, répondit-il en la raccompagnant vers l'entrée.

Elle ne comprenait pas. Il verrouilla la porte et lui rendit la clef. Il était calme. Alors qu'elle fourrait la chaînette sous son vêtement, il se détendit et donna un violent coup de

1. *Pensées*, livre 2, IV.

pied au milieu du double battant. Le bois éclata, la serrure ne soutint pas la charge.

– Vous aurez l'occasion de vous plaindre à lui, dit-il.

Jeannette ne demanda pas son reste. Elle s'enfuit à pas précipités.

Antoine ne s'était jamais senti aussi bien dans sa peau. Certes, il subirait les foudres de son père, mais il avait sa propre réserve d'éclairs. Il entra en conquérant dans la sacro-sainte pièce où s'était bâtie la renommée des Vitalis et se planta face à ce maudit coffre-fort qui le défiait. Il n'avait pas les moyens de l'ouvrir. Le percer était impossible car il ne possédait pas les outils nécessaires. Le détruire avec quelques kilos de poudre noire n'était pas la solution bien qu'il pût se procurer l'explosif auprès des mineurs. Le coffre avait été conçu pour résister à tous les assauts.

Antoine poussa un soupir d'exaspération, puis son œil fut attiré par un dossier cartonné sur lequel avait été collée une étiquette à liseré rouge.

« Maître Magnan », lut-il.

Magnan était le notaire de la famille. Intrigué, Antoine dessangla la chemise et l'ouvrit. Il s'agissait d'un contrat de vente concernant la propriété des Fayolles que les Vitalis avaient acquise en 1792. Tout était clair, dûment paraphé par les intéressés.

Antoine s'empourpra une fois de plus. Son père avait vendu les Fayolles à Charles Lhuilier, le patron de la société minière la plus en vue du bassin. Les Fayolles, six hectares plantés de vignes cédés pour la somme dérisoire de seize mille cent francs, étaient l'un des fleurons du domaine. Lhuilier n'avait sûrement pas l'intention de faire du vin. Les belles vignes allaient être arrachées, la fermette rasée, et on verrait très vite s'élever un terril sur cette campagne qui avait inspiré des peintres. Antoine froissa les feuillets et les éparpilla sur le bureau. Les Fayolles où il aimait poser des pièges, c'était fini. Il n'entendrait plus chanter les cigales et crier les grives. Le bruit affreux de la machine à vapeur actionnant les câbles du puits et les roulements sinistres des wagonnets sur les rails remplaceraient les plaisanteries et les rires des vendangeurs.

Son père avait dépassé les limites. Antoine était prêt à l'affronter.

7

La Bastide Verte

Marthe brossait, épongeait, nettoyait. Quand la tempête avait éclaté, elle était sur la route de Puyloubier avec sa charrette tirée par une mule. Tous les mardis, elle se rendait au village où se tenait le marché et n'avait pas tenu compte d'un brusque changement de temps, laissant les fenêtres ouvertes sur le côté est de la bastide. L'eau s'y était engouffrée et elle avait constaté le désastre en revenant sous le déluge.

– Toute cette cagade du ciel, c'est de ta faute, j'en mettrais ma main au feu, dit-elle à Claire qui venait de rentrer de sa folle escapade sur les sommets de la Sainte-Victoire. Il n'y a qu'à te regarder ! poursuivit la servante sur un ton acariâtre. Tu es toute vougnue, pleine de boue, on dirait une bohémienne.

– Tu te plains toujours. Hier, tu pestais contre le mistral.

– Et j'ai pas fini car il va revenir nous tourmenter, ce maudit vent. *Fuou saupre si plagne l'on oouten toujours qu'auquaren*[1].

– Et tu voudrais obtenir quoi ?

1. Il faut savoir se plaindre, on obtient toujours quelque chose.

– La paix, mademoiselle Claire Charme. Quand vous cesserez de vous prendre pour la fée Mélusine et que vous vous amouracherez d'un homme, ce sera le cas.

Claire dissimula son sourire. Marthe était son ange gardien ; elle l'aurait fiancée au premier venu tout en la mettant en garde contre les malheurs du mariage. La vieille servante avait tout sacrifié en la suivant sur ces hauteurs sauvages alors qu'elle se plaisait dans les rues populeuses de Marseille où elle était née. Elle aimait Claire comme si elle l'avait mise au monde, cet amour était d'autant plus fort qu'elle avait perdu sa propre fille en bas âge, emportée par la dysenterie. Le père de l'enfant, un malotru et un lâche, l'avait abandonnée en s'embarquant pour le Sénégal. Femme de chambre chez les Charme, elle s'était attachée à cette famille. Elle avait élevé Claire, puis subi le châtiment de sa protégée quand il avait été décidé de reléguer la « jeune sorcière » – ainsi la qualifiait Mme Charme – sur la Sainte-Victoire. Là, Claire avait trouvé toute sa dimension de magicienne, au grand désespoir de Marthe qui voyait la Bastide Verte se remplir d'herbes médicinales, de champignons vénéneux, de racines, de fleurs séchées…

– Qui voudrait d'une jeteuse de sorts, dis-moi ?

– Ce ne sont pas les braves garçons qui manquent dans le pays. Il y en a beaucoup qui préféreraient être en plein air au lieu de croupir dans le fond des puits de lignite, répondit Marthe en se relevant, les mains sur les hanches.

– Un mineur, un type tout noir dans mes draps, tu y vas fort, Marthe.

– Et pourquoi pas ?

– Tu veux dire par là qu'il m'épouserait pour le bon air de la Bastide Verte, pour mon bien et les terres qui l'entourent ?

– Et alors ? Cette bâtisse a autant besoin d'un homme que toi. Le toit fuit, les murs se lézardent, la terre est retournée à l'état sauvage, je ne parle pas du minable carré de carottes, de haricots et de salades que je me tue à entretenir. Oui, il faut un gars dans cette baraque, et un costaud !

– Mais moi je veux quelqu'un qui m'aime et que j'aime.

– Oh, peuchère de moi. Tu finiras demoiselle, toute ridée. Voilà ce que j'en pense. Allez zou ! Va te débarbouiller le museau si tu ne veux pas que je te chasse à coups de balai comme une mendiante. Et déchausse-toi, tu vas me faire des traces partout.

Dans sa chambre au dernier étage, Claire glissa pieds nus sur la fraîcheur des tommettes et gagna la bassine de zinc que la brave femme avait remplie avant son arrivée. La servante veillait au confort de sa « chérie » ; deux seaux d'eau de rinçage flanquaient la bassine. La chambre sentait les plantes, comme les chambres voisines. Claire y entassait ses cueillettes et y préparait ses potions et ses filtres. Des centaines de boîtes, de bouteilles et de fioles étiquetées encombraient la pièce. Claire huma ses senteurs, certaines trop poivrées lui firent froncer les narines.

En quelques gestes gracieux, elle fit tomber sa robe et son jupon, enleva sa chemise. Le grand miroir à l'encadrement doré, vestige d'un luxe passé, lui renvoya l'image d'une jeune femme svelte à la peau légèrement ambrée, plus brune sur les parties exposées au soleil. Elle avait la poitrine ronde, le ventre plat, les jambes longues et fuselées. Ce corps avait été sculpté par les longues et dures marches dans la montagne, les escalades et les intempéries. Chaque fois qu'elle se voyait nue, elle ne s'imaginait pas qu'un homme de son temps puisse la désirer. Elle ne ressemblait en rien aux modèles peints par les artistes, aux odalisques rondes alanguies sur leurs lits, aux concubines de la Bible ou aux déesses de Rubens, aux bourgeoises dodues et molles se pavanant sous les ombrelles les jours de marché. Claire n'avait jamais cherché à mettre en valeur ses formes en les emprisonnant dans des corsets et des robes à panier surchargées de rubans et de dentelles. Être gros était un signe de bonne santé et de richesse, et elle n'entrait pas dans la catégorie de ceux qui se gavaient de foie gras, de charcuterie, de trois sortes de plats principaux, de gâteaux et de crèmes à chaque repas. Elle avait connu cette époque avec sa mère approchant les quatre-vingt-dix kilos. Elle ne sacrifierait jamais à cette mode de l'embonpoint et n'attirerait pas le regard des hommes.

Elle en souffrait un peu. Il lui arrivait d'avoir des émois, des désirs fugaces, des chaleurs incontrôlées, des envies de connaître l'extase ou du moins quelques plaisirs. Elle n'ignorait rien des choses de la chair. Des femmes en mal d'amour lui rendaient visite pour lui acheter un filtre, commander un sort, connaître leur avenir ou lui demander conseil lorsqu'elles se sentaient délaissées par leurs époux ou leurs amants. Claire recueillait leurs confidences et les détails croustillants de leurs ébats. Parfois elle en rougissait. Ces clientes se livraient plus à elle qu'aux prêtres à qui elles confessaient leurs péchés.

Les deux fenêtres de la chambre grincèrent. Le vent d'ouest se levait à nouveau. En trempant ses petons dans l'eau, elle eut un frisson. Elle le prolongea en passant l'éponge sur sa poitrine.

La Bastide Verte se cramponnait sous les assauts du mistral. Depuis des siècles, elle en avait vu d'autres, échappant aux gigantesques incendies de 1790 et de 1822. Les chênes secouaient leurs panaches, les oliviers argentés bruissaient avec des élans bleutés et les cierges sombres des cyprès griffaient de leurs pointes le vélin d'azur du ciel. Les arbres pliaient mais ne rompaient pas. Entre chaque rafale, les cigales menaient un train d'enfer qui effaçait le chuintement des machines à vapeur disséminées dans le bassin minier.

Claire brossait ses longs cheveux couleur d'automne. Elle se demandait comment elle allait pouvoir réparer cette noble bâtisse du XVIe siècle à deux étages, édifiée en dépit du bon sens sur la barre du Cengle, à un endroit où il avait fallu forer des puits de cinquante mètres de profondeur pour trouver de l'eau et construire des bassins de rétention. De loin, cette demeure seigneuriale aux murs enduits à la chaux, au toit à quatre pentes couvertes de tuiles romaines en camaïeu avec trois rangs de génoise, aux encadrements de fenêtres en pierre de taille, en imposait. De près, il ne fallait pas être un spécialiste en maçonnerie pour s'apercevoir que certaines parties étaient sur le point de s'écrouler. De grandes fissures attaquaient les deux tours latérales.

Claire pensa aux pets de mine qui secouaient la terre de temps en temps. Entre les coups de grisou et les explosifs utilisés par les mineurs pour briser les rochers, il suffisait d'un rien et ce serait la catastrophe.

Comment réparer ? La rente que lui versait son père était tout juste suffisante pour les nourrir et parer à de menus travaux. Il n'était pas question de lui donner un sou de plus, sa mère y veillait. Toutes les lettres envoyées en ce sens à ses parents se heurtaient au silence.

Où trouver l'argent ?

Les fioles, les herbes, les pommades, les voyances et les désenvoûtements lui rapportaient moins de trente francs par mois. Avec ces maigres émoluments, elle achetait du tissu bon marché à partir duquel Marthe confectionnait des robes et des chemises. Il lui arrivait de s'offrir des friandises lors des fêtes et parfois, sur un coup de tête, des bijoux à quatre sous proposés par les colporteurs.

Après un regard navré pour son visage sans fard, Claire enfila ses grosses chaussures qu'elle avait pris soin de décrotter, puis elle descendit dans la cour en ignorant les pièces maîtresses du rez-de-chaussée où se mouraient des meubles d'un autre âge recouverts de draps blancs.

La cour, organisée autour du puits de brique rouge, était plantée de cerisiers, de mûriers et d'un antique marronnier. Cet arbre au tronc énorme sur lequel avaient été cloués des fers à cheval prodiguait de l'ombre à une table et des chaises en fer forgé piqué de rouille. Claire s'était promis d'acheter une brosse métallique et de la peinture pour les requinquer. Poussant un soupir d'exaspération, elle relégua une fois de plus ce projet dans une case de son cerveau tout en sachant qu'elle l'oublierait dans la minute suivante. Jouxtant le corps est du bâtiment, se trouvaient les annexes : les écuries où Mumu la mule, seule pensionnaire, prenait ses aises, la porcherie vide de cochons, le local à outillage, puis la tour aménagée en poulailler, lapinière et pigeonnier. L'aire de battage prolongeait la cour mais les vanneuses n'y avaient plus mis les pieds depuis la mort de Louis XVI et Marie-Antoinette. Aujourd'hui, aux alentours, il ne poussait que des herbes folles et du thym parmi la caillasse.

Ce n'était pas un mais dix hommes qu'elle devrait épouser pour relancer la production sur ce domaine. Claire eut un petit rire. Dix mâles à sa disposition. L'idée de pratiquer la polyandrie, d'être la reine de gaillards soumis la laissa rêveuse quelques instants. Quel scandale ce serait. Il y avait fort à parier que les lavandières de la Barque la lapideraient. La question de partager sa vie avec une décurie de paysans ne se posait pas. Elle était seule, quoi qu'en disent les commères des fermes et des villages voisins. On lui attribuait à tort une aventure avec Tonin, le braconnier de Fuveau. Tonin était un ami. Rien de plus. Un amoureux de la nature qui lui avait appris à distinguer un rouge-gorge d'un moineau, une bécasse d'un faisan. À ses côtés, elle avait découvert les propriétés des plantes courantes ; les sorcières de Signes la Noire, de Saint-Zacharie et de Trets s'étaient chargées de lui enseigner les secrets des variétés plus rares. Claire n'aimait cependant pas trop se lier à ces « Dames de la nuit » tournées vers la magie noire. Elle connaissait les clefs de leurs pratiques maléfiques et leur attirance pour Satan et ses légions. Jusqu'à ce jour, elle avait évité de les imiter. Elle mettait ses dons au service du bien et elle en était fière.

Où trouver de l'argent ?

Cette question obsessionnelle lui sapait le moral. Réparer la Bastide Verte demeurait une priorité. Claire jeta un regard circulaire circonspect sur ses possessions. Au fond du champ jauni envahi de sauterelles et de ronces, on avait bâti la bugadière, le lavoir des maîtres, dans un local fermé où un ingénieux système de pompe à manivelle et de tuyaux de grès permettait de puiser de l'eau dans la nappe phréatique. Les reins cassés, Marthe y faisait de grandes lessives, pestant de ne pas avoir d'aide mais refusant celle de Claire. La bugadière tombait en ruine, comme le reste. Ce constat l'épuisait ; Claire s'assit sur le rebord de l'une des fenêtres donnant sur le vaste séjour poussiéreux avec sa cheminée Renaissance taillée dans le plus pur des portors. Seule la cuisine, meublée d'une solide et longue table, de bancs et de chaises provençales, donnait une illusion de prospérité. Le cuivre des casseroles et des chaudrons rutilait, les couteaux de toutes tailles, les louches, les passoires et les râpes semblaient sortir des manufactures. Les mortiers en marbre, les boîtes à épices, les pots en faïence de Moustier, le pétrin trônant face à la cheminée et les placards ne portaient pas la moindre trace de salissure. Marthe veillait à l'entretien de ce lieu sacré où elle faisait des prouesses. Il arrivait à la vieille servante de faire le ménage au premier étage dans le bureau et les deux bibliothèques, traquant les toiles d'araignées dans les coins et les moisissures sur le papier des livres, mais ses incursions restaient épisodiques. En fait, elle appréhendait de vaquer dans ces pièces bourrées de masques et d'objets étranges qu'un ancêtre des Charme, passionné d'ésotérisme, d'ethnologie, d'archéologie et d'exotisme, avait ramenés de ses périlleux voyages. Seule la chambre de Claire au second étage avait droit à ses coups quotidiens de balai et de chiffon. Elle ne mettait jamais les pieds dans les autres remplies des « saletés » dénichées par sa fée. Autrefois, le second étage avait connu ses heures de gloire lorsqu'il servait de silo à grain et de magnanerie où on conservait les feuilles pour les vers à soie, et que les chambres étaient celles des bonnes aux cuisses légères. Ce temps remontait au grand-oncle de Claire qui avait disparu au Venezuela cinquante ans plus tôt sans laisser d'héritier direct.

Vendre les meubles et les collections bizarres de son grand-oncle sans l'accord de son père n'était pas une solution. Claire en tirerait une misère. Il y avait des monceaux d'or sous son regard. De la Bastide Verte juchée comme une forteresse sur la barre du Cengle, elle apercevait les cônes noirs des terrils, les superstructures d'acier des puits et les infrastructures de brique des ateliers et des bureaux qui rapportaient des millions aux patrons charbonniers. Tout autour de ces ruches bourdonnantes, les toits de tuiles rousses des villages tranchaient sur la verdure des collines ou se confondaient avec le crépuscule naissant. Fuveau, Gréasque, Gardanne, Trets, toutes les communes environnantes s'agrandissaient d'année en année. La prospérité leur permettait de se doter d'avenues, de boulevards, de fontaines et de jardins publics. Une locomotive tractant des wagons de lignite siffla. L'envie de partir à l'aventure comme son grand-oncle Henri la prit ; elle ne dura pas. Il lui était impossible de quitter la Sainte-Victoire ; elle y était enchaînée. Elle se mordit les lèvres. Le sang du couchant lui rappela qu'une catastrophe allait se produire. C'était imminent. Cette insouciante Provence lancée dans la course au progrès prendrait le deuil avant la fin de l'été.

– Qu'est-ce encore ? s'exclama-t-elle en remarquant soudain la silhouette qui cheminait vers la bastide.

Maryse la bossue n'en pouvait plus. Sa malformation réduisait ses capacités respiratoires. Cette Bastide Verte se trouvait au bout du monde, en équilibre sur le rebord chaotique de la grosse lèvre de rochers gris qui frappaient les imaginations. Quelle idée de vivre dans ce paysage hostile. Il fallait s'appeler Claire Charme, la Colère, la Magicienne, la Sorcière, l'Endevinaire, pour s'accrocher à ces pierres stériles.

Le mistral s'était encore levé. Parfois elle l'avait de face, parfois de dos. Il la pétrissait, la décoiffait, l'assoiffait, ne se privait pas de lui peloter les seins, la croupe et la bosse. C'était un malotru, un vandale, un vicelard et un fléau. Maryse n'avait pas de noms pour le qualifier. Elle ne désirait plus rebrousser chemin ; elle avait fait le plus gros du trajet pour rencontrer Claire Charme. Elle aurait pu régler cette affaire dans le silence de l'église, mais elle estimait que Dieu était déjà préoccupé par des tâches gigantesques et elle se sentait trop insignifiante pour que les saints lui prêtent l'oreille.

« Plus qu'un lacet », se réjouit-elle.

Elle le passa avec soulagement. La ligne droite de la mauvaise route charretière était dans le bon sens. Le vent la propulsait vers la demeure de Mlle Claire.

La jeune femme à la chevelure de feu emmêlée par les bourrasques l'attendait, le visage interrogateur.

– Bonjour mademoiselle, dit la bossue avec un respect prudent.

– Bonjour Maryse.

Elle avait eu l'occasion de rencontrer plusieurs fois la bossue qui souffrait de douleurs aux reins et respirait mal. Il arrivait à cette pauvre femme de tousser comme un mineur au déclin de son existence. Les tisanes et les poudres qu'elle lui échangeait contre des œufs ou des fromages de chèvre se révélaient efficaces. Claire devina que la paysanne n'était pas là pour des raisons de santé. Personne n'osait se rendre à la Bastide Verte à l'approche de la nuit.

– Seigneur, cette montée m'a escagassée, dit Maryse.

– Assieds-toi, je vais te donner un remontant à boire.

Maryse se laissa choir sur une chaise en fer forgé. Claire se rendit à la cuisine, remplit un broc d'eau dans lequel elle ajouta un liquide violacé et sirupeux. Elle revint avec le récipient et deux verres, elle aussi avait besoin de cette boisson préparée avec de l'extrait de figue, de mélisse, de gui et de racine de valériane. Maryse but d'un trait et en redemanda, puis elle se soumit à l'examen du regard insoutenable de la magicienne. Maintenant, elle n'osait plus lui faire part de sa requête.

– Tu me parais en bonne forme, constata Claire qui n'avait nul besoin de prendre le pouls d'un patient pour déterminer l'état de sa carcasse.

– C'est sûr, je suis pas mûre pour le cimetière.

– Qu'est-ce qui ne va pas alors ?

Au moment où elle posait cette question, Marthe apparut sur le seuil de l'entrée principale. À la vue de la bossue, ses yeux s'écarquillèrent. Elle avait une sainte horreur et une sainte peur des gens estropiés qui expiaient, affirmait-elle, les péchés de leurs ancêtres. Bossus, goitreux, aveugles, sourds-muets arboraient les stigmates de la punition divine et portaient malheur.

Claire lut dans les pensées de sa servante. Marthe avait des envies d'extermination. Avant que cette dernière fît un esclandre, elle lui cloua le bec.

– Marthe, laisse-nous.

– Mais…

– Vais-je devoir me fâcher ?

Marthe tourna les talons. Dès qu'elle fut à l'abri des regards, elle se signa : « Si tu m'entends, Jésus, fais que cette dégénérée déguerpisse au plus vite ! »

Maryse se rasséréna ; elle redoutait Palmède qui avait déjà tenu de rudes propos à son encontre sur les bords de l'Arc où les femmes lavaient leur linge. Avec Claire, c'était différent. Il n'y avait aucune ambiguïté. La jeune femme la considérait comme un être normal, elle avait la même attitude qu'Antoine. Il lui vint en tête que Claire et Antoine formeraient un couple parfait.

– Allez Maryse, reprit Claire d'une voix douce, dis-moi ce que tu as sur le cœur.

– Mon cœur est gros de chagrin et d'appréhension, mademoiselle. Mon maître, M. Louis Vitalis, nous donne des soucis.

Maryse se tordit les mains. Les mots avaient du mal à franchir ses lèvres. Claire attendit en pensant à Louis Vitalis qu'elle n'avait jamais eu l'occasion de rencontrer. Le puissant propriétaire terrien, comme tous ses semblables, souffrait des conséquences de trois années consécutives de sécheresse. 1870 s'annonçait pire : on prévoyait 35 % de réduction des récoltes céréalières. Les soucis de Maryse devaient être liés à ces mauvaises perspectives. Elle fut surprise quand Maryse se décida à parler du problème.

– Je crois qu'on l'a emmasqué !

– Emmasqué ?

– Oui, il a le mauvais œil sur lui, il ne s'appartient plus. Il est comme un pantin !

– Ce n'est pas donné à tout le monde de s'emparer de l'esprit de quelqu'un, expliqua Claire. Je ne connais personne à Fuveau pouvant jeter des sorts, même parmi les immigrés italiens des mines. Tu as des soupçons ?

– Je pense qu'il y a une femme là-dessous. Une Marseillaise. Elle le tient d'une manière ou d'une autre.

– Il ne serait pas le premier à avoir une liaison en dehors du foyer conjugal.

Claire songea à son père qui entretenait des gourgandines et ne se privait pas de fréquenter les prostituées de luxe lors de ses voyages à Paris, à Vienne et à Alexandrie. Cela faisait partie du statut des grands bourgeois et des nobles du second Empire. Elle l'admettait tout en le réprouvant.

– Mais c'est un péché, mademoiselle ! se récria Maryse. Il a une maîtresse aux dents longues, je ne sais pas qui elle est mais elle lui prend ses sous depuis... depuis longtemps. Tout a changé à la Braconnerie. Les Vitalis ne reçoivent plus personne. La Jeannette, elle dit qu'ils vont finir par vendre toutes les terres et nous avec. Hier, M. Louis a renvoyé les Chapel, de braves gens. Tout ça pour une catin qui se parfume derrière les oreilles et où je pense. Et puis, il me touche la bosse. C'est un homme empoisonné, je vous dis. Il va nous faire porter à tous le masque, à commencer par son fils. Coquin de sort ! S'il arrivait quelque chose à Antoine, j'en mourrais. Je suis venue vous demander de l'aide pour lui. Il faut protéger Antoine, il y va de notre avenir. Je ne veux pas finir mes jours en triant du charbon sur une trémie.

Claire était perplexe. Elle avait l'intuition que Louis Vitalis n'était pas sous l'emprise d'une croqueuse de diamants.

– Tu dis que ton maître te touche la bosse ?

– Oui, que Dieu fasse que cette main se dessèche !

– J'ai besoin de quelques minutes pour me faire une idée. Détends-toi, bois du remontant.

Claire ferma les yeux. Elle était baignée par l'aura de colère de Maryse. Des bribes d'images défilèrent. Elle aperçut Louis avec ses longs favoris et des hommes bien habillés autour d'une table ronde. Il lui sembla reconnaître des marines accrochées aux murs. C'était flou, glauque, malsain. Le visage souriant d'Antoine les remplaça ; elle fut saisie par la beauté atypique du jeune homme ressemblant à un berger grec. Elle le découvrit sous un autre angle. Il faisait rouler un rocher sur une restanque. Il était comme Sisyphe, puni à perpétuité par les dieux de l'Olympe. Son destin ne s'inscrivait pas dans le bonheur. De terribles épreuves l'attendaient ; elle le vit une dernière fois, un genou à terre devant l'impératrice Eugénie. C'était incompréhensible. Comme à chacune de ses visions, elle fut prise de compassion pour ce jeune homme. Elle se concentra à nouveau sur Louis. D'autres scènes prirent forme, mais dans aucune d'elles elle ne perçut la présence d'une femme ayant assez d'influence pour envoûter le père Vitalis.

Elle rouvrit les yeux. Maryse était suspendue à ses lèvres. Des lueurs passaient dans les agates vertes de la magicienne.

– Alors ?

– Je vais devoir toucher ta bosse, répondit Claire d'une voix lointaine.

Maryse se crispa. Claire se fit rassurante.

– J'ai besoin d'en savoir plus sur Louis Vitalis. Là où sa main s'est posée, là où il a mis tous ses espoirs, toutes ses croyances, il a laissé des traces. Tu es imprégnée de cet homme, comprends-tu ?

La pauvresse fit oui de la tête. Claire quitta sa chaise.

– Je peux ?

– Faites, et enlevez-moi toute la poisse que j'ai sur le dos, répondit Maryse en se penchant en avant.

Claire n'avait jamais touché une bosse ; il lui était arrivé d'imposer ses mains sur des tumeurs, sur des estomacs ulcéreux, sur des goitres et des verrues, réalisant parfois des miracles. La colonne vertébrale, pareille à une grosse canine émoussée ayant poussé de travers, tendait la toile anthracite de la chemise. La fée de la Bastide Verte ne put s'empêcher de penser à tous les êtres malfaisants des légendes qui nourrissaient les peurs enfantines et les angoisses des adultes.

« C'est la mecasa », lui suggéra une voix.

La mecasa, la morveuse bossue, se tenait un peu avant l'entrée des villes ; elle était affreusement sale, laide, avec le visage couvert de pustules, sa morve descendait en longues mèches jusqu'au bas de sa poitrine flétrie. Tous les enfants étaient tenus de l'embrasser sur les deux joues pour avoir le droit de continuer leur chemin. Comme elle ne se trouvait jamais à son poste, à Marseille, les petits et les parents en déduisaient qu'elle était retenue par ses embrassades à une autre porte de la cité.

« Honte à moi ! » se dit Claire en chassant ces absurdités de son cerveau.

Maryse n'était pas la mecasa. Elle avait un beau visage avenant, ses habits étaient propres, ses intentions bonnes. Elle se tenait comme à l'église pendant la consécration, les mains jointes et les paupières baissées. Claire posa résolument la main gauche sur la boursouflure. Du temps s'écoula. Les deux femmes fondues en un seul être se fermèrent au chant des cigales, au mugissement du vent et au bruissement des feuilles. Elles étaient dans une bulle, coupées du monde.

Lorsque Claire rompit le contact, Maryse crut que les cigales se frayaient un chemin dans le conduit de ses oreilles et que le vent soufflait dans sa caboche.

– Tu as raison, admit Claire, il est emmasqué, mais pas par une femme. J'en ai vu quatre mais elles n'étaient pas vivantes.

– Des mortes ! Que Dieu nous protège !

– Non, pas des mortes… mais ces quatre croque-mitaines pourraient bien le ruiner et le pousser au suicide. Antoine héritera du malheur de son père, j'en ai bien peur.

– Non ! Faites quelque chose ! Un masque, ça s'enlève. Les sorcières de Signes la Noire le peuvent, elles.

– Me crois-tu si je te dis que tu n'es pas envoûtée ?

– Vous en êtes sûre ?

– Oui.

Maryse poussa un soupir de soulagement, mais la contrariété réapparut en plis sur son front.

– Et M. Antoine ?

– Il faudrait qu'il me rende visite pour que je puisse agir sur lui.

– Lui venir ici ? Jamais ! Il est trop fier et testard. Il ne fait même pas confiance aux prêtres. Alors à vous, ce n'est pas envisageable. S'il apprenait que je suis venue vous voir pour le guérir, il m'en voudrait beaucoup.

– Encore un qui ne s'en remet qu'à la force de sa propre volonté, dit Claire, l'air ennuyé. Il y a peut-être un moyen.

– Dieu soit loué ! s'exclama Maryse en portant une main sur son cœur.

Elle se serait jetée au cou de la jeune femme pour lui témoigner sa reconnaissance.

– En la circonstance, ce n'est pas Dieu qui nous aidera, répondit Claire en durcissant ses traits. Suis-moi.

La bossue fut impressionnée ; elle n'était jamais entrée dans cette demeure qu'elle devinait pleine de forces mystérieuses et de fantômes. Le hall donnait sur un élégant escalier de marbre aux rampes de cuivre. À gauche, il y avait le grand salon, à droite la salle à manger. Les portes étaient ouvertes. Son malaise s'accentua à la vue des draps recouvrant les meubles ; son impression que le lieu était hanté se renforça. Claire la conduisit au premier étage.

– Le décor ne te plaira pas du tout.

La jeune femme ouvrit la dernière porte du long corridor sombre et Maryse se figea d'horreur. Des sales trombines, elle en avait vu à la sortie des mines, mais celles qui lui faisaient face, suspendues au mur, lui donnèrent envie de fuir à toutes jambes. Claire lui mit une main sur l'épaule et la rassura.

– Ce ne sont que des masques ramenés par mon grand-oncle Henri. Ils ont tous leur utilité et ne peuvent pas servir tant qu'on ne les porte pas.

Les masques africains, mexicains, indonésiens, malais, tibétains les contemplaient de leurs yeux globuleux, de leurs regards étrécis, de leurs pupilles trouées, tirant des langues énormes ou montrant des crocs de fauves. Têtes de diables, de singes, de chiens, de dragons, de vampires, d'êtres nés de l'imagination détraquée d'un démon portaient des peintures et des symboles associés à des rituels remontant à l'aube des temps. Maryse sentit augmenter la pression de la main de Claire sur son épaule ; la magicienne la força à pénétrer dans le bureau où d'autres abominations appartenant à des civilisations disparues attendaient d'être rendues à la vie.

Deux momies égyptiennes enveloppées de bandelettes en lambeaux dormaient dans leurs sarcophages dressés sur le mur de gauche. À leurs pieds, recroquevillée et grimaçante, la dépouille d'un guerrier inca en position fœtale était prête à se détendre pour mordre le cou de Maryse.

– Ce n'est pas chrétien, bégaya Maryse. Il faut vous débarrasser de toutes ces affreuses choses.

– Peut-être qu'en les vendant, ça me rapporterait quelques sous, répondit rêveusement Claire en caressant une statuette d'Isis. Mais ce serait faire de la peine à mon grand-oncle que j'aime sans l'avoir connu. Je crois que je tiens de lui tous ces dons surnaturels. Il est dit que je ne réparerai jamais cette maison ; ces objets resteront en place. Plusieurs d'entre eux peuvent apaiser ton Antoine.

Claire abandonna Maryse à sa circonspection pour déplacer l'échelle à roulettes de la bibliothèque. La fée de la Bastide Verte avait fait son choix parmi les masques. Le quatrième en haut à partir de la gauche ferait parfaitement l'affaire.

Maryse observait le manège de la jeune femme qui lui apparaissait plus mystérieuse que jamais. Quand elle vit qu'elle décrochait un diable peint en rouge avec des cornes plantées sur son front, elle murmura :

– Non… non, pas celui-là.

Claire la rejoignit avec son trophée.

– Il vient du Mexique, il est en papier mâché. Là-bas, on s'en sert pour exorciser le mal et se moquer de Satan, expliqua-t-elle en le posant sur son visage. Ne suis-je pas belle ainsi ? continua-t-elle avec malice d'une voix déformée.

Claire le garda quelques secondes. Elle déposa un baiser sur le creux intérieur des lèvres de papier. « Juste pour affoler un peu ce beau garçon », se dit-elle.

– Arrêtez, vous me faites peur.

– Il ne faut pas avoir peur, dit Claire en le retirant. Voilà, il est tout imbibé de moi à présent. Prends-le, il te suffira de le donner à Antoine.

– C'est tout ? demanda Maryse en s'emparant de la chose avec frisson.

– Non. Il devra le porter, puis tu me le ramèneras.

– Mais c'est impossible, il ne voudra jamais. Il me demandera d'où ça vient !

– Je suis sûre que tu trouveras un moyen. Tu dois agir vite. Peut-être est-il déjà trop tard. Tu es dans la course contre les quatre femmes non vivantes qui feront le malheur de Louis Vitalis. File maintenant. Le chemin est dangereux quand la nuit tombe.

8

Marseille l'opulente

La nuit, les rues de Marseille étaient plus dangereuses que les sentiers de Fuveau ; la ville attirait de plus en plus d'escrocs, de malfrats, de proxénètes et de bandits. On trouvait des voleurs dans toutes les couches de la société. Les plus grands échappaient à la justice et ne connaîtraient jamais le bagne de Toulon. Les richesses de la plus vieille cité de l'Empire étaient à prendre. Du plus petit au plus gros des spéculateurs fonciers, on se livrait une guerre sans merci pour la possession des terrains du Prado, de Longchamp, des Chartreux, de Menfenti jusque dans les bureaux de la mairie et de la préfecture. La saignée dans le fort Saint-Nicolas avait aiguisé des appétits féroces. Ce fort coupé en deux, juste au-dessus du Vieux-Port, par un large boulevard permettrait de s'emparer des hauteurs qui valaient des millions de francs-or.

Des millions... Louis Vitalis songeait à ces masses d'argent dans le fiacre qui roulait sur la superbe promenade de la Corniche où se croisaient de luxueux véhicules tirés par de fringants chevaux. Louis était d'humeur maussade. Il venait de quitter le restaurant le plus chic de la ville, *La Réserve*. Le repas lui avait coûté l'équivalent de... il n'arriva pas à trouver une équivalence. Il avait réglé la note assortie d'un pourboire généreux la mort dans l'âme, voyant fuir les francs de ses poches percées. Son tête-à-tête avec le représentant de la banque Lombard, M. Octavien Odet, n'avait rien donné. Ce Genevois froid et calculateur s'était montré intraitable, ne voulant lui accorder aucun crédit supplémentaire alors que la France était au bord du gouffre. Tel avait été son argument.

Louis n'avait rien compris à cette histoire de gouffre. Dans ses élucubrations, Odet avait agité l'épouvantail d'une guerre contre la Prusse. Une guerre était inimaginable ! Aucun mouvement de troupes n'avait été signalé, l'État n'avait pas appelé les conscrits de second rang sous les drapeaux.

– Foutaises ! prononça Louis à haute voix. Les banquiers sont tous des sangsues. Si l'argent vient sérieusement à manquer, je vendrai.

La liste des fermes et des terrains en sa possession était longue. De plus, la chance allait tourner en sa faveur. Il l'avait senti en touchant la bosse de Maryse. Tout n'était qu'une question de chance. Il eut un renvoi aigre, son estomac gargouillait, son foie criait grâce, la nausée le guettait, il se sentait brûlant d'une fièvre inguérissable. Il était toujours dans cet état avant de se jeter dans la gueule du loup. Il porta la main à sa poitrine, là où le portefeuille bourré de gros billets gonflait son veston, puis il tâta ses poches où il avait réparti les bourses contenant les pièces de cinquante francs-or. Tout était en place.

Le fiacre suivait la file des voitures qui s'engouffraient dans la cité par la nouvelle avenue du Prado ; cette voie rivale des Champs-Élysées à Paris avait causé la faillite du promoteur Bernex. Louis eut une pensée pour cet homme admiré qui avait été dévoré par les créanciers.

Chaque jour, Marseille faisait des victimes parmi les célébrités qui, du jour au lendemain, étaient jetées en pâture au public. Louis avait conscience de sa position précaire, mais il n'était pas assez important pour faire la une des journaux, sauf s'il se faisait sauter avec un baril de poudre noire devant la préfecture. Marseille le captivait, l'obsédait ; il désirait posséder cette gueuse riche et capricieuse, la plier à sa volonté. Il n'avait pas choisi la bonne méthode pour parvenir à ses fins et il en avait conscience.

Qui était en mesure de comprendre une ville aussi complexe, pleine de contradictions ? Marseille rayonnait dans sa grandeur communale et impériale, son opulence, son dynamisme industriel et maritime, ses agitations politiques et son bouillonnement intellectuel. Mais derrière son palais du Pharo, ses nouveaux bâtiments pareils à des temples grecs, ses cafés élégants, ses avenues et ses boulevards, se cachait une part de la détresse et de la misère humaines la plus noire de France après Toulon. La crise aidant, elle avait attiré sur ses rives tous les pauvres de Provence et d'Italie.

Parfois, dans ses moments de lucidité, Louis la détestait. Elle suintait la solidité et la respectabilité bourgeoise, l'autosatisfaction, la rectitude morale et politique, croyant qu'elle supplanterait un jour Paris, mais, sous la surface, le vice, l'injustice, la prostitution, la magouille et le crime grouillaient. Louis en savait long sur le sujet : il était passé de l'autre côté.

Le fiacre avait fait du chemin. Il quitta la Canebière puis s'arrêta au début de la rue de Noailles. Tout à ses sombres pensées, Louis sursauta quand le cocher ouvrit la portière.

– Monsieur, nous sommes arrivés à destination.

– Merci mon bon. Voilà pour vous, gardez la monnaie, répondit-il en lui donnant une pièce de cinq francs qui représentait le double de la course.

– Que Dieu vous bénisse. C'est mon jour de chance, dit l'homme en souriant de toutes ses dents gâtées. Vous êtes le troisième à me laisser un pourboire royal.

– C'est aussi mon jour de chance, il faut savoir se montrer généreux si vous voulez qu'elle continue à vous sourire.

Sur ces paroles, il s'éloigna de la voiture. Il n'était pas arrivé à destination. Il avait toujours refusé de se faire déposer devant le 44 de la luxueuse rue de Noailles. Il préférait une approche discrète de ce lieu où se jouait le drame de sa vie. Il marchait à pas lents, repoussant le moment de son entrée dans l'arène. La comparaison lui semblait juste, il était un gladiateur des temps modernes.

Malgré l'heure avancée de la nuit, la circulation était intense. Le mistral, brisé par les obstacles élevés par les humains, se perdait dans le dédale des rues en une haleine chargée de toutes les odeurs de la cité. Il égayait le cœur des Marseillais en goguette. L'accent chantait sur le pas des portes où se réunissaient les blanchisseuses, les lingères, les repasseuses et les servantes qui attendaient le retour de leurs hommes partis refaire le monde dans les cafés.

Deux très belles femmes richement vêtues de robes de bal à volants, les cheveux étoilés de diamants et le cou enserré par plusieurs rangées de perles, lui coupèrent la route. Elles grimpèrent dans un landau tiré par deux chevaux blancs ; elles riaient, épinglaient d'un regard calculateur les hommes sur les trottoirs mais elles ne s'attardèrent pas à détailler Louis Vitalis pourtant habillé avec élégance. Ces prédatrices avaient l'instinct des grands fauves. Cet homme était déjà « en mains ». Louis continua son chemin. Elles l'avaient enveloppé d'un parfum de violette, de rose et de jasmin, mais il n'avait pas réagi à leur passage. Il ne tourna pas la tête pour les voir s'en aller dans l'opulent attelage laqué de noir et de jaune.

Louis remonta les numéros en croisant des gens sans visage, en se fermant aux conversations et aux rires. Il aborda la partie de la rue dans laquelle le petit personnel et les ouvriers n'étaient pas autorisés à deviser devant les entrées bourgeoises. Les propriétaires soucieux de leur image ne toléraient pas les chaises de paille devant leurs porches ; ils avaient en horreur les veillées bruyantes où chacun déballait les secrets de son voisin.

Les façades se dressaient avec toutes leurs moulures, leurs sculptures, leurs balcons à encorbellements. Imposantes et illuminées, elles imprégnèrent les rétines de Louis, s'infiltrèrent dans son cerveau où elles éclairèrent ses pensées ombreuses. Le commun des mortels ne pouvait franchir leurs murs ; elles protégeaient d'illustres Phocéens dont les noms rayonnaient aux quatre coins du monde.

C'était l'instant où Louis se sentait minuscule et l'instant où ses doigts le démangeaient. Les prémices d'une incontrôlable excitation se faisaient sentir au niveau du plexus.

Il saliva.

Un seul des immeubles exerçait sur lui une attraction puissante. La porte massive, ourlée de feuilles de chêne taillées dans la masse du bois, était enjolivée par des volutes de laiton flamboyant comme de l'or à la lumière des réverbères à gaz. Cette porte lui glaçait le sang, sans doute à cause de l'obstacle qu'elle avait toujours opposé à ses désirs de réussite. Le retournement n'était pas impossible. La porte de cet hôtel particulier pouvait s'ouvrir à ces mêmes désirs, sur des issues qui feraient de lui l'égal des maîtres de la rue de Noailles, de l'avenue du Prado et du quartier de Longchamp. Il suffisait d'y croire. L'Eldorado n'était pas un mythe. Louis était comme un papillon de nuit. Ses ailes se brûleraient bientôt aux flammes des lustres vénitiens. Quel que fût le piège qui l'attendait sous les lambris et sur les tapis persans, cet endroit jouissait d'un prestige toujours plus grand à chacune de ses visites. Il était le lieu le plus favorable à la réalisation de ses espoirs les plus fous.

D'irrépressibles frémissements lui hérissèrent le poil. L'hésitation persistait. Elle s'accompagnait d'un remords, d'un dégoût de soi qu'il finissait toujours par vaincre. Louis fit un aller-retour devant l'entrée, il se remémorait toutes les heures de tension vécues à l'intérieur de cet immeuble, toutes les erreurs accumulées, les opportunités manquées, les rares moments de triomphe, les défaites suivies de rages, le désespoir et le vide sidéral.

« Je dois inverser le cours de mon destin », se dit-il.

Il ne se faisait aucune illusion. S'il n'y parvenait pas, sa défaite serait totale, et il ne pouvait compter sur la mansuétude de l'homme qui habitait l'hôtel particulier. Ce dernier, tel Caligula, tendrait son pouce vers le sol, le condamnant à mort. Tout en retardant son entrée, il soliloquait. Son monologue silencieux s'adressait à la Chance aveugle, à la Fortune répandant l'abondance, à Hermès dérobant les bourses et les portefeuilles, à tous les dieux païens ayant une quelconque influence sur son existence vouée au hasard.

Le bâtiment de cinq étages appartenait à la famille Mirbot, ou plus précisément au patriarche du clan, Anselme. Anselme Mirbot, la soixantaine bien entamée, armateur et propriétaire de la Compagnie transocéanique marseillaise forte de trente-huit navires et d'une flottille de petites nefs, possédait deux chantiers capables de mettre à l'eau des unités de plus de cent mètres de long. La CTM avait en outre des filiales dans les colonies dont les principales exploitaient les arachides et le café. Anselme dirigeait d'une main de fer ce petit empire qui avait failli s'effondrer avec la construction du canal de Suez quand les industriels, entraînés par la frénésie boursière, avaient perdu des millions lors de fumeuses opérations financières.

L'attente avait assez duré. La pression était à présent très forte. Il se dirigea d'un pas résolu vers la porte, souleva le marteau de bronze et le laissa retomber. Le coup sourd se répercuta dans les profondeurs de l'immeuble. Louis détestait cet instant. Ce bruit le mettait en transe. La discrétion tant recherchée était réduite à néant par cet instrument qui avait la forme d'une patte de lion. Il s'imaginait la rue de Noailles pleine d'espions, mille regards suspicieux braqués sur sa nuque. La porte s'entrebâilla enfin et dévoila l'obséquieux majordome des Mirbot.

– Bonsoir, monsieur Vitalis.

– Bonsoir Denis.

– Monsieur a-t-il fait bonne route ?

– Oui.

– Monsieur est très attendu.

Cette voix mielleuse sans accent exaspérait Louis. Sous l'aspect policé de ce domestique taillé comme un lutteur de foire, il devinait la brute à la solde d'Anselme Mirbot. Ce type devait avoir du sang sur les mains.

Ils traversèrent une cour pavée où stationnaient des cabs et des berlines. Une seconde porte, flanquée de deux ancres marines, s'ouvrait sur la résidence principale. De part et d'autre de ce corps de pierre blanche, répartis sur plusieurs étages, il y avait les bureaux. Louis fut introduit pompeusement dans la partie privative.

– Monsieur Louis Vitalis de Fuveau ! clama le majordome.

L'ennoblissement de circonstance n'avait rien de gratifiant. Au contraire. Il ne le grandissait pas aux yeux d'une société qui considérait Fuveau comme un village de pouilleux, voire un foyer de révolutionnaires recrutés parmi les mineurs. Louis se sentit tout petit face aux hommes réunis dans la salle de réception. Le gratin marseillais et aixois était là. Quelques femmes se montraient ; elles en imposaient par la taille des diamants, des rubis, des émeraudes et des saphirs qu'elles arboraient. Elles croulaient sous les carats. Dans leurs coiffures compliquées brillaient des bijoux qui valaient la Braconnerie. Un avocat célèbre le salua, le neveu du général d'Aurelle de Paladines, un beau dandy à la fine moustache avec qui il avait des affinités. Il le prit par le coude et lui glissa tout bas :

– Vous ne devriez pas être ici.

– Et pourquoi donc ? s'étonna Louis.

– Votre cote n'est pas à la hausse et…

– Et ?

La voix de son interlocuteur se fit murmure.

– On va entrer en guerre.

– Que m'annoncez-vous là, mon cher Olivier ?

– Plus bas mon ami, plus bas, il y a ici des oreilles indiscrètes. Je le tiens de mon oncle, le général. Il est question de s'opposer à la Prusse au sujet de la succession au trône d'Espagne. L'épreuve de force est amorcée en coulisse. Nous pensons l'empereur capable de déclarer la guerre à Bismarck. Vous n'ignorez pas à quel point Napoléon veut venger son aïeul. La défaite de Waterloo l'a profondément marqué. Un gros propriétaire terrien tel que vous devrait se préparer à une telle éventualité en consacrant tout son temps et son énergie à anticiper la crise. Si vous parvenez à spéculer sur le prix des céréales, votre fortune est faite. Encore faudra-t-il procéder à la récolte…

Louis le coupa sèchement.

– Je ne crois pas à la guerre.

– Je vous aime bien Louis, nous partageons les mêmes idées, vous êtes un ardent bonapartiste, mais il faut vous rendre à l'évidence. Tous les indices s'accumulent pour qui sait les détecter. La volonté expansionniste des Prussiens ne laisse aucun doute, dit le jeune Olivier d'Aurelle en désignant d'un geste les journaux mis à la disposition des invités.

Je dois vous abandonner, j'ai décidé de mettre un terme à cette passion qui nous dévore. Demain, je prends le train pour Paris afin d'incorporer le régiment du colonel Tixier.

– Que Dieu vous garde, Olivier, dit Louis en serrant chaleureusement la main du jeune homme qui lui rappelait son fils.

– Qu'Il vous vienne en aide, répondit Olivier.

« Oui, qu'Il me vienne en aide », répéta mentalement Louis. Il laissa errer son regard anxieux sur les titres qui n'annonçaient aucun conflit. Peut-être fallait-il lire les entrefilets des pages intérieures du *Nouvelliste*, du *Courrier de Marseille*, de *La Gazette du Midi*, du *Petit Marseillais* et du plus prisé des canards de la région par les négociants, les industriels et les financiers : *Le Sémaphore de Marseille*. Cette feuille commerciale, marchande, industrielle, d'annonces judiciaires et avis divers était l'un des thermomètres de l'économie.

À son grand regret, Louis n'avait plus lu *Le Sémaphore* depuis 1868. Il tirait ses informations des collègues rencontrés dans les halles et les foires. Il était largué comme l'aurait été l'un des nervis du port. Au sein de cet hôtel confortable, on n'avait pourtant pas l'impression qu'une colossale menace pesait sur l'Europe. Le danger principal, représenté par les mouvements ouvriers, avait été écarté par la force. Autour de Louis, les faces satisfaites n'exprimaient aucune anxiété. Une coupe de champagne aux lèvres, les femmes gloussaient en se confiant leurs petits secrets. Les hommes fumaient le cigare en buvant du cognac. Le tabac et les parfums s'accouplaient. Ce mélange n'écœurait plus Louis.

À travers le brouillard bleuté de la fumée, l'assemblée paraissait irréelle. Louis se mit à contempler les tableaux représentant les bateaux appartenant à Mirbot. Il y avait là le *Sinaï* et le *Périclès*, navires de fer à roues avec deux mâts et une haute cheminée, gréés en goélette, le magnifique *Gange*, paquebot à hélices qui mangeait 1444 kilos de charbon à l'heure pour filer à dix nœuds, le *Méandre*, le *Balkan*, l'*Amérique*, l'*Impératrice* qui assurait le service entre Alexandrie et Marseille… Ah l'Égypte ! Voir les pyramides, admirer les trésors des pharaons, parcourir les déserts arides à dos de chameau et vivre des aventures intenses, Louis en avait souvent rêvé.

Pourquoi n'avait-il jamais quitté la France ? Pourquoi s'était-il accroché à l'ingrate terre fuvelaine, à compter des muids de blé, des sacs d'avoine, des tonneaux de vin et des têtes de bétail ? Il aurait été un grand navigateur, un archéologue hors pair, un découvreur de tombes et un conquérant capable de rallier à lui les tribus du Soudan, du Tchad et de Somalie, fondant un empire. Il se vit sur un trône d'ivoire rehaussé d'or, entouré de courtisans et d'esclaves, un léopard fidèle grognant à ses pieds.

Un « Bonsoir mon cher ami » mit fin à ses rêves d'adolescent. L'homme qui venait de l'aborder ne divaguait jamais. Louis cligna des yeux. Anselme Mirbot se tenait devant lui avec son sourire de joconde dissimulé sous une barbe épaisse grise taillée en deux pointes. Personne ne parvenait à saisir l'expression de son regard camouflé par le miroitement des verres de ses lunettes. Louis le savait froid, dur, sans âme.

– Ah, Anselme, je pensais être en retard.

– Mais non, mais non, nous avons toute la nuit devant nous.

– Certes, bredouilla Louis d'une voix fêlée en songeant à la nuit angoissante qui l'attendait.

– Comment va votre épouse ?

– Elle se porterait mieux si elle vivait à Paris, répondit franchement Louis. À la Braconnerie, elle s'étiole, elle a toujours détesté la campagne.

– C'est un mal qui peut se réparer. Achetez-lui un appartement boulevard Haussmann ou rue Saint-Honoré et vous ferez son bonheur. Prenez exemple sur moi, ma Marie-Louise éprouve une véritable passion pour l'égyptologie et passe le plus clair de son temps au Caire. Sur son insistance, dix ans après le mariage de notre dernier enfant, j'ai acquis un vieux palais sur les bords du Nil. Et je ne le regrette pas. La liberté n'a pas de prix.

Louis supputa le prix d'un appartement dans un quartier bourgeois de Paris. Pourquoi pas ? À condition de se refaire une santé financière.

Anselme Mirbot salua les habitués, baisa des mains crémées et entraîna Louis vers son bureau privé à l'étage. Rares étaient ceux qui pénétraient dans ce lieu où étaient signés des contrats fabuleux. Une splendide maquette de navire à l'échelle d'un trentième en occupait le centre ; elle faisait la fierté de Mirbot qui ne manquait jamais de vanter les qualités de ce futur paquebot, de ses machines développant 1 900 CV et de ses trois mâts avec vergues de misaine. Il affirmait que l'avenir appartenait à ce genre de nef capable de transporter deux cent vingt-deux passagers en cabine et mille deux cents autres en entrepont.

– Où en êtes-vous avec le *Sénégal* ? demanda Louis en contemplant la plaque de cuivre sur laquelle était gravé le nom du bateau.

– Si tout se déroule comme prévu, nous le lancerons en septembre, mais j'ai des doutes quant aux délais de son armement. Il y aura du retard, un sérieux retard si l'empereur s'englue dans cette affaire de la succession au trône d'Espagne.

– Vous aussi vous croyez à la guerre ? s'étonna Louis.

– Oui. Jamais la France ne se laissera prendre dans un étau entre ses frontières. À l'est la Prusse, au sud l'Espagne.

Je crains que nous ne soyons contraints de le desserrer par la force.

– Mais l'Autriche et l'Angleterre sont dans notre camp.

– Asseyez-vous, je vous en prie, dit l'armateur en contournant son bureau de ministre pour prendre place sur un siège haut qui lui permettait de dominer ses interlocuteurs.

Anselme enleva ses lunettes et fixa Louis de ses pupilles. Louis devina les rouages en mouvement dans cette tête ; Mirbot se livrait à des calculs aboutissant à des conclusions irréfutables.

– C'est un leurre, répondit Anselme en remettant ses lunettes sur son nez. L'Angleterre comptera les points. L'Autriche est dans un état de déliquescence avancée. Dois-je vous rappeler que les Prussiens l'ont écrasée ? La France est seule, mon ami et nous, les armateurs, les constructeurs, les sidérurgistes serons en première ligne en cas de conflit. L'État trouve avantage à avoir constamment sous la main un considérable matériel naval immédiatement disponible. La guerre de Crimée nous a fait cruellement souffrir, nous avons dû fournir cinq cents bricks et trois mâts pour le transport des troupes. Je me souviens des milliers de Marseillais qui se rendaient à la Joliette pour assister aux embarquements. Cette guerre a donné sous ce rapport la valeur du parti que l'on pouvait tirer de nos services et de notre dévouement. Si la guerre est déclarée, elle nous forcera d'abord à reléguer en seconde ligne les besoins du commerce et du transport civil. De plus, par le renchérissement de toute chose et surtout du combustible, par la rareté des matelots et ouvriers de marine, tous appelés sous les drapeaux, par l'étendue et l'urgence des réparations des navires, par la nécessité de réaliser à tout prix des combinaisons auxquelles sera attachée la régularité des mouvements de troupes, la guerre augmentera de près de la moitié les frais de navigation. Le produit des transports militaires ne sera qu'un juste dédommagement de cet alourdissement de nos charges. Vous me suivez bien dans ce raisonnement mon cher ?

– Oui, mais je ne vois pas où vous voulez en venir, répondit Louis qui n'était pas venu chez Mirbot pour débattre de questions politiques et économiques.

– J'y viens, j'y viens, mais je tiens d'abord à vous éclairer sur la situation. Tant que l'abondance coexistait avec le surcroît de dépenses résultant des guerres elles-mêmes cumulées avec les gaspillages de l'Empire en plein essor, la balance s'est soldée à notre avantage. Pendant cette période, qui a duré jusqu'à l'expédition désastreuse du Mexique, les bénéfices de nos entreprises ont atteint un volume exceptionnel.

Louis était sur des charbons ardents. Il savait Mirbot capable de monologuer pendant plus d'une heure. Il était rodé comme un orateur du Sénat et, par ses discours, il avait influencé beaucoup d'élus de la région. Louis aurait voulu lui clouer le bec mais, comme d'habitude, il se pliait à la volonté de l'armateur millionnaire.

– Hélas, les temps ont changé, la vapeur a été inversée, et le ralentissement des affaires a brusquement tari la source de nos revenus liés à l'État. À présent, la plupart d'entre nous souffrent. Le risque d'une faillite généralisée à l'ensemble des sociétés est grand. Une guerre contre la Prusse serait catastrophique. La France n'est pas prête à se battre. Aucun autre pays n'osera marcher à nos côtés pour arrêter les hordes teutonnes lancées par Bismarck. Et ce n'est pas en affrétant des barges et des péniches sur le Rhin que nous compenserons les pertes de nos compagnies maritimes. Louis, vous n'échapperez pas à la crise, vous êtes le plus fragile d'entre nous. Vous devriez quitter notre… notre confrérie. Qu'allez-vous devenir quand vos paysans partiront sur le front ? Comment assurerez-vous le travail dans les champs ? Si vous venez à perdre vos récoltes, ce sera votre fin. Je vous demande de partir la tête haute et de ne plus participer à nos réunions.

– De quel droit ? répliqua Louis d'une voix étranglée par l'émotion.

Anselme Mirbot se renversa sur son siège et contempla Louis à travers les fentes de son regard aux paupières mi-closes. Derrière les verres épais des lunettes, ses yeux paraissaient minuscules ; il avait l'air d'un saurien prêt à gober sa proie d'un coup de langue visqueuse. Il laissa froidement tomber ces mots :

– Vous n'êtes plus à la hauteur des autres membres de notre communauté, monsieur Vitalis.

– C'est faux !

– Vous ne pourrez pas assurer, quoi que vous en disiez.

– Vous vous méprenez sur mon compte, Mirbot. J'ai du répondant. Je peux engager mon patrimoine.

– Et vous finirez au bout d'une corde. Savez-vous qu'on refuse les saints sacrements aux suicidés ? ironisa méchamment Anselme.

– Je me fous des sacrements ! s'exclama Louis en sortant son portefeuille.

Il étala vingt mille francs sur le bureau et déclara :

– Voilà pour les arriérés de ma dette plus une petite avance.

Une lueur d'intérêt passa dans le regard métallique de Mirbot. Il ne se pressa pas pour rafler les gros billets.

– Dans cette affaire, mon cher Vitalis, je ne suis qu'un intermédiaire, l'arbitre de vos âpres défis. Vous connaissez les règles, je ne prends qu'un faible pourcentage en dédommagement de mes réceptions. Cette position ludique et d'autres plus professionnelles me permettent d'exercer mon influence sur Marseille et sa région. Le 44 de la rue de Noailles est devenu le cercle privé le plus prisé de la ville et j'ai le devoir de maintenir ce cercle au niveau le plus élevé. Les plus riches me font la cour.

– Je représente plus de deux millions et demi ! Me comptez-vous parmi les pauvres ?

– Deux millions et demi peuvent fondre en quelques semaines. Surtout lorsqu'on est malchanceux.

– Avant la fin de l'année, j'en aurai cinq. J'ai la certitude que la chance va tourner en ma faveur.

– Si vous le dites… enfin, Dieu m'en est témoin, j'ai fait mon possible pour vous épargner la ruine et le déshonneur.

9

Le démon du jeu

Le salon rouge au second étage de l'hôtel particulier des Mirbot était volontairement maintenu dans la pénombre, sauf en son centre éclairé comme une scène de théâtre. Il était meublé sans ostentation. Des tableaux représentant des vues différentes de Marseille ornaient ses murs, mais il était difficile d'en voir les détails. De toute façon, ils n'attiraient l'œil de personne. Toute l'attention des personnes présentes dans le salon rouge se portait vers la table ronde recouverte de feutre et occupée par quatre hommes. Ils se tenaient aux quatre points cardinaux, le visage fermé. Ils s'observaient avec une telle acuité qu'ils avaient fini par oublier ceux qui, assis dans l'ombre, brûlaient de les rejoindre.

Louis Vitalis était à la table, sur la ligne de front circulaire, des envies fulgurantes de tuer en tête. Des gouttes de sueur suivaient l'arête de son nez. Il avait ôté sa veste, la chemise lui collait au dos. Cet état poisseux se répétait été comme hiver. Il ne valait pas mieux que celui des mineurs étouffant au fond des galeries.

Quand avait-il joué pour la première fois au poker ?

Il aurait dû marquer ce jour néfaste d'une croix et le maudire à jamais. Il s'était pris de passion pour le poker à la fin de l'année 1860 ou en 1861, au moment où la guerre de Sécession avait éclaté en Amérique… Oui, c'était cette année-là. Ce jeu de tricheurs, de menteurs, de hors-la-loi, de fauteurs de troubles, pratiqué à bord des bateaux du Mississippi, s'était répandu dans les tripots du monde entier. Ce vice avait d'abord frappé les ports. Les marins des compagnies marseillaises l'avaient ramené de la Nouvelle-Orléans vers 1845. Certains racontaient que ce jeu descendait du poker français, d'autres affirmaient qu'il venait de Perse où on l'appelait « As Nas ».

Les débuts de Louis avaient été timides. Il apparaissait épisodiquement au 44 de la rue de Noailles où le rusé Mirbot, sous prétexte de divertir ses relations, avait compris tout l'intérêt qu'il pouvait tirer du poker qui correspondait parfaitement au caractère individualiste et aventureux des capitaines d'industrie et des spéculateurs. Bien que n'appartenant pas à ces catégories, Louis, le vendeur de céréales et de bétail, se sentait très proche d'eux. Il avait insensiblement gravi des échelons, rencontré des initiés, des flambeurs à l'échelle des excès du second Empire. Il aurait pu se ruiner à la Bourse ; il avait choisi de miser ses avoirs sur les cartes et le hasard. En 1865, la mue définitive avait eu lieu. Il s'était senti devenir « professionnel » après avoir lu et étudié le poker grâce au livre de Bonneveine : *L'Académie des jeux*.

Ses trois adversaires du moment étaient à la tête d'immenses fortunes. Blanchard possédait deux savonneries, une cinquantaine d'immeubles, une banque et des milliers d'hectares en Indochine. Doumergue, le roi de la ferraille, avait des intérêts dans la sidérurgie au Creusot, des mines à Alès et des comptoirs dans tous les ports du Moyen-Orient, détenant la moitié de Suez et une bonne partie de Beyrouth. Panisot, le troisième larron, importait et exportait des armes, de l'arachide, du cacao et des métaux non ferreux tout en soutenant les dictateurs d'Amérique du Sud. Récemment, il avait investi dans les compagnies de chemin de fer d'Europe de l'Est.

C'était trois requins. Ils avaient réussi au-delà de ce que pouvait imaginer Louis. Ils possédaient les trois qualités primordiales des joueurs hors catégorie : le sang-froid dans la sélection des mains du début, le bluff et le décryptage des adversaires. Leur position sociale élevée, le nombre considérable de concurrents qu'ils avaient anéantis, leur instinct de tueur expliquaient en partie leur maîtrise du jeu.

La patience, comme la discipline, avait été une vertu de la vie courante de Louis, mais cette patience de terrien s'était effritée au cours des saisons et il avait eu le désagrément de voir ses gains fondre comme neige au soleil.

Il n'était pas à Fuveau au bar *Les Joyeux*, au grand café *Magne* ou au bar *L'Univers* dans une salle bruyante et enfumée où se disputaient des parties « domestiques » de rami et de belote dont les mises étaient de quatre sous. Il n'avait pas face à lui des copains avinés et grossiers. Non, il se trouvait dans une partie relevée dans laquelle, depuis le début de la soirée, il avait déjà perdu 55 000 francs.

Dans l'ombre, se déplaçant comme un chat, Anselme Mirbot, arbitre et caution, observait les joueurs. Il ne donnait pas une chance à Louis dont le jeu ultraconservateur et rigide était prévisible. Louis était toujours en attente de la carte salvatrice.

Le bourdonnement d'une grosse mouche troubla sa concentration. Ce bruit d'insecte le ramena dix jours en arrière quand il avait découvert le cadavre d'une mule couvert de mouches vertes et grouillant de vers blancs. L'animal était sous la responsabilité de Richard Chapel. Cette perte avait servi de prétexte au renvoi du paysan et de sa famille. En quittant les terres de la Braconnerie, la femme de cet homme l'avait maudit… Cette grosse mouche annonçait de mauvais présages.

Il releva brusquement la tête en entendant tinter quatre heures du matin à l'horloge placée sur la cheminée. Lorsqu'il rabaissa son regard sur la table, une goutte de sueur quitta le bout de son nez et s'écrasa sur le dos quadrillé de l'une des cinq cartes posées devant lui. Il en connaissait parfaitement la combinaison : trois dames, un as et un deux. Une main superbe. Jamais il n'était allé aussi loin dans les enchères. Il y avait cent vingt mille francs dans le pot. Pour suivre les autres joueurs, il avait signé une reconnaissance de dette rédigée et garantie par Mirbot.

« Ça va encore grimper », se dit-il.

Il essaya de lire ses adversaires. Étaient-ils en train de le mener en bateau ou jouaient-ils en fonction de la force de leur main ?

« Je sue trop… mais c'est peut-être un avantage. Ils vont croire que je mens et que je n'ai pratiquement rien. »

Il aiguisa ses sens afin de deviner les faiblesses du trio et de décrypter le langage des corps. C'était difficile. Son sang bouillonnait. Trois reines, un as, un deux. Les trois femelles couronnées en carton annihilaient ses capacités d'analyse et de réflexion. Il voyait bien que Blanchard, le roi du savon, avait la bougeotte, mais il constatait aussi que les deux autres demeuraient monolithiques. Doumergue était pareil à un scribe de l'ancienne Égypte taillé dans le granit ; Panisot, vieillard à la peau fripée, avait l'œil fixe du lézard attendant que la proie passe à sa portée.

Les uns et les autres parlèrent. Blanchard abandonna.

Le pot atteignit cent cinquante mille francs, puis deux cent mille. Un frémissement parcouru l'assistance. C'était la première fois qu'une telle somme était déposée sur la table. Louis parvenait au point crucial de cette partie historique. Il se défaussa du deux.

– Une carte, demanda-t-il d'une voix qui se voulait neutre.

La carte glissa jusqu'à lui, anonyme, fascinante. Louis eut la vision de la bosse de Maryse. Cette difformité, il l'avait caressée, s'en était imprégné ; il en aurait mangé un morceau. Les explorateurs racontaient que les cannibales s'attribuaient la force de leurs ennemis en les dévorant. Il regarda sa main droite qui s'était emparée de la chance de la bossue et lui commanda d'agir. Son index se posa sur la carte, l'ongle de son pouce souleva le bord de la lame. Quel que fût le symbole qu'il allait découvrir, il devrait rester de marbre.

Le marbre faillit se fendre. Son cœur tonna. La foudre zébra les limbes de son cerveau. La quatrième dame. La dame de pique. Il l'avait. La chance avait pris l'aspect de la messagère de la mort. La fortune lui souriait enfin. Aujourd'hui, il ne verrait pas l'aube pointer avec des envies de vomir et la perspective du suicide.

Les enchères grimpèrent. Doumergue renonça. Panisot tint bon. Trois cent mille francs avaient été misés. On avait atteint la limite du jeu. Les cous se tendirent. Mirbot ne put s'empêcher d'entrer dans le cercle de lumière où s'affrontaient Vitalis et Panisot.

– Vous ne critiquerez plus jamais ma façon de jouer, dit Louis sur un ton vengeur.

D'un geste théâtral, il étala les dames et l'as.

– Mais on n'oubliera jamais la façon dont vous avez perdu, répondit cyniquement Panisot en dévoilant sa main.

Quatre rois et un as.

Des exclamations de surprise furent étouffées. Mirbot balbutia « Incroyable ». Les yeux exorbités, Louis sentit que son cœur allait s'arrêter de battre. Il désirait ardemment quitter cette vie. La table se mit à tourner, les dames de carton grimaçaient, les rois triomphaient. Louis se vit entouré de démons. Il poussa un cri et s'effondra.

10

La rage d'un fils

Antoine avait attendu toute la nuit le retour de son père, arpentant la grande maison pleine de craquements, écoutant les plaintes lugubres du vent. Les fantômes du passé s'étaient joints à lui, les Vitalis conquérants et fiers, tour à tour serviteurs des rois, puis révolutionnaires, opportunistes et lucides, les Vitalis briseurs de rochers et pourfendeurs de collines qui avaient fait de la Braconnerie l'un des joyaux du pays de l'Arc. Bien que peu sensibilisé aux manifestations de l'au-delà et rétif à toutes les expériences paranormales qui faisaient la fortune des médiums et des occultistes, Antoine avait appelé ses ancêtres à son secours, mais ces derniers semblaient impuissants à lui transmettre leurs conseils indécis.

Dans sa fiévreuse attente, il avait senti l'éphémère colère de son arrière-grand-père et la rage vaine de son grand-père, il avait perçu les lamentations de ses aïeules. Un lent reflux les avait emportés ; tous s'étaient retirés sans le rassurer.

La pendule comtoise de la salle à manger sonna la demie de cinq heures. Les fantômes ne reviendraient plus. Antoine était au milieu du désert malgré les présences proches de sa mère, de Jeannette et des domestiques plongés dans le sommeil. Les vivants n'existaient pas. Il regretta de ne pas pouvoir compter sur l'appui de sa mère ; Gisèle s'était désinvestie des affaires de la famille au point de ne plus reconnaître son époux et de ne plus se souvenir qu'elle avait mis au monde un fils.

« Poussière, ils ne sont que poussière », pensa le jeune homme en se prenant le front. « Tu es seul. Qui pourrait te venir en aide ? Comment vais-je pouvoir faire entendre raison à mon père ? »

Sa solitude était profonde, il n'avait pas de véritables amis, il ne s'était jamais mêlé à la jeunesse dorée de la région. Tant d'absence, tant d'espace vide le poussaient au désespoir. Il vit poindre le jour par les jalousies.

La journée s'annonçait tumultueuse et il n'aurait personne à ses côtés pour affronter Louis Vitalis. Il redoutait le moment où il entendrait trotter le cheval paternel.

Dans son deux-pièces rustique situé sous les soupentes des dépendances de la Braconnerie, Maryse n'avait pas fermé l'œil de la nuit. Le lit de fer et le matelas de son n'étaient pas faits pour elle. Sa bosse la faisait atrocement souffrir lorsqu'elle s'allongeait. Il lui arrivait souvent de dormir sur sa chaise de paille, la tête entre ses bras croisés sur la table. De toute façon, elle n'aurait pas pu clore ses paupières. Il y avait ce maudit masque, ce diable rouge appartenant à l'ensorceleuse de la Bastide Verte. Maryse avait enveloppé cette affreuse tête avec un morceau de pain bénit de Saint-Antoine dans du papier journal. Par sécurité, elle l'avait enfermé dans le coffre à linge sur lequel elle avait posé un crucifix.

Elle luttait vaillamment, la Maryse. Elle détenait des armes secrètes pour combattre le mal. Elle connaissait par cœur les quinze oraisons révélées par Notre Seigneur à sainte Brigitte et un nombre impressionnant de prières issues des rituels de magie blanche. Quand on était bossu, aveugle, vérolé, unijambiste ou goitreux, il fallait se prémunir, se défendre et attaquer.

Elle avait décidé de passer à l'offensive à minuit. Sa voix emplie de piété n'avait pas faibli. De toute la force de sa pensée, elle repoussait les abominations qui assaillaient la Braconnerie. Elle avait d'abord demandé la paix intérieure pour elle-même, invoqué les vingt plaies du Seigneur pour détourner Louis Vitalis des fausses amitiés. Alors que l'aube commençait à blanchir l'horizon, elle mit toute sa foi au service du bien :

– Verbe éternel, je vous adore dans les bras de Marie, où vous ratifiez solennellement l'oblation que vous avez faite en vous incarnant dans son chaste sein. Je m'adresse à vous pour protéger M. Antoine dont vous connaissez la générosité et la bonté. Ô mon âme, lie-toi à celle d'Antoine, allons au temple avec Siméon, désirons comme lui recevoir Jésus, et il se donnera à nous avec amour par les mains des prêtres. Nous le placerons sur notre cœur, nous l'offrirons à Dieu son Père pour la rémission de nos péchés…

L'image de son jeune maître se forma dans son esprit. Elle aurait pu dessiner son visage, modeler les muscles de son corps avec de l'argile et l'animer d'un souffle. Il vivait en elle, elle s'en empara, le posséda.

– Antoine, murmura-t-elle.

Prononcer le prénom du seul homme qui ne s'était jamais moqué d'elle lui faisait l'effet d'un baume. Son cœur avait été meurtri par la méchanceté des enfants et les insultes des adultes ; la prière aidant, elle y plaça Antoine. Elle fusionna avec cet être aimé, aimé, aimé… Le A, le I, le M et le É, en un écho répété, prirent une autre dimension. Sa tête était trop étroite pour contenir un tel mot. La stupeur la paralysa. Elle se tut.

Une lumière s'était faite en elle. Elle venait de comprendre qu'elle était amoureuse d'Antoine, elle en eut le vertige. Ce n'était pas un sentiment fraternel, ni maternel, mais quelque chose de plein et entier qui réveillait des désirs encore jamais assouvis.

– Non ! Non ! je n'ai pas le droit, gémit-elle en se tordant les mains.

« Tu es un monstre… Dieu t'a punie. »

Les larmes jaillirent. Quelle faute avait-elle commise dans le ventre de sa mère ? De quel ancêtre portait-elle le péché mortel ? Pourquoi Dieu l'avait-il affublée de cette bosse ? Maintes fois, elle s'était rendue à la grotte de la sainte Marie-Madeleine, grimpant à genoux les marches menant au sanctuaire, déchirant ses bas et sa peau, perdant son sang dans l'espoir d'un miracle. Dans l'humidité de la caverne où veillait la statue de la plus belle des saintes qui avait été touchée par le Christ après la résurrection, Maryse s'allongeait les bras en croix et attendait la guérison. Elle en était toujours ressortie difforme, pleine de douleurs et de courbatures, plus tordue et amère que jamais. Elle s'imagina droite, la poitrine haute, la taille fine, valsant entre les bras d'Antoine sur la place de Fuveau.

Elle étouffa ses sanglots, puis elle se fit violence. Il y avait différentes façons d'aimer, et la plupart ne se concrétisaient pas par des baisers et des couinements au creux d'un lit. Oui, elle l'aimait, oui à en crever. Mais ce n'était guère le moment d'imiter les sottes qui se laissaient mourir de chagrin dans leur boudoir en écrivant des poèmes. D'une manière ou d'une autre, son destin était lié à celui d'Antoine. Ça ne finirait pas en tragédie. Une force nouvelle coulait en elle. Elle se remit à prier :

– Seigneur, écoutez mes paroles et prêtez l'oreille à mes gémissements. Écoutez la voix de ma prière, ô mon Dieu.

Dès le matin, Seigneur, vous entendez ma voix lorsque je me présente devant vous. Car vous n'êtes pas un Dieu qui aimez le mal.

Le sol trembla. Pour la seconde fois, elle se tut. Dans les entrailles de la terre, le mal avait violemment soufflé. Maryse redoutait ces pets de mine qui provoquaient des effondrements en surface. Elle éprouva de la pitié pour les mineurs dont elle n'enviait pas le sort. À force de creuser, ils atteindraient un jour l'Enfer. Elle se signa et força sa voix.

– Le méchant ne va pas habiter près de vous, et les injustes n'existent pas devant vos yeux. Vous détestez les artisans d'iniquité et vous faites mourir les menteurs. L'homme qui vit de sang et de fraude fait horreur au Seigneur. Faites périr ces hommes et ces femmes qui ont détourné mon maître Louis du droit chemin et éclairez de votre lumière l'esprit d'Antoine et le mien. Sauvez-nous. Grâce à votre bonté, nous oserons entrer dans votre maison et, remplis de crainte, nous nous soumettrons à votre volonté. Seigneur, je vous en supplie, montrez à Louis et Antoine où est la justice, dirigez leurs pas loin de leurs ennemis qui ne sont pas sincères et dont les cœurs ne sont que mensonge. Ces ennemis ne se servent de leur langue que pour tromper, et leur gosier est un sépulcre ouvert. Punissez-les, ô Seigneur, afin qu'ils échouent dans leurs desseins, précipitez-les dans le Trou du diable !

Dieu ou le diable lui répondit. La seconde explosion fut plus forte que la première. Le plancher vibra, un morceau de plâtre se détacha du mur, la vaisselle tinta sur les étagères. Maryse lança un regard apeuré au coffre qui s'était légèrement déplacé. Elle s'attendait à voir le couvercle se soulever et le masque démoniaque apparaître. Jamais elle n'aurait le courage de le remettre à Antoine. Elle se mit à réfléchir à un mensonge qui n'engagerait guère son âme après sa mort quand une nouvelle déflagration secoua les dépendances.

– Seigneur, que dois-je faire ? s'écria-t-elle.

Au-dehors, des femmes et des hommes s'étaient rassemblés dans la vaste cour où les poules affolées volaient dans tous les sens. Les chiens hurlaient à la mort. La fin du monde était proche.

11

L'enfer de la mine

Ficelle avait bondi sur ses pieds à la seconde explosion. À la troisième, il avait vaguement bredouillé une prière, mais il y avait bien longtemps qu'il ne fréquentait plus les curés et que sa pieuse maman avait renoncé à lui faire réciter le Notre Père. Il ne croyait plus aux fabulations des Évangiles. Ficelle, Luc Maurin, mineur de fond, matricule 327, avait basculé dans le camp des rouges et des athées après avoir vu mourir d'asphyxie cinq de ses compagnons en 1860.

– Putain de gros pets ! jura-t-il en allumant sa lampe Davy.

Il la promena autour de lui.

– Ça vient de plus haut.

Il estima que la galerie 92 ou 93 avait été touchée. Cela le rassura un peu. Déjà exploitées, ces galeries servaient uniquement de voies de liaison. Il y avait peu de chance que des hommes s'y trouvent. Puis l'exaspération l'amena à pester contre ses camarades.

« Ces andouilles n'ont rien entendu ! »

Il tendit l'oreille. Un peu plus loin, dans une zone que les rayons de sa lampe ne parvenaient pas à éclairer, Quatre-Doigts, le Corse et l'Augustin ronflaient. Harassés, ils s'étaient endormis quand le chef avait décidé de s'éloigner de la fournaise du fond et de faire une pause d'une heure. Ficelle pensa soudain aux petits. Les mendits devaient mourir de peur ; ils étaient à l'arrière dans la grande galerie de roulage des chariots avec les mules et les chevaux. Il se mit à courir, le buste penché en avant, dans cette direction en utilisant au mieux sa maigreur et son agilité. Son pied achoppa sur une traverse des rails. Il lâcha sa lampe, tomba sur ses mains et fit une roulade. Il reprit sa lanterne qui n'avait pas souffert dans la chute.

– Bordel ! fit-il en se relevant.

Il était nez à nez avec une mule.

– Ficelle, c'est toi ?

– Ouais, c'est moi, ver de terre.

Le ver de terre, Jocelin, apparut dans le halo de sa propre lampe. Firmin le suivait. Leurs yeux paraissaient immenses dans leurs minois noircis par le lignite. Mais ils ne montraient aucune peur.

– Vous avez entendu les explosions ? s'inquiéta Ficelle.

– Oui, répondit Jojo, le plus grand.

– C'était fort, renchérit Firmin qu'on appelait l'Anguille.

Ils avaient onze et huit ans. Et ils ne tremblaient pas sur leurs jambes grêles. C'était pas normal. Ficelle était dubitatif. On avait habitué ces enfants à l'idée de la mort. Il en voulait à Quatre-Doigts qui avait convaincu l'équipe de ne pas remonter et de faire cinq ou six heures de rab pour être les premiers sur le tableau du rendement et empocher la prime.

« On finira par crever dans ce puits », se dit-il en imaginant les milliers de tonnes de roches dégringolant sur eux. « Ça évitera des frais d'enterrement à la Compagnie. » Cette dernière pensée ironique lui arracha un sourire. Il ébouriffa les tignasses des deux mendits.

– Bon, l'alerte est passée. Je vais réveiller les autres et on va finir ce fichu boulot. Ramenez des étais. Il faut consolider le boyau.

Les deux gosses détalèrent vers la réserve. Ficelle repartit vers le chantier tout en examinant les renforts de bois. Les structures tenaient bon. Il n'y avait pas de fissure dans la roche. Les ronflements du trio lui parvinrent à nouveau.

Jean Menghi était à cheval sur une grosse branche de châtaignier. Les feuilles rousses bruissaient, l'air sentait les champignons, les fougères et le crottin. Il se hissa le long du tronc, se rétablit sur une autre branche aux ramures alourdies de fruits. Il fit tomber les bogues avec entrain. La récolte promettait d'être l'une des meilleures du siècle. Au village, on verrait enfin la couleur de l'argent en vendant le surplus de farine de châtaigne aux Bastiais et aux Italiens. Il lui vint des odeurs de polenta et de cochon grillé. Se remplir le ventre, c'était repousser la misère qui sévissait dans les montagnes corses depuis plus d'un siècle. Il eut un regard tendre pour sa mère et ses sœurs qui, en contrebas, ramassaient les marrons et remplissaient les sacs.

« La semaine prochaine, j'irai à Casinca pour acheter un porcelet », se dit-il en se voyant, dans quelques années, à la tête d'un troupeau immense et d'une entreprise de charcuterie.

Il n'avait jamais été aussi heureux, et il n'était pas le seul. Un homme perdu dans la chevelure automnale de la forêt chantait la sérénade. Il enflammait le cœur des jeunes filles sauvages et inquiétait les pères qui veillaient sur leur clan le fusil à l'épaule. La cloche de l'église de Piano sonna le rappel des journaliers. Puis ce furent toutes les cloches de Castagniccia qui appelèrent les fidèles à rejoindre la maison de Dieu. Ici, on se rendait à la messe trois fois par jour.

– Jean ! Tu viens ? lui cria sa mère qui liait les sacs sur le dos d'un mulet.

Ses sœurs étaient déjà en route. Il se laissa dégringoler de l'arbre pour aider sa mère. Les cloches tintaient à tue-tête. Elles faisaient fuir les oiseaux et les écureuils, elles réveillaient les morts. Elles…

– C'est l'heure, le Corse ! Remue-toi ! Nom de Dieu ! Je vais finir par croire ce qu'on dit : qu'il n'y a que des fainéants dans ton île de pouilleux.

Toute la lumière de l'île de Beauté disparut dans la gueule noire de la galerie secondaire. Jean s'éveilla. L'haleine aillée de Ficelle l'atteignit soudain au visage.

– Debout !

Il ne serait jamais à la tête d'un troupeau en Corse ; il n'avait jamais même possédé un cochon. Il ouvrit tout à fait les yeux sur la trogne émaciée et charbonneuse de son compagnon. Il grogna quelque chose en corse. Ce ne devait pas être gentil. Ficelle haussa les épaules, puis secoua Quatre-Doigts. Le chef d'équipe gémit. Léon Bonasse avait le réveil mauvais. Augustin Magne fut le dernier à se redresser, les reins cassés par les inégalités du sol qui lui avait servi de litière. Ils s'observèrent quelques secondes comme des chiens prêts à se battre et réalisèrent qu'ils ne verraient pas le jour se lever dans ce foutu trou du cul de mine, que la lune et le soleil ne feraient jamais leur chemin sur la voûte rocheuse. Les rayons des lampes allumèrent cependant quelques étoiles sur les résidus de lignite. Au-delà des lumières sourdait, par l'effet de cette noirceur illimitée, une intangible menace, un danger dont la proximité asséchait leurs bouches.

Ficelle les jugea capables de l'écouter.

– Trois pets se sont produits. Et des gros.

– Où ? demanda Léon de sa voix bourrue.

– Plus haut.

– Et les petits ?

– Jojo et l'Anguille vont bien. Ils ont du cran ces gosses. Ils vont nous apporter de quoi étayer.

Léon sortit la fiasque qu'il cachait dans la poche de son pantalon.

– J'ai la gorge sèche, dit-il en s'envoyant une lampée de gnole dans le gosier.

L'alcool le revigora. Il tira sur la chaînette d'acier accrochée au revers de sa veste de toile grossière. Sa précieuse montre à gousset apparut, il était le seul du groupe à en posséder une. Il grimaça. Ils avaient dormi une demi-heure de trop. Dans sa caboche, ce temps perdu se convertit en dizaines de kilos de lignite non extrait. Jean, qui avait suivi ses gestes, en profita pour ouvrir son clapet.

– On devrait remonter, dit Jean. On est largement en avance sur notre production. Ils vont finir par envoyer des gars pour voir si on est toujours vivants.

– J'ai fait passer le message au chef des convoyeurs. Ils nous foutront la paix. Ce n'est pas la première fois qu'on reste au-delà du temps réglementaire, répondit Quatre-Doigts.

Jean hocha négativement la tête. Quand la vérificatrice repérait que les lampes n'étaient pas dans leur casier à l'heure dite, elle alertait l'équipe de secours. Chaque lampe portait un numéro attribué à un mineur. L'absence de l'une d'entre elles signifiait que l'homme était toujours au fond, souvent victime d'un accident. Léon prenait trop de risques. Il avait déjà fait l'objet de remontrances de l'ingénieur en chef, mais il n'en avait cure. Seul le résultat comptait.

– Allez les gars ! À la pioche et à la prime ! s'exclama-t-il en réalisant qu'ils avaient du chemin à parcourir.

« À la prime. » Le Léon n'avait que ces mots à la bouche. La prime tant espérée, il allait la boire en beuglant contre le gouvernement et en crachant sur le buste en plâtre de l'empereur que Fournier, le patron du bar *L'Univers*, avait cru bon de placer en bout de comptoir. Léon s'était juré de briser cette statue avec son pic.

– Tu vas l'évaporer dans l'absinthe et la vinasse, ne put s'empêcher de dire Jean. Tu ferais mieux de l'utiliser proprement, je sais pas, moi. Par exemple acheter une paire de bottines à ta femme pour le bal du 14 juillet.

Ficelle ricana. Il avait toujours vu Léonie Bonasse avec des chaussures trouées ou des pantoufles rapiécées. Et il était certain qu'à soixante-sept ans, la vieille de Quatre-Doigts ne parviendrait pas à marcher droit avec des bottines à talons.

La réaction de Léon fut celle d'un taureau furieux. Il se rua sur Jean tête baissée, mais le bras de Magne se détendit et le frappa durement à l'estomac. Le souffle coupé, le vieux fut stoppé dans sa charge. Magne l'empoigna à l'épaule et lui dit :

– Du calme, Léon. Si tu la veux cette prime, et je pense que Jean, quoi qu'il en dise, désire aussi l'empocher, il faut que l'équipe soit au complet.

– Ce Corse… Cet âne… Ce bouffeur de châtaignes me pousse à bout. Je l'ai toujours dit à la direction, on ne devrait pas embaucher des estrangers.

– Je suis français, répliqua Jean.

– Ça suffit vous deux ! dit Magne en haussant le ton. On est l'équipe 16. On est les meilleurs du bassin minier.

– On est tous fatigués et à cran, intervint Ficelle. Serrons-nous les coudes. J'en connais qui se réjouiraient de vos chamailleries.

Le silence se fit. De loin, leur parvenaient les cognements des outils et le roulement des wagonnets.

– C'est bon Léon, finit par lâcher Jean, je retire mes paroles.

– Pour la peine, tu paieras une tournée, répondit Quatre-Doigts.

– Et même deux, renchérit Ficelle en prenant la tête du groupe.

Ils disparurent les uns derrière les autres dans la galerie qui se séparait en trois branches. Ils prirent à gauche, atteignirent un autre carrefour et s'introduisirent dans un boyau en pente d'une épaisseur qui passait d'un mètre trente à soixante-quinze centimètres, selon la couche de lignite. Ils s'accroupirent comme des crapauds, avançant à la force des genoux. Ils n'appartenaient plus à l'époque moderne, ni même à celle révolue de l'*homo erectus* ; ils singeaient les singes. La roche leur raclait le dos, leurs pieds se tordaient sur les rails, leurs mains s'écorchaient sur les prises rugueuses et ils collectionnaient les bosses sur le crâne car aucun d'eux ne daignait porter le chapeau de cuir censé les protéger. Et dire que les mendits n'arrêtaient pas de faire le va-et-vient, dans ces fissures, entre le chantier et la galerie principale.

« Pauvres enfants », se disait sans cesse Jean.

À mesure qu'ils s'enfonçaient dans le dédale, l'air manquait, la température croissait, une température suffocante à laquelle on ne parvenait jamais à s'habituer.

Cette chaleur engourdissait Jean. Il croyait voir pardessus la tête carrée de Léon, dans la luminescence des lampes et les ombres mouvantes, des visages effrayants pétrifiés dans la roche. Le vent du puits, qui se scindait en courants violents en s'engouffrant dans les galeries, ne parvenait pas jusqu'ici. L'air immobile gorgé de gaz délétères pesait comme du plomb. La chaleur surnaturelle, la chaleur magique, survenait graduellement, sans doute de l'enfer où elle prenait naissance. L'enfer avec ses cercles maléfiques, à cent, à mille, cinq mille mètres, où tout n'était que fusion, incendies et brasiers, était leur destination. L'enfer était à portée de leurs sens et ils défiaient ses démons en voulant l'atteindre à coups de pioche.

Satan les attendait avec pour prime exceptionnelle des chaudrons remplis d'or fondu ; il le leur verserait dans la gorge... Jean, comme une majorité de Corses, était très superstitieux. Sa mère, sa grand-mère et sa marraine l'avaient élevé dans la croyance que les bons, à leur mort, s'élevaient vers le ciel radieux où régnait le Seigneur, et que les méchants étaient précipités sous terre pour y brûler éternellement. Jusqu'à son départ volontaire de l'île à l'âge de quatorze ans avec une partie du clan, il avait été nourri de visions manichéennes, de légendes où le blanc et le noir s'affrontaient, de révélations par ceux qui invoquaient les défunts.

Se déplacer dans le noir, même avec une lampe Davy, nécessitait une grande expérience. Sans hésitation, derrière Ficelle, le vieux Léon avançait entre les mâchoires minérales, et Jean, révolté, suivait le vieux. Augustin fermait toujours la marche. Mais Jean faisait confiance à Quatre-Doigts qui était l'une des mémoires de la mine. Le chef était capable de décrire les centaines de couloirs s'enchevêtrant dans un désordre apparemment empirique et de deviner le futur tracé d'un chantier. Il sentait le sang figé du lignite dans les veines du corps terrestre. Il allait moins vite que Ficelle. Mais d'un pas sûr, il faisait crisser les débris sous ses semelles. Jean Menghi et Augustin Mache s'attachaient à ce chef caractériel qui donnait l'illusion d'être indestructible quand il remontait à la surface et faisait son bravache à Fuveau.

Ces forfanteries ne trompaient pas ses hommes. Jean constatait que plus ils descendaient, plus la démarche de Léon se faisait lourde, s'appesantissait. Viendrait le jour – et ce jour était peut-être proche – où il ne pourrait plus se mouvoir. Il était difficile d'imaginer Léon Bonasse allongé sur un grabat, le corps usé jusqu'à la corde.

– On y est ! lança Ficelle en voyant luire leurs outils près de la taille.

Chacun prit son poste de travail. Ils entamèrent le lignite à coups de pioche, la sueur les aveuglant, les mains à vif et les poumons meurtris, cherchant désespérément à respirer un air frais.

– Courage ! cria Léon en pelletant le charbon que l'Auguste récupérait à l'arrière.

Ils entendirent rouler le chariot plat des mendits. Comme toujours, Jojo était à l'attelage, les épaules encordées, tirant la charge, tandis que l'Anguille, collé à l'engin, poussait avec la tête et les mains. Les gosses ramenaient les étais et les rondins de pin.

– C'est bien les enfants, vous aurez droit à des pommes d'amour et des berlingots le 14 juillet, dit Léon.

Les apprentis échangèrent leur chargement de bois contre deux cents kilos de charbon répartis dans dix couffins. Après ce voyage, il y en aurait un autre afin d'évacuer la pierraille. Lorsque les mendits reprirent leur dure ascension, Ficelle se déshabilla et apparut nu tel un Sénégalais. Sa peau d'ébène luisait. Même son sang devait être noir. Ficelle vivait encore avec ses parents, empailleurs de chaises et fabricants de balais, dans une bicoque à l'entrée de Fuveau. Sa mère se plaignait de la saleté qu'il ramenait et des dizaines de litres d'eau qu'elle devait puiser pour décrasser son garçon, tâche d'autant plus difficile qu'elle était seule à l'accomplir depuis le mariage de ses filles. Jean en savait long sur la question de la propreté, lui qui vivait seul dans sa chambrette. Cette corvée d'eau, il se la tapait à chaque retour de la mine. À la belle saison – elle durait longtemps au sud de la Sainte-Victoire –, il se lavait dans l'Arc ou en amont du ruisseau de la commune. Mais malgré son acharnement à se récurer, il ne tenait pas un drap propre. Il avait fini par s'habituer à la grisaille de son linge qu'il confiait à une lavandière lors des bugades.

Ficelle et lui formaient une paire idéale. Ils entaillaient intelligemment la veine en la comparant aux mille-feuilles que réalisait le boulanger Siméon Collanges. On devait sans cesse la chercher, cette maudite veine aux couches superposées.

De beaux morceaux de lignite se détachaient et tombaient avec un bruit mat. Les deux compagnons ne chômaient pas. Le vieux non plus ; il récupérait l'or noir avec sa pelle et en faisait des tas. En retrait, Magne remplissait les couffins. De temps à autre, il consolidait le boyau avec le bois de charpente. L'équipe était bien rodée.

– Auguste, tu te sens de nous en pousser une ? demanda Léon.

– Chef, je peux à peine respirer, répondit Auguste.

– Juste une petite chansonnette, insista Quatre-Doigts. Histoire de nous remonter le moral. Fais-le pour moi, mon garçon, j'en ai plein les jambes et les bras. J'en ai des crampes dans le cerveau. Un peu de gaieté me ferait oublier mon âge. Peuchère de moi, quand je pense à la remontée, à ces deux heures de calvaire pour atteindre Fuveau, j'en ai la nausée.

Léon s'était exprimé sur un ton pathétique. Le chef était sur le point de renoncer et ils en furent émus. À la lueur de sa lampe, Auguste vit le Léon, le vieux, l'ancêtre, soixante-neuf ans bien sonnés, un miracle de survie dans cet environnement agressif. Il éprouva de la compassion pour cet homme qui incarnait leur méprisable avenir. Léon n'en avait plus longtemps à travailler comme un forçat. On le pressentait. Alors d'une voix avec laquelle il séduisait son auditoire lors des mariages et des fêtes, Auguste entama la toute récente chansonnette comique de François Tourte : *J'suis chatouilleux*.

C'est ma noce à Fouilloux la grue
Tout le monde est convié
C'est une foul', c'est une cohue
Y a du pain nouveau
D'la galette et du veau
Avant le repas les jeunesses,
En m'tirant par les bras,
Me font tout' sortes de gentillesses,
Me pinçant le gras.

Jean et Ficelle se joignirent à Auguste pour le refrain. Le vieux Quatre-Doigts négligea quelques instants la prime tant convoitée et marqua le rythme en battant une entretoise avec sa pelle.

Ah ! finissez, mam'zell Denise
C'est de la bêtise
Foi d'Jean Piocheux
Ah ! ah ! ah ! J'suis chatouilleux,
Très chatouilleux,
J'suis chatouilleux !

Auguste continua en solo et, pendant un court moment, ils furent transportés dans la salle des fêtes de Fuveau au soir du 14 juillet. Jean eut des envies de danser. Il se présenta à sa cavalière ; il l'avait repérée depuis longtemps sans oser l'aborder. Son esprit lui permettait toutes les audaces, et il en fallait du courage pour séduire la belle sorcière de la Bastide Verte, Claire Charme, Claire la rousse, Claire Colère. Avec elle, il se sentait de taille à traverser les Enfers. Il redoubla de violence en cognant sur le lignite. La voix d'Auguste s'était tue. Deux semaines les séparaient de la fête nationale, et quatre de la fin d'un monde, mais aucun d'eux n'aurait pu prévoir ce qui allait se produire.

12

La chute

Louis Vitalis ne se souvenait de rien depuis qu'il avait sombré dans le néant. Il venait d'ouvrir les yeux dans une patache. Qui l'y avait mis ? Les domestiques d'Arsène Mirbot ? Des familiers du cercle de jeu ? S'était-il enfui comme un somnambule ayant perdu la raison après son Waterloo ?

La comparaison avec la défaite de Napoléon était hors de proportion. Louis n'était pas l'homme qui avait fait trembler le monde, il n'avait rien accompli de grandiose, rien de génial, rien qui puisse marquer son temps. Son nom n'apparaîtrait jamais sur une plaque de rue à Fuveau. On ne graverait pas d'épitaphe élogieuse sur sa tombe. Sa blessure était profonde, son désespoir, infini : Antoine, son fils, ne l'honorerait jamais.

La patache était bourrée. Elle coûtait moins cher que le train et fonctionnait comme un omnibus, larguant et prenant des passagers à de nombreux arrêts. Le paysage défilait. Il reconnut au loin le téton gris du mont Garlaban et le rostre de la Sainte-Baume. Le véhicule, tiré par six chevaux, le ramenait à Aubagne. Le voyage d'une déroute.

Des images de la partie de poker l'assaillirent soudain, et il se revit les quatre dames et l'as en main. Ces salopes s'étaient fait culbuter par les rois de Panisot. Au total, il avait perdu 350 000 francs. 350 000 ! Sa gorge se serra. La nausée monta en une dégoûtante et glaireuse acidité. Il se retint de vomir sur la femme qui lui faisait face, une petite bourgeoise pomponnée qui étreignait un sac fantaisie en peau de serpent. Ce bel accessoire portait la marque des tanneurs de Barjols. On se serait attendu à le voir au bras d'une élégante ; il jurait sur les genoux de cette boutiquière de village. Cette dernière l'observait d'un air pincé. Elle le prenait sûrement pour un noceur revenant d'un bordel chic. Sa bouche en cul de poule remuait légèrement, malaxant des propos fielleux à l'égard de tous les noceurs.

Louis remarqua que la plupart des passagers l'observaient sans complaisance. Du moins il le crut tant il se sentait coupable.

« Je dois porter mon vice sur le visage », se dit-il.

Puis il se demanda à nouveau comment il avait fait pour quitter le 44 rue de Noailles. Il fouilla son esprit. Il y trouva, manuscrite, la reconnaissance de dette signée avec un espace blanc réservé à la somme perdue. Mirbot avait dû l'inscrire en toutes lettres : trois cent cinquante mille francs. Louis ne se rappelait pas ce moment crucial. Pouvait-il faire confiance à cet armateur qui coulait ses concurrents par des moyens illicites ? Arsène avait la possibilité de le détruire. Louis se le figura devant son écritoire, trempant sa plume dans l'encre violette, puis se délectant à tracer un million de francs.

Louis n'avait aucun moyen de remonter le temps et de dérégler les rouages qui l'avaient conduit à la catastrophe.

Tout était joué, son destin scellé.

La patache l'emportait inexorablement vers son point de départ. Il était au milieu de gens qui n'étaient pas de sa condition : des marchands, des épiciers, des fonctionnaires et des ouvriers. Son costume coupé dans un tissu anglais hors de prix, ses chaussures en marcassin, sa cravate de soie, sa grosse bague d'or où s'entrelaçaient les lettres L et V, sa morgue naturelle attiraient les regards suspicieux. Un vieux monsieur en redingote qui s'entretenait avec une rombière sentant la naphtaline en vint à élever la voix :

– Voilà où nous en sommes ma chère avec cet empereur, au bord de la banqueroute. Il faudra bien nous résoudre une fois de plus à élever des barricades et à couper les têtes de tous ces grands bourgeois qui ont réduit la nation à la misère.

– Et pendre les gros rentiers, renchérit quelqu'un que Louis ne pouvait voir.

À cela, la femme assise devant lui ajouta :

– Profitons de l'occasion pour éliminer les grands propriétaires terriens !

Ses yeux de couleuvre glissèrent sur Louis. Elle devait le connaître. Il n'arrivait pas à lui attribuer une adresse. Il est vrai qu'il ne fréquentait guère les habitants de Gréasque et de Fuveau. Il fit semblant de ne rien entendre, mais la malveillance de tous, et même pis, leur antipathie atavique ouvertement exprimée, le blessaient cruellement. Les voyageurs le rejetaient et cela se voyait bien. Il était le bouc émissaire de la journée.

« Vile populace », pensa-t-il.

La répulsion qu'ils lui inspiraient spontanément les lui rendait insupportables. Toute sa vie, il avait mis de la distance entre lui et eux : il n'avait jamais éprouvé un sentiment d'amitié pour l'un de ses propres employés. Il avait toujours aspiré à habiter l'Olympe ; il aurait été parfait dans la peau d'un Zeus décidant du sort des nations et des humains.

Et il allait, par un revers de fortune, se retrouver à leur niveau. La perspective de leur ressembler, de vivre petitement, de compter chaque sou, de manger du pain dur et de boire du gros rouge le révulsait. Sa colère s'éveilla. Un besoin de violence l'agita sur son siège. L'envie subite d'étrangler la femme au sac en peau de serpent, de briser une nuque, de casser des gueules, de s'enfuir, de se tuer peut-être s'imposa. Il fallait disparaître à grand fracas, fuir cet écroulement total de ses espérances.

Il y eut une secousse. La patache venait d'arriver à destination en bordure de la grande place d'Aubagne où affluaient fiacres, diligences, charrettes, hommes, femmes, mioches et bêtes de toutes les fermes environnantes. Le marché battait son plein au centre des maisons centenaires. La fontaine était prise d'assaut par les bouviers et leurs troupeaux. À cet endroit, des glaciers de la Sainte-Baume qui revendiquaient la priorité se battaient avec des transporteurs de charbon. Les gaillards se cognaient, s'empoignaient, roulaient par terre, soulevant de la poussière sous les encouragements de spectateurs avides de sang.

Cette bataille conforta Louis dans ses idées négatives. Pourtant, il avait déjà assisté à de nombreuses échauffourées dans la bonne ville d'Aubagne. Durant des années, Louis y avait acheté et vendu des troupeaux de moutons, des bœufs, des ânes, des mulets, du grain, des tonneaux de vin, des machines agricoles. Il avait topé dans des mains, échangé des sourires complices, donné et reçu de l'or, trinqué sur des coins de table dans les bistrots, fait bombance dans les relais, engagé des dizaines de journaliers à chaque saison. Mais il ne reconnaissait pas les lieux.

Il suivit le courant humain, se mêla aux paysans chargés de sacs et de paniers. Tous s'apprêtaient gaiement au troc et au négoce. Certains venaient de Gréasque, de Fuveau et de Rousset et lui adressaient respectueusement le bonjour. Il répondit à ces salutations d'un signe de tête machinal. Le dégoût qu'il avait de ces bouseux s'amplifiait de minute en minute.

On le heurtait, on le poussait. Des odeurs de sueur et de nourriture grasse l'agressaient. Des jeunes femmes poussaient des carrioles à bras chargées de cages à poules et à lapins, se déhanchaient sous le poids des couffins débordant de carottes, de haricots et de melons. Le soleil rehaussait les couleurs vives de leurs châles et de leurs corsages. Rouges, vertes, safran, indigo, mauves, jaunes à rayures noires, leurs robes diapraient la terre damée des rues. Elles allumaient des feux dans les regards des hommes et ce n'étaient que rires, œillades, vantardises, messages codés amoureux, amorces de désir que Louis rejetait de toutes ses forces. Ses propres désirs étaient ceux d'un Attila détruisant des villes et incendiant des campagnes. Il aurait fait empaler toutes ces drôlesses et couper les têtes de leurs admirateurs.

– Achetez mes poissons et mes coquillages ! s'écria une grosse poissonnière qui soulevait un poulpe tout en s'adressant à ses clientes. C'est plein de vitamines de la mer. Tout ça vous purifiera le sang et chassera vos humeurs car vous en avez grand besoin, belles coquinasses que vous êtes toutes.

– Faites manger du pèbre d'ail et du gingembre à vos galants, renchérit une vendeuse d'herbes et d'épices, et ils vous araperont par les seins et les hanches.

Le verbe « araper » éveilla dans la tête des femmes présentes des images salaces. Elles imaginèrent des mains calleuses soulevant leurs jupes et jupons, des ongles griffant leurs poitrines. Il y eut des gloussements, des rires canailles, des rougeurs de vierge. Un groupe de militaires, de sapeurs et d'artilleurs en permission, encouragé par le libertinage ambiant, se mit à chasser les femelles.

« Quelle armée de gueux », se dit Louis en les méprisant.

Les gueux en uniforme impérial avaient oublié le son du canon, les charges furieuses, les guerres lointaines, les révolutions, la conquête des colonies. Cinquante mille soldats maintenaient l'ordre en Algérie et c'était bien assez pour l'honneur de la Patrie. Ils n'étaient plus aptes à défendre le sol français. Ce dernier constat troubla Louis. Il se rappela les paroles alarmantes du neveu du général d'Aurelle et de Mirbot. Ils avaient évoqué la guerre contre la Prusse en des termes qui ne permettaient pas de douter de la fiabilité de leur source.

Il y eut un déclic. De nouvelles perspectives s'ouvrirent à lui. À présent, il souhaitait cette guerre. Il prenait conscience des opportunités découlant d'un conflit. Gagner ou perdre ? Peu importait. Quelles que fussent les conséquences, il y avait de l'argent à ramasser quand on détenait des milliers de quintaux de blé et d'avoine. En égoïste, Louis ne pensa dès lors qu'à se renflouer, oubliant qu'il avait un fils bon pour le service armé, bon pour marcher sous la mitraille teutonne.

Redevenu lucide sans pour autant chasser le spectre de son énorme dette de jeu, il se souvint qu'il avait laissé son cheval chez le palefrenier de la gare où il avait pris le train en première classe pour Marseille.

La première classe, c'était dans une autre vie. Si Dieu le voulait, il la retrouverait.

Un embouteillage monstre provoqué par les convois de lignite empêchait tout mouvement de véhicules. À la vue de ces dizaines de chariots pleins de charbon, Louis se demanda s'il ne devait pas se lancer dans l'exploitation du sous-sol. Cette idée ne tint pas la minute ; il abominait les mineurs.

Le cheval, Jupiter, lui n'avait pas changé. Il avait eu son content d'avoine, sa robe brossée et lustrée brillait, sa queue peignée aurait rendu jalouse une courtisane. Il piaffa d'impatience en reconnaissant son maître. Sa nature fougueuse réclamait le galop.

– Ah, mon bon Jupiter, si tu savais, soupira Louis en se hissant sur la selle.

Le pur-sang dressa les oreilles. Le ton de son maître était triste. Il renifla en s'ébrouant : son maître dégageait une odeur inhabituelle, désagréable. C'eût été un autre, il aurait tenté de le désarçonner, mais sa mémoire était pleine des bontés de ce complice qui le montait depuis sept ans.

– Allez mon beau, quittons cette fichue ville, dit Louis en lui tapotant l'encolure.

Relevant fièrement la tête, comme un cheval de la Garde paradant sur les Champs-Élysées, il se mit au trot.

C'était grisant de dominer le monde du haut de son destrier, d'en imposer aux piétons. Les gens s'écartaient avec crainte de son chemin. Il faillit renverser une vieille en équilibre sur sa canne. Elle l'évita de justesse et le traita de « Pourridié de riche ! »

Il ne s'en offusqua pas. Toutes les vieilles du coin pouvaient le traiter de pourriture de riche, puis crever la bouche ouverte. Elles ne seraient plus des charges inutiles pour la société.

« Vivement la guerre », se dit-il sans savoir comment il allait opérer pour affamer la population sans que ses réserves de blé soient pillées. Son champ de manœuvre était restreint. De plus la récolte s'annonçait des plus mauvaises. En cas de crise, les autorités exigeraient des réquisitions par arrêté. La solution consistait à cacher une partie des céréales afin de parer à un coup bas du gouvernement et à une révolte généralisée.

Tout à ses pensées tactiques, il prit la route du pont de l'Étoile, puis, après avoir franchi les gorges d'Auriol, comme il entrait en territoire connu, il préféra couper à travers les collines. Il ne désirait pas rencontrer âme qui vive. Malgré le regain d'espoir lié à l'éventualité d'un affrontement entre la France et la Prusse, sa honte et son amertume étaient tenaces.

Il franchissait les haies comme un hussard, galopait sous le couvert des chênes rabassiers où, le temps venu, les hommes chercheraient des truffes. Il atteignit une zone sauvage en amont de Fuveau. Là, personne ne s'aventurait jamais. Personne sauf les insectes et les lézards qui détalaient sur son passage.

Soudain se dressa un enchevêtrement de branches d'aubépines et, au-dessus de cette barrière infranchissable, il aperçut Fuveau qui, dans un empilement de toitures orangées et ocre, poussait l'église et son clocher vers les nues. Plus il avançait, moins il avait envie de retourner à la Braconnerie. La nature entretenait ce sentiment en s'opposant à sa progression.

Tout se liguait pour l'empêcher de rejoindre son foyer. Les obstacles se multipliaient ; houssaies inextricables, ravines encaissées, moulons de ronces et d'épineux de toutes sortes lui barraient la route. Il faisait des détours, tombait dans des impasses. Le mistral s'y mit aussi. Il l'avait de face. Le vent, rafale après rafale, le souffletait et lui intimait de patienter jusqu'à la tombée du jour.

Il était un voleur, il rentrerait chez lui comme un voleur. Il éviterait ainsi le regard incisif et accusateur de Jeannette, et surtout celui d'Antoine. À aucun moment, il pensa à Gisèle. Sa rêveuse et fantasque épouse était indifférente à tout ce qui touchait les Vitalis.

Où se terrer en attendant la nuit ?

Il rejeta toutes les options le conduisant à Fuveau ou à Gréasque. Il lui était impossible de s'enfermer dans un estaminet ou une auberge. Ce n'était point le jour d'éveiller les curiosités et d'entretenir les spéculations sur son compte. Il ne savait plus vers quelle partie de la campagne il lui fallait galoper pour retrouver la sérénité. Par moments, le mistral tombait. Le chant des cigales reprenait. La chaleur augmentait et il avait le sentiment qu'à cette heure proche de midi, personne ne s'échinait dans les champs. Alors son impression de solitude se faisait immense.

« Les Lioule. » Ce nom de famille s'imposa à lui. Son père aimait les Lioule, un couple sans histoire venu de Toulon sous le premier Empire. Exerçant le dur métier de cadiers sur les terres en friche de la Braconnerie, ils avaient économisé toute leur vie pour acheter une parcelle de garrigue aux Vitalis. Aujourd'hui, d'après ce que Louis avait entendu dire, la fermette construite de leurs mains était prise dans l'étau de deux exploitations minières appartenant à Lhuilier et Michel. Il se souvenait des Lioule comme des modèles cités en exemple par son père qui leur achetait l'huile de cade. Il accompagnait le paternel lors de ses tournées. C'était le temps du bonheur et il voulait renouer avec cette période exempte de soucis. Il se décida à leur rendre visite bien qu'il ne sût pas s'ils étaient toujours vivants. Il s'orienta. La fermette était au sud-ouest de Fuveau.

– En route ! commanda-t-il avec entrain à son cheval.

Trois quarts d'heure plus tard, Jupiter foulait un chemin noirâtre parallèle à une route empruntée par les convoyeurs de minerai. Des arbres malingres poussaient sur les bords. Leurs feuilles racornies respiraient un air chargé de particules de lignite, leurs racines pompaient les eaux usées rejetées par les fourmilières où s'activaient les mineurs.

Cela faisait un peu plus de vingt ans – depuis la mort de son père – que Louis ne s'était pas aventuré dans le secteur. Entre les propriétaires terriens et les gros exploitants du sous-sol, les contentieux étaient nombreux. Chacun restait fermement campé sur son territoire. Il fut horrifié par la monstruosité des terrils et l'étendue des bâtiments industriels. Trois sombres pyramides dominaient la maisonnette de César et Mouchette Lioule. La plus proche était à cent pas de la limite du lopin des pauvres vieux.

– Ils sont encore en vie, dit-il à haute voix en calmant Jupiter.

Le couple était assis sur un banc, à l'ombre d'un auvent où pendait une treille agitée par le vent. Elle seule paraissait en bonne santé au sein de cet environnement délétère.

– Hé ! César ! cria-t-il. César ! Mouchette !

Ses appels étaient vains. Sa voix ne parvenait pas à percer le bruit infernal des cribles et des machines à vapeur. L'onde d'un éboulement les frappa. On avait mis en branle une mécanique géante. Des godets circulant sur une rampe de fer déversèrent cinq ou six tonnes de résidus de mine au sommet d'un terril. Louis força Jupiter à ne pas volter et fuir.

Quelle misère ! Des laitues malades, des plans de haricots rabougris et une courge pas plus grosse qu'un melon tentaient de survivre dans un carré de terre empoisonné. À un autre endroit, la parcelle s'était effondrée. Elle laissait voir les lèvres d'un trou. Un jour, il se produirait une catastrophe. Toutes les communes du bassin de l'Arc et de l'Huveaune étaient en danger par la faute de ces charbonniers qui creusaient à tort et à travers dans toutes les directions.

Mouchette aperçut le cavalier. Elle se redressa, mit sa main en visière, le cœur battant. Elle hésitait sur l'attitude à adopter face aux étrangers. Qui venait à leur rencontre ? Elle fut prise d'une appréhension, elle songea à l'un de ces messieurs de la mine arrivant avec l'intention de reprendre leur bicoque pour une somme dérisoire. Mais elle douta que ce fût l'un d'eux. Ces fifrelins en costume-cravate se pointaient toujours en fiacre ou en calèche. Jamais à cheval.

– Que se passe-t-il ? demanda César.

– On a de la visite.

– De la visite ? Qui ?

Il tourna instinctivement la tête vers le chemin ; mais il ne voyait presque plus rien. Les images se confondaient dans un décor vert sombre et flou. Quatre ans auparavant, le docteur Cohen lui avait expliqué que la cataracte dont il était atteint le rendrait aveugle. Ce diagnostic ne l'avait pas abattu. Ne plus voir un jour ces horreurs de mines était un bienfait du ciel. Leur jolie maison avec ses murs blanchis à la chaux, ses haies de roses, ses abricotiers et ses amandiers n'étaient plus qu'un merveilleux souvenir dans sa mémoire chancelante. Mais à choisir, il aurait préféré perdre l'ouïe, car entendre le continuel vacarme était pire que de voir disparaître peu à peu leurs biens.

– Tu devrais prendre le fusil, dit-il.

– Et pour faire quoi mon pauvre, me tirer dans les pieds ? répondit Mouchette.

– Prends-le quand même. Juste pour impressionner…

– Tais-toi. Il me semble que c'est… mais oui, balbutia-t-elle.

– C'est qui ? c'est qui ?

– Louis… Louis Vitalis.

– Oh ! béni soit le Seigneur ! s'exclama César qui s'accrocha à la jupe de sa femme pour se lever.

Louis descendit de selle et attacha son cheval à un tronc mort. Puis il s'avança à pas mesurés. Son émotion grandissait. Il régressa. L'insouciance de son enfance et la bienheureuse période de sa jeunesse l'habitèrent. Un large sourire appartenant à ce passé éclaira son visage. Cet état d'euphorie ne dura pas, la pitié le gagna.

César et Mouchette avaient de la peine à marcher. Leurs yeux rougis larmoyaient dans les crevasses de leurs orbites. Ils se partageaient les rides et les cicatrices de leur rude vie. Ces stigmates s'accentuèrent quand ils lui rendirent son sourire. Ils n'avaient plus de dents, plus de muscles, plus d'avenir, plus de libres horizons. Louis calcula qu'ils approchaient les quatre-vingt-quinze ans et qu'ils faisaient partie des rares survivants du règne de Louis XVI. Ils avaient échappé à la terreur révolutionnaire, aux guerres napoléoniennes, aux épidémies de peste et de choléra. C'était un miracle. Mouchette paraissait encore alerte, mais César, tremblant sur ses jambes, accusait la fatigue.

« Il ne va pas tarder à fumer les mauves par la racine », pensa Louis. Cette perspective lui glaça le sang. Les mauves poussaient en abondance dans les cimetières ; il n'aimait pas ces fleurs gorgées de putréfaction, il n'aimait pas les tombes. Le jour de la Toussaint, il se forçait à descendre dans le caveau des Vitalis. Respecter les conventions était une façon de parer aux commérages.

Mouchette, débordante d'affection, le prit dans ses bras.

– Louis, Louis. Tant de temps s'est écoulé. Pourquoi ne venais-tu plus nous voir ?

Louis fut pris de court. Il ne sut quoi répondre. Instinctivement, il l'embrassa sur les joues. Cette effusion incontrôlable ne lui ressemblait pas. Il lui arrivait de déposer un baiser sur le front de Gisèle comme on dépose une piécette dans la sébile d'un mendiant. Sa main paternelle étreignait parfois en un geste tendre l'épaule de son fils. Jamais au-delà. Gêné, il repoussa gentiment Mouchette et se tourna vers le vieux Lioule ; une autre épreuve l'attendait. César le contemplait de ses yeux opaques.

– Je te vois à travers un brouillard mon garçon, dit César d'une voix où perçait l'émotion.

– Il a la catacarakate, précisa Mouchette.

Dans d'autres circonstances, Louis aurait ri à l'énoncé de ce mot déformé par l'imagination et un manque de culture.

– Laisse-moi te toucher, dit César.

Ce n'était pas une demande. Les mains de Lioule se tendirent vers son visage. Les doigts rêches palpèrent ses traits.

– Oui, c'est bien toi et un peu ton père, constata César en poussant un soupir de contentement. Ne restons pas sous ce cagnard, tu dois avoir soif. Viens, rentrons.

Mouchette et César prirent les devants. Ils l'introduisirent dans la pièce commune, salle à manger et cuisine à la fois. Une porte donnait sur la chambre, une trappe s'ouvrait sur la cave et une échelle permettait d'accéder au grenier. L'ameublement était rustique, le décor se limitait à deux gravures : l'une représentait Moïse avec les Tables des dix commandements et l'autre, une vue du port de Toulon en 1750.

– Assieds-toi mon garçon, dit César en posant ses fesses osseuses sur l'un des bancs qui flanquaient la table au large plateau.

Tout était massif, sans grâce, fait pour résister au temps. Le coffre, le buffet, le pétrin, César les avait fabriqués de ses mains. Le puissant relent d'huile de cade titilla les narines de Louis. Les Lioule utilisaient toujours le produit miraculeux qu'ils avaient extrait pendant des années. Ce qui expliquait l'absence de mouches et d'insectes à l'intérieur de la maison. Ce repousse-vermine préservait les troupeaux des parasites, entrait dans la composition des élixirs de beauté pour les cheveux depuis les pharaons. On distillait l'huile de cade à partir du genévrier oxycèdre selon un procédé secret et complexe. En quelque sorte, César et mouchette avaient été des alchimistes durant toute leur longue existence, mais ils n'avaient jamais transformé le cade en or.

Mouchette s'affaira sous la pile[1] et revint avec une bouteille poussiéreuse d'absinthe. Le broc d'eau suivit.

– C'est de l'eau de source, précisa-t-elle, je la filtre. On ne sait jamais avec les saletés que rejettent nos voisins.

– Un jour ces malotrus finiront par nous ensevelir sous un terril, dit César. Tels que tu nous vois, mon Louis, on ne peut même pas économiser cent francs pour nos cercueils et je n'ai plus assez de force pour couper des planches et en faire des caisses. Ouais, c'est bien triste. Remarque, j'en veux pas aux mineurs qui jouent avec la mort sous terre, j'en veux à ces gros richards de patrons qui ne respectent rien. C'était beau autrefois ici. Le gibier foisonnait dans les forêts et la garrigue sentait bon le thym, le romarin et le fenouil. Aujourd'hui, mon seul regret dans tout ce gâchis, c'est de ne pas avoir eu d'enfants. Crois-moi, ils ne seraient pas restés ici et on vivrait des jours heureux à leurs côtés près de la mer dans une région où les oiseaux chantent encore.

Mouchette, qui se livrait au rituel de l'absinthe, redressa brusquement la tête. Sa voix bourrue fit taire son homme.

– *Un paire nourririé cent enfans que cent enfans nourririem pas un paire*[2].

Louis rumina ce proverbe. Pendant combien de temps continuerait-il à nourrir Antoine ?

– Et puis il ne faut pas s'envériner[3] la cervelle avec les remords, continua Mouchette. C'est ma faute. Les graines

1. L'évier.

2. Un père nourrirait cent enfants mais cent enfants ne nourriraient pas un père.

3. S'envenimer.

de mon César, elles n'ont jamais germé dans mon ventre à l'envers. Santé ! fit-elle en poussant un verre d'absinthe vers Louis.

– Santé, répondit-il en triquant avec eux.

Il n'aimait pas l'absinthe mais il lui reconnaissait des vertus. À haute dose, elle détruisait la mémoire, provoquait des délires, conduisait au suicide. L'un de ses lointains cousins s'était jeté sous un train après en avoir largement abusé. Dans le liquide laiteux et verdâtre se profilaient des solutions définitives. César fit claquer sa langue.

– C'est vrai qu'on n'a pas d'enfant mais on a une héritière, avoua-t-il.

Mouchette bougonna. César parlait trop lorsque l'occasion se présentait. Il se serait confié à une souche.

– Une héritière ? s'étonna Louis. Je croyais que vous n'aviez pas de famille ?

César le fixa de ses yeux brumeux. Le temps des révélations était venu. Il y avait une opportunité à saisir.

– C'est quelqu'un de bien et…

– Ce n'est pas une parente, le coupa Mouchette.

– C'est pour ça que ma Mouchette a écrit la lettre, reprit César. Vu que moi, je ne sais pas écrire. Cette lettre, Louis, on va te la donner. Il est temps. Quand on sera sous six pans de terre, il n'y aura personne pour la montrer au notaire de Fuveau.

– Tu ne vois pas que tu ennuies Louis, riposta Mouchette. À quoi bon se soucier de notre campagne qui ne vaut plus un clou !

– Coquin de sort ! Femme, obéis-moi pour une fois !

César s'énervait. Sa main tremblante se crispait sur le verre. Il roulait des yeux vers la forme vague du buffet dans le tiroir duquel reposait le testament.

– Il ne m'ennuie pas Mouchette, confie-moi cette lettre. Je ne manquerai pas de faire valoir vos volontés quand…

Ses lèvres se soudèrent. Il n'acheva pas sa phrase. Les Lioule avaient compris.

– Faudra bien que ça arrive, dit Mouchette en allant farfouiller dans le tiroir du buffet. Tiens, prends-la, dit-elle après l'avoir trouvée.

La feuille de mauvais papier brun était pliée à l'ancienne. Les quatre coins se rejoignaient au centre sur lequel avait été naïvement collé un timbre à l'effigie de Napoléon III. Cette tête laurée de couleur bistre valait vingt centimes et faisait office de cachet de cire. Louis la retourna.

« Testament de César, Adrien, Frédéric Lioule et de Mauricette, Élisabeth, Charlotte-Sophie Lioule, née Buitonay » s'étalait en une écriture appliquée aux majuscules alambiquées.

Cette lettre éveilla la curiosité de Louis, lui faisant oublier ses problèmes.

– Et qui est l'héritière ?

– Claire Charme de la Bastide Verte, répondit promptement Mouchette sans détour.

Elle avait pris de court son mari qui ajouta :

– Sans elle, nous ne serions plus de ce monde. Elle a sauvé Mouchette des fièvres de Malte et desséché les ganglions qui poussaient dans ma gorge. Quand nous n'avons plus pu payer le docteur, un jour, alors que Mouchette était au plus mal, elle est venue la soigner sans rien nous demander en échange. Elle connaissait notre misère. Tout se sait dans le pays, tu n'ignores pas, Louis, combien les langues sont pendues dans notre Provence. Claire est une bonne fille courageuse, conclut César.

– Et instruite avec ça, renchérit Mouchette. Ce n'est pas une taravelle qui dit des choses à tort et à travers en lavant du linge sur les bords de l'Arc. Après notre départ, elle donnera du fil à retordre aux gros bouffis de la mine.

Louis Vitalis savait que la demoiselle Charme n'était pas une taravelle – une écervelée – au sens propre. La jeune femme appartenait à une famille marseillaise en vue et, d'après la rumeur, les siens l'avaient contrainte à l'exil en raison de ses pouvoirs paranormaux. Il regrettait de ne pas mieux la connaître. La fée de la Bastide Verte aurait été plus efficace que cette tordue de Maryse. Pendant quelques secondes, il focalisa sa haine sur la bossue, la tenant pour responsable de sa malchance et de sa déchéance. Puis il laissa tomber :

– Vous avez fait le bon choix. Cette héritière a un caractère de battante, elle ne cédera pas aux pressions des Lhuilier, Marchand, Michel et compagnie.

Il se tut. Quelqu'un avait frappé sur le battant ouvert de la porte d'entrée. Il se retourna et vit un mineur mal décrassé sur le seuil. Ce jeune homme bien bâti au nez aquilin l'observait d'un air interdit. La fierté se dégageait de tout son être.

– Excusez-moi, je dérange, dit l'inconnu.

– Mais non ! s'écria Mouchette. Viens donc t'asseoir avec nous, Jean.

Mouchette fit les présentations :

– Monsieur Louis Vitalis, Jean Menghi.

« Un Italien », songea Louis avec mépris tout en donnant le change.

– Enchanté, dit-il en tendant la main.

Jean hésita à se saisir de cette main blanche aux ongles récurés. Des années-lumière le séparaient de ce riche bourgeois. Comme la plupart des mineurs, il souhaitait la disparition des grandes propriétés et militait pour un remembrement des terres au profit des paysans. Leurs doigts finirent par se lier solidement et Jean lâcha un « bonjour » timide.

– Vous n'avez pas l'accent italien, constata Louis.

– Je suis corse, répondit Jean, blessé dans son orgueil.

– Pardonnez-moi, monsieur Menghi... J'ai une grande admiration pour votre peuple.

Jean opina de la tête. Il ne désirait pas poursuivre une conversation qui conduirait inévitablement à l'évocation des Napoléon qu'il détestait. Il se tourna vers Mouchette et César.

– J'ai apporté le lait et le pain, annonça le mineur en laissant glisser la biasse de son épaule pour la remettre à Mouchette.

– Oh merci, que Dieu vous bénisse tous ! répondit-elle en ouvrant le sac.

Elle en tira un bidon de lait de deux litres et une grosse miche de pain d'Aix à pâte molle. Ce pain était plus cher que le pain courant de Marseille à pâte dure, mais il convenait à leurs bouches sans dents.

– Tu vois Louis, expliqua César, il y a des mineurs qui pensent à nous. Jean, Ficelle, Léon, l'Augustin et d'autres se cotisent pour nous acheter du pain, du lait, du fromage, des conserves et des fayots. Ils n'acceptent pas que leurs patrons nous rendent la vie difficile. C'est leur syndicat qui a décidé de nous venir en aide.

– Il n'y a plus de syndicat ! Le gouvernement vient de les interdire !

Les paroles de Jean avaient été prononcées avec brutalité. Son œil étincelant défiait Louis. Ce dernier le surprit par sa réponse.

– Je regrette qu'il n'y ait plus de syndicats. Indirectement, ils soutenaient les propriétaires terriens dans leur lutte contre les appétits féroces des compagnies minières. À présent, ça va être l'anarchie et ces compagnies riches à millions vont nous manger. J'espère ne jamais voir le jour où disparaîtront mes champs de blé et mes vignes.

Louis soupira et se redressa. Il n'avait plus rien à faire chez les Lioule. Il irait tuer le temps ailleurs. Le crépuscule viendrait toujours assez tôt.

– Je vais devoir vous quitter mes amis.

Cette annonce surprit et attrista le vieux couple.

– Déjà ?

À l'unisson, les Lioule montrèrent leur déception.

– Il le faut. La sécheresse me cause de gros soucis. Puis-je vous parler seul à seul ? dit-il à Jean avant de prendre congé de ses hôtes.

– Bien sûr.

Les deux hommes sortirent de la maison. Jean se demandait ce que lui voulait ce puissant personnage. Louis prit son portefeuille et l'ouvrit. À sa grande surprise, il constata que les soufflets de cuir ne contenaient pas un seul billet de banque. Il fouilla ses poches. Il avait en tout et pour tout trente-quatre francs. Une somme ridicule pour un homme de sa condition. Dépité, il détacha la chaîne d'or au bout de laquelle pendait la montre suisse usinée dans le même métal précieux.

– Prenez ceci, dit-il d'une voix rauque.

– Pardon ?

– Prenez cet argent et cette montre que vous vendrez. Je veux participer à votre action pour les Lioule.

Jean était médusé. Le geste de Louis Vitalis dépassait son entendement. Comme il ne bougeait pas, Louis lui prit la main et y déposa le pactole.

Jean n'avait jamais vu une montre pareille ; elle était digne d'un prince. Des pierres précieuses – des rubis, estima-t-il – étaient serties tout autour du boîtier. À elle seule, la chaîne devait peser deux cents grammes. Il lui aurait fallu au moins trois ans de travail acharné pour se payer un tel bijou. Peut-être quatre, voire cinq ans. Il lui était impossible d'en chiffrer la valeur marchande. Louis devina le cheminement des pensées du Corse.

– Ne la cédez pas à moins de deux mille francs.

Jean fut pris d'un malaise. Comment allait-il pouvoir vendre ce trésor sans se faire soupçonner de vol ?

– Mais pourquoi ne revenez-vous pas avec de l'argent ? demanda-t-il affolé.

– Je dois agir dans l'urgence.

– Mais il n'y a pas urgence, vous habitez à une heure de cheval d'ici. Je ne comprends pas, monsieur.

– Je n'ai pas d'explications à vous fournir. Agissez pour le mieux. Adieu jeune homme. Que Dieu vous garde.

Louis ne lui permit plus d'argumenter. Il le planta sous la treille, entra dans la masure pour embrasser les deux vieux, puis il s'en alla sur son fringant coursier.

13

Le maléfice

Antoine avait fini par se lasser d'attendre. Son père ne rentrerait pas avant la nuit, quand la demeure serait à nouveau silencieuse. Le cœur gros de chagrin et de colère, il avait quitté la Braconnerie pour s'enfermer dans l'atelier des dépendances.

Il avait donné le bonjour du bout des lèvres aux femmes qui revenaient de la bugade des bords de l'Arc. Elles s'en étaient étonnées. Habituellement, il les aurait aidées à porter les grosses lessiveuses. Il n'en avait rien fait, les laissant dans l'expectative. Ce soir, à la veillée, elles auraient du grain à moudre sur son compte et sur les Vitalis en général.

Il donnait de furieux coups de rabot sur une planche. Il se défoulait et suait toute son eau sans pouvoir évacuer sa rancœur. Il avait égalisé cinq planches de hêtre. Onze autres l'attendaient. Il façonnerait ensuite des ridelles, un banc et une barre d'attelage. Quatre roues et leurs moyeux achetés au charron de Fuveau compléteraient le tombereau qu'il avait dessiné sur une feuille punaisée sur le côté de l'établi. Par moments, une vague lui remuait les tripes. Il pensait à son père emportant la collection de monnaies et il enrageait, poussant des jurons.

– Pute borgne !

Celui-ci claqua comme un coup de fouet à l'instant où Maryse entra dans l'atelier. La bossue rougit. Elle ne l'avait jamais entendu prononcer des grossièretés. Certes, il s'emportait quelquefois contre la grêle, la sécheresse, les sauterelles, les merles, les voleurs de poules et les loups, mais il n'usait jamais du langage ordurier des voyous marseillais et toulonnais.

Maryse resta figée sur place, indécise. Elle portait un couffin dans lequel elle avait enveloppé le masque du diable dans du papier journal. Il lui semblait qu'une chaleur se dégageait de l'objet maléfique, que la température de sa cuisse frôlant le panier faisait grimper. Elle devait agir, accomplir sa mission, exécuter le plan proposé par Claire Charme. Maintenant !

– Bonjour.

Il ne l'entendit pas. Il s'acharnait. Des copeaux volaient autour de lui. Elle monta le ton.

– Monsieur Antoine !

Le jeune homme releva brusquement la tête. Maryse lui apparut déconfite et anxieuse.

– Ah, Maryse, lâcha-t-il. Si tout le monde te ressemblait, Dieu abandonnerait son idée de Jugement dernier et nous irions tous au paradis.

– Ne mêlez pas Dieu à vos ennuis, monsieur Antoine, je vous en supplie.

– Mes ennuis ?

– Il se dit des choses au pays. Je comprends votre colère mais…

Elle n'acheva pas sa phrase. Elle aurait voulu lui annoncer qu'elle détenait le remède aux maux des Vitalis. Le remède dans le couffin n'avait rien à voir avec Dieu qu'elle craignait d'offenser.

– Tu es toute drôle, dit Antoine.

– C'est que…

Le mensonge lui vint naturellement.

– C'est que j'ai découvert quelque chose chez les Chapel en faisant le ménage.

– Quelque chose ?

– Oui, ils n'ont pas tout emporté quand votre père les a chassés. Ils ont laissé un maléfice.

– Un maléfice ? s'étonna Antoine en fronçant les sourcils.

Il rangea le rabot et s'essuya le front. Il était torse nu. Ses muscles saillaient et luisaient. Maryse n'avait pas la tête au désir. Elle était là par amour, pour le sauver. Elle s'avança vers lui.

– C'est là-dedans, dit-elle en posant le couffin sur l'établi. Voyez par vous-même.

– Tu m'inquiètes, Maryse, plaisanta-t-il.

Il retrouva le sourire. L'air cachottier et contrit de Maryse l'amusait.

– Voyons cette surprise, poursuivit-il en retirant l'objet empaqueté qu'il soupesa et trouva léger.

Il n'avait aucune idée de ce que cela pouvait être. Du coin de l'œil, il remarqua que Maryse reculait à petits pas. Alors, précautionneusement, il déroula les pages des journaux.

– Eh ben, ça alors ! s'exclama-t-il.

Le diable peint en rouge lui montrait les dents. Il était ancien, de facture grossière et ne l'impressionnait guère. Il avait déjà vu des faces démoniaques sculptées sur les chapiteaux des églises ou dessinées sur les gravures des livres religieux de sa mère illustrant l'éternel combat entre le Seigneur et Satan. En vérité, il doutait de l'existence d'une entité ayant cette apparence horrible. Cette représentation ne cadrait pas du tout avec l'expression « avoir la beauté du diable ».

– Les Chapel avaient peut-être quelque chose à se reprocher, avança prudemment Maryse en étayant son mensonge.

Ses fausses paroles pesaient sur sa langue ; elles lui râpaient le cœur et assombrissaient son âme. Elle promit aussitôt de se rendre à confesse, de tout déballer au curé en se repentant de ce péché et de doubler les pénitences infligées après l'absolution.

Il y eut un changement dans l'attitude d'Antoine. À présent, il semblait fasciné par le masque. Il lui était impossible de l'associer à la brave famille de Richard Chapel. Il se souvint que les Chapel étaient originaires du Cantal. Dans ce pays de volcans, on pratiquait couramment la sorcellerie. Peut-être était-ce une explication. Ils avaient laissé derrière eux un bien appartenant à un passé révolu. Une façon de couper le cordon ombilical les reliant à leurs origines campagnardes avant de se fondre dans le monde urbain de Marseille.

– C'est un masque de carnaval, dit-il.

– Je ne crois pas.

– Il a déjà servi, la ficelle a cassé deux fois et on l'a réparée en faisant des nœuds.

Maryse était tendue, espérant qu'il fasse le geste de le plaquer sur son visage. En même temps, elle pensait : « Ne le mets pas ! » Sa bosse la faisait souffrir. Les forces du bien et du mal s'opposaient en elle. Elle ne savait plus si elle devait faire confiance à Claire Charme ou à son éducation religieuse. Mais il était trop tard pour faire machine arrière. Elle ferma les yeux quand elle comprit qu'il allait l'essayer.

Antoine passa le masque et attacha la ficelle derrière sa tête. Il se sentit aussitôt différent, plein d'une énergie nouvelle. C'était comme s'il avait endossé la personnalité de quelqu'un d'autre. Quand il ouvrit la bouche pour faire le pitre devant Maryse, ses lèvres frôlèrent la courbure intérieure des lèvres du diable, là où la belle magicienne de la Bastide Verte avait déposé un baiser.

– Il me manque la fourche, je vais...

Il y eut une succession d'explosions lumineuses dans sa tête et il eut l'impression fugitive qu'une femme s'interposait entre lui et des combattants. Le phénomène se reproduisit. Il avait un sens homérique. L'altière jeune femme – une déesse ? – l'emporta loin d'un champ de bataille et le déposa au pied d'un olivier gigantesque. Il vacilla sur ses jambes, se rattrapa instinctivement à l'établi au moment où il tombait en avant.

– Monsieur Antoine !

La voix de Maryse le coupa de sa vision et le ramena dans le monde réel. D'un haussement d'épaules, il rejeta la bizarrerie de ces images et revint à sa première intention : amuser Maryse. Ses doigts se firent crochus. Il tendit les bras vers elle.

– Par les cornes du malin ! Une pécheresse dans mon royaume ! Je viens prendre ton âme, ma fille.

L'effet fut catastrophique. Maryse fit un bond en arrière et se cacha la face. Elle était devenue blême. Des frissons l'agitaient.

– Ne jouez pas au démon ! Par pitié, enlevez ça ! Rendez-le-moi !

La terreur de Maryse le toucha. Il cessa aussitôt son manège et retira le masque. Ce fut un arrachement. Il en eut le souffle coupé. Une partie de son être avait été absorbée par les fibres de l'objet magique et quelque chose de subtil était entré en lui. Pendant quelques instants, décontenancé, il essaya de trouver une explication rationnelle.

Maryse se précipita pour récupérer la face satanique. Antoine n'eut pas le temps de réagir. La bossue s'était déjà enfuie. Il s'interrogea longuement sur la signification du geste de Maryse. Pourquoi avait-elle repris ce masque qu'elle abominait ? Puis il se remit au travail. Son père occupa à nouveau son esprit. Dans quelques heures, il l'affronterait.

14

La colère de Marthe

Marthe n'avait toujours pas digéré la visite de la bossue. Elle n'avait cessé de pester : « Oh ! Coquin de sort ! Oh ! Fan ! Oh ! Misère de moi ! » et de suriner Claire à propos de la purification de la demeure. « La bossue, elle met son mauvais œil partout ! » Elle dessinait des signes de croix dans l'air ponctué par de courtes prières adressées aux saints. « Elle a promené son nez chez nous ! Te rends-tu compte ? Une estrangère de son acabit, maudite dès la naissance ! » Tout en imitant les prêtres exorcistes, Marthe n'avait épargné aucun recoin de la maison, même les parties ou Maryse n'avait pas mis les pieds. Elle en avait profité pour se livrer à un nettoyage en règle, donnant de grands coups de balai et souffletant les meubles avec ses chiffons. La plus grosse désinfection l'attendait dans le bureau où s'était réfugiée Claire.

Elle y entra sans frapper. Sa grande stature, ses épaules larges et ses chairs opulentes remplirent l'encadrement de la porte. Marthe Palmède en imposait. Son visage aux traits épais ne trahissait pas son âge avancé ; elle avait l'air d'une matrone de la République romaine s'apprêtant à donner du fouet à une esclave. Promenant son regard critique dans la pièce, elle l'arrêta sur le mur qui lui faisait face, là où il y avait un vide. Claire ne lui avait pas caché les motivations de Maryse et la conclusion qui s'était imposée. Sous la pression de la colère, les mots jaillirent :

– Et dire que tu lui as donné un masque !

Claire, assise derrière le bureau, le menton calé dans une main, ne broncha pas. Elle lui répondit d'une voix douce.

– Pas donné, Marthe. Prêté. C'est pour une bonne cause.

– Les Vitalis, une bonne cause ? Autant défendre Judas !

– Tu exagères.

– Je sais ce que je dis, rétorqua Marthe en pointant le manche de son balai comme une lance vers la fenêtre au-delà de laquelle, perdue dans les collines de Fuveau, se trouvait la Braconnerie.

Elle ajouta :

– Il paraît que le père Vitalis se ruine avec une pouffiasse de Marseille.

– Une pouffiasse ? quel joli mot, ironisa la jeune femme en sachant qu'elle allait mettre Marthe hors d'elle.

La servante tomba dans le piège. Abandonnant son balai, elle vint défier la demoiselle Charme. Les mains sur les hanches, elle prit un air supérieur et ne mâcha pas ses « jolis mots ».

– J'en ai d'autres sur la langue ! Tè ! Radasse, paillasse, estrasse. J'en ai vu des tonnes à Marseille quand je vivais au Panier. Les hommes sont tous les mêmes. Quand une fillasse peinturlurée tortille du croupion, ils se mettent à baver, puis ils vident leurs bourses.

– Vider leurs bourses, j'aime ce double sens, tu fais de l'esprit, rétorqua Claire d'un ton entendu.

– Ne te moque pas de moi, mademoiselle je-sais-tout. Tu entends peut-être des voix comme Jeanne d'Arc, mais tu ne prêtes jamais ton oreille aux conversations du village.

– Les ragots ne m'intéressent pas.

Marthe se pencha vers Claire et baissa la voix :

– Tu sais ce qu'on dira bientôt de Louis Vitalis ?

– Non.

– *Es cargo d'argen coumo un grapaou de plumo.*

– Tu penses réellement qu'on dira de M. Vitalis qu'il est chargé d'argent comme un crapaud de plumes ?

– Oui, c'est le destin des noceurs. Souviens-toi du baron de Rignac, du rentier Daremberg et de ce banquier... Chavi...

– Ernest Chavigneau, précisa Claire.

– Oui, tous des amis de ton père. Ils ont fini par frapper à la porte du couvent des dominicains pour mendier de la soupe. Le Vitalis, il suivra le même chemin.

Claire acquiesça. Elle se rappelait ces hommes brillants qui s'affichaient avec leurs maîtresses dans les salons. Son père leur avait tourné le dos dès que les créanciers s'étaient partagé les miettes de leurs fortunes. Louis Vitalis ne valait peut-être pas mieux qu'eux, mais il n'était pas le centre de ses intérêts. Elle le fit remarquer à Marthe.

– Mais c'est Antoine, son fils, dont il s'agit dans cette histoire. C'est Antoine que Maryse m'a demandé de protéger.

Marthe soupira et prit le chiffon qu'elle avait coincé dans sa jupe.

– On verra, on verra si la bossue te rapporte le masque. Cette tordue de moins que rien est bien capable de le revendre à un colporteur italien. Voilà ce que j'en dis, répondit Marthe en se remettant à son nettoyage spirituel et matériel.

Elle regrettait de ne pas avoir de l'eau bénite ; elle aurait aspergé les tommettes. Tout en murmurant des noms de saints et de saintes, des formules tirées des Évangiles et de son livre de neuvaines, elle époussetait les fétiches impies ramenés par l'aïeul farfelu de sa jeune maîtresse inconsciente. Elle s'attaqua – c'était le verbe adéquat – à la poussière des masques. Elle les détestait. Comme tous les objets décorant la bibliothèque. Ils étaient pleins de sortilèges. Ils la contemplaient de leurs yeux globuleux, de leurs yeux étrécis, de leurs yeux maléfiques ; ils lui soufflaient une haleine infernale au visage.

Un jour, Fatem-Zarah, une musulmane qui s'était convertie au christianisme par amour pour le sergent Alibert, aujourd'hui à la retraite après la conquête de l'Algérie, lui avait parlé de la géhenne. Un lieu où la température était soixante-dix fois supérieure à la normale et où les âmes se tordaient de douleur dans les flammes en expiant leurs péchés. C'était ce souffle-là qu'exhalaient ces saletés de figures. Il en fallait du courage ou de la bêtise pour passer ses journées dans cette demeure empoisonnée par les reliques païennes, les momies, les pentacles, les runes et les idoles. Sans compter les fantômes qui se plaisaient à la hanter. Un voleur s'introduisant par hasard dans la Bastide Verte se serait aussitôt escapé à travers la garrigue en criant : « Au diable ! Au diable ! » S'il ne tenait qu'à elle, Marthe aurait mis le feu à la baraque en commençant par les collections trouvées dans les tombes et au sein des jungles peuplées de cannibales. Chaque jour, elle priait pour Claire et se posait des questions. La jeune Charme semblait se complaire au milieu des forces obscures.

« C'est une fée, c'est pour ça. » Cette explication naïve contentait la servante. « Les fées n'ont peur de rien et sont bonnes par nature. »

La fée, assise derrière le bureau de son grand-oncle, avait repris son attitude initiale, le menton dans le creux de sa main, rêvassant. Son coude était posé sur une carte d'état-major de la région. À ses moments perdus, penchée sur ce plan, elle se livrait à l'un de ses exercices favoris à l'aide de son pendule. Elle déterminait la position des forces telluriques qui se concentraient en lignes parallèles et circulaires, des points d'énergie, des secrets enfouis par les hommes. La terre, réduite à la taille de un centième, lui parlait, elle en connaissait les moindres parcelles. Le large ruban sinueux de l'Arc partageait la carte bordée par les deux massifs qui se défiaient : la Sainte-Victoire et la Sainte-Baume. Il lui prit l'envie de franchir ce Rubicon pour se rendre à la Braconnerie.

La plaine de l'Arc était immense. Elle courait de la banlieue d'Aix à l'échappée vers Saint-Maximin. Elle aurait semblé infinie s'il n'y avait eu la Sainte-Victoire calée au nord. Les savants de la mine racontaient qu'autrefois il y avait là la mer. Comment pouvait-on avancer de telles absurdités ? Ces mêmes hommes aux caboches bourrées de mathématiques affirmaient que le lignite s'était formé grâce aux plantes aquatiques. Ces théories dépassaient Maryse. La bossue embrassa le paysage d'un regard désolé. Sur la dorsale grise du Cengle, la Bastide Verte lui parut minuscule. Le chemin à parcourir l'éprouvait. Un pigeon voyageur passa au-dessus d'elle et fila à tire d'ailes vers la montagne. Elle l'envia ; elle aurait voulu se sentir légère, débarrassée du poids de sa bosse et s'envoler, portée sans effort par les couches brûlantes de l'air qui brouillaient sa vision.

L'Arc était à portée de flèche. Elle reprit son souffle à l'ombre d'un orme centenaire dont le tronc avait été entaillé par des amoureux. Des cœurs, des noms, de courtes épitaphes y avaient été inscrits. À la lecture de ces témoignages du passé, Maryse ressentit du chagrin ; elle aurait tant voulu écrire le nom d'Antoine et le sien avec la pointe de son canif. Elle aurait lié les deux prénoms par une chaîne de roses, elle les aurait enfermés dans un grand cœur surmonté d'une croix.

Elle se l'interdisait.

Elle chassa de son esprit cet amour qui la minait et se concentra sur l'épreuve à venir : franchir la rivière au lieu-dit La Barque. Depuis le 1er mai, le niveau du cours d'eau avait tant baissé que les embarcations n'assuraient plus la liaison entre les deux rives. En amont, l'Arc ne cascadait plus. Les ruisseaux qui l'alimentaient avaient l'aspect de cicatrices blêmes. Dans leurs ravins, les galets luisaient comme des crânes. Maryse contempla ces eaux moribondes s'évaporant entre les berges plantées de roseaux et de ronces. Sur cette terre obéissant aux caprices des pluies et des vents, on n'espérait plus voir pousser les melons et les pastèques. Les vignes qui avaient tant souffert du phylloxéra mouraient de soif, les blés tendaient leurs épis chétifs vers le ciel désespérément bleu et les fièvres malignes décimaient les bovins. Ce n'était pas bon. Il se préparait une catastrophe. Le choléra ? Un tremblement de terre ? Maryse lança à nouveau son œil inquiet vers la Bastide Verte. La sorcière rousse qui lisait dans l'avenir des hommes savait de quoi il retournait. Mais Maryse préférait ne rien savoir. L'idée de mourir et de se présenter au Seigneur avec sa bosse la tourmentait. Son appréhension monta d'un cran bien qu'elle n'ait rien à se reprocher. Du moins jusqu'à ce jour.

Chassant l'image du Jugement dernier, elle reprit sa marche entre les deux ornières de la route. Au seul endroit où la rivière glougloutait, un troupeau de femmes aux robes colorées et aux bonnets de dentelle battait le linge sur des pierres plates.

« Les lavandières de La Barque », se dit-elle en essayant de redresser son dos. Elle n'avait aucune alliée dans ce tas de pipelettes agenouillées. Ces mégères blanchissaient des draps et noircissaient des existences avec la même facilité. Son appréhension crût. Ces femmes aux langues de serpent la chassaient en croisant les doigts quand la bossue s'approchait de leurs lessiveuses et de leurs brouettes. Aujourd'hui, elle n'avait pas l'intention de dévier de son chemin. Le passage qui menait à la route du Cengle se trouvait là où ces bougresses faisaient mousser l'eau. Elle ne s'y rendit pas cependant d'un pas militaire.

– Tu les crains tant que ça ? dit une voix.

Maryse sursauta et serra contre elle le couffin contenant le masque. Dès qu'elle se retourna, elle s'apaisa. Alberte Collanges, la femme de Siméon le boulanger de Fuveau, lui souriait. C'était quelqu'un de bien. La femme charpentée au visage rond et avenant ne médisait sur personne et venait en aide à tous. Elle était à la tête de bénévoles qui récoltaient des dons pour les indigents et les orphelins ; elle secourait les veuves des mineurs et des paysans, organisait des veillées « tricot et couture » afin d'habiller les plus pauvres. Elle faisait œuvre de charité comme une grande dame malgré les réticences de son époux qui la traitait de « baronne rouge », de « comtesse syndiquée », de « princesse des mendiants »... Siméon s'était aigri après la mort de ses trois enfants. Il avait refusé d'en adopter un. Âgée de cinquante et un an, Alberte ne pouvait plus en concevoir. Mais son désir de materner les autres demeurait entier.

L'aura bienfaisante de Mme la boulangère était un baume. Entre ses gros poings serrés, Alberte tenait les sacs contenant les savons, les brosses et le battoir. En équilibre sur son chignon plat cerclé d'une couronne de paille tressée, une lessiveuse en fer-blanc pleine de linge brodé. Des bouts de serviettes et de nappes aux lettres ornées de feuilles et de fleurs pendaient au-dessus de sa tête altière.

Maryse lui adressa un sourire contraint.

– Bonjour, madame Collanges.
– Bonjour, Maryse.
– Vous venez jusqu'ici pour votre linge ? s'étonna Maryse.
La boulangère avait les moyens de payer une lingère. Elle s'imposait cette corvée obligeant son époux à tenir la boutique. « Le linge, c'est intime, expliquait-elle. Il est tout imprégné de nos âmes. Une personne malintentionnée peut s'en servir pour nous nuire. »
– Eh oui, ma petite. Comment faire autrement avec cette sécheresse ? À Fuveau, les femmes sont devenues folles. Elles se disputent l'eau des sources à coups de griffes et je n'ai pas envie de me crêper le chignon avec les mégères de la rue Rompe-Cùou.
– Celles du quartier de la Potasse ne valent pas mieux, dit Maryse en désignant les lavandières du menton.
La boulangère contempla les jacasseuses de l'Arc, puis haussa les épaules.
– Je les connais, elles me céderont une place de choix. Je suis la boulangère, après tout.
Alberte avait prononcé « la boulangère » comme elle aurait dit « l'impératrice ». Il était vrai que son statut de commerçante la privilégiait. À Fuveau, où le niveau de vie n'était pas élevé, elle détenait une position enviée, supérieure à celle de la modiste et de l'épicière. Elle fréquentait les épouses du docteur Antier, de l'ingénieur Bonfillon, du notaire Dumond et du colonel Picardier et elle ne dérogeait pas à ses obligations de bourgeoise les jours de fête où elle apparaissait aux côtés des notables. Le 14 juillet, elle siégeait à la table d'honneur ; à l'église, elle avait sa place numérotée ; aux enterrements, elle cheminait avec la femme du maire.
– Viens avec moi, elles ne te feront pas d'ennuis, ajouta-t-elle sur un ton qui n'admettait pas la contradiction. Tu as bien l'intention de franchir le gué ?

– Oui et je suis pressée.

– Et pour te rendre où ?

– À la Bastide Verte, répondit Maryse qui ne voulait plus mentir.

– Ah, je vois. Alors que Dieu te garde.

Alberte avait raison. Aucune lavandière n'osa lui dire de passer au large en crachant dans sa direction. Maryse laissa l'eau savonneuse et les mauvaises pensées derrière elle. Une heure et demie plus tard, loin de la protection d'Alberte Collanges, elle tomba nez à nez avec Marthe Palmède qui actionnait la manivelle du puits.

– Te voilà encore ! s'écria la servante.

Maryse baissa la tête et passa son chemin.

– Tu as intérêt à ne pas t'attarder chez nous ! menaça Marthe tout en sachant qu'elle gueulait dans le vide.

Elle n'irait jamais à l'encontre de la volonté de Claire qui avait décidé d'aider cet oiseau de mauvais augure. Ses yeux s'accrochèrent à la bosse de la malvenue et elle prononça tout bas une malédiction.

Maryse s'immobilisa sur la terrasse. Mlle Charme n'y était pas. Elle laissa passer deux ou trois minutes avant de se décider à entrer dans la bastide. La cuisine était déserte. Les deux pièces du bas présentaient toujours le même aspect sinistre avec leurs draps recouvrant les meubles. Elle supposa que la jeune magicienne occupait le bureau-bibliothèque. Elle grimpa à l'étage et frappa à la porte en disant d'une petite voix :

– C'est moi, Maryse, Maryse Denarnaud.

Elle n'eut pas à attendre. Le battant s'ouvrit presque aussitôt.

– Entre ! dit la jeune femme dont le regard brillant d'excitation enveloppa le couffin. Par là, prends tes aises, poursuivit Claire. Assieds-toi sur le canapé.

Maryse se ferma à la présence des momies, des statues, des masques et des fétiches qui la cernaient de toutes parts. La broderie du canapé Louis XVI aux moulures dorées était élimée. Maryse s'installa gauchement sur ce siège de roi, estimant que Mlle Charme lui faisait un grand honneur. Claire prit place à côté d'elle. Le couffin les séparait. Toutes deux sentirent pulser les ondes de l'objet qu'il contenait.

– C'est fait, articula difficilement Maryse.

– Il l'a mis ?

– Oui. Et il a même fait le pitre avec. J'en ai encore des frissons. On ne joue pas avec le diable sans perdre un bout de son âme. Je ne veux pas qu'il lui arrive malheur ! Sauvez-le ! Il représente tout pour moi.

C'était un aveu, une déclaration. Claire la considéra avec un intérêt accru. Elle venait de réaliser que la bossue était amoureuse d'Antoine. Pauvre Maryse, comme elle devait souffrir, elle en avait plein les yeux de son Antoine. Elle retenait ses larmes. Claire essaya de plaisanter sur le sujet.

– Mais il t'a frappé dans les quinquets.

– Non, non, nia Maryse en rougissant.

– Il n'y a pas de mal à aimer un homme de sa prestance. Je l'ai aperçu quelquefois dans les rues de Fuveau. Les femmes se retournaient sur son passage.

– Pfffft ! fit Maryse en affichant un air de dédain sous lequel perçait la tristesse. *Voou mies de pan à la pannièro qu'un bel homme à la carrièro.*

– N'essaie pas de me faire croire qu'il vaut mieux avoir du pain dans l'armoire qu'un bel homme généreux dans la rue, répliqua Claire. Surtout s'il s'agit d'Antoine Vitalis. Tu as bien choisi, il dépasse tous les autres de la tête et des épaules. Et tu ne dois pas être la seule à te languir d'entrer à l'église avec lui. Bienheureuse celle qui vieillira à ses côtés, elle ne connaîtra jamais la morsure de la ceinture sur son dos et les coups de pied dans le ventre. Oui, tu as eu raison d'ouvrir ton cœur à ce garçon. Il a du respect, il est courageux, il défend les faibles et les opprimés, il irait en enfer pour délivrer ceux qu'il aime, il incarne le héros idéal, l'amant parfait…

Claire s'emballait ; elle en oubliait la colonne tordue de la Denarnaud. Elle s'était même substituée à elle et se voyait cheminer la main dans la main avec Antoine, l'embrasser sous l'ombre d'un vieux chêne. Ils échangeaient leur serment dans la forêt enchantée de la Sainte-Baume, et les fées témoins de leurs promesses convoquaient le peuple des gnomes et des elfes pour consacrer leur union sur un lit de gui. Claire nourrissait son délire des désirs refoulés de la bossue. Elle sentait l'amour de Maryse, le partageait, se l'accaparait, le transcendait. Elle magnifiait cette passion avec des mots que Maryse n'avait jamais associés. Elle le déclinait en une poésie plus belle qu'un hymne à la Vierge. Ces mots s'écoulaient de ses lèvres en une douce musique ; Maryse les buvait. Elle s'en emplissait l'esprit et le cœur. Mais elle ne pouvait pas se les approprier. Sa difformité douloureuse lui rappelait à tout instant qu'elle était un paria condamné au célibat. Cependant, lorsque Claire, à bout de souffle, cessa de louer l'amour que lui inspirait Antoine, Maryse avoua :

– Oui, je l'aime.

Les larmes jaillirent. Elle les contenait depuis trop longtemps. Elle en avait des litres en réserve. À quinze ans, elle avait été amoureuse d'un jeune berger qui l'avait fuie, puis à vingt d'un tonnelier ignorant sa présence. Quand son cœur battait un peu plus fort pour un homme, elle se terrait pour ne pas dévoiler ses sentiments, pour ne pas leur faire honte et devenir la risée de Fuveau. Elle avait tant de fois raclé sa bosse contre les rochers avec l'espoir de redresser son dos.

Elle y avait perdu son sang et gagné des fièvres. Sa voix s'était enrouée à force de demander secours aux saints.

Claire absorba la détresse de la pauvresse. Ce trop-plein d'injustice et de misère monta en une buée salée à ses prunelles. Elle refusa de pleurer. Maryse avait besoin d'aide. La magicienne déplaça le couffin qui la séparait de la paysanne. Elle s'empara des mains abîmées et couturées.

– Je suis sûre qu'Antoine t'aime à sa façon.

– À sa façon… comme vous dites…, sanglota Maryse. Avec juste ce qu'il faut de compassion… Que puis-je espérer avec cette bosse ? Pouvez-vous me l'enlever ?

– Si j'avais ce pouvoir, je ferais de toi une Vénus et tu serais la plus belle au bal du 14 juillet.

– La Vénus, c'est vous… Et vous avez le pouvoir de vous faire aimer d'Antoine.

– Tu dis des bêtises.

– Non. Vous êtes faits l'un pour l'autre. Vous savoir ensemble me consolerait. Je ne pourrais pas souffrir de le savoir avec l'une de ces pimbêches qui se promènent en calèche.

Claire en resta bouche bée. Les propos de Maryse la contrariaient. La bossue avait des certitudes de médium. La nature l'avait dotée de dons paranormaux. Elle lui renvoyait l'image d'Antoine torse nu, l'odeur et la chaleur d'Antoine, toutes les sensations subtiles qu'elle éprouvait en présence du jeune homme. Claire tenta de mettre fin à ce processus de fusion, tout en sachant qu'elle menait un combat d'arrière-garde.

– Tu me prêtes des sentiments que je n'ai pas. Je ne connais pas assez ce garçon et je n'ai pas l'intention de changer de vie. J'ai choisi la voie du célibat et de la liberté. Aucun homme ne m'attachera aux pieds de son lit.

– Eh bien, vous le connaîtrez mieux au bal du 14 juillet.

Ses larmes s'étaient taries. Maryse n'en démordait pas. Elle était déterminée à fiancer son Antoine à Claire. Des lueurs dansaient dans les yeux de la fée qui se fit malicieuse :

– Qui te dit que j'irai à la fête ?

– Vous irez, j'en suis sûre.

– C'est moi la voyante, pas toi.

– Alors vous savez que vous provoquerez un scandale ce soir-là ?

– Non, répliqua Claire en se projetant dans l'avenir. C'est toi qui le provoqueras.

– Moi ?

– Oui, quand tu apparaîtras dans la salle des fêtes.

– Jamais !

La honte et la colère s'étaient emparées de Maryse. Elle avait toujours fui les fêtes, s'enfermant dans sa chambre lorsque les flonflons retentissaient sur le tertre de Fuveau. Il lui arrivait de suivre les processions de loin en évitant de se faire repérer. Et puis, elle n'avait jamais dansé, elle ignorait les pas de la polka, ce qu'était une valse. Elle aurait été incapable de fredonner un air de quadrille. Un seul instrument égrenait des notes tristes à ses oreilles : la flûte des bergers. Le seul qu'il lui ait été donné d'entendre dans les collines.

– Je me montrerai à ce bal si tu t'y montres aussi, dit Claire. Nous sommes liées à présent. C'est le prix à payer pour sauver Antoine.

Le chantage marcha. Maryse opina du chef.

– Moi au bal…, balbutia-t-elle.

– Oui, toi et moi. Nous ferons sensation, crois-moi.

15

Les secrets de la Braconnerie

Maryse était repartie en faisant la promesse de venir au bal. Maintenant, Claire, réfugiée dans sa chambre, avait le regard fixé sur le masque qu'elle tenait entre les mains. Ève avait été tentée par Satan dans le jardin d'Éden. La caricature de l'ange grotesque lui instillait des envies. Le diable rouge lui murmurait le nom d'Antoine, lui conseillait de toucher au fruit défendu.

« Il l'a porté. Il y a laissé son empreinte. Tu peux la faire tienne afin de mieux le connaître. N'hésite pas, ton bonheur sera sans limite », lui susurra la voix maléfique dans sa tête.

Normalement, elle aurait dû réciter les sept prières d'exorcisme et se livrer à un rituel de purification en brûlant ce masque avant d'en répandre les cendres dans une eau courante. Le mauvais œil, dont était victime Antoine Vitalis, aurait disparu à jamais.

Claire Charme n'en fit rien, elle remit à plus tard cette opération. Elle avait attendu le crépuscule en refusant de goûter à la soupe au lard de Marthe, prétextant qu'elle était barbouillée. Ce mensonge lui avait valu une réplique cinglante de la servante :

– Voilà ce qui arrive quand on s'acoquine avec une tordue !

Le soleil ensanglantait le pays d'Aix à l'ouest. Les ombres des cyprès s'allongeaient, immenses griffes tendues vers la nuit envahissante. La chambre perdit ses couleurs, les fleurs de la tapisserie se fanèrent, le miroir de la commode se ternit, les paysages accrochés aux murs se diluèrent dans le néant. Et, quand les cigales épuisées cessèrent de chanter, seule la voix du démon continua à se manifester.

La tentation et la nuit prirent définitivement possession de son âme. Claire se métamorphosa en une grande prêtresse antique.

– C'est l'heure d'Hécate, murmura-t-elle en se laissant tomber en travers du lit.

Elle chassa l'air de ses poumons, puis posa délicatement le masque sur son visage. Aussitôt le plafond se mit à tourner et elle fut projetée hors de la bastide.

Une fraction de seconde plus tard, elle était en lui.

Antoine était sur les rotules. Ses muscles et ses os le torturaient. Une ampoule éclatée lui brûlait la paume droite, et ses doigts étaient pleins d'échardes. Mais ces maux n'étaient rien en comparaison de sa colère et de sa peine. Il s'était tué à la tâche en vain. Sa volonté d'en découdre avec son père s'était amplifiée au fil des heures.

En le voyant revenir vers la Braconnerie, Jeannette Lebescon, qui faisait ses comptes sur la table du jardin d'agrément, avait plié armes et bagages pour s'enfermer dans le salon le plus reculé de la propriété.

Antoine ne l'avait pas poursuivie. Il ne s'était pas rendu non plus auprès de sa mère.

– As-tu vu mon père ? avait-il demandé sèchement à Panique, la cuisinière, en surgissant dans la cuisine.

La grosse femme au triple menton avait répondu non en secouant la tête. Il avait alors refermé violemment la porte.

À présent, il rongeait son frein dans le bureau paternel. L'odeur de la daube provençale que Panique faisait mijoter lui ravit les papilles. Antoine s'aperçut qu'il avait faim. Consultant sa montre à gousset, il constata que huit heures allaient sonner à toutes les pendules et les horloges de la maison. Elles tintèrent et carillonnèrent avec de légers décalages.

Il ne quitta pas son poste ; il avalerait plus tard le bœuf et le porc marinés dans du vin rouge avec des carottes fondantes. Et si le père se manifestait, après leur discussion, il se contenterait d'olives noires, de fromage et de pain.

Le boulet rouge du soleil s'enfonça dans le mamelon de Gardanne. Pendant cette descente, un chien hurla à la mort tandis que la sirène d'une mine hululait. Antoine pensa aux hommes sous terre et se dit qu'il n'était pas à plaindre. Toutefois, ce constat n'entama pas sa détermination de s'imposer face à son père. Il l'assimilait à un acte politique, à une destitution officielle.

La nuit vint d'un coup. Lorsqu'elle triompha de la dernière lueur accrochée au clocher de l'église de Fuveau, Antoine se sentit tout drôle. Sa vue, ses pensées se troublèrent. Pendant un bref instant, l'espace se déforma autour de lui et il ne reconnut plus le bureau. Il était dans une chambre, allongé sur un lit. Il se rattrapa au dossier d'une chaise et reprit possession de ses moyens. L'illusion se dissipa mais quelque chose était entré en lui. Peut-être couvait-il une fièvre ? Il ne s'en soucia pas.

À vingt et une heures, les pendules et les horloges déréglées reprirent leur tintamarre et annoncèrent l'arrivée de Louis Vitalis. Le maître de la Braconnerie avait les reins cassés par une interminable chevauchée qui l'avait conduit de Gréasque à Aix avant de prendre le chemin du retour. Vincent, le palefrenier, accourut. Louis lui abandonna Jupiter sans lui adresser la parole. Quelque chose clochait dans le décor. Il contempla la façade du manoir et fut stupéfait de sa découverte. Son œil ne pouvait se détacher de la lumière à l'étage. Les lampes de son bureau étaient allumées.

Jeannette ? Elle seule possédait la clef ; elle payait ce droit en faisant le ménage et du rangement. Il n'avait jamais accepté qu'une servante ordinaire pénètre dans ce lieu lorsqu'il était absent. Que trafiquait Jeannette Lebescon à cette heure avancée ? Louis sombrait dans la paranoïa, imaginant la vieille demoiselle achetée par un concurrent malveillant, quand elle apparut sur le perron de marbre. On l'eût prise pour une religieuse dans sa robe noire à col blanc plissé.

Jeannette le guettait. Elle s'était précipitée hors du petit salon bleu en le voyant avancer sur l'allée de gravier. Elle ne le salua pas. Elle lâcha sur un ton affolé :

– Il... M. Antoine m'a forcée à lui remettre la clef. Ne m'en veuillez pas. Votre fils a perdu la raison, je crois qu'il aurait été capable de me frapper.

Toute la journée, Louis avait promené son abattement à travers la campagne. Il retrouva son ego, sa soif de commandement, son arrogance de grand propriétaire terrien. En un instant, son fils devint le bouc émissaire idéal, détrônant la bossue.

Une pinte de sang lui monta au visage. Louis bouscula Jeannette, s'engouffra dans le hall, grimpa quatre à quatre les marches de l'escalier monumental et fonça vers la porte ouverte de son bureau.

– Que fais-tu là ? beugla-t-il à Antoine.

– J'apprends la gestion ! répondit énergiquement Antoine en donnant du poing sur la pile de livres de comptes.

L'ironie brutale de ce fils indigne estomaqua Louis. Antoine ne s'en tint pas à cette courte phrase.

– Ta gestion, précisa-t-il alors que son père empourpré suffoquait de rage. Mais je devrais mieux me former au métier de chaudronnier naval afin de réparer les trous que tu pratiques volontairement dans la coque de notre fortune.

« Ta », « tu »... Antoine l'avait toujours vouvoyé. C'était insupportable. Louis se sentit rabaissé. Il n'arrivait pas à reprendre le dessus. Antoine continuait à déballer sa rancœur :

– Père, explique-moi pourquoi les statues et les toiles disparaissent ? Qu'as-tu fait de la collection de monnaies ? Pourquoi as-tu renvoyé les Chapel ? Il paraît que tu entretiens une maîtresse qui te ruine, mais je ne crois pas à cette version. Je pense plutôt que tu joues à la Bourse de Marseille. Oui, tu joues père, et tu espères infléchir le cours des matières premières et des sociétés en touchant la bosse de cette pauvre Maryse. Ça, je ne peux pas le tolérer. Je t'interdis de te servir d'elle comme d'un fétiche. Maryse mérite plus de respect que quiconque dans cette maison.

Louis encaissait la diatribe de son fils. Il était au bord de l'apoplexie. Le sang allait jaillir de ses narines et de ses oreilles. Il noyait déjà son cerveau ; il en avait les yeux injectés.

– Assez ! hurla-t-il en abattant le poing à son tour. Tu n'as pas le droit de me parler ainsi ! Tu n'as aucune leçon à me donner ! Le respect, tu me le dois d'abord. Maryse ne mérite rien, elle n'est rien, juste une erreur de la nature. Et cette fortune que tu t'attribues un peu vite, elle est encore mienne jusqu'à nouvel ordre. Tu en hériteras en temps voulu. Et si je te laisse des miettes, tu t'en contenteras, petit morveux. Mon père m'aurait donné le fouet si j'avais eu l'impudence de le défier. Il était le maître de la Braconnerie comme je le suis aujourd'hui. Fiche le camp d'ici ! Je ne veux plus jamais te voir dans ce bureau.

Le poil hérissé, Antoine ressemblait à un félin prêt à bondir sur sa proie. Mais il avait été élevé dans la grande tradition des bons fils de famille qui doivent obéissance à leurs parents. Il ne put aller à l'encontre d'une loi séculaire dont l'origine se perdait dans le droit romain et salique. Il relâcha lentement ses muscles en fermant les yeux, puis, la tête et les épaules basses, il sortit du bureau de son père.

Il était comme ivre. Il se heurta aux murs et aux meubles, quitta la Braconnerie d'un pas titubant et parvint sur le bord du bassin où coassaient les grenouilles. Là, tombant à genoux, il plongea dans l'eau vaseuse.

Couché sur le dallage, le regard perdu dans le scintillement des étoiles, Antoine ne cherchait pas à deviner son avenir. Il n'en avait plus. Il avait failli devant son père. Il se sentait sans envergure, voué à l'échec. Il n'aurait rien ou des dettes. Son père dilapiderait tout et personne n'était en mesure de le ramener à la raison. La Bourse avait conduit bien des hommes à se pendre ou à se tirer une balle dans la tête.

La courbe incandescente d'une météorite s'imprima dans ses rétines. Il n'avait jamais vu une pareille signature dans les cieux. Elle poursuivit sa trajectoire vers la Sainte-Victoire. Il se redressa pour la voir tomber sur la barre du Cengle, derrière la Bastide Verte où vivait la sorcière rousse. Il s'inquiéta pour cette jeune femme. Le beau visage taché de rousseur vint le hanter. Peut-être son avenir n'était-il pas aussi sombre qu'il le croyait ?

Claire dormait. Elle faisait un rêve merveilleux. Elle était dans les bras d'Antoine, sur une piste de danse. Elle fit un bond sur son lit et en perdit le masque quand se produisit la détonation. La bastide en fut fortement ébranlée. Claire entendit la voix apeurée de Marthe dans la chambre voisine.

– Sainte Mère de Dieu ! C'est la fin du monde ! Sainte Geneviève !

– Saint Georges, viens à notre secours !

Le nom de saint Georges s'imposa à elle. Dans son demi-sommeil, il lui avait semblé entendre le souffle du dragon avant la déflagration. Marthe fonça sur le palier et se heurta à Claire qui sortait précipitamment.

– On va mourir ! On va mourir ! lui cria Marthe.

– Calme-toi, ce n'est rien.

– Rien ?

– Oui, un très gros pet de mine.

– Non, ça s'est produit juste derrière la bastide, vers les oliviers. Les galeries de ces galeux de mineurs n'arrivent pas jusqu'ici.

La fée n'éprouvait aucune peur. Elle remarqua cependant qu'il n'y avait aucun bruit lorsqu'elle se retrouva à l'extérieur. Les grillons ne stridulaient pas. Marthe lui emboîta prudemment le pas en restant en retrait. Elle songea à prendre le fusil de chasse, un couteau ; elle se contenta de ramasser un caillou pointu. Elles contournèrent le bâtiment et traversèrent le champ où poussaient de maigres oliviers avant d'atteindre la partie chaotique du terrain qui n'avait jamais été entamée par les outils des hommes. Des genêts et des cistes y régnaient en maîtres.

– Y a rien, dit Claire en s'apprêtant à rebrousser chemin.

– Allons un peu plus loin, exigea Marthe. Je suis sûre que ça venait de par là.

Elles parcoururent une trentaine de mètres. Après avoir escaladé un amas de rochers, elles se figèrent. Marthe serra si fort le caillou qu'elle se fit mal aux phalanges. La perplexité durcit les traits de Claire tandis que l'horreur se peignait sur le visage de la servante. Des flammèches couraient sur les bords d'un cratère de trois pas de diamètre. Marthe y vit l'empreinte du démon. Elle jeta des regards affolés dans tous les sens, s'apprêtant à voir surgir un monstre crachant du feu. Ses lèvres s'adressèrent à Dieu en un murmure. Elle se signa quand Claire s'élança vers le trou. La jeune femme se mit à piétiner les plantes qui se consumaient.

– *Que Dieou te donne de sen*[1] *!* Aide-moi au lieu de prier. Ne vois-tu pas que la Sainte-Victoire risque d'être ravagée par un incendie ?

L'argument porta. Marthe accourut. Elle n'en continua pas moins à prier. Leurs pieds réunis écrasèrent les brandons. En quelques minutes, elles évitèrent le pire. Si le mistral avait été de la partie, elles auraient assisté, impuissantes, à la destruction de la montagne. Dans leur cavale, les flammes auraient avalé Puy-Loubier, bondi sur Tourves et assailli Saint-Maximin.

– C'est un avertissement du diable, dit Marthe en s'épongeant le front.

Claire n'avait pas d'explication à lui fournir. Il ne lui vint pas à l'esprit que ce pouvait être un phénomène naturel. L'avertissement, d'où qu'il vienne, était de taille. La jeune femme avait des possibilités d'analyse non scientifique. Elle alla s'accroupir au centre du cratère et posa ses mains sur les pierres noircies.

– Que fais-tu ? s'inquiéta Marthe.

– Rentre à la maison et prépare-nous du café, je n'en ai pas pour longtemps.

Marthe ronchonna mais ne s'attarda pas. Elle avait sa propre logique. La bossue, le masque, cette explosion, tout était lié. La chaîne du malheur se forgeait. La servante ne

1. Que Dieu te donne du bons sens !

voyait pas l'avenir en rose. Le seul remède consistait à mettre Dieu et les saints de son côté. Elle promit tout bas de fleurir les autels de Fuveau et de conjurer les desseins du malin en brûlant des cierges. Dans sa ferveur, elle pensa à se rendre dans la grotte de sainte Marie-Madeleine au plus près des anges afin de donner plus de poids à sa requête. Arrivée à la bastide, sa première mesure consista à décrocher le fusil du râtelier. Après l'avoir chargé de chevrotines, elle moulut le café.

Claire s'ouvrit aux autres plans d'existence, explorant le temps. Il y avait tant de chemins… Ce qu'elle vit la fit frémir. Comme lors de ses précédentes expériences, elle fut confrontée à des images terribles, à des masses d'hommes jetés les uns contre les autres, à des bataillons fauchés par des mitrailles, à des cavaleries se brisant sur des barricades et des talus hérissés de pieux. Sa vision se précisa. Elle erra dans un gros bourg aux toits d'ardoises entouré de forêts de sapins. Des gens en proie à une peur indicible s'en échappaient en emportant des hardes. Derrière eux, les étendards bleu, blanc et rouge cédaient la place aux drapeaux frappés des aigles prussiennes. C'était une guerre ; elle allait éclater sous peu. Elle étouffa un cri quand elle reconnut Antoine parmi les soldats en débâcle. Cela ne devait pas s'accomplir. Elle jura de tout mettre en œuvre pour changer le destin du jeune homme.

16

Des bruits de guerre

Per Sant Jan, si fa plan,
Per Sant Rô, si di O[1].

Saint-Jean, la fête des moissons, était passée. Il y avait eu auparavant plusieurs processions religieuses pour amener la pluie. Les prières et les chants s'étaient taris dans le ciel désespérément bleu. La célébration s'était achevée dans une ambiance morose, et peu de volontaires avaient sauté par-dessus le traditionnel feu de la Saint-Jean allumé sur les places publiques et devant les églises. Les mauvaises récoltes avaient sapé l'enthousiasme des Provençaux. L'hiver et le printemps à venir s'accompagneraient de privations.

En répétant les gestes qui remontaient au temps des Gaulois, en coupant la dernière gerbe de blé où se cachait l'esprit de la Terre, Antoine avait eu l'impression de trancher le cordon qui le liait au passé. Autour de lui, les paysans n'avaient pas manifesté leur joie. Tous avaient le cœur gros. Deux autres familles avaient été renvoyées par Louis Vitalis. Son père n'était plus le bienvenu dans les champs. Il

1. Pour Saint-Jean, on fait connaissance, / Pour Saint-Roch, on se dit oui.

disparaissait régulièrement plusieurs jours de suite pour revenir, tel un fantôme blême, à une heure avancée de la nuit. Il ressemblait de plus en plus à un messager de la mort. Ceux qui, comme Jeannette ou l'intendant Ost, avaient l'occasion de l'aborder, pensaient qu'un cancer le rongeait.

Antoine n'espérait rien. Il n'avait pas fait de nouvelle connaissance à la fête des moissons et il ne dirait pas oui à une jolie jeune fille à la Saint-Roch, le 16 août.

Juillet s'était assombri. Des bruits de bottes se faisaient entendre à la frontière alsacienne, et il se disait que Napoléon était sur le point de déclarer la guerre à la Prusse. Antoine avait des raisons de ne plus croire en rien. Jeannette Lebescon, cette chienne au service de son père, lui avait révélé de la façon la plus brutale qu'il rejoindrait l'armée :

– Votre père ne paye plus la prime à la caisse militaire. Si le conflit éclate, vous partirez pour l'Allemagne et je m'en réjouirai.

Elle disait vrai. Quatre ans auparavant, Antoine avait tiré le mauvais numéro dans le sac que lui tendait un fonctionnaire de la préfecture. Les mauvais numéros rejoignaient l'armée active, les bons étaient exemptés tout en appartenant à la réserve des gardes mobiles. Il était possible d'échapper au service militaire en versant de l'argent dans une caisse destinée à recruter des volontaires. Les autorités avaient tenté de modifier le système. Le vent de la révolte avait soufflé sur les campagnes. Aujourd'hui, il était encore possible de se faire remplacer mais il était fort probable que tous les hommes allaient être appelés sous les drapeaux si l'aventure napoléonienne tournait mal.

Antoine n'avait jamais imaginé qu'il puisse servir un jour de chair à canon. Il n'était pas un couard. À tout prendre, il préférait mourir en héros sur les bords du Rhin que mendier en Provence. Il en était là de ses sombres réflexions lorsqu'il arriva sur le Cours à Fuveau.

La fête battait son plein. Personne ne se souciait réellement d'une hypothétique guerre gagnée d'avance contre les Goths et les Wisigoths. Il y avait eu des réunions publiques lors desquelles la grande majorité des participants avait montré sa détermination de prendre les armes et de marcher sur Munich et Berlin. Les Bonapartistes rêvaient de venger leurs pères tués à Waterloo. Tous minimisaient les dangers d'une aventure qui les grandirait aux yeux de leurs descendants. Les invasions barbares en Provence appartenaient à un passé révolu. Les incursions autrichiennes et piémontaises du siècle précédent en Provence n'avaient laissé aucune trace dans les esprits ; elles n'étaient pas évoquées aux veillées. L'Alsace et la Lorraine étaient loin de la Sainte-Victoire. Dans le pire des cas, les hordes bavaroises et prussiennes lancées par Bismarck passeraient au nord de Lyon. Il était impensable de croire que les chants des cigales et des lavandières seraient troublés par les hymnes militaires allemands car l'armée française, la meilleure du monde, écraserait l'ennemi.

Dans les rues, les jeunes Fuvelains poussés par leurs aînés s'égosillaient. Ils chantaient *La Marseillaise* à pleins poumons. Le chant patriotique avait été interdit durant des années par Napoléon III. Il renaissait des cendres révolutionnaires, plus puissant que jamais. Antoine entendait « Allons enfants de la Patrie, le jour de gloire est arrivé », mais son cœur demeurait sourd à cet appel. La foule était en liesse, elle débordait d'une joie enfantine et parfois féroce. Devant la mairie, un forain avait accroché des têtes caricaturales en carton représentant Bismarck, l'empereur de Prusse, le prince de Saxe et les divers chefs allemands. Pour un sou, on avait le droit de les bombarder avec des balles de chiffon. Et paf dans le nez de Bismarck, et pif sur le front couronné de l'empereur. Les coups gagnants déclenchaient des rires gras et des insultes.

Un groupe qui avait improvisé une farandole le bouscula. Une femme tenta de lui saisir la main et de l'entraîner. Antoine se déroba. Il n'avait pas la tête à tourner autour des platanes. Il se demanda pourquoi il était venu se perdre à Fuveau un jour de 14 juillet. Il n'était plus le même depuis la nuit où la météorite avait frappé la Sainte-Victoire. Il n'osait se l'avouer mais il était ici dans l'espoir d'apercevoir Claire Charme. Maryse lui avait rebattu les oreilles en vantant les mérites et les atours de la demoiselle de la Bastide Verte. Il ne se passait pas un jour sans que la bossue ne fasse une allusion à la sorcière rousse. Elle est comme ci, elle est comme ça, ce serait une bonne poulinière pour un homme comme vous et vous pourriez agrandir vos terres, et patati et patata.

Marthe était particulièrement en forme. Sa voix de crécelle enchaînait les chansons populaires les unes après les autres. *La Canaille*, *La Femme à barbe*, *Quand nos hommes sont au cabaret* et bien d'autres sortaient de sa poitrine de soprano rouillée. Elle était heureuse. Depuis la météorite, il ne s'était rien produit de fâcheux. Elle avait usé de toutes les astuces chrétiennes pour attirer les faveurs du ciel sur la Bastide Verte. Cet excès de foi lui avait coûté douze cierges, quelques sous dans les troncs des églises et quatre participations à des processions.

Sa fée avait décidé de se rendre au bal. Avec un peu de chance, bien que Fuveau ne soit pas l'endroit idéal, elle ferait la connaissance d'un gentil garçon... Non : d'un honnête homme solide et capable d'entretenir la propriété. Penchée sur la tête de Claire qu'elle frottait énergiquement, elle en était à *J'ai battu mon homme*, chanson qui faisait rire toutes les femmes du pays.

Dieu, les hommes quelle engeance !
Le mien est paresseux, têtu,
Mais j'ai su trouver ma vengeance.
Et, dam ! Il vient d'être battu.
La lune de miel fut bien douce.
V'là que sans rime et sans raison
La coquine qui devient rousse
Et met le feu à la maison.
Fallait qu'ça finisse : j'ai battu
Mon homme ! Ah ! Mais l'ai battu
Comme plâtre ! Comme monsieur
Rentrait tard, je criais.
Quand j'pleurais il chantait en jouant
Du mirliton. C'est ça qui me faisait rager !

– Arrête, tu m'écorches les oreilles, se lamenta Claire qui avait son compte de chansons gaillardes.

Loin d'être vexée, Marthe répliqua :

– Tu n'aimes pas mon timbre de voix ? Je suis la meilleure chanteuse de la région. Tu préfères *La Vénus aux carottes* ?

– Ah non ! Pas ça !

La Vénus aux carottes interprétée par Marthe Palmède était la pire des choses qu'on pouvait entendre à mille lieues à la ronde. Si elle lançait ses « légumes, navets, oignons, cresson d'jardin, verdure et verdurette » avec son accent marseillais imitant le Parisien des faubourgs, on avait l'assurance qu'un orage éclaterait dans les heures à venir.

– J'en ai d'autres au répertoire, insista la servante.

– Contente-toi de frotter. Si tu continues à chanter, je vais avoir la migraine.

Marthe se tut et redoubla de vigueur. Laver la tête de la demoiselle n'était pas une mince affaire. Elle ne pouvait venir à bout de la crinière de feu sans éprouver des crampes au bout des doigts et dans les épaules. Trois doses de shampoing au bois de Panamá préparé la veille n'avaient pas suffi. Marthe en versa une quatrième à laquelle elle mélangea une décoction d'ortie et d'origan. Son front se plissa et son nez se pinça.

– Et ne choisit pas n'importe qui au bal, dit-elle soudain. Ne tourne pas trop vite sur la piste, il serait indécent qu'on voie tes jambes. Bonne Mère ! Je devrais t'accompagner. J'ai le nez moi, je les sens venir les arsouilles.

– M'accompagner ? Surtout pas ! Tu ferais fuir des Cosaques et des Tatares. Les arsouilles, les canailles et les aigrefins passeront au large. J'irai avec Tonin.

– Celui-là… pfttt, il vaut pas un sou et il est plein de poux, grommela Marthe qui n'aimait guère le braconnier.

– Peut-être qu'il n'est pas bien propre sur lui et mal habillé, mais il est respecté et craint à Fuveau.

– Peuchère de Tonin, c'est lui qui a besoin de toi, répliqua Marthe en imprimant violemment ses ongles dans le cuir chevelu de la belle, car c'est toi qu'on craint dans le pays.

– Marthe, tu me saoules. Concentre-toi sur ta tâche ou va donner à manger aux lapins.

Vexée, Marthe s'acharna sur la tête de Claire pendant les dix minutes qui suivirent la fin de cette conversation puis, avec une jubilation cruelle, elle y versa brusquement des litres d'eau froide qu'elle avait puisés à l'aide d'une grosse casserole dans une bassine en fer-blanc.

Claire poussa des cris. Tout en riant, Marthe maintint sa sorcière, lui arrosant le dos jusqu'aux reins. Lorsque les dernières bulles de savon glissèrent sur la peau nue pour éclater sur le banc, Marthe s'empara d'un arrosoir. Tout le secret de la beauté des cheveux résidait dans l'ultime rinçage. L'eau qu'elle répandit délicatement contenait une infime quantité d'huile de cade et de teinture de bardane. Aux femmes qui s'étonnaient de la brillance et de la vitalité de sa chevelure, Claire répondait qu'elle mangeait du céleri et de la pâte de coing. Depuis cette révélation, à Fuveau, à Gréasque et à Puyloubier, on avait vu la production de céleri augmenter. Quant aux coings, on se rendait jusqu'à Saint-Maximin pour s'en procurer au moment de la cueillette. Les Provençales de la vallée de l'Arc, tournée vers le modernisme et l'industrialisation minière à outrance, avaient peu à peu oublié les recettes ancestrales. Elles se fiaient désormais aux produits miracles vantés par les colporteurs et les réclames des journaux. La plupart se lavaient au savon doux de Marseille. Le résultat n'était pas à la hauteur de leurs espérances. Leurs chevelures se ternissaient et se desséchaient. Rien n'égalait les secrets de beauté de la magicienne de la Bastide Verte.

– Allez zou ! J'en ai fini avec ton buisson ardent. Tu peux faire la lézarde, dit Marthe en reposant l'arrosoir.

Son jupon était trempé. Claire enfila sa chemise de coton et alla s'asseoir sur la margelle du puits. Elle offrit son visage au soleil. Ses cheveux mouillés avaient la couleur du cuivre fondu. Le long séchage était un moment privilégié ; elle avait sous les yeux l'éclatant ruban de l'Arc. Au-delà des damiers de champs jaunis, les terrils et les tours de fer cernaient les villages. Les ronflements et les trépidations des machines à vapeur n'avaient pas l'intensité habituelle des jours ouvrables. Les mines tournaient au ralenti. Aucun convoi de charbon n'empruntait la route de Marseille, même les ailes des moulins ne tournaient pas. Les pioches, les pelles, les pics, les lampes, les faux, les râteaux, les fourches, les scies, les brouettes, les charrues et les araires avaient été remisés.

On était le 14 juillet 1870.

La date anniversaire n'évoquait pas seulement la Liberté, l'Égalité et la Fraternité, elle rappelait aussi que ce jour avait été sacralisé dans le sang et les massacres. Le 14 Juillet, Claire était lucide, marquait le début d'une épuration et de guerres qui avaient duré de 1789 à 1815, coûtant la vie à des millions d'hommes, de femmes et d'enfants.

Le front de Claire s'assombrit. L'histoire se répétait. On vivait le dernier jour de paix ; elle en était certaine. On allait se battre sous un faux prétexte, pour le trône d'Espagne. La nouvelle avait mis sept jours avant de parvenir à Fuveau. Pour en avoir le cœur net, Claire s'était rendue au village. Tout le monde s'arrachait les journaux, elle avait acheté *Le Petit Marseillais*. Un grand article relatait les violentes réactions des Parisiens. La capitale était au bord de l'explosion patriotique. Les intentions des bonapartistes ne laissaient aucun doute.

> *Nous ne croyons pas que le respect des droits d'un peuple voisin nous oblige à souffrir qu'une puissance étrangère, en plaçant l'un de ses princes sur le trône de Charles-Quint, puisse déranger à notre détriment l'équilibre actuel des forces en Europe, et mettre en péril les intérêts et l'honneur de la France. Cette éventualité, nous en avons le ferme espoir, ne se réalisera pas. Pour l'empêcher, nous comptons à la fois sur la sagesse du peuple allemand et sur l'amitié du peuple espagnol. S'il en était autrement, forts de votre appui, Messieurs, et de celui de la Nation, nous saurions remplir notre devoir sans hésitation et sans faiblesse.*

Ainsi avait répondu à la tribune du parlement, le bouillant et belliqueux duc de Gramont, ministre des Affaires étrangères, à une interpellation de Louis Adolphe Cochery.

C'était affreux. Tous les gens sensés en étaient venus à la conclusion que la parole était désormais aux canons. Mais ce bon sens se doublait d'une confiance aveugle dans la force des armées françaises. Claire avait « vu » le désastre. Lorsqu'elle percevait les événements à venir, elle sentait le désespoir des soldats, l'incurie des généraux, la détresse des populations. Et ces bataillons en déroute, ces foules dépenaillées fuyant les villes et les villages n'étaient pas allemands. Une fois de plus, elle songea à Antoine Vitalis pris dans cette tourmente. Il y avait sûrement un moyen d'empêcher le jeune homme de partir vers le front.

Mais lequel ?

17

Le bar des grandes gueules

Antoine hésita un moment sur la destination à prendre afin de noyer ses angoisses. Il avait besoin de boire, de parler, de se confier et il s'apercevait qu'il n'avait pas d'amis dans le village. Tant de connaissances et point de complice sur les quatre communes qui entouraient la Braconnerie. Ses parents l'avaient élevé à l'écart de la paysannerie. Enfant, il avait été pensionnaire à l'école religieuse d'Aubagne. Adolescent, il avait subi le dur enseignement des jésuites à Aix-en-Provence. Il ne s'était jamais roulé dans les ruisseaux de Fuveau avec les gamins des mineurs ; il n'avait pas couru les bois aux côtés des gosses des journaliers ; il ne connaissait rien des maraudes, rien des batailles rangées entre clans rivaux. Il avait éprouvé cependant des émois lors des moissons quand les filles de son âge liaient les gerbes de blé ou vannaient les grains dans le vent qui soulevait leurs jupes. Rougir, échanger des regards brûlants, vivre en rêve des amours conclues sur des meules de foin avait nourri de faux espoirs.

Fuveau, qu'il croyait posséder, lui était étranger. Des types comme lui n'avaient pas leur place au sein de cette fête populaire qui rappelait à chacun le triomphe du peuple et l'abolition des privilèges. Une maigre consolation lorsqu'on réalisait que la bourgeoisie avait remplacé la noblesse.

« C'est le fils Vitalis », disait-on dans son dos.

« Qu'est-ce qu'il fait ici ? – Boudiou, il va nous gâter la fête ! Qu'il s'en retourne chez lui. – Il tournera comme son père, vous verrez. Il n'y a rien à attendre de ces richards. Exploiter les faibles, ils ont ça dans le sang. – Y paraît qu'ils n'ont plus de sous pour payer leurs fermiers et que, vu que les récoltes sont mauvaises, ils sont au bord de la ruine. – Il faudrait pendre les Vitalis et leurs compères. Ce sont eux qui sont la cause de nos malheurs ! »

Peut-être entendait-il ces commentaires. Peut-être les imaginait-il. Il marchait tête basse. À un moment, il eut l'intention d'entrer au cercle philharmonique d'où s'échappaient des flots de paroles et de musique, mais il savait que les membres de cette société, placée sous la protection de sainte Cécile, étaient de farouches chrétiens républicains opposés au régime. Dans son cœur, bien qu'il n'affichât pas ses convictions, il avait un faible pour Napoléon III.

Tournant le dos au cercle, il remonta la rue sans s'attarder devant les stands des forains et les manèges. Il atteignit à nouveau le Cours où des concurrents sautillaient les jambes prises dans un sac. Quand un coureur tombait, les spectateurs s'esclaffaient. D'autres défis attendaient les joyeux lurons couverts de bleus. Antoine leva les yeux vers le mât de cocagne auquel pendaient des jambons et des paquets de fruits confits ; il aurait donné dix ans de sa vie pour participer à ces jeux simples qui s'achevaient dans les embrassades et la rigolade.

Le bar *L'Univers* avec son enseigne ornée de sept comètes attira son attention. C'était bien du fin fond de l'Univers qu'était venu le météore qui avait marqué la barre du Cengle. Ce rapprochement entre le signe du ciel et les signes maçonniques des hommes le décida à entrer dans cet établissement où il n'avait jamais mis les pieds.

Son apparition provoqua un silence de cimetière.

– Bonjour ! lança-t-il à la ronde.

Personne ne répondit. Il n'était pas le bienvenu. Pendant quelques secondes, on entendit les mouches voler ; les railleries et les applaudissements provenant de l'extérieur. Autour des tables, les cartes s'étaient figées entre les doigts des joueurs. L'atout ne s'abattait pas sur le tapis. L'as flottait dans la fumée bleutée d'une pipe. La tête d'un valet de pique gagnant émergeait d'un éventail de reines et de rois. Les jetons attendaient d'être raflés par des mains paralysées. Beaucoup de poings serraient des verres sans les porter aux lèvres. Antoine se sentait traversé par une centaine de regards incompréhensifs et hostiles.

Le fils Vitalis dans ce bastringue ? Était-ce l'amorce du malheur prédit par les journalistes ? Que signifiait cette intrusion dans le monde fermé des tonneliers, rémouleurs, forgerons, vanniers, vignerons, plâtriers, mineurs et autres fabricants de bougies et de saucisses ?

Le patron de *L'Univers*, le gros Serge, se fichait des états d'âme de ses clients habituels. Il pensait d'abord à son tiroir-caisse. Il fut le premier à réagir en tendant son énorme main vers Antoine :

– Bonjour. Ne faites pas attention à ces têtes de lard, monsieur Vitalis. Depuis deux ou trois jours, ils croient voir des espions prussiens partout. Bon sang, bande d'andouilles ! C'est pas un envoyé de Bismarck, que je sache. C'est un gars de chez nous. Et même qu'il trime dur avec ses paysans et ses bergers, vu qu'il a les ongles cassés et de la corne aux doigts ! C'est pas donné à tous les fils de riches, ces marques-là. Allez zou ! Continuez vos belotes et vos ramis.

Il y eut des rires gras. Les cartes s'animèrent de nouveau, les conversations reprirent, des verres tintèrent. Antoine secoua la main boudinée. La paluche était molle et glissante.

Tout était mou chez Serge : le bide, le cul, les cuisses, les bajoues, le triple menton gélatineux. Il n'était pas cependant dénué de force. Parfois, il jetait un gars ivre et hargneux sur le trottoir après l'avoir soulevé comme un sac de patates. Il cachait sa ruse sous des plis et des replis de graisse qui lui donnaient un air bonhomme. Il était difficile de saisir l'expression de ses yeux de fouine sous le gonflement des paupières et la frange des cheveux bruns recouvrant ses sourcils. On regardait instinctivement sa moustache épaisse et noire en forme de râteau qui dissimulait sa bouche.

– Qu'est-ce je vous sers ? demanda Serge en passant le chiffon sur le zingue.

– Une absinthe.

Serge tiqua. Les riches ne s'adonnaient pas à cette boisson qui rendait fou. Les riches buvaient du café et du thé, dégustaient des muscats à l'apéritif, commandaient du champagne… Serge n'avait jamais vu un riche de la région dans son honorable troquet. Il demeura sceptique. Les ragots concernant Louis Vitalis avaient alimenté bon nombre de conversations devant son comptoir. Les soucis du jeune homme l'intéressaient mais il ne savait pas comment lui tirer les vers du nez. Si l'héritier des Vitalis avait décidé de s'encanailler, il était au bon endroit. Serge n'était pas seulement débiteur de boissons. À l'occasion, il fournissait des filles faciles. Elles ne manquaient pas dans le monde des mines. Les plus délurées monnayaient leurs charmes pour arrondir leurs salaires en se donnant dans une maisonnette qui lui appartenait. Il n'était pas une ordure, il percevait vingt-cinq pour cent des recettes.

– La deuxième sera pour moi, dit-il en posant un verre cannelé avec quelques morceaux de sucre.

La bouteille et la cuillère suivirent. Le rituel pouvait commencer.

Antoine contemplait la boisson à l'aspect laiteux et légèrement verdâtre dans le fond de son verre. Il y avait comme des volutes, des traînées, des signes cabalistiques en suspension mais il était incapable de les interpréter. Il n'avait aucun don occulte. De plus, cinq absinthes obscurcissaient ses facultés. En temps ordinaire, il consommait un litre de vin par jour. Aujourd'hui, à jeun, il sentait les effluves d'alcool lui monter à la tête. Depuis quelques minutes, la Braconnerie et toutes les terres des Vitalis, même la lointaine parcelle de l'Olivier du Diable, n'en finissaient pas d'être englouties dans les abysses de ce verre. Son père s'y noyait en ricanant, sa mère fantomatique y disparaissait, Jeannette Lebescon s'y mouvait comme une vipère à cornes.

Antoine secoua la tête pour chasser ces visions. Rien ne tournait plus rond dans sa citrouille. Il entendait le ressac des rires et des engueulades se briser sur la lisière de sa conscience. Il avala d'un trait le reste de sa drogue et lorgna du côté de la bouteille. Sur l'étiquette, une fée tenait une baguette, elle représentait la marque de la boisson qui titrait 56 degrés. La fée s'anima et lui fit un clin d'œil. Il reconnut la belle de la Bastide Verte et un brusque désir s'empara de lui.

– Voulez-vous encore de cette excellente fée verte ? demanda Serge qui, dans un va-et-vient incessant, n'arrêtait pas de tirer des litrons de rouge et de blanc des tonneaux mis en perce.

Antoine opina du chef. Il avait conscience qu'il se faisait du mal, mais il s'en fichait. Personne ne se souciait de son état et n'aurait osé lui faire la morale. Au contraire. Ceux qui l'observaient à la dérobée s'attendaient à le voir rouler dans la sciure répandue sur le sol. Ivre, semblable aux poivrots de la commune, il resterait néanmoins un intrus. S'il s'écroulait, pas un client de *L'Univers* ne le relèverait. Il représentait tout ce qu'ils enviaient et détestaient.

Quelqu'un entama *La Marseillaise* en estropiant les vers. Antoine eut le vague souvenir que le chant patriotique était interdit. Depuis son accession au pouvoir, Napoléon III, poussé par Eugénie, mettait tout en œuvre pour éradiquer les symboles de la Révolution de 1789 et l'esprit républicain de 1793.

La salle bondée était sous tension. Tous n'étaient pas du même bord politique. Entre les différents groupes, le ton montait. C'était pire qu'à l'Assemblée nationale, il était impossible de se faire entendre. Antoine était le seul homme du troquet à méditer silencieusement. Sur le mur opposé au comptoir, un immense miroir posé sur une frise champêtre doublait la superficie du bar et donnait l'impression qu'une horde de braillards s'était réunie avant le départ à la guerre. Le temps des parties de cartes s'achevait. Le 14 Juillet s'imposait et enflammait les esprits. Les glorieux exploits des soldats de l'an II et la victoire de Valmy étaient sur toutes les lèvres. Chacun avait eu un père, un grand-père ou un parent engagé dans cette épopée. Les hommes se levaient, déclamaient, se défiaient. Les rideaux des quatre fenêtres flottaient au gré de ces empoignades vocales appuyées par de grands gestes des bras et des mains. Une lumière jaune et dorée, pareille à celle d'Austerlitz, tombait sur les tables jonchées de cadavres de cartes. Les jurons s'entendaient à l'extérieur ; ils faisaient rougir les demoiselles agglutinées devant les étals des forains installés sur le Cours. Les mères éloignaient leurs enfants de cet antre.

Serge s'activa de plus belle, faisant circuler les bouteilles et les pichets. Il abreuvait d'obscénités ceux qui cassaient les verres ou vomissaient. Il avait l'œil sur les consommateurs d'absinthe qui pouvaient perdre la raison d'un instant à l'autre. Il avait quelquefois assommé des hommes pris de delirium. Pour l'instant, les buveurs de fée verte rêvassaient à un monde meilleur peuplé de filles langoureuses.

Le rouge râpeux et le blanc aigre provoquaient des effets immédiats et prévisibles. Les vapeurs de ces infâmes tord-boyaux engendraient des attitudes bellicistes. Les gars essayaient de se rafraîchir le gosier. Leurs yeux injectés de sang cherchaient l'ennemi à abattre. L'adversaire désigné par l'empereur : le Prussien, le Bavarois, le Saxon, le barbare hirsute surgi des légendes colportées par les vieux érudits qui avaient remis au goût du jour le culte de Vercingétorix battu par les Romains et leurs alliés teutons.

La majorité des Fuvelains, quelles que fussent leurs appartenances politiques, désirait prendre les armes. Une minorité de mineurs, prônant la révolution internationale et la destitution des dynasties européennes, était contre. Les paysans de la vallée de l'Arc et les artisans des communes aixoises critiquaient les républicains de gauche menés par Blanqui et en voulaient aux syndicats qui orchestraient les vagues de grèves depuis une dizaine d'années, réduisant la capacité économique de la France alors que celle des États allemand, anglais, belge et hollandais ne cessait de progresser.

Oui, les bouseux enrageaient quand ils entendaient les voix antipatriotiques défendre le pacifisme et demander l'abolition du service militaire. Ils estimaient aussi que Napoléon III les avait trahis en s'alliant avec le centre et en s'entourant de ministres libéraux sur les conseils d'Émile Ollivier.

Quand le colonel de Kermadec entra dans le bar, les rires, les colères, les galéjades et les fanfaronnades cessèrent. Le respect s'inscrivit sur tous les visages. Serge se raidit tel un soldat de la Garde face à l'empereur.

– Je vous salue, mon colonel.

– Repos Serge, répondit Kermadec.

Eugène de Kermadec, héros de la guerre de Crimée, chef d'un régiment d'artillerie dans l'armée de Maximilien au Mexique, avait perdu l'œil gauche à Puebla en défendant sa batterie dans une mêlée furieuse qui avait coûté la vie à plus de mille hommes. Ce Breton de Guingamp s'était établi en Provence en s'imposant à tous, même aux farouches républicains qui crachaient sur l'effigie de l'empereur.

Les regards s'étaient fixés sur le bandeau de cuir qui cachait l'œil crevé. Une balafre luisait sur sa joue, trace du coup de baïonnette qui, dans un second temps, s'était enfoncée dans le globe oculaire.

– Je vous l'avoue, messieurs, clama-t-il, j'ai fait ma demande de réintégration dans l'armée et j'ai la garantie qu'elle sera accordée.

– Bon débarras, dit un homme d'une voix étouffée.

La remarque n'échappa pas à l'officier borgne. Il se tourna vers l'individu qui appartenait à la confrérie des mineurs. Une paire de mangeurs de lignite l'accompagnait. Malgré les lavages répétés et forcés, leurs ongles et leurs rides portaient les marques noires des fonds qu'ils creusaient. Ils se tassèrent sur leurs chaises.

– Monsieur, ne défendrez-vous pas la patrie si les circonstances l'exigeaient ? lui demanda Kermadec.

– La patrie, oui ! répliqua le mineur. Pas les intérêts des patrons qui m'exploitent depuis trente ans sous terre.

L'homme montra ses mains déformées et couvertes de cicatrices et reprit sur un air pathétique :

– Vous devriez savoir, mon colonel, que je vais devoir continuer à piocher en enfer car la guerre est une grande dévoreuse de charbon. Votre destin est de défendre le drapeau sur le champ de bataille, le mien est de crever dans une galerie. Je préférerais mourir en uniforme de garde mobile dans un carré de betteraves en tirant sur des uhlans.

– Ouais ! Nous aussi !

Il y eut des bruits de chaises, des voix s'élevèrent, les clans se formèrent. Des blanquistes, des républicains de tous bords ralliés pour la circonstance aux orléanistes se rassemblèrent face aux bonapartistes rangés aux côtés de Kermadec. La ligne de front était tracée ; elle partait de la porte d'entrée jusqu'à Antoine qui observait la scène d'un œil éteint.

Le chef du bureau de poste, Olivier Crémieux, cousin du bouillant homme politique marseillais du même nom, balaya la sciure du pied et se planta devant le colonel. Colosse à la barbe carrée, les sourcils épais, les pommettes saillantes, il avait l'air d'un taureau prêt à charger le mince officier en redingote beige. Crémieux avait de la voix et du vocabulaire. Après avoir défié le bonapartiste, il se mit à discourir en des termes dont le sens échappa à beaucoup :

– Monsieur l'officier, vous êtes le digne représentant d'un régime en perdition qui a prouvé ses limites dans le désastre des aventures coloniales et s'enlise aujourd'hui en Algérie. Que nous avez-vous ramené du Mexique ?

Le postier bomba le torse et prit à témoin l'assistance :

– Une série de défaites, un trou dans les caisses de l'État, des revers diplomatiques, l'histoire pathétique d'un empereur d'opérette fusillé par des paysans en sombrero qui se sont révélés bien plus forts que vos soldats de ligne et vos mercenaires égyptiens. Oui, vous êtes le parfait représentant des hommes qui nous dirigent. Vous arrivez en ce jour du 14 juillet en vous glorifiant de votre futur engagement dans les troupes. Ah la belle affaire ! un vieillard parmi les conscrits. En notre gouvernement, aucune logique dans la conduite, mais une vue doublement obscurcie chez les uns par l'exagération, chez les autres par la troublante grandeur des choses. Au milieu de tout cela, le plus singulier mélange d'une infatuation qui étonne et d'une ingénuité qui confond. Le drame, c'est que j'ai trente-deux ans. Je suis dans cette tranche d'âge bonne pour le service si la patrie, comme vous l'avez si bien dit, devait être défendue. J'irai donc me battre, croyez-moi sur parole, bien que je répugne à le faire à vos côtés. J'espère simplement qu'au bout de cette épreuve ruineuse pour la France, l'Empire s'effondrera et que, de toutes parts, nous verrons affluer les hommes de bonne volonté pour redresser le pays. Vive la France ! Vive la République !

Dans une confusion tonitruante, les « Vive la République ! », les « Vive la Nation ! », les « Vive l'empereur ! » et quelques « Vive le roi ! » se heurtèrent. Tous les courants s'exprimèrent dans l'hémicycle réduit de *L'Univers*. Le gros Serge gueula très fort pour ramener le calme tout en s'interposant entre les groupes les plus excités. Il craignait que le sang ne se mêle au vin. La guerre était prête à éclater dans son établissement et il vit le moment où ces rustauds de journaliers et ces brutes de mineurs allaient s'empoigner, renversant les tables, brisant les chaises, cassant les bouteilles et le grand miroir. Il en aurait pour plus de mille francs de dégâts et sept ans de malheur. Ces culs terreux indignes de leurs ancêtres de Valmy méritaient d'être envoyés au bagne de Toulon. Il repoussa vers la porte le chef postier qui invectivait encore les politicards.

– Tu veux ma ruine, facteur ? Fous le camp !

– Ferme-la, Serge. Le jour venu, on nationalisera ton bar.

Serge abandonna l'homme à ses espoirs saugrenus. Il marmonna des « peuchère » et évalua la situation en roulant des yeux et des épaules. D'un coup, il grimpa sur le comptoir après avoir séparé deux gaillards qui cherchaient à se fendre le crâne, et lâcha les mots miraculeux :

– Écoutez-moi ! C'est ma tournée ! C'est la mienne ! Reprenez vos places et je vous servirai ce que j'ai de meilleur.

La clientèle suante et poisseuse fut prise d'un flottement. Elle réalisa l'inutilité de cet affrontement. Le brouillard des pipes n'était pas celui du Rhin. Ils étaient à Fuveau, ils étaient voisins, ils peinaient au coude à coude au quotidien, se soutenaient quand une épidémie frappait le village, ils se recueillaient ensemble le jour des enterrements. Il n'y avait pas de Prussiens sous le ciel de Provence. Dieu merci. Et Serge était un homme généreux.

– Vive le patron ! cria quelqu'un.

– Vive Serge !

L'unanimité se fit autour du nom de Serge, le meilleur des Français, l'ami des bonapartistes, des républicains et des royalistes, l'exemple même du héros qui n'abandonne jamais ses compatriotes dans les heures difficiles. Le parti de la bibine, du pinard et de la gnole l'emporta sur tous les autres. Deux tonnelets furent percés, dix bouteilles d'absinthe et cinq d'eau-de-vie passèrent de mains en mains. Serge avait rétabli l'ordre à moindres frais dans *L'Univers*.

Le colonel de Kermadec sonna sa propre retraite en s'extirpant de la masse qui trinquait à la victoire, à la gloire, à la prise de Berlin, à la domination du monde et aux femmes. Il reçut des gouttes de sueur, des postillons, des félicitations et des mauvaises pensées. À la deuxième gorgée, les soiffards l'oublièrent. Il s'était approché de l'extrémité du comptoir.

– Nous ne gagnerons pas la guerre, confia-t-il à Antoine.

Cette révélation ne changea pas le point de vue du jeune homme. Antoine ne se sentait pas concerné par la perspective d'un proche affrontement avec les Allemands. Il n'avait jamais été tenté par les aventures militaires. À la tête de ses paysans et de ses bergers, il menait un combat contre les saisons. L'hiver, il traquait les loups ; l'été, il luttait pour l'eau. Il venait de perdre sa première bataille contre l'absinthe. Dans son crâne nauséeux, son père l'acculait à la misère, sa mère le rejetait, Jeannette Lebescon l'accusait de tous les maux, ses connaissances lui tournaient le dos et ses créanciers, armés de pics et de masses, démantelaient la Braconnerie.

Le visage de Kermadec lui paraissait verdâtre, déformé par l'effet d'une pression ; il s'étirait en un croissant de lune sur lequel l'œil unique brillait comme une émeraude. Le cratère de cette bouche déversait des kilos de paroles. Antoine finit par les entendre.

– Êtes-vous indifférent aux malheurs de la France, monsieur Vitalis ? Serge, une suze s'il vous plaît et servez ce jeune homme.

– Non, hoqueta Antoine, j'ai mon compte.

– Ah, jeunesse, soupira Kermadec, qui ne sait pas boire et refuse de servir la patrie. Les temps ont bien changé. L'empereur Guillaume, le chancelier Bismarck, le ministre von Roon et le chef des armées prussiennes von Moltke doivent se réjouir de nous voir dans cet état de faiblesse. Alors que nos ennemis battent le rappel de tous les hommes valides et constituent des divisions invincibles, nos propres généraux s'enlisent dans la routine, oublient d'instruire nos soldats et se disputent pour se montrer aux bals des Tuileries.

Antoine additionnait les mots de l'officier d'artillerie qui prenaient un sens nouveau. Soudain, la guerre lui parut la meilleure des échappatoires.

– J'en serai, mon colonel… J'irai là-bas… Ça me fera voir du pays.

– Non mon garçon, c'est du sang et des horreurs que tu verras. Tu tiens réellement à rejoindre la ligne ? Ne t'es-tu pas arrangé pour le tirage au sort ?

Antoine ne répondit pas. Il retomba dans son apathie. L'absinthe le rattrapait, l'étouffait dans ses tentacules verts. Il sombra dans le gouffre où l'attendait son père.

Kermadec resta dubitatif. Ce jeune homme était une énigme. Dans sa position de riche héritier – on évaluait les terres de la Braconnerie à plus de mille hectares –, il était impossible qu'il fût appelé sous les drapeaux. L'analyse était logique. Les Vitalis devaient rester à la tête de leur affaire afin d'engranger un maximum de profits dans les mois à venir. Quarante pour cent des produits agricoles et d'élevage étaient fournis par l'Allemagne à la France. C'est dire combien l'interruption des relations commerciales entre les deux pays serait favorable aux agriculteurs français. Dans ces conditions, les Vitalis pouvaient faire fortune. Louis Vitalis avait besoin de son fils pour le seconder et de tous les bras disponibles. Si Antoine mourait à la guerre, l'avenir de la Braconnerie serait gravement compromis.

Antoine ne s'effondra pas sur le champ de bataille, mais dans la sciure et les crachats couvrant les tommettes de *L'Univers*. La fée verte de l'absinthe avait gagné le premier engagement.

18

La baronne et la bossue

Maryse avait repassé sa jupe rouge et son chemisier jaune brodé de bleuets. Une folie, ces deux vêtements. Elle les avait achetés sur un coup de tête à Aubagne lors d'un pèlerinage à l'église Saint-Sauveur, sept ans plus tôt. Après un seul essayage, elle les avait remisés dans le fond du coffre. À l'abri des mites, de la poussière et de la lumière, emballés dans du papier crépon, ils n'avaient rien perdu de leur éclat.

Trois jupons donnaient le volume nécessaire à la jupe qui s'évasait en une jolie corolle tulipée. Elle boutonna le chemisier. Un miroir à quatre sous lui renvoyait des bouts d'une femme qu'elle découvrait pour la première fois. Son cœur s'emballa. Seigneur ! Elle était presque belle. Elle ajusta le bonnet froncé à dentelle sur sa tête dont elle noua les rubans sous le menton. Puis elle eut le malheur de se mettre de profil. La bosse était plus grosse que sa poitrine. Cette horreur saillait et elle eut l'impression que les bleuets poussaient sur un terril.

« Je ne peux pas me rendre au bal ainsi. »

Une fois de plus, elle songea à aplanir son dos à coups de masse. Elle eut l'idée de couvrir ses épaules d'un long châle noir à franges. Elle se contempla à nouveau en tournant lentement sur elle-même, peu satisfaite du résultat mais plus encline à entrer dans Fuveau comme une voleuse. Elle se planquerait dans une traverse donnant sur le Cours et guetterait l'arrivée de Claire Charme.

« N'y va pas ! Ils vont se moquer de toi ! »

Cette voix aigre à l'intérieur de sa tête lui sapait le moral depuis qu'elle était en âge de comprendre. Certains disaient que c'était la voix de la conscience. Elle se demanda à quoi ressemblait cette conscience. Une sale femme revêche assurément, qui méritait d'être étranglée séance tenante.

– J'y vais ! répondit-elle tout haut. Et même que je vais me pomponner le trognon.

Résolue, elle se mit à la recherche du misérable poudrier qu'elle avait utilisé étant jeune pour se rendre à la messe le dimanche. Elle le retrouva dans le fatras d'un tiroir où elle fourrait des objets de récupération : des vis et des clous rouillés, des galets ramassés dans l'Arc et des morceaux de lignite dérobés aux abords des mines. Elle s'était toujours dit qu'elle apprendrait à sculpter le lignite. On pouvait lui donner toutes les formes, animales ou florales, pour les revendre aux bijoutiers qui en faisaient des pendentifs ou des médaillons. Son projet de gagner quelques sous en façonnant des babioles de fantaisie n'avait jamais abouti jusqu'à ses doigts habiles. Par chance, il y avait encore de la poudre dans le boîtier. Elle l'appliqua sur ses cernes et sur les ailes de son nez.

Elle avait presque l'air d'une duchesse. Un peu de rouge sur les lèvres aurait été le bienvenu. Elle fit non de la tête ; il y avait des limites à ne pas dépasser. Costumée et ravaudée, elle pensa à emporter un peu d'argent. Elle préleva deux francs vingt-cinq centimes en pièces de cuivre du sucrier dans lequel elle cachait ses maigres économies.

Il était quinze heures lorsqu'elle quitta les dépendances. L'instant était propice pour s'éclipser discrètement. Il n'y avait ni homme ni bête dans la cour écrasée par le soleil. Les êtres vivants fuyaient le cagnard. Un volet de fenêtre grinça. Maryse eut le temps de surprendre la mine renfrognée de Mauricette, la meilleure vanneuse de la région et la pire des pipelettes. Sans nul doute, d'autres l'observaient à travers les croisées et s'étonnaient de la voir en habits neufs.

Une seule chose choquait : les chaussures. Elles avaient quinze ans et le cirage noir ne suffisait pas à les rendre agréables à l'œil. Ces godasses militaires féminisées à bouts ronds, coupées dans du cuir épais et cousues à Barjols, pesaient trois livres chacune.

« Elles sont assorties à ma bosse », se dit-elle en esquissant un sourire ironique.

C'était à tout prendre de bonnes chaussures de marche qui pouvaient encore tenir une vingtaine d'années. Elle entama le chemin caillouteux d'un pas décidé en compensant au mieux le déséquilibre provoqué par sa malformation. Il fallait user d'une volonté sans faille pour ne pas boiter.

Elle atteignit la route départementale encombrée de véhicules et oublia son handicap en s'extasiant à la vue des voitures rutilantes des riches qui se rendaient dans les bastides et les châteaux, et des élégantes dont elle apercevait les têtes protégées par des chapeaux à la mode. Malgré l'ardeur du soleil, les calèches et les landaus étaient de sortie. Leurs occupants voulaient se montrer et étaler leur puissance alors que la population des mines et des usines grondait. Les bijoux brillaient, les décorations resplendissaient, les pommeaux des cannes, pareils aux fruits du jardin des Hespérides, captaient l'or des rayons et aveuglaient les passants.

– Oh Seigneur Jésus ! une bossue ! s'exclama une mondaine blonde chapeautée d'un béret de velours orné d'un diamant et de plumes de paon.

Elle était accoudée à la portière d'une berline noire décorée d'armoiries. Un autre visage apparut, celui d'une femme orgueilleuse et âgée. L'arc de ses lèvres se fendit d'un énigmatique sourire.

– Ça porte malheur, continua la blonde dont les yeux pervenche papillonnaient comme pour effacer la silhouette indésirable.

– Mais non, ma chère. C'est tout le contraire. Cette pauvresse a une mine d'émeraudes sur le dos et elle n'a jamais su l'exploiter. C'est la divine providence qui l'a placée sur notre chemin. Cocher ! Arrêtez-vous ici ! commanda-t-elle.

– Madame la baronne, s'inquiéta la blonde outrée, que comptez-vous faire ?

– Toucher cette bosse et faire un vœu.

Le cocher tira sur les rênes, remonta le frein. Les essieux grincèrent, la poussière retomba. Maryse se trouvait à l'arrière de cette voiture où avaient été attachées deux grosses malles. Elle vit avec quelle hâte le cocher s'empressa d'ouvrir la portière et de tendre sa main pour aider la dame toute vêtue de noir et de gris perle satiné. Sur son bustier s'entrelaçaient des fils d'argent. Les pans de la robe se paraient de roses de soie qui ne se faneraient jamais. Cette femme sortie d'un tableau de maître espagnol s'approcha de Maryse qui tourna aussitôt les talons.

– Ne vous en allez pas ! dit l'inconnue d'une voix forte. J'ai à vous parler.

Le ton était péremptoire. Maryse ne parvint pas à se soustraire de l'emprise de cette étrangère qui affichait la supériorité de sa classe.

– Que me voulez-vous ? demanda Maryse sur la défensive.

– Je suis la baronne d'Aubrun de Mortagne et je suis à la tête des sociétés de bienfaisance pour les déshérités et les orphelins, cela devrait vous engager à avoir une bonne conduite à mon égard. Je vous y invite du meilleur de mon cœur, par le tendre intérêt que je prends à ce qui vous rend la vie difficile, je veux parler de cette malformation qui pourrait nous être utile à toutes les deux.

– Ma bosse, utile ?

Le visage de Maryse s'était plissé. La colère sourdait dans sa poitrine. Sa respiration se fit courte. La baronne la tenait sous l'angle rapace de ses yeux légèrement bridés. Elle l'hypnotisait.

– Oui. Nous pouvons faire des vœux. Je peux quelque chose pour vous soulager de ce fardeau. Cela prouvera mon envie de vous plaire. De Manosque à Marseille, on me considère comme une femme juste. Je n'ai aucune mauvaise pensée vous concernant, croyez-moi.

– Je ne vois pas en quoi votre envie de me plaire me soulagera. C'est du baratin. Et puis, je ne suis pas malheureuse.

Elle avait eu un brusque geste du bras. Son châle glissa ; elle le replaça vivement sur ses épaules tandis que la honte rougissait son front.

– À quoi sert de dissimuler la réalité ? On ne cache jamais les choses que pour faire des sottises ou tromper le Seigneur. Nous allons plaire, ajouta la baronne en ouvrant la main.

Les yeux de Maryse s'agrandirent. Une pièce brillait dans le creux de la blanche main qui n'avait jamais connu les rigueurs des tâches ménagères.

– Cinquante francs-or !

Les détails de la monnaie s'imprimèrent dans les rétines de Maryse. *Napoléon III empereur* entourait le profil du chef de la nation. Elle put même lire le nom du graveur sous le cou de l'impériale effigie : Barre.

Elle n'en avait jamais vu. À Fuveau, circulaient au maximum les pièces de cinq francs en argent. Quant aux billets bleus de cinquante à mille francs, personne n'en voulait depuis l'affaire des faussaires de Lyon. À la campagne, on ne faisait pas confiance au papier, on préférait enterrer des louis et des napoléons quand, par miracle, on en possédait.

– Savez-vous ce qu'il y a d'écrit sur la tranche ? susurra la noble garce en prenant la pièce entre le pouce et l'index.

Elle avait des ongles parfaits.

– Non, répondit Maryse.

– *Dieu protège la France.* Et je voudrais qu'il protège mon fils.

– Votre fils ?

– Oui, il est capitaine des dragons dans la cavalerie, et vous n'ignorez pas que la guerre est sur le point d'éclater par la faute de ces maudits Prussiens. Je prie tous les jours pour la sauvegarde de mon Henri. J'ai toute confiance en Dieu mais j'ai aussi quelque raison de croire que d'autres forces peuvent concourir à l'épargner. Prenez cette pièce et laissez-moi toucher votre bosse.

– Non… non… non…

Maryse essaya de reculer mais la femme lui agrippa un bras. En une fraction de seconde, le visage altier de la dame d'Aubrun de Mortagne se délita. À présent, Maryse avait une suppliante devant elle. Elle imagina son fils en dragon chargeant sabre au clair, elle imagina Antoine marchant sous la mitraille, elle imagina une multitude d'hommes sur un champ de bataille, la mêlée, les blessés et les morts. Son cœur chavira et s'ouvrit.

– Vous pouvez la toucher, dit-elle.

– Prenez d'abord la pièce. Mon vœu ne pourra pas s'accomplir si vous refusez le don.

La baronne prit la main de Maryse, en délia les doigts et plaqua les cinquante francs dans la paume. Maryse accepta.

Face à sa compagne médusée qui penchait la tête en dehors de la berline, Mme de Mortagne entoura la bossue de ses bras. Un murmure franchit ses lèvres, le prénom d'Henri fut prononcé alors qu'elle palpait le réservoir à chance.

19

En route pour la fête

Le soleil avait dépassé la méridienne ; il effectuait sa lente descente depuis trois longues heures quand Claire se décida à partir. Elle avait en vain attendu Tonin en s'usant les yeux sur les chemins détournés qu'il empruntait habituellement. Le braconnier ne s'était pas montré. Ce n'était pas normal. Tonin ne se débinait jamais. Il mettait un point d'honneur à accompagner Mlle Claire lors des manifestations villageoises. Il en tirait beaucoup de fierté. Se montrer aux côtés d'une aussi belle jeune femme le flattait. Il avait eu autrefois une compagne qui buvait. La gueuse avait foutu le camp avec un ivrogne de Gardanne. Depuis, il vivait en célibataire, réglant sa vie sexuelle par un rituel qui le conduisait une fois par mois au bordel d'Aubagne ou de Saint-Maximin.

Il en pinçait pour la flamboyante habitante de la Bastide Verte, mais il ne s'était jamais déclaré. Marthe se moquait de cet amoureux qu'elle comparait à un sanglier. « Il est tout juste bon pour s'accoupler avec les bêtes des bois, disait-elle. Un jour, il va te coincer dans un fourré et tu n'auras pas le temps de faire ouf. » Claire la remettait à sa place ; il n'y avait aucune ambiguïté dans sa relation avec Tonin qu'elle considérait comme un ami. À l'évidence, Marthe reconnaissait que le drôle en rupture de ban, ce chasseur hors la loi, se montrait bienveillant. Il leur offrait des grives, des merles, des faisans, des lièvres à chacune de ses visites.

– Il ne viendra pas, ma petite, railla Marthe. Pour sûr, il en a trouvé une autre plus accommodante que toi. Les hommes, ça a des besoins. On ne peut pas compter sur eux.

– Il lui est arrivé quelque chose, répondit Claire en fourrant sa bourse dans un sac de cuir.

Marthe la contempla sous tous les angles. Claire avait fait un effort dans le choix de ses vêtements, les changeant à trois reprises. Le vert tendre de ses habits mettait son teint en valeur. La rousseur de ses cheveux, qu'elle avait choisi de laisser libres, tranchait sur son chemisier rayé de jaune à manches bouffantes. Dans l'échancrure du corsage, une figure d'argent brillait ; elle représentait l'ancien dieu des Eaux et des Sources que les Celtes et les Ligures de la région adoraient. Le dieu oublié semblait bien impuissant en ce milieu du mois de juillet. La sécheresse perdurait. Les vignes mouraient de soif. Marthe lui remit la gourde, l'embrassa et lui fit promettre de ne pas s'attarder à Fuveau. Elle ne put s'empêcher d'ajouter :

– Au bal des gueux, tu ne rencontreras que des pouilleux.

– Chut…, souffla Claire en s'en allant d'un pas léger.

Jusqu'au gué de l'Arc, Claire crut qu'elle allait voir apparaître Tonin mais, après un dernier regard vers l'invisible cabanon du braconnier, elle sut que son ami ne viendrait pas. Deux corneilles arrivaient de là-bas ; elles poussèrent un cri en passant au-dessus d'elle. Claire n'avait nulle envie de se laisser influencer par les signes néfastes envoyés par le destin. Elle croisa les doigts et refusa le message lancé par les deux volatiles qui plongèrent derrière un terril.

L'Arc puait. La rivière verdissait. La vase étouffait les truites dont les ventres blancs crevaient la surface lépreuse.

Claire ignora aussi ces avertissements et sauta de pierre en pierre pour rejoindre la rive fuvelaine. Tout en se mêlant aux gens qui se hâtaient vers la fête, elle sifflota un air gai. Certains la reconnaissaient, mais aucun ne manifesta de crainte. Elle ne faisait pas partie des terribles clans de sorcières de Saint-Zacharie et de Signes. Sa réputation de guérisseuse, son sourire, sa franchise et son altruisme jouaient en sa faveur.

Une jeune femme enceinte assise à l'arrière d'une charrette lui adressa un signe amical. Claire lui lança :

– Ce sera un garçon et il fera votre fierté.

La figure d'un bébé joufflu, d'un adolescent extraverti curieux de tout, d'un homme entrant en politique après avoir embrassé une carrière d'avocat… ces tranches de vie résumaient l'histoire de l'enfant à naître. Claire les avait reçues en rafales.

« Il faut que je me ferme aux autres, pensa-t-elle. C'est mon jour de liberté. »

Elle voulait vivre sa vie pleinement. Voir défiler l'avenir des gens qu'elle croisait la vampirisait. Aujourd'hui, elle devait être une simple jeune femme courtisée par les pistachiers du village, n'en déplaise à Marthe. Elle espérait que l'un d'eux porterait le nom d'Antoine. C'était étrange, l'envie de plaire à cet homme lui était venue par l'entremise de Maryse.

Elle tourna les clefs qui fermaient les portes de la magie ; elle obtura le judas à travers lequel elle exerçait ses dons de voyante. Et ce fut une Claire Charme née à Marseille, une résidente sans histoire qui vivait dans une bastide perdue et délabrée, qui partit à la conquête de Fuveau.

20

Claire et Maryse

En ce 14 juillet, l'église de Fuveau offrait deux avantages : elle était vide et fraîche. Maryse y était entrée avec la crainte d'y retrouver les éternelles vieilles en fichu enchaînées à leurs chapelets. Aucun murmure ne caressait le Christ en croix, aucun chuchotis n'entretenait la source d'amour qui sourdait du sein de la Vierge esseulée. La maison de Dieu manquait de lumière en ce jour révolutionnaire. Les cierges rabougris avaient vu leurs flammes mourir au cours de la nuit. Les fleurs flétries répandaient leurs poisons nauséabonds dans l'eau des vases d'albâtre.

Ce vide arrangeait les affaires de Maryse. Elle inspecta les coins, fit le tour de la chaire, patienta quelques minutes. La musique des fanfares lui parvenait par bribes. Parfois, un pétard explosait et rabattait les pigeons affolés vers la façade baroque de l'église. Mais personne ne franchissait le seuil sacré au-delà duquel la bossue attendait le moment propice.

C'était à Dieu en personne qu'elle devait s'adresser. Aussi récita-t-elle douze Pater en se tenant droite au centre de la travée. Douze, le nombre des apôtres, lui semblait approprié. Après le dernier signe de croix, elle s'avança vers le maître-autel, s'agenouilla puis se contorsionna pour glisser sa main sous son chemisier. Elle eut du mal à atteindre sa bosse.

Dans un ultime effort, ses doigts agrippèrent la boursouflure de chair.

– Mon Dieu, si tu m'entends, fais en sorte qu'Antoine Vitalis ne tombe pas sous les balles des Allemands. Protège-le des lances et des sabres, tiens-le à l'écart des boulets de canon et je demeurerai ta fidèle servante dans ce monde et dans l'autre. Prends la chance que tu as mise dans ma bosse et donne-la à Antoine. C'est mon vœu le plus cher. Amen.

Elle se signa de nouveau et, n'écoutant que son cœur, se releva, s'approcha du tabernacle dans lequel elle glissa sa pièce de cinquante francs-or.

Il y eut comme un souffle, une vibration. En une seule masse, les pigeons quittèrent le toit sur lequel ils s'étaient réfugiés.

Dieu avait entendu la bossue.

Maryse se sentait aussi légère que l'air des *Filles de glace* joué par les fifres. Assis sur le muret qui marquait l'emplacement de l'ancien rempart face à la Sainte-Victoire, ils étaient trois en costume militaire. Ils appartenaient au premier bataillon du 39ᵉ régiment de ligne. Les boutons de cuivre de leurs jaquettes brillaient comme des louis d'or. Ils soufflaient dans leurs instruments qui pointaient immanquablement vers les jolies passantes. Ils se désunirent lorsque la créature rousse se montra.

– Sacré nom de Dieu de beauté du diable ! Elle m'en fait perdre la gamme, dit l'un d'eux.

Claire éclata de rire au nez du trio qui avait abandonné tout espoir de jouer à l'unisson. Ils la badaient. Ils l'admiraient d'autant plus que la bossue venait d'apparaître dans leur champ de vision. Le contraste physique entre les deux femmes était saisissant. La boiteuse tordue et la Vénus des collines se précipitèrent l'une vers l'autre.

– Je savais que tu viendrais, dit Claire. Comme je suis heureuse. Oh ! tu es bien belle.

Claire prit sa nouvelle amie par les mains et la fit tourner. Les jupes et les jupons s'envolèrent, dévoilant les bas blancs de Maryse et les mollets d'ivoire de la bastidane.

– Je vais mourir avant l'heure, dit l'un des soldats.

Il avait prononcé le verbe « mourir » avec tant d'emphase qu'une fenêtre s'ouvrit dans l'esprit de la magicienne. Elle la referma aussitôt pour ne pas découvrir le destin de ce militaire.

– C'est vous la plus belle, souffla Maryse. L'impératrice et ses demoiselles d'honneur ne vous arrivent pas à la cheville.

– Plus de « vous » entre nous. Tu es mon amie. Tu me tutoies et arrête de me comparer à Eugénie. Je n'ai jamais été entourée d'une foule d'admirateurs et je ne figure pas sur les tableaux immenses où elle resplendit dans toute sa noble beauté.

– Ce n'est pas vrai, intervint un soldat. Tu as au moins trois admirateurs qui prennent le droit de te dire « tu ».

L'homme était balèze. Son cou de taureau soutenait une tête de grec au nez droit et aux lèvres sensuelles mises en valeur par une fine moustache châtaine. Il avait des favoris de grognard, des mains de forgeron, une voix de baryton. Sans se tromper, on pouvait parier qu'il faisait des ravages dans la gent féminine. Il entraîna ses deux collègues goguenards en s'approchant des deux filles.

– Moi, continua-t-il avec sa belle assurance de mâle dominant, ça me dirait bien d'être l'empereur et d'ouvrir le bal de ce soir avec toi.

Claire le toisa.

– Le « toi » est de trop et, empereur, vous ne l'êtes pas. Toutefois, si vous persévérez dans votre désir de me faire valser sous les lampions, vous devrez d'abord ouvrir le bal avec mon amie Maryse. Dans ce cas, je vous promets de vous accorder deux danses.

Les joueurs de fifre se raidirent. Le bellâtre aux larges épaules donnait l'impression d'être au garde-à-vous. Il eut un sourire gêné avant de se reprendre.

– C'est d'accord, mais je veux un baiser en gage, dit-il en se saisissant des épaules de Claire.

Claire Charme changea de physionomie. Elle devint Claire Colère. Elle posa son index au centre de la poitrine de l'imprudent. Le gaillard tourna immédiatement de l'œil et se retrouva à genoux, suffoquant et crachant sa bile.

– Soldats, n'oubliez jamais qu'il y a des règles pour séduire les femmes, dit Claire d'une voix menaçante. Souvenez-vous de ce jour lorsque vous pillerez les villes et les villages.

Claire les planta là en prenant Maryse par la main et en l'entraînant vers la foule en contrebas. Peu de gens avaient assisté à la scène. Les Fuvelains s'agglutinaient devant les manèges et les jongleurs.

– Par saint Thomas ! Comment as-tu pu abattre ce géant ? demanda Maryse qui n'en revenait pas d'avoir vu le soldat perdre toutes ses forces sur une simple pression du doigt.

– Eh ben… à vrai dire, je ne sais pas. Quand je suis en colère, il se passe des choses en moi et j'ai la sensation de pouvoir amadouer des lions et abattre des dragons.

Maryse jalousa ce don. Elle aurait fait ramper Louis Vitalis et tous les méchants. Elle oublia vite ce désir de vengeance, ce n'était pas dans sa nature.

Elles eurent envie de sucreries. Juste en face de la boutique de la mercière, un marchand de plaisirs avait installé son petit banc rouge et blanc surmonté d'une toile bleue. Il était aux couleurs de la France. Aurait-il été peint en noir que son succès eût été le même. Le commerçant, un vieux au visage rubicond flanqué de longues moustaches frisées, avait déposé ses friandises dans un grand tambourin avec lequel il annonçait sa venue. Sur son banc, une petite roue, que les enfants et les parents faisaient tourner de toutes leurs forces pour un sou, portait des numéros désignant le montant des friandises qu'on pouvait gagner. Un chanceux en avait raflé cinq d'un coup et la salive monta aux lèvres des deux amies. Le moustachu vendait aussi des croquants enveloppés dans du papier coloré, des boîtes de chocolats qu'il était possible d'emporter à la loterie en tirant les numéros gagnants : 13, 22, 40, 88 ou 100. Les boîtes de fer, illustrées de motifs peints, suscitaient la convoitise des badauds. Pourtant on hésitait. Il en coûtait cinq sous pour tenter sa chance ou deux francs pour acheter l'objet sans participer à la loterie. Le prix était exorbitant pour la plupart des habitants des villages miniers.

– Regarde la jolie boîte, dit Claire. Celle avec les perroquets. J'aimerais bien l'offrir à Marthe.

Maryse fit la moue. La servante de la Bastide Verte n'avait pas ses faveurs ; elle s'était comportée comme une saligaude à son égard. Claire ne perçut pas le malaise de Maryse. Elle imaginait le plaisir de cette rustaude de Marthe. Cette dernière adorait les chocolats. Une fois vide, le coffret aurait sa place sur une étagère dans la cuisine. On le remplirait de morceaux de sucre.

– Tu es chanceuse ? demanda Maryse.

– Assez.

– Alors tu n'auras pas besoin de toucher ma bosse.

Ce trait d'humour ne plut pas au marchand de plaisirs.

– Il n'en est pas question ! s'insurgea-t-il. Ce serait tricher. Avez-vous des sous au moins ?

– J'ai plus qu'il n'en faut, répondit Claire en sortant comme par magie une poignée de pièces d'argent et de cuivre du sac qu'elle portait en bandoulière.

Maryse compta la somme reposant dans la main ouverte.

– Trente francs, mais tu es riche !

On pouvait faire vivre une famille pendant un mois avec une telle somme. Elle-même, avec ses ménages et ses travaux dans les dépendances de la Braconnerie, ne les gagnait pas en deux mois.

– Les herbes, les potions, l'astrologie, les guérisons du cœur, ça rapporte, avoua Claire tout en songeant qu'elle manquait sérieusement d'argent pour réparer les fissures des tours, changer les tuiles du toit et le reste.

– Te rends-tu compte, trente francs… Tu es une princesse.

Maryse pensa qu'elle aurait pu être la reine du jour avec les cinquante francs-or qu'elle avait offerts à Dieu. Elle s'était ruinée pour Antoine. Elle aurait pu se contenter de céder vingt francs après avoir converti la pièce en monnaie courante. Elle secoua négativement la tête. Elle ne regrettait rien. La survie d'Antoine valait le trésor du roi Salomon. Il lui restait une misère en poche. Elle estimait que, d'ici le douzième coup de minuit, elle l'aurait dépensé en totalité.

– Tu as raison, répondit Claire d'un air rêveur. Aujourd'hui, je vais me comporter en princesse.

– Je t'approuve, mais une princesse, ça ne joue pas à la richasso.

– Moi, jouer à la riche ?

– Et qu'est-ce que tu vas faire de tes trente francs ? Offrir une tournée à tout le village ?

– Tout d'abord, je vais nous payer une ventrée de friandises et gagner cette boîte de chocolats. Allez zou ! le moustachu, ouvre ton sac que je tire le bon numéro.

Claire tira le 13 et gagna la boîte aux perroquets plus vrais que nature. Les volatiles, posés sur des branches chargées de fruits exotiques, bombaient le torse et on s'attendait à les entendre pousser des jurons. Les deux amies firent tourner trois fois la roue, emportèrent huit oublies enrobées de sucre puis choisirent deux croquants.

Leur gourmandise coûta moins d'un franc, mais Claire n'était pas encore satisfaite. Un autre étal attira leur attention. Il était tenu par trois grosses femmes avenantes en blouse rose. Elles avaient le sourire factice et l'art d'appâter le client en lançant « un sou le beignet, un sou la pomme, un sou le sucre d'orge ».

Claire et Maryse lorgnèrent aussitôt les rangées de pommes laquées de rouge. Preuve de qualité, des escadrilles de mouches et de guêpes tournaient au-dessus de ces cibles sucrées en évitant les mains potelées des vendeuses.

Les deux clientes s'approchèrent du présentoir ; elles enviaient les mouches. Planter les dents dans le vernis croquant, sentir ensuite la pulpe acide du fruit fondre sur la langue était un plaisir rare lié à la venue des forains.

Claire ne résista plus à la tentation.

– Donnez-m'en deux.

– Ce soir nous n'entrerons plus dans nos jupes, dit Maryse.

– Non, on a de la marge. Il y a fort peu de chance que nous ressemblions aux bourgeoises qui se gavent de dix plats à chaque repas et se prélassent le reste du temps dans leur salon. Et puis, j'ai des recettes pour perdre des kilos. Je sais préparer les tisanes à l'adonide du printemps, à l'aubépine, à la fumeterre, au tilleul. La liste des laxatifs est longue et je peux te déballonner un ventre en quelques heures.

Maryse n'en doutait pas. Elle mordit le fruit avec avidité.

Oubliée la bosse, oubliée la misère, la solitude. Elle avait une amie. Une amie très sûre et respectée.

Depuis leur apparition sur le Cours, presque personne n'avait eu un regard réprobateur. Les femmes accrochées au bras de leurs maris se tenaient coites. Les hommes attirés par la troublante rousse de la Bastide Verte demeuraient discrets. Leurs yeux coulissaient prudemment, et ils s'imaginaient dans le lit de la belle aux cuisses nerveuses, aux fesses dures, à la poitrine généreuse et laiteuse. En fait, l'attention générale se concentrait sur le jeu du pouaire qui avait été exceptionnellement programmé en ce jour symbolique en raison des bruits de bottes aux frontières. Ce jeu tenait à la fois des tournois moyenâgeux et des courses de chars antiques. Il consistait à engager une perche dans un anneau après une course rapide sur un chariot. L'anneau accroché par le candidat actionnait un seau plein de peinture.

Il y eut un hurlement de joie, des tonnerres d'applaudissements. Un participant adroit venait de renverser le seau. Un déluge de peinture verte lui retomba dessus.

– Vive Jean Menghi ! cria un mendit.

Une bande de gosses employés à la mine reprit le vivat.

– Les mineurs sont les meilleurs ! renchérit un homme de haute stature qui n'avait que quatre doigts à une main.

Les mineurs, majoritaires sur le Cours, ovationnèrent Jean Menghi et son chef. Léon Bonasse, dit Quatre-Doigts, avait donné le ton ; il y eut de l'électricité dans l'air.

Le champion tout vert leva les bras en signe de triomphe. Repérant Claire, il s'inclina devant elle en mettant la main sur son cœur.

– Sainte Mère de Dieu, si le Corse a le béguin pour toi, il va y avoir de la bagarre, dit Maryse. Cet homme a le sang chaud, c'est un révolutionnaire.

– Il porte les couleurs de la Bastide Verte, fit remarquer Claire. C'est un signe qui ne manque pas d'intérêt. Mais rassure-toi, je lui préfère ce chevalier de la Braconnerie que tu m'as imposé bien malgré moi.

Maryse sourit. L'image d'Antoine Vitalis en chevalier lui plaisait. Mais où était donc ce grand timide ?

21

Fuveau en fête

Une cloche tinta six fois. L'après-midi se terminait. Couché dans un carré d'herbe jaunie devant l'entrée de l'ancien cimetière de la Roque-Haute, Antoine se réveilla avec un fort mal de tête, et la conscience pénible de retrouver sa vie faite d'angoisses, les soucis de la sécheresse et la certitude de ne pas pouvoir sauver la Braconnerie.

Pendant des heures, sous le cagnard, il avait rêvé qu'il était au Sahara sur les traces d'une caravane menée par son père, les pieds s'enfonçant dans le sable brûlant des dunes, entouré de scorpions vicieux prêts à le piquer. Des tam-tams l'avaient tiré de ce mauvais mirage.

Maintenant, assis au milieu des sauterelles, il entendait les tambours de la fanfare fuvelaine.

– Bon sang, qu'est-ce que je fous ici avec les vieux macchabées, grogna-t-il.

Il jeta un œil circonspect à la chapelle Saint-Michel. Un saint guerrier. Un pourchasseur de dragons. Saint Michel lui rappelait la dure réalité de l'existence. La guerre était en chemin et il en serait bientôt un acteur. En attendant de danser avec la Mort, il pensa à serrer la taille d'une cavalière au bal de ce soir.

Il se remit debout et constata qu'il était encore présentable. Il n'avait pas envie de retourner se changer à la Braconnerie. Y mettre les pieds était au-dessus de ses forces. Il n'y coucherait plus tant que son père en serait le maître.

Il pesta contre lui-même. Il en avait assez d'être un cheval de labour. Il s'ébroua comme un destrier de bataille. Une trompette sonna une charge quelque part dans les rues de Fuveau. Il prit l'appel pour lui et marcha en conquérant vers le village.

Le trompeteur avait donné le départ de la course de sacs. Claire et Maryse s'esclaffèrent en voyant s'affaler les balourds. Les encouragements fusaient de toutes parts. Il y eut les demi-finales, puis la finale. Le champion, éreinté et couvert d'ecchymoses, reçut un jambon cru d'Alès de quatre kilos. Le brandissant par le manchon, il le montra à la foule en délire.

Il régnait une atmosphère de folie, une ambiance différente des années précédentes. L'imminence de la guerre provoquait ce tumulte patriotique. Les bourgeoises endimanchées remarquaient moins la sorcière de la Bastide Verte, cette fillasse envoyée par le diable pour distiller le vice dans la tête des hommes. Elles n'avaient pas le temps de critiquer la drôlesse et la bossue. Toute leur attention se concentrait sur les trajectoires des pétards et elles s'écartaient à droite, à gauche, devant, derrière, criant des « Imbéciles ! » des « Voyous ! », des « Sales canailles ! » quand une explosion éclatait près de leurs chevilles.

– D'où sortent-ils tous ces pétards ? s'inquiéta Maryse qui avait été prise deux fois pour cible. C'est pas possible, ils ont dû dévaliser les poudrières de l'arsenal de Toulon.

– N'en veux pas à ces pauvres garçons, répondit Claire. Dans quelques jours, beaucoup d'entre eux connaîtront une peur bien plus grande que la tienne lorsqu'ils verront leurs camarades tomber sur les champs de bataille.

– Couillons ! Poupras[1], lança une femme en jetant des regards furibonds à la ronde.

Alberte Collanges, la boulangère, qui en imposait à tous par sa prestance, préféra se réfugier sur la terrasse du bar *Les Joyeux*. Elle adressa un signe de la main à Maryse qui lui décocha un sourire, puis elle continua à apostropher les trouble-fête. Les couillons étaient nombreux. Ils traquaient les couards, juraient, guettaient les victimes avant d'allumer les mèches. Ils avaient ouvert les hostilités dès l'aube. Le curé de la paroisse avait essuyé leurs premières attaques : des salves sur la façade de l'église tirées par de farouches partisans républicains. Se ruant hors de la sacristie avec la ferme intention de les sermonner, il avait piteusement battu en retraite alors que les gros pétards lui roussissaient le derrière et que les révolutionnaires criaient : « Vive la Sociale ! À bas l'empire ! À bas la papauté ! »

À présent, le bon prêtre s'était mêlé aux notables qui arpentaient le village avec l'orchestre du Cercle philharmonique et les partisans de Napoléon. Aujourd'hui, le pouvoir appartenait aux deux bandes rivales des jeunes artilleurs en herbe qui occupaient le centre stratégique de Fuveau. Elles se jaugeaient de part et d'autre du Cours. Elles n'en continuaient pas moins à bombarder les passants. La bande du bar *Les Joyeux* menée par Luc Denisot, un mineur syndicaliste, se tenait devant les tréteaux du cafetier ; celle de Cendre Giraud, le cousin du maire, était retranchée sous la bâche de la buvette de Serge qui avait déplacé matériel et bouteilles durant l'après-midi afin de venir s'installer sur ce point vital pour son tiroir-caisse. Les deux forces représentaient des

1. Balourds !

courants politiques opposés ; mineurs et ouvriers contre artisans et paysans.

Tout ce beau monde buvait et se réjouissait de la débâcle provoquée par les tirs. Le rouge coulait à flots, les verres tintaient, les gorges rotaient, les barbes et les moustaches imbibées titraient 14 degrés, les regards hostiles brillaient à travers les fumerolles qui s'élevaient de la place. La fine fleur de Fuveau et de Gréasque était prête à tous les excès et à la bagarre traditionnelle.

Il était cependant trop tôt pour en venir aux mains, casser le nez de son voisin, soigner ses blessures à l'eau des sources ou peindre la calèche du notaire en rouge. On attendrait la nuit, le bal dans la salle des fêtes, les provocations devant les filles, le signal des chefs, le dérèglement des cerveaux embrumés.

– Tiens, il est là notre homme, souffla Claire à l'oreille de Maryse en montrant Antoine.

Le fils Vitalis, l'air sombre, venait d'apparaître au coin de la mairie. Il observa les bandes pendant quelques instants et n'y reconnut que des ennemis potentiels. Il lut le fanatisme et la bêtise dans leurs regards et préféra prendre la tangente en regagnant le bas du village.

Claire était décidée à le suivre. Maryse l'en empêcha car elle ne voulait pas éveiller la curiosité des hommes et mettre le jeune homme en difficulté.

– On le verra au bal, insista-t-elle. Inutile de provoquer ces braillards.

– Il n'y a pas de risque qu'on s'en prenne à nous.

– À nous non, mais à Antoine oui.

La fée acquiesça. Maryse avait raison. Elles ne devaient pas jeter de l'huile sur le feu. Pour l'heure, les buveurs de chaque clan avaient les idées claires et les jambes solides. Ils marchaient droit. Ce fut même d'un pas égal et cadencé que la clique de Cendre Giraud prit la direction de la mairie. L'hôtel de ville leur appartenait, ils avaient voté pour le maire. S'y montrer, c'était prendre l'ascendant sur leurs rivaux. Ils occupèrent le double escalier extérieur. Là, sur le fronton, flottait le drapeau français et l'aigle impériale déployait ses ailes de bois doré. La position était idéale pour narguer l'autre bande.

Chaque année, à la même date, la mairie était l'enjeu d'un affrontement verbal qui dégénérait quelquefois en bataille rangée. Elle représentait le pouvoir politique, économique et social bien qu'elle ne pesât guère face à la coalition des industriels et des grands propriétaires terriens de la commune. Les riches géraient leurs biens indépendamment des règles municipales. On prédisait cependant des changements en faveur des mairies si l'Empire venait à disparaître. Quel que fût le destin de la France, les fidèles du maire menés par Cendre tenaient à la conserver. Ils appréhendaient avec horreur la prise de pouvoir par les rouges.

Cendre grimpa en haut des marches, mit une main sur son cœur et s'apprêta à chanter *La Marseillaise*. Son cœur s'emballa lorsqu'il aperçut la rousse de la Sainte-Victoire et il oublia la chanson patriotique. Il quitta aussitôt son perchoir pour couper la route à l'objet de son désir soudain. Cette fille, il la lui fallait. Il l'avait dans le ventre. Elle l'obsédait. Cela faisait des années qu'il espérait la coucher sur un tas de foin ou dans l'ombre d'une étable. L'occasion ne s'était jamais présentée. Il n'avait jamais osé l'aborder. Aujourd'hui, après avoir bu cinq ou six verres de rouge et deux de gnole, il se sentait de taille à lui déclarer sa flamme.

– Rebroussons chemin, je t'en prie, insista Maryse.

– Non, je ne quitterai pas le Cours tant que je n'aurai pas joué à la grande loterie.

La grande loterie était le nom d'une longue roulotte tirée par quatre chevaux. Elle se rendait d'un bout à l'autre de la Provence selon un itinéraire compliqué qui tenait compte du calendrier des fêtes religieuses et municipales. Arles était son point d'attache, Gap la plus lointaine de ses destinations. On y gagnait des statues en plâtre, des saucissons et des conserves, des médailles plaquées or et des bijoux de laiton, des services de porcelaine bon marché, des baromètres anéroïdes, des œufriers en fil de fer, des poupées, du vin pétillant et des bouteilles de liqueur.

La loterie se trouvait à gauche de la mairie. Entre cette caverne ambulante bourrée de trésors et les deux amies, il y avait à présent Cendre et ses lieutenants. Le bouillant quadragénaire, deux fois divorcé, cinq fois en ménage, était toujours prompt à sauter sur la première croupe appétissante. Celle de la demoiselle de la Bastide Verte était un morceau de choix. Il devait prendre certaines précautions pour ne pas lâcher les sous-entendus obscènes habituels.

La personnalité de ce tonnelier bonapartiste était servie par une voix de stentor prenant sa source dans une poitrine de bœuf et une large bouche de grenouille.

Il avait abandonné d'emblée *La Marseillaise* peu adaptée à la situation pour *Les Roses*. Toujours la main sur le cœur, il la dédia à Claire qui avançait crânement en tirant Maryse par la main. La présence de la bossue le gênait. Cela ne l'empêcha pas de trouver le ton juste :

Viens avec moi pour fêter le printemps
Nous cueillerons des lilas et des roses
Ne vois-tu pas que ces fleurs demi-closes
Veulent briller sur ton front de vingt ans ?

En quelques secondes, toute la bande quitta les abords de la mairie et cerna Claire et Maryse. En un braillement épouvantable, les choristes émoustillés accompagnèrent leur chef, soufflant leur haleine sur les deux femmes qui continuaient à marcher vers la loterie.

Écoute ô ma belle
C'est l'oiseau fidèle
Qui chante toujours
Le retour des beaux jours
Il dit que pour te plaire
On a sur la terre
Les fleurs pour charmer
Et le cœur pour aimer.

Claire se tenait sur ses gardes. Maryse rougissait et tremblait. La ronde avinée rétrécissait son cercle. C'était à celui qui beuglerait le plus fort. De ce tourbillon endiablé fusaient des pétards qui retombaient sur les badauds outrés. Les Fuvelains perdaient patience, mais aucun n'osait intervenir. On se contentait de bredouiller tout bas des injures et des menaces.

Viens avec moi pour fêter le printemps...

Le refrain les excita encore davantage. L'un d'eux se baissa et risqua sa main vers le bas de la jupe de Claire avec l'intention de la soulever. Il parvint à frôler l'ourlet des doigts et il poussa un cri de cochon égorgé lorsque le soulier ferré de Maryse s'abattit. Elle écrasa cette main vicieuse comme on écrase les cafards. Plus vexé que blessé, il lança :

– La salope de bossue, elle m'a tué la main !

Le silence se fit. La foule retint sa respiration. Cendre écarta son copain et se planta face à Claire, ignorant Maryse qu'il considérait comme une moins-que-rien.

– Elle te plaît pas, ma chanson ?

– La chanson si, pas les chanteurs.

– Tu voudrais peut-être que, vu les circonstances, je chante un air militaire ?

– Je ne suis pas d'humeur à entendre des chants guerriers à la veille d'une grande tuerie. Les futurs vainqueurs des Prussiens sont devant moi et nous devrions prier pour qu'ils ne tombent pas sur le champ d'honneur, dit-elle en désignant les jeunes hommes d'un large geste du bras. Ce ne sont pas des images de gloire qui me viennent à l'esprit avec toute la paille qu'ils ont dans les cheveux.

– On ne va pas se laisser insulter par cette sorcière marseillaise ! dit un type en montrant le poing. Elle vient ici avec sa bossue de malheur pour nous narguer, et toi, le Cendre, tu te ridiculises en lui chantant la sérénade. Merde, c'est le 14 juillet, c'est notre journée. Demain, on marchera au son des tambours et des fifres pour défendre nos femmes et nos enfants. Il y a cent ans on l'aurait guillotinée, et pourtant je ne suis pas un admirateur de Robespierre et de Marat, voilà ce que j'en dis.

Ils acquiescèrent bruyamment en pensant à la Révolution, aux têtes tranchées par la lame d'acier, à la victoire de Valmy. Ils étaient prêts à en découdre avec les hordes gothes. La plupart n'avaient pas fait la guerre. Une poignée en avait bavé au Mexique et un seul avait participé à la campagne de Crimée. Mais tous se sentaient dans la peau de patriotes face à une estrangère, à une nantie de l'Ancien Régime. Claire ne les laissa pas se reprendre.

– N'interprétez pas mal mes paroles. J'ai du respect pour ceux qui se sont battus et ceux qui vont bientôt connaître le baptême du feu. J'ai de la compassion pour les soldats qui vont souffrir et je prendrais moi-même les armes si cette terre que j'aime était à nouveau envahie comme en 1815, mais je méprise les hommes de rien qui se prennent pour des héros, les hommes soumis aux partis, des hommes de paille en vérité !

– Et moi, je te dis qu'un homme de *paiho voou une freme d'or*[1], répliqua Cendre en lui empoignant le revers du corsage.

Bien mal lui en prit. Il sentit soudain la poitrine lui brûler.

– Tu vas flamber comme un pantin, prévint Claire.

Cendre suffoqua. La lave montait dans ses poumons. Sa gorge était en fusion. Son sang bouillonnait. Il avait des flammes plein la bouche et les yeux. Sa cervelle fondait. La garce l'avait envoyé en enfer. Il hurla de douleur.

– Arrête ! Arrête, la supplia Maryse.

Claire expira profondément et chassa le sort qu'elle avait fait entrer dans la carcasse du tonnelier. Cendre reprit ses esprits. Il pissait la sueur par tous les pores de sa peau.

– Ne t'avise plus jamais, dit Claire d'une voix sourde, de toucher une femme d'or.

Il vit qu'elle ne plaisantait pas. Il en avait fait la terrible expérience. Il avait failli se consumer comme un hérétique sur un bûcher. Pas un de ses comparses ne vint à sa rescousse. Leurs regards, à la fois mauvais et admiratifs, ne quittaient plus le visage fier de la magicienne. Ils la désiraient plus que jamais ; elle leur paraissait désormais intouchable. À vrai dire, depuis longtemps, ils ne se faisaient plus d'illusions. Les plus grands séducteurs de la région avaient échoué dans leur approche de la belle. Nul, à leur connaissance, n'avait pu embrasser cette femme. Pourtant, il faudrait bien qu'elle prenne un mari ou un amant.

– Laisse tomber, dit un gars à Cendre. On a mieux à faire avec les filles des mineurs.

1. Un homme de paille vaut une femme d'or.

Cendre n'avait pas attendu ce conseil. Il était déjà en route pour la buvette de Serge où l'attendait un litron. Il aurait sa revanche. Au bal. Ou plus tard. Là-haut, tout autour de la Bastide Verte, l'herbe de la garrigue était haute et sèche. Avec un bon mistral et un bon briquet, on pouvait provoquer une tempête de feu.

– Allons jouer à la loterie, dit Claire à Maryse comme si rien ne s'était passé.

Maryse regarda son amie avec crainte et respect. Aucune femme des villages de la Sainte-Victoire n'était capable de tenir tête à une vingtaine d'hommes échauffés par l'alcool.

Quelle sorte d'être était donc Claire ?

Il était donc possible de se faire respecter quand on portait des jupons ?

Maryse s'en trouva ragaillardie et retint la leçon. Elle n'avait aucun pouvoir mais, avec un gourdin ou un couteau, elle saurait désormais défendre sa bosse. Dès lors, elle eut la certitude qu'elle aurait un jour un amoureux, toute tordue qu'elle était.

– Tu es la plus forte ! dit-elle en déposant un baiser sur la joue de Claire.

Non seulement Mlle Charme était la plus forte, mais aussi la plus chanceuse. Maryse supposa que la maligne usait discrètement de ses dons de voyante. La loterie consistait à acheter des billets roulés sur eux-mêmes en fins cylindres, à regarder tourner une énorme roue cliquetante et à comparer le numéro affiché à ceux des billets. Pour deux sous, on gagnait presque à tous les coups une babiole qui en valait un. Claire fit cadeau de ces dernières à Maryse, puis elle dérogea à la règle en dépensant dix sous et en enlevant l'un des plus beaux lots de la roulotte, une soupière à cinq francs. Ce n'était pas un objet d'art fabriqué à Moustiers ou à Gien, mais un récipient ventru enrichi de dorures qui en imposait.

À la Bastide Verte, la soupière de pacotille aurait sa place au centre de la table de la cuisine. La soupe au pistou y fumerait. Claire la porta en trophée sous les regards envieux.

Elle l'exposa pendant un moment sur la terrasse du *Café du Cours* où elles burent une limonade. Le bar était occupé par des familles. Aucune bande n'en avait fait son fief. Maryse et Claire parlèrent de leur passé et ces confidences les rapprochèrent. Toutes deux étaient des parias de la société.

Maryse avait proposé de déposer la soupière, la boîte de chocolats et les menus objets raflés aux forains à son domicile dans les dépendances de la Braconnerie, arguant qu'elles devaient se présenter au bal libres de tout mouvement. Elles avaient encore deux heures à perdre. Claire avait accepté. Après tout, la Braconnerie n'était qu'à douze minutes à pied du village.

En passant devant la demeure des Vitalis, Claire avait senti les ondes néfastes qui rayonnaient du bâtiment. D'une manière ou d'une autre, les habitants des lieux étaient condamnés. Elle en sauverait au moins un : Antoine.

L'eau fraîche du puits avait chassé les miasmes qui collaient à sa peau. Elle avait retrouvé son allant en pénétrant dans le minuscule deux-pièces de Maryse. L'endroit respirait la bonté. Gaie, enjouée, Maryse avait tenu à se pomponner. La bossue était en fait une coquette qui s'ignorait. Elle avait réussi à persuader Claire de se faire un chignon.

Épingle après épingle, la chevelure de feu se transformait en un savant chignon. Assise face au morceau de miroir que Maryse avait calé sur le rebord du buffet, elle ne pouvait détacher son regard de ce double à l'air fier. Maryse était très habile de ses doigts. Elle avait l'œil. Elle prenait son travail au sérieux en s'inspirant de la tête d'une dame de compagnie de l'impératrice Eugénie. Le modèle était reproduit sur la page d'un journal de mode.

– Ç'aurait été mieux avec des broches de diamants, dit-elle.

– Tant pis pour les diamants, tu me rends belle sans pierre précieuse, et je préfère le naturel aux perruques sophistiquées que portent les courtisanes.

– Des diamants, tout de même, si on en avait…

– Un jour peut-être. Oui, un jour, nous aurons des diamants et de l'or.

Claire avait répondu machinalement. Elle demeura pensive. Le miroir se brouilla. Un paysage prit forme. Des diamants et des bijoux brillaient entre les racines d'un énorme olivier mort. Elle avait déjà rêvé de cet arbre. Elle l'avait vu dans les cartes du tarot, dans la fumée de l'âtre, dans le cristal d'une boule qu'elle utilisait parfois. Son reflet redevint clair.

Maryse s'appliquait, tirait les mèches qu'elle ramenait en bandes lisses vers l'arrière de la tête altière de sa druidesse. Quand, d'une dernière épingle et d'un peigne en os, elle consolida le savant échafaudage, son expression fut à la mesure du résultat. Interloquée, elle contemplait son amie qui semblait sortir des Tuileries ou de Versailles. La Claire qu'elle avait sous les yeux ne pouvait pas venir de la barre du Cengle. Il était même impensable de croire qu'elle vivait sur ces hauteurs désolées, peuplées de sauterelles et de lézards, qu'elle arpentait les restanques éboulées et les ravins, qu'elle coursait les sangliers et les chats sauvages, se réfugiait dans les ruines hantées, se cassait les ongles sur les racines et coupait du bois avec cette grognon de Marthe. Elle s'était imprégnée du visage de son amie. Elle ne lui trouvait aucune ressemblance avec celui d'une sorcière. Des lanceuses de sorts, elle en connaissait quatre ou cinq, à Saint-Zacharie, haut foyer de la sorcellerie avec Signes. Elles avaient toutes une marque à la figure, une tache, une verrue. Celle de Claire ne comportait aucun défaut.

– Ne te fie pas aux apparences, susurra Claire qui avait lu dans les pensées de l'apprentie coiffeuse, je suis une véritable sorcière, j'ai ça dans le sang. Je suis sûre que quelques-unes de mes ancêtres ont fini sur le bûcher.

– Quel malheur ! Eh ben non alors !

– Alors quoi ? Ne me dis pas que tu me bades comme si j'étais la Sainte Vierge ou sainte Marie-Madeleine ?

– Ce serait pécher que te comparer à la Mère de Jésus ou à la Madeleine qui, la première, a cru à la résurrection du Christ. Pardonne-moi, tu vas dire que je me répète, mais tu es plus belle que l'impératrice.

Claire n'aimait pas ce compliment. Il se dégageait quelque chose de néfaste de l'orgueilleuse Eugénie qui régnait sans partage dans l'ombre de son impérial époux. Cette femme n'était pas étrangère à la politique désastreuse qui conduisait le pays vers la catastrophe. L'aura de l'impératrice était mortelle et tous ses proches allaient en pâtir.

Le miroir se troubla à nouveau. Claire fut saisie. Antoine avait un genou à terre devant l'impératrice. Il lui remettait un pli. Paris était à feu et à sang…

– Antoine ! appela-t-elle.

Aussitôt, ses traits inquiets s'inscrivirent dans le miroir. L'avenir s'en était allé et elle n'avait aucun moyen d'en savoir plus.

– Antoine ? Antoine Vitalis ? Qu'as-tu vu ?

– Rien de grave… Il faut cependant que je le mette en garde.

– Contre lui-même, il est trop généreux, trop intrépide, trop romantique. Il va intentionnellement se mettre en danger.

– Fais-en ton amoureux et il ne partira pas à la guerre.

– Mon amoureux. Ça ne se commande pas, les sentiments. Il peut me dédaigner tu sais. Tu veux qu'il m'aime et que je l'aime. C'est une bêtise que tu as inventée parce que, toi, tu t'es réellement entichée de lui.

– Peut-être que c'est une bêtise qui me vient du cœur. Mais toi, tu lis l'avenir. Tu devrais savoir si vous vivrez ensemble.

– Je ne vois jamais rien pour moi-même et c'est mieux ainsi. J'en mourrais si je connaissais tous les instants à venir de mon existence.

– Eh bien, disons que je vois pour toi. J'ai l'intuition que cette nuit il te donnera un baiser et…

– Et ?

– Non, non, rien, bredouilla Maryse en rougissant.

Après le baiser, il y avait les câlins. Après les câlins, le mélange des corps, des choses et des sensations qu'elle avait du mal à imaginer mais qui lui chauffaient la poitrine et le ventre.

Claire eut un sourire. La nuit promettait d'être étoilée et douce. Un baiser. Pourquoi pas ?

Juste un baiser.

Ou deux.

Non, une dizaine.

22

Le Café du Cours

Antoine Vitalis était apaisé. L'étoile du berger avait fait son apparition. La fin de la journée avait été magnifique et riche en enseignements. Ses pas l'avaient porté jusqu'au sommet d'une colline entre Gréasque et Fuveau, à la pointe d'un rocher où la terre touchait le ciel.

Du haut de cette position qui dominait le bassin minier de l'Arc, il avait eu la sensation d'être un dieu antique à l'écoute des murmures du monde. Il s'était comparé à un héros de Troie à la veille des grandes batailles pour les beaux yeux d'Hélène. Fermes, hameaux, villages, terrils, tours de fer étaient autant d'éclats de corail et d'anthracite à portée de ses mains immenses. S'il en avait eu le pouvoir, il les aurait cueillis pour en faire un collier. Un bijou digne d'Aphrodite. La déesse de l'Amour habitait ces lieux. Elle lui était apparue maintes fois, descendant de la Bastide Verte. Maryse, dans son envie de le fiancer, n'avait fait qu'attiser les braises d'un désir refoulé.

Lui, le païen éclairé qui vivait au rythme des saisons, qui se battait avec la logique et l'opiniâtreté d'un paysan contre les intempéries, qui s'adaptait à la concurrence d'un monde agricole en pleine évolution où les anciens esprits de la terre n'avaient plus leur place, ne parvenait pas à chasser son irrationnelle attraction pour l'inconnue du Cengle, son contraire.

Claire le poursuivait jusque dans ses tourments. Elle s'interposait entre lui et son père, entre lui et sa mère, entre lui et le passé. Elle lui montrait le bon chemin et le calmait.

Il regarda du côté de Fuveau. Le village bleuissait. La nuit s'insinuait dans les ruelles du quartier bas. L'écho d'un gros pétard lui parvint. La révolution était en marche.

Le pétard fit trembler les cloisons. Jean Menghi s'approcha de la fenêtre. Des minots en culottes courtes s'enfuirent en riant après l'explosion. Le but de cet attentat avait été de souffler une toile d'araignée et quelques pétales de roses. Il respira l'odeur de poudre et celle des fleurs, étrange mélange d'agressivité et de douceur qui l'entraîna dans ses songes.

Là naissait une pensée. Toujours la même depuis qu'il avait remporté la victoire au jeu du pouaire. Elle était sentimentale et obsédante. Elle le captivait et il en oubliait l'enfer de la mine. Elle prenait forme, devenait silhouette, se précisait. Une chevelure rousse. Des yeux verts. Une bouche sensuelle faite pour donner des baisers et lancer des sorts. La magicienne de la Sainte-Victoire. Claire Charme.

Un autre pétard éclata. Alors Jean décida qu'il était temps de sortir le costume et le gilet qu'il avait achetés pour l'enterrement de son père en Corse, de défroisser une chemise blanche et une cravate. Il étala ses habits sur son lit de fer et y joignit la montre de Louis Vitalis. Il soupira en contemplant ses doigts noircis par le lignite. Il avait abandonné tout espoir de les rendre blancs. Sa peau se nourrissait du charbon contenu dans son sang. Puis il haussa les épaules. Ce soir, il apparaîtrait beau comme un astre au bal du *Café du Cours*.

La salle était au premier étage. Y accéder demandait de la patience. Le *Café du Cours*, vaste établissement connu dans toute la région, ne désemplissait jamais en fin de semaine. Les banquets, les repas de mariage, les réunions des sociétés savantes s'y succédaient. On venait de loin pour louer la salle du premier étage qui pouvait accueillir plusieurs centaines de personnes. Le 14 juillet, la mairie se la réservait mais, en ce jour faste, le café débordait. Il tremblait sur ses fondations, il fumait de tous ses orifices.

Jean Menghi, Luc Maurin et Augustin Macle arrivèrent en retard. Le maire, Albert Eyffren, le chantre du parti bonapartiste, avait prononcé un discours de circonstance une heure plus tôt. Bismarck, les Prussiens, les Bavarois et les barbares grouillant entre le Rhin et l'Oder en avaient pris pour leur grade. Il avait ensuite déroulé la liste des promesses, insisté sur la future édification de la fontaine qui allait changer la vie de ses chers citoyens. Le trio ne regrettait pas le bla-bla du maire. Il se foutait du bonhomme dont il ne partageait pas les idées. Il se désolait en revanche de ne pas avoir pu inviter des cavalières lors des premières danses. La faute en incombait à Auguste qui avait dû parlementer et user de malice avec son épouse pour accompagner ses copains. Auguste était marié à une femme de Roquevaire qui refusait de se mêler aux habitants de Fuveau. L'origine de ce rejet remontait à la Révolution de 1789 : son arrière-grand-père, intendant des fermes du comte de Blanquefort, avait été battu à mort, puis pendu à un platane par une meute de mineurs Fuvelains qui avaient tué plusieurs personnes au nom de la liberté et de l'égalité. Elle avait pourtant épousé un mineur de Fuveau. Le bel Augustin Macle. Luc lui donna un coup de coude dans l'estomac.

– Les plus jolies donzelles sont déjà prises, maintenant.

Il nous reste que le second choix. Tu es une bourrique, Gus, c'est à cause de toi si nous en sommes à mendier les restes.

– La ferme, Ficelle. C'est pour vous faire plaisir que je suis là. Je te rappelle que je suis marié et que j'ai trois enfants.

– Mon cul, ouais. On t'a vu fricoter avec la trieuse à la mine.

– Quelle trieuse ?

– La Cathy Rehm, la blonde Lorraine aux gros seins, à qui i'manque une dent, ajouta-t-il méchamment.

– Tu n'es qu'un merdeux, Ficelle !

Le ton montait. Jean intervint.

– Ne vous faites pas remarquer, le chef est là.

Gus et Ficelle se raidirent. À gauche de l'entrée, au centre d'une longue table occupée par des familles de mineurs, se tenait Quatre-Doigts. Léon Bonasse, Antoinette Bonasse, leurs fils et filles, leurs beaux-fils et belles-filles et une flopée de petits-enfants buvaient du mousseux de Pierrefeu et des sirops. Léon leur lança un regard suspicieux. Ce fluide glacial contenait tous les interdits. L'équipe n° 16 devait donner le bon exemple.

Jean fit quelques pas au milieu de la cohue. Ses camarades le suivirent à la queue leu leu. Instinctivement, il se retourna et ne se sentit pas à l'aise en découvrant Antoine Vitalis. Le fils de Louis Vitalis venait de franchir le seuil de la salle. Jean plaqua la main sur la poche de son gilet. La chaîne en or de la montre offerte par le maître de la Braconnerie pendait en une boucle voyante.

– Hé, mais c'est quoi cette chaîne ? demanda Ficelle.

– Du laiton, répondit Jean.

– Bigre, il est de qualité. On dirait de l'or à vingt carats. Tu as une montre, toi ?

– Je l'ai achetée à Aubagne l'an dernier, mais je ne la mets jamais. Elle servirait à rien au fond du puits.

– Alors aujourd'hui, tu la portes pour jouer au monsieur. C'est du gâchis, on te prendra jamais pour un ingénieur. Eux, ils ont les mains blanches, ironisa Ficelle.

– Ficelle, s'enquit Jean d'une voix douce, combien il te reste de dents ?

– Heu… deux, je crois.

– Je pourrais t'en casser trois autres. Ça ferait un compte rond dans ton sale clapier.

– Tu comprends pas la plaisanterie.

Bon sang ! Tous ces mineurs, tous ces paysans, tous ces notables réunis pour cette messe révolutionnaire… Antoine était dubitatif. Il y avait là trop de courants de pensée contradictoires. L'air était surchauffé, électrique.

Antoine trouva difficilement une place dans la vaste pièce décorée de bleu, blanc, rouge. Non parce que les chaises et les bouts de bancs inoccupés manquaient, mais parce qu'on lui faisait comprendre d'un regard appuyé et inamical qu'il n'était pas le bienvenu dans ce lieu où se massaient les clans familiaux, sociaux et politiques.

Il y avait bien quelques-uns de ses journaliers et métayers, mais sa présence gênait ces derniers. Il était le fils du patron, d'un patron qui virait les braves gens hors de chez eux et faisait la noce avec des putes de luxe alors que la pauvreté gagnait du terrain. Il portait malgré lui les péchés de son père. Il avait cependant le cran de son grand-père, la fierté et la hargne des premiers Vitalis qui avaient défriché cette terre ingrate. Il avait connu bien pire situation en accompagnant les bergers à quatre reprises lors des transhumances. Il se complaisait aussi dans les épreuves et l'adversité, servi par son caractère stoïque. Il traversa l'espace enfumé et s'installa à un guéridon bancal, dans le coin le plus reculé, avec les cadiers et les chiffonniers. De ce poste d'observation, il avait une belle vue d'ensemble.

Cette année, la mairie et les cercles associés à la manifestation avaient vu grand. Sous les poutres décorées de cocardes tricolores et de petits drapeaux, des chapelets de lampes pompaient l'équivalent de la consommation de un mois de pétrole du village. Deux mille flammes diffusaient une lumière orangée. Elles blessaient les yeux, cuisaient les crânes, séchaient les bouquets d'œillets rouges apportés par les mineurs et les ouvriers. Cette élévation de température, 35 degrés au moins, avait pour conséquence de faire courir les dix serveuses du comptoir aux gosiers assoiffés. Les cafetiers de Fuveau mandatés par la municipalité s'étaient momentanément unis.

La caisse était sous la surveillance de Serge du bar *L'Univers*, de Fernande Lesage du *Café du Cours* et de François Castillon du cercle philharmonique. Les autres patrons de débits de boissons occupaient l'arrière du comptoir et géraient les commandes. On ferait les comptes au petit matin et le partage au centime près, sans oublier les 6 % reversés à la mairie. Avec des plateaux surchargés de bouteilles, de brocs et de verres, les filles essoufflées louvoyaient entre les groupes d'où fusaient des remarques salaces et des rires gras. Les plus jolies rivalisaient d'adresse pour échapper aux mains baladeuses. L'une d'elle déposa une bière devant Antoine.

– Hé, mais je voulais un verre de blanc de Cassis !

– Serge m'a dit de vous servir une bière. Elle est légère, elle ne vous fera pas de mal, expliqua-t-elle.

Antoine en resta estomaqué. Le gros Serge veillait à sa santé à présent. Il accepta la boisson imposée et donna deux sous. La serveuse haletante repartit sur l'arène de la piste de danse. On ne s'entendait plus, on ne s'écoutait plus. Les galops des danseurs sur le plancher et la musique tonitruante de l'orchestre écrasaient le bruit des conversations, les criailleries des enfants et les jurons des vieux qui ne s'estimaient plus respectés par la jeunesse.

Des copains, des couples, des familles continuaient d'arriver. Des bandes de mendits suivaient. Les chiens étaient chassés par le garde municipal qui, sur ordre du maire, comptabilisait et répertoriait les participants. À peine entrés, ils repéraient leurs pairs et allaient se tasser auprès d'eux. Les mineurs avec les ouvriers, les paysans avec les fermiers, les artisans avec les boutiquiers, les fonctionnaires avec les fonctionnaires, les notables enfin. Ces derniers bénéficiaient des tables les mieux placées et de chaises, ni trop loin ni trop près de la piste, bien au centre, de façon à être vus de toute la populace.

Antoine enregistra ce plan, constatant que plus on était pauvre, plus on se rapprochait des deux extrémités de la salle. Sitôt installés, les hommes commandaient vins, bières et gnoles, les femmes buvaient des sirops de grenadine ou d'orgeat. Les jeunes enfants étaient nombreux. Sans pudeur, les mères sortaient leurs mamelles, enfournaient les bouts dans les bouches goulues des petits, puis se hâtaient de les mettre entre les bras d'une fillette. Elles aussi désiraient danser, plaire, profiter de ces instants éphémères en oubliant les énormes lessives et les fins de mois difficiles.

En moins d'un quart d'heure, tout ce beau monde tangua. Même les mendits, qui avaient eu droit à leur petite dose d'alcool. Les enfants de la mine étaient des hommes à présent. Seules les jeunes filles restaient sobres. Du moins, Antoine le croyait-il. Elles attendaient sagement que leurs parents égayés lèvent les interdits et que les garçons se décident à les inviter. Les plus jolies et les plus délurées avaient déjà fait voler leurs jupons sur la piste. On se les disputait. Il y avait quelques veuves de Crimée ou de mineurs, morts tragiquement au fond des puits, dignes mais avides de rencontres. Elles ne se faisaient guère d'illusions. Peu d'hommes libres les regardaient. Au mieux, elles pouvaient prétendre à une aventure à la sauvette, à des liaisons sans lendemain. Et leurs espoirs s'amenuisaient lorsqu'elles songeaient au conflit à venir. Combien d'hommes reviendraient à Fuveau après s'être battus contre les Allemands ?

Antoine sentait des regards peser sur sa personne. Des désirs tentaient de s'insinuer en lui, mais ils le laissaient de glace. Il refusait de sourire à celles qui le couvaient de leurs yeux gloutons. Une seule femme était en mesure de le captiver. Elle était absente. La demoiselle de la Bastide Verte n'était pas parmi les prétendantes.

« Maryse m'a fait rêver », se dit-il.

Il en éprouva du dépit. Il ne voulait plus se satisfaire de relations furtives avec des filles de joie à la poitrine généreuse et au cœur vide. Il en avait assez des plaisirs achetés dans les maisons closes. Il éprouvait toujours de la honte après avoir cédé à la tentation. Il était prêt pour le grand amour, pour une passion dévastatrice partagée et un abandon total à l'élue de son âme.

Il en était à ce stade de sa réflexion lorsque se produisit l'événement. C'était un fait, le vacarme venait de diminuer de moitié. Les danseurs lancés en une folle sarabande sur un rythme de gaillarde se figèrent les uns après les autres.

Antoine crut que le maire allait officiellement annoncer la déclaration de guerre à la Prusse. Il imita ses voisins, se redressant pour en savoir un peu plus. Tous les regards convergeaient vers l'entrée ou venaient d'apparaître la plus belle des créatures et la bossue détestée.

23

Le bal de tous les dangers

Maryse n'entendait que le badaboum frénétique de son cœur. Un démon jouait du tam-tam dans sa poitrine depuis qu'elle avait commencé à gravir les marches menant à la salle des fêtes du *Café du Cours*. La vue brouillée par l'excès de sang que le muscle propulsait dans son cerveau, elle ne reconnut pas Alberte Collanges qui les saluait. Les commentaires féminins commencèrent à pleuvoir.

« C'est la sorcière. – Elle est venue nous emboucaner le bal comme l'an passé. – Elle a emmené cette tordue de Denarnaud. – En voilà deux oiseaux de malheur ! »

Antoine écoutait. Jean Menghi encaissait. Les deux hommes étaient à trente pas l'un de l'autre. Ils eurent la même envie : couper les langues de vipère des pipelettes.

Les critiques ne tarissaient pas. La jeune magicienne ne s'en souciait pas. Elle souriait, s'imposait, pliait les hommes à sa volonté. Les mâles tendaient leurs gueules. La rousse en jupe verte leur causait une émotion extraordinaire. Ils s'étonnaient de la présence de la bossue qui donnait l'impression d'un être contrefait invoqué par la magicienne du Cengle.

Il y eut un mouvement parmi les artisans. Cendre Giraud et deux de ses acolytes se déplacèrent pour mieux la reluquer et la provoquer. Le tonnelier ruminait toujours sa vengeance. Les noms de « salope », « pouffiasse », « estrasse », « pute », « bordille » se bousculaient dans sa tête d'enragé. Il s'essuya les yeux. Il avait bu plus que de coutume, ayant du mal à digérer trois grosses saucisses et un pain marseillais avalés à l'apéritif, suivis d'un civet de lièvre et d'une tourte de patates arrosés de deux litrons de vin de Brignoles. Il avait surtout du mal à digérer l'affront de l'après-midi.

Maudite emmasqueuse ! Il lui avait dédié de bon cœur la chanson *Les Roses*. Il aurait mieux fait de la fouetter avec les épines de ces fleurs.

– Pas la peine d'enlever les poutignes de tes mirettes. C'est bien la garce de la Bastide Verte que tu vois, dit l'un de ses collègues qui s'agrippait à lui. À mon avis, elle est venue pour faire son choix. Cette nuit, elle offrira son minou à un galant, mais ce ne sera pas à toi. T'es pas assez riche et beau. C'est pas une poupée pour un fabricant de tonneaux, hé hé.

– Moi je donnerais bien cent francs pour lui agrandir la fente, dit le second comparse.

– Arrête tes conneries, répliqua Cendre. C'est pas une fille à perdre sa virginité pour de l'argent ! Il y a fort à parier qu'elle est plus riche que Lhuilier.

– Le patron des mines ? Non, non, lui, il brasse des millions de francs. Ta sorcière, elle gagne à peine de quoi se nourrir en vendant des filtres et des poisons. Il paraît que sa bastide est sur le point de s'écrouler. Je maintiens ce que je dis, elle se fera culbuter par un beau riche.

– Et moi je te répète que c'est pas le genre, répondit Cendre en grinçant des dents.

– Pas possible, t'espère encore mon pauvre ? T'as réellement la folie des grandeurs. Tu devrais te contenter d'une marchande d'allumettes ou d'une lingère.

– La ferme, Roger !

Roger se tut. Les fureurs de Cendre Giraud tenaient à la fois de celle du taureau blessé et du sanglier acculé. Cendre resta à distance. Il la zieutait, la Claire. Elle n'appartenait à personne. Il en était sûr. S'il l'assommait au détour d'un chemin cette nuit, la déshabillait, il ne repartirait pas la queue entre les jambes.

« Il me la faut ! se dit-il. Après je la brûlerai dans sa baraque. » Oui, il lui donnerait de la bite, du chibre, du vié, du mandrin. Il lui en donnerait jusqu'au trognon, jusqu'à ce qu'elle crie grâce, après il la réduirait en un tas de cendres. Une sorcière méritait pareille fin. Il envia les moines de l'Inquisition. Ces vermines de religieux avaient dû s'en payer de bonnes dans les chambres de torture. Les images de sorcières violées dans les prisons moyenâgeuses de l'Église, les bûchers dressés sur les places publiques le calmèrent. Il ramena ses deux camarades à la tablée où on se moqua de lui.

Alberte Collanges s'était levée pour venir à la rencontre des deux trouble-fête.

– Tu honores la commune, Claire, dit-elle de sa voix sonore. Et toi, Maryse, tu es bien belle. Venez à notre table, je vous en prie.

– Nous ne voudrions pas vous mettre dans une position fâcheuse, répondit Claire.

Alberte éclata de rire.

– Moi en position fâcheuse à Fuveau ? Il faudrait pour cela que je sois la cousine de Bismarck.

La boulangère se plaça entre les deux indésirables et les prit par les bras. Elle les conduisit vers le groupe des commerçants qu'elle contrôlait.

– Inutile de vous présenter Claire Charme et Maryse Denarnaud, dit-elle avec une pointe de malice. Je suis sûre que vous serez tous ravis de les avoir parmi nous ce soir.

Les têtes s'inclinèrent. On ne résistait pas aux désirs d'Alberte. Claire et Maryse saluèrent Siméon, le frêle époux de la boulangère, la modiste, le couple Opède, le caviste et sa femme aussi rouge que la vinasse qu'ils vendaient, le boucher et sa moitié, le menuisier et ses grands-parents. Elles décochèrent des sourires aux enfants qui les observaient d'un œil inquiet. C'était un tableau d'un autre âge. Les femmes étaient engoncées dans des toilettes vieillottes, les hommes portaient leur costume de mariage, sauf Charlotte la modiste qui, suivant de près la mode parisienne, jetait une note pimpante dans ce rassemblement de petits-bourgeois.

– Quelle joie de vous avoir avec moi, dit Alberte. Ça va en boucher un coin à quelques-uns de nous voir ensemble. On va jaser, croire que je suis en affaire avec vous et le diable, c'est à se tordre de rire. Regardez ces faces de rats, elles méditent des méchancetés.

Alberte se livra à une large inspection de la salle, promenant son regard de géante invincible sur les visages qui se détournaient. Les commerçants amadoués eurent un sourire de circonstance pour les deux arrivantes. Alberte, royale, appela une serveuse et commanda une bouteille de clairette de Die.

– Vous faites sensation toutes les deux. Demain à la rivière et dans les ateliers, vos noms seront sur toutes les bouches… Le mien aussi, ça me plaît, gloussa Alberte.

– Je crois qu'ils y sont déjà, répondit Claire en tournant ses yeux vers le coin où se tenait Antoine.

Quand il vit qu'elle l'observait, Antoine retomba sur sa chaise. Tout s'estompa autour de la demoiselle de la Bastide Verte. Il ne distinguait plus que le visage celte surmonté du chignon de feu à travers le voile bleu des fumées de tabac et il entra dans un état proche de la béatitude. Elle le plongea dans un autre temps, une autre époque. Il était guerrier, elle était druidesse et ils s'aimaient au cœur d'une forêt profonde.

Jean Menghi ne participait plus à la conversation de ses copains. Ficelle et Gus débattaient sur le tour de poitrine d'Anne-Lise Louxor. La jeune dentellière de la Traverse d'Aix avait des seins comme des boulets de neuf livres et une tête de poupée en porcelaine. Son étrange nom de famille laissait penser qu'elle avait des origines égyptiennes. Il ne reflétait pas son aspect physique. Sa bouche en forme de cœur, ses yeux pervenche, sa peau laiteuse de bébé et ses mains potelées n'étaient pas ceux d'une femme du Nil.

Jean Menghi n'avait aucune envie de téter goulûment – comme le suggérait Ficelle – les bouts supposés roses de l'Isis des Nibelungen. Il dardait son regard ardent sur la nuque fragile de Claire. Mlle Charme n'appartenait pas au troupeau des jolies filles pétant la santé convoitées par ses amis, ni à celui des riches pimbêches écervelées qui osaient parfois venir à la mine pour soulager leur conscience en faisant la charité aux veuves et aux mendits orphelins. La fille cadette du puissant Lhuilier, le maître des mines, l'avait guetté durant des jours à la sortie du puits ; il n'avait jamais donné suite à ses sourires. À quoi bon ? Le père Lhuilier l'aurait viré de la mine et lui aurait intimé l'ordre de fuir la région sous peine de mort.

Claire effaçait toutes les amourettes qu'il avait eues. Le peu qu'il savait d'elle contredisait les versions officielles. Selon la rumeur, Claire Charme était une riche héritière excentrique vivant de ses rentes au soleil, à qui on prêtait des dons de sorcière. Sous ce dernier aspect, elle inquiétait les gens. Lui ne la redoutait pas. Il était comme l'aiguille d'une boussole attirée par le pôle. Elle l'aimantait. L'attraction n'était pas seulement physique. Au-delà de la beauté, de la volonté, de l'intelligence, de la fierté, il y avait la magie de l'amour. Il était au diapason de la note pure qu'elle émettait et il avait une soif d'exister à travers cette femme. L'aimer, c'était quitter la nuit de la mine, retrouver la lumière.

Soudain, le feu de son regard rencontra celui de Vitalis. La tension entre les deux rivaux monta aussitôt de plusieurs crans, atteignant la zone de l'inconscient où le meurtre devient possible. Son sang de Corse balaya sa raison pendant un moment. Ils étaient cependant du même bord, prêts à en découdre avec les pourritures qui bavassaient sur le compte de la jeune femme et de sa pauvre amie bossue.

« Qui est cet homme ? » se demanda Antoine, qui avait immédiatement compris que l'inconnu en pinçait pour Claire.

Il le catalogua instantanément mineur, mais ce n'était pas un mineur ordinaire. Le lignite n'avait pas encore entamé sa personnalité au point de le faire ressembler aux esclaves condamnés à creuser jusqu'à leur dernier souffle. Il y avait de la noblesse dans ses traits de Maure. La comparaison était hardie : il avait face à lui le preux seigneur Saladin qui, après avoir vaincu les Templiers, s'était emparé de Jérusalem.

La marée des conversations ramena Antoine sur la grève de la salle survoltée. De part et d'autre de son guéridon, on ne parlait que de Claire. Un carrier couvert de cicatrices se lança dans un résumé de la vie des sorcières de Signes – les cousines de Charme, affirma-t-il –, et se disputa avec un éleveur de poules sur des points de détail : comment ces servantes du diable faisaient pour appeler les morts ; de quelle façon elles répandaient les maladies, dans quel sens elles tournaient les nuits de pleine lune. L'éleveur assura qu'il n'avait pas de poule noire. Il n'y avait pas mieux qu'une poule noire égorgée pour invoquer les démons dans des cercles maléfiques.

– Les poules noires, c'est bon aussi pour les fantômes et les squelettes, ajouta le carrier.

Ils se turent. D'effrayantes images se précisaient. Il leur sembla entendre cliqueter des os. Le fracas des galoches sur la piste de danse les tranquillisa. Il fut bientôt impossible de comprendre quoi que ce soit du charabia franco-provençal auquel se mêlait le patois piémontais de deux des convives. Une serveuse aux bras chargés se pointa. Un grand plat de charcuterie, deux grosses miches de pain et un panier de gâteaux secs, de pâte d'amande, de figues et de coings les firent conclure : la magicienne du Cengle avait passé un pacte avec cette pauvre bossue. Ces deux corneilles précédaient la Mort sur son cheval de guerre.

– On s'en fiche de ces deux emboucaneuses. La guerre, on la gagnera ! s'exclama le forgeron de Gréasque.

Un acquiescement unanime accueillit ces paroles. Les langues claquèrent, les clapets s'ouvrirent, les dents étincelèrent. Il y avait urgence. Leurs estomacs criaient famine. Ils se jetèrent avec leurs enfants sur cette manne salée et sucrée qu'ils déchiquetèrent à grands coups de mâchoires.

Des loups voraces. Antoine se désintéressa de cette meute.

À la table d'Alberte Collanges, on bâfrait tout autant mais avec plus de tact. Maryse avait le ventre plein, sa vessie débordait. Elle s'excusa en faisant comprendre la nécessité de sa sortie.

Antoine se dit que c'était le moment. Il marcha vers Claire. Lorsqu'il s'immobilisa face à la jeune femme, Alberte se tut. Le sourire avenant d'Alberte se propagea. Les boutiquiers calquaient habituellement leurs réactions sur celles de la boulangère. Mais les membres du clan avaient du mal à chasser leurs *a priori*. Le regard suspicieux et les gestes lents, ils se tournèrent vers l'intrus. Depuis des générations, ils se retrouvaient invariablement à l'église le dimanche, aux fêtes annuelles de Fuveau, se réunissaient aux mêmes endroits, rencontraient les mêmes figures, partageaient les mêmes convictions et votaient avec une belle unité bonapartiste. Ils se racontaient des histoires simples et s'en retournaient rassurés à leurs affaires, la conscience tranquille.

L'homme de la Braconnerie qui leur lança son « bonsoir messieurs dames » rompait l'immuabilité de leur train-train quotidien. Ils le jaugèrent, ce n'était pas la réplique de son père, pas un coureur de jupons, pas l'un de ces salauds de propriétaires qui saignaient les paysans ou les mineurs. Il se disait de bonnes choses sur le fils Vitalis. On rapportait qu'il endurait les souffrances de ses bergers et de ses journaliers. Les cals sur ses doigts en étaient la preuve. Cet Antoine Vitalis, habillé sans ostentation, inspirait confiance.

– Bonsoir monsieur Vitalis, répondit Alberte, tandis que le boucher émettait un grognement positif et que la modiste se mettait à éventer son visage rougissant sous la brusque montée d'une bouffée de chaleur.

Claire le salua du bout des lèvres. Elle domina les soubresauts de son cœur. Elle ne laissa rien paraître de son trouble. Antoine venait d'entrer dans le présent de sa vie. Il vit des étincelles d'intérêt passer dans les pupilles de l'assemblée.

– Il est rare de vous voir au bal, poursuivit Collanges.

– À vrai dire, c'est la première fois que je viens, répondit-il.

– Mais prenez donc place parmi nous, insista la boulangère en l'invitant à poser ses fesses sur le banc face à Claire.

Il ne se fit pas prier. Dès qu'il fut assis, il commanda de la clairette.

– C'est ma tournée !

Il leur avait offert le vin. Le fils héritier de la Braconnerie était à leur table, faisant des envieux à la ronde. Ils se sentaient honorés par sa présence, anoblis en quelque sorte. Ils le plaçaient au sommet de la hiérarchie de la commune, bien au-dessus du maire, du notaire et du docteur. Cette hauteur, ils la calculaient en millions. Ils trinquèrent en faisant le vœu que la guerre ne soit pas déclarée.

Claire savoura l'instant où leurs verres tintèrent l'un contre l'autre. Le son fut aussi pur que celui produit par un diapason de cristal. Il se propagea avec toutes ses promesses avant de se briser sur les écueils de la jalousie. Elle eut un regard de biais pour Charlotte la modiste qui roucoulait en posant des questions sur la Braconnerie et l'histoire des Vitalis. Questions auxquelles Antoine répondait volontiers en valorisant les actions de son arrière-grand-père sous la Révolution et les exploits de son grand-père lors de la campagne d'Égypte.

– Mon grand-père eut l'idée d'acheter des terres dans le delta du Nil. Il voulait cultiver du riz. Ça a duré onze ans, puis il a revendu ses terres à un Libanais…

– Ô Seigneur ! J'ai toujours rêvé de me rendre en Égypte pour voir les pyramides, s'exclama Charlotte. On dit qu'Alexandrie vaut bien Paris depuis que Ferdinand de Lesseps a creusé le canal. Les Français y ont pris les habitudes des princes arabes. Certains ont été nommés pachas et vivent dans des palais.

La modiste aurait fait un pacte avec le diable pour se promener avec le bel Antoine dans les rues d'Alexandrie. Dans l'immédiat, elle espérait qu'il l'invite à danser, mais cet espoir fut étouffé dans l'œuf de ses désirs quand elle rencontra le regard sombre de la magicienne de la Bastide Verte.

– Et vous n'avez pas de cavalière ? intervint Alberte fort à propos.

La boulangère avait évalué les tensions. Elle eut de la peine pour Charlotte qu'elle avait en estime. La modiste ne faisait pas le poids.

– Non. Je n'ai jamais voulu fréquenter les demoiselles imposées par mes parents. Et elles ne seraient pas à l'aise dans cette salle des fêtes.

Alberte la rusée approuva du menton. Dès l'instant où il s'était approché de la table, elle avait compris qu'il venait pour Claire Charme. Elle eut des mots qui agacèrent son mari et choquèrent des oreilles :

– Vous trouverez sûrement votre bonheur ici. Il y a des veuves avenantes qui ont des biens, des jeunettes éveillées et même quelques épouses volages. Le choix est grand à Fuveau. Qui résisterait à votre charme ?

– Je ne suis pas Casanova ! se récria-t-il.

– Vous ne plairiez pas en Casanova, dit Alberte en faisant semblant de s'offusquer. Je vous vois plutôt en chevalier Bayard.

– Je préfère cette comparaison, répondit-il. J'aimerais défendre les couleurs de ma dame dans un tournoi.

Il prononça ces mots en observant Claire. La seconde d'après, il faillit avaler de travers son vin pétillant quand la pensée de la jeune femme en une voix profonde se manifesta dans sa tête.

« En me choisissant, vous seriez forcé de gagner. Mais ce n'est peut-être pas ce que vous feriez de mieux. Ne vous fiez pas à mon apparence. La belle Cassandre me ressemblait. Elle a porté malheur à bien des hommes. »

24

La danse des amours

Maryse avait mal à la hanche et au genou droits. Elle était descendue à la rivière, avait fait ses besoins derrière les buissons bordant le maigre cours d'eau, évitant un couple d'amoureux qui folâtrait sur un lit de roseaux. Le chant des grillons, le coassement des grenouilles, le palpitement des étoiles, l'albédo protecteur de la lune… aucun signe de la douce nuit ne venait alléger sa peine. Elle trimballait sa bosse et marchait de travers. Elle eut un frémissement en entendant le cri d'un hibou.

Cet avertissement lugubre s'adressait à elle. Elle redoubla de vigilance. En dépassant l'atelier du forgeron, il lui sembla voir une ombre se glisser le long d'un mur. Le hibou se manifesta de nouveau. Elle accéléra le pas, lançant plus loin sa jambe gauche. La droite, par un mécanisme défectueux dû à la position décalée de sa bosse, avait moins d'amplitude. Ce déséquilibre accentuait sa démarche bancale. Une pierre roula quelque part derrière elle.

« Sainte Vierge ! Protégez-moi ! »

La mère de Jésus l'aida. Elle atteignit le Cours où régnait une certaine animation. Un pétard claqua, des chiens aboyèrent, un chat fila comme une flèche entre les jambes des gamins artificiers. Deux jeunes qui s'insultaient en vinrent aux mains pour les beaux yeux d'une fille. Indifférents à cette agitation, des vieux assis sur des chaises de paille devisaient tranquillement et une femme, ayant vu le jour sous Louis XVI, racontait une légende provençale à des fillettes attentives. Maryse se sentit rassurée. Des groupes de personnes entraient ou sortaient du café accueillant le bal. Sous les platanes, tout rentrait dans l'ordre. Le hibou avait hululé pour rien.

– Voulez-vous danser ?

Son cœur rua. Claire était dans ses rêves. Le mineur Jean Menghi se tenait devant elle, l'air tendu. Elle ne l'avait pas vu venir. On avait l'impression qu'il venait de traverser un champ de bataille.

– Je crois que Mlle Charme m'a réservé la première et la seconde danse, intervint Antoine qui s'était redressé.

Jean pâlit. La présence de Vitalis l'avait fait hésiter longuement avant qu'il ne se décide à aborder la magicienne. Son terrible visage de Maure se contracta. Claire y lut le désir, la jalousie, la haine. Sa bouche remua et laissa filtrer une imprécation en corse.

– Je veux l'entendre de sa bouche, poursuivit-il en français.

– Monsieur, vous vous comportez comme un goujat ! Vous n'êtes pas le bienvenu ! s'exclama Antoine.

Avec une rapidité inouïe, Jean le prit par le col et essaya de le frapper du poing. Tout aussi vif et brutal, Antoine le repoussa. Dans le mouvement, la montre de Louis Vitalis glissa de la poche du gilet. Antoine, le poing suspendu, prêt à frapper, marqua sa surprise.

– Mais c'est la montre de mon père. Comment se fait-il qu'elle soit en ta possession ? Canaille ! Voleur !

Le tutoiement, les insultes, la montre révélée décontenancèrent Jean.

– Votre père me l'a donnée pour que je la vende.

– Menteur !

Antoine sauta sur Jean. Il y eut des cris mais ils ne venaient pas des gens qui entouraient les deux rivaux. Des têtes se tournèrent vers l'entrée. Maryse avait été prise à partie par des gars de la bande de Cendre Giraud. L'un d'eux l'avait jetée au sol.

– Dégage, sale bossue ! hurlait-il.

Un autre homme s'apprêtait à donner des coups de pied dans les côtes de la malheureuse Denarnaud. Tout autour, une meute agressive demandait du sang. Des enfants, plus méchants que les adultes, scandaient l'horrible mot « gibus » qu'ils associaient à « rascous » en se rappelant les jours de baptême lorsque, rassemblés sur le parvis de l'église, ils gueulaient aux parents portant le nouveau-né, surtout au parrain : *Peirin rascous lou pichot sara gibous*[1] *!*

C'était au parrain de jeter des piécettes aux gamins pour porter chance au bébé. Mais là, il n'y avait pas de parrain, ni de bébé en robe de dentelle blanche. Il y avait une majorité de lâches s'en prenant à une pauvresse qui pleurait en se protégeant la poitrine.

– Maryse ! s'écria Alberte.

– Il faut l'aider, dit Claire en s'élançant vers son amie.

Jean et Antoine s'immobilisèrent. L'élue de leur cœur bondissait vers l'entrée. Leurs regards se portèrent sur Maryse et les pourris qui l'entouraient.

– Merde ! jura Antoine.

– On y va ! s'écria Jean.

1. Parrain, avare, le petit sera bossu !

Défenseurs des faibles et des opprimés, les deux preux chevaliers coururent côte à côte et se jetèrent sur les complices de Cendre. Ces derniers ne faisaient pas le poids ; ils appelèrent la bande à leur secours. Cendre fonça comme un taureau furieux dans le tas qui grossissait car les mineurs avaient rejoint Jean et Antoine. Le tonnelier n'eut pas le temps de distribuer ses coups vicieux. La main de Claire l'arrêta net. Elle le toucha au plexus et il perdit subitement ses forces et son souffle, s'effondrant comme une poupée de chiffon. Jean et Antoine roulèrent au sol avec leurs adversaires. Les horions pleuvaient. Le sang coulait des arcades sourcilières, giclait des nez éclatés. Blessures ordinaires des soirs de bal. La bagarre faisait rage quand le garde, s'étant emparé d'une trompette de l'orchestre, y mit fin en sonnant le cessez-le-feu.

Il y eut un moment d'incertitude. Puis des rires éclatèrent quand deux adjoints du maire flanquèrent Cendre Giraud hors de la salle. Les uns et les autres s'aidèrent à se relever. On se tapa amicalement sur les épaules.

– Je te crois pour la montre, dit Antoine en serrant la pogne de Jean.

Le mineur eut un sourire chaleureux. Une amitié indéfectible venait de naître entre les deux hommes. Jean offrit alors son bras à Maryse.

– Puisque Mlle Claire a décidé de danser avec Antoine, c'est vous que je vais faire tourner sous les lampions, dit-il en coinçant le coude de Maryse dans le sien.

Les Fuvelains stupéfaits virent le Corse et la bossue se diriger vers la piste de danse. Ils formaient le couple le plus improbable de l'histoire du village. Les musiciens en furent tout retournés. Dans un couac général, ils cessèrent de jouer. Maryse, les jambes tremblantes, se laissait entraîner. Elle qui, la plupart du temps, se camouflait, portait des habits informes, elle qui n'osait pas prendre place dans les premiers rangs les jours de messe et évitait de croiser les regards des saints statufiés, elle qui effrayait les enfants et dégoûtait les adultes, elle, la pestiférée de la vallée de l'Arc, allait se retrouver sous les feux de centaines de lampes. Ses traits se tendaient, ses mâchoires se crispaient, elle aurait voulu être dans un trou de taupe. Elle fut saisie d'une angoisse qui lui rappela celle éprouvée face à une charrette de morts emportés par le choléra vingt ans plus tôt. Alberte, Simon, Charlotte, le maire, les élus, les mineurs, leurs proches la contemplaient avec compassion. La panique dans ses yeux couleur lavande ne leur échappa pas. La vaillante et généreuse boulangère se mit à applaudir. Elle tonna :

– Une valse !

On ne désobéissait pas à la générale. Les musiciens se reprirent. Strauss s'imposait. D'autant plus que l'Autriche était l'alliée de la France. Les notes s'envolèrent. On se serait cru à Vienne.

– C'est Noël ! s'exclama une lavandière.

Noël, un 14 juillet. Oui, c'était un miracle. Maryse s'en trouva métamorphosée. Jean lui serra la taille, lui souleva la main, la fit danser. Elle n'avait plus mal, elle n'avait plus de bosse. Le plus beau des ténébreux la guidait. Sa robe et ses sept jupons s'envolaient. Elle eut un geste fou. Elle arracha son bonnet de dentelle, retira les épingles et les barrettes. Tous virent cascader son opulente chevelure brune parsemée de fils d'argent. Jean lui dédia le plus engageant des sourires.

– Je n'ai jamais eu une aussi bonne cavalière.

– C'est vrai ?

– Un Corse ne ment jamais.

Claire avait la larme à l'œil. Quel jour heureux ! Quel bonheur de voir Maryse s'exprimer avec grâce de tout son corps. Quel délice d'être aux côtés d'Antoine. Elle se tourna vers lui. Il était tout aussi ému qu'elle.

Puis il y eut le contact. La main de Claire se glissa dans la sienne. Elle était brûlante, dotée de pouvoirs extraordinaires. Il referma ses doigts, elle serra les siens. Leurs énergies se mêlèrent, leurs esprits se reconnurent, leurs âmes s'épousèrent. Claire avait pris l'initiative de l'entraîner dans le cercle des danseurs qui s'était formé autour de Maryse et de Jean.

Ils accordèrent leurs pas. Antoine tenait la rebelle de la Sainte-Victoire entre ses bras. Il sentait sa chair frémissante et il ne pouvait pas lui cacher son désir. Claire devinait tout. Ils tournèrent et tournèrent encore.

Longtemps.

Les flammes des lampes fusionnèrent. La lumière s'amplifia.

La lune argentait les barres de la Sainte-Victoire et les falaises de la Sainte-Baume. Elle allumait des feux dans les cheveux qu'elle caressait. Claire et Antoine étaient loin du village. Claire l'avait conduit par des sentiers connus d'elle seule. Il avait eu l'impression que les houssaies et les fourrés se refermaient après leur passage, que les petits êtres furtifs des bois, les fées et les gnomes, s'ingéniaient à effacer leurs traces. Le peuple invisible de la nature se faisait le complice de leur amour. Personne n'aurait pu les trouver. Claire lui avait murmuré : « C'est un ancien bosquet sacré. »

Elle était couchée sous lui, allongée sur une épaisse couche d'herbe préservée de la sécheresse. Il l'embrassa. Un baiser léger, pudique, maladroit. Elle le lui rendit avec force, l'attrapant par le cou, mêlant sa salive à la sienne, se l'appropriant corps et âme. En un instant, elle connut tout de lui. Elle ne s'était pas trompée. Il était fragile, il était aussi de la race des géants, des conquérants, des chevaliers errants au service des justes causes. Elle sut qu'elle l'avait rencontré et aimé au temps des pierres levées, des invasions barbares, des croisades…

Antoine se libéra. Ses dents mordirent les lèvres de la belle, ses mains dénouèrent des lacets, firent sauter des boutons, se perdirent sous le corsage, emprisonnant ses seins. Elle haletait mais il ne la dominait pas. À un moment, elle le renversa et entreprit à son tour de le mettre à nu. Quand elle l'empoigna là où son sang affluait, il poussa un gémissement. Elle l'enfourcha et se laissa retomber sur lui en étouffant un cri quand elle l'accueillit dans son ventre. Il eut la vision de ses cuisses nerveuses, du corps laiteux en mouvement. Le temps s'arrêta. Le temps s'accéléra.

Les échos de leur amour persistent encore de nos jours.

25

Une drôle de guerre

Dix-sept jours et seize nuits plus tard...

Antoine dormait par intermittence. Quand il ouvrait l'œil, il mettait du temps à comprendre où il se trouvait. Le campement occupait une vallée. Des baïonnettes luisaient çà et là sous la clarté des étoiles, des soldats insomniaques demeuraient sur le pied de guerre dans l'angoisse de voir surgir l'ennemi invisible que l'état-major du maréchal Lebœuf n'avait pas encore repéré. Peu de tentes avaient été dressées, les hommes exténués s'étaient étendus après avoir avalé leur ration de soupe. « La dernière », avait précisé le capitaine. L'intendance ne suivait pas. Après deux semaines de guerre, la plupart des régiments manquaient de biscuits, de café, de thé, de sucre et d'avoine. Se nourrir sur le dos des habitants n'était pas une solution. Cette campagne militaire ressemblait de plus en plus à l'exode du peuple d'Israël, mais il n'y avait pas le charismatique Moïse à leur tête pour remonter le moral des troupes.

Du moins celui d'Antoine.

Antoine était dans un état second. Tout était écrit dans le zodiaque dont il entrevoyait une partie des signes au-dessus de lui. Claire n'avait pas eu le temps de lui apprendre à les lire. Le décalage entre lui et ses camarades paysans et ouvriers du régiment était grand. Ils étaient encore sous l'influence des beaux discours de Napoléon, des ministres, des députés, des préfets, et croyaient à la victoire. Étrangement, Antoine n'avait retenu que la réponse du Reichstag à la France :

> *Nous avons confiance en Dieu dont la justice punit le crime sanglant. Des rivages de la mer jusqu'au pied des Alpes, le peuple s'est levé à l'appel de ses princes, réunis dans une même pensée. Le peuple allemand trouvera enfin, sur un sol respecté de toutes les nations, une libre et paisible unité.*

À cette déclaration emphatique, l'empereur Guillaume II avait ajouté à l'intention de ses soldats :

> *À l'Armée !*
>
> *Mue par un sentiment unanime, l'Allemagne entière se lève en armes contre un État voisin qui nous a déclaré inopinément une guerre sans motifs. Il s'agit de défendre notre patrie menacée, notre honneur, nos foyers. Je prends, à dater d'aujourd'hui, le commandement en chef de toutes les armées et j'engage avec assurance cette lutte que jadis nos pères ont également soutenue.*
>
> *Comme moi, la patrie entière met en vous une pleine confiance. Dieu sera avec notre juste cause.*

Antoine en avait eu froid dans le dos. C'était bien la France qui avait déclaré la guerre. Dieu était dans le camp allemand. Il n'était pas seul. En une clameur diffuse, les walkyries chevauchaient ses pensées, les dieux nordiques montraient leurs crocs. Les limbes de son cerveau s'emplissaient du vacarme infernal des forges teutonnes. *La Marseillaise* suffirait-elle à étouffer *Le Chant des Nibelungen* ?

Les « Allons enfants de la Patrie, le jour de gloire est arrivé » s'étaient tus depuis une semaine. À la première victoire, le chant révolutionnaire se répandrait de l'Alsace à l'Algérie. On attendait beaucoup du mouvement de l'armée du général Froissard en route pour Sarrebruck.

Un matin, les échos des coups de canon le réveillèrent. Antoine reprit immédiatement conscience de la réalité, de l'instant pénible. Happé par le destin avec son cortège de dangers, de folies meurtrières, de fatigues et d'angoisses, il rageait d'être à des centaines de kilomètres de Claire. Les canons se turent. Une fois de plus, on ne rencontrerait pas les Allemands.

Seigneur, que le 14 juillet était loin ! À présent, il était dans ce bourbier merdeux, parmi des milliers de soldats anxieux commandés par des officiers incapables. Rien ne se déroulait comme prévu.

Dans les jours qui avaient suivi l'entrée en guerre, après le cri enthousiaste des Parisiens : « À Berlin ! À Berlin ! À Berlin ! », les journaux avaient parlé de promenade militaire, de l'invincibilité de nos divisions, d'une épopée qui s'achèverait sur les rives de la Baltique. Nos soldats boiraient de la bière à Munich et se laveraient les pieds dans l'Oder, fraterniseraient avec les Polonais. Antoine les avait toutes lues ces feuilles aux gros titres enrichies de caricatures, *Le Gaulois*, *Le Figaro*, *L'Univers*, *Le Correspondant*, *Le Constitutionnel*, *Le Soir*, *La Liberté*. Chaque fois qu'il le pouvait, il les achetait et les serrait dans son sac à dos.

Les articles enflammés lui bourraient le crâne. On n'entendait plus les voix des socialistes anarchisants et libertaires qui refusaient la guerre. Même le courant néojacobin représenté par Charles Delescluze et Fabre Pyat se montrait favorable aux hostilités. Mais ces hommes, rompus à la politique dans les salons des grandes villes, n'étaient pas sur le terrain.

Antoine avait de l'instruction et du bon sens. Il aimait l'histoire et avait dévoré maints livres traitant des événements depuis la défaite de Vercingétorix à Alésia. L'armée française dépendait de la loi de 1832 qui était entachée d'un vice capital : l'impossibilité presque absolue d'instruire les réserves. Par manque de crédits, les chefs allaient incorporer 300 000 hommes de réserve qui n'avaient jamais été entraînés. Antoine faisait partie de ceux-là. Il avait eu la chance de posséder un fusil de chasse et de tuer six ou sept sangliers, quelques douzaines de lièvres et de perdreaux dans les collines environnant la Braconnerie. Mais entre abattre des bêtes sans défense et se mesurer à de farouches ennemis puissamment armés, il y avait un gouffre que les mots des journaleux avaient été incapables de combler.

Il eut un sourire amer… Les meilleurs soldats, 50 000, étaient en Algérie. La veille, le lieutenant Chéraud, dans le but de remonter le moral de l'unité, avait fait la lecture du journal officiel :

> *Une armée de 750 000 hommes disponibles pour la guerre, près de 600 000 hommes de garde nationale, l'instruction dans toutes les branches poussée jusqu'à un degré inconnu jusqu'ici, 1 200 000 fusils fabriqués en dix-huit mois, les places remises en état, les arsenaux remplis d'un matériel prêt à parer à toutes les éventualités, quelles qu'elles soient, la France est confiante dans sa force.*

Tous les conscrits et les vieux briscards de la compagnie avaient approuvé le texte par un vigoureux « Vive l'empereur ! ». Seuls Antoine et une minorité de camarades réalistes avaient fait grise mine.

Antoine avait une vision nette de la situation. Il avait pris le temps d'examiner les chiffres comme il le faisait sur les terres de la Braconnerie en comptant les paysans, les bêtes, les quintaux de céréales, les hectolitres de vin et en évaluant le débit des sources et la capacité des puits et des citernes. Il aurait voulu leur dire la vérité à ces soldats qui étaient partis la fleur au fusil : « Les gars, notre armée active se monte réellement, sur le papier, à 639 748 hommes. Mais si nous défalquons de ce nombre les indisponibles et les troupes nécessaires à la garde de l'Algérie, à la constitution des dépôts et à la division d'occupation de Rome, nous ne trouvons déjà plus que 407 382 combattants. En outre, mes braves, je vous annonce qu'on doit encore réduire cette masse, vu que la garde mobile n'est ni constituée, ni habillée, ni équipée, ni armée, ni instruite. Il faut de plus prélever sur l'armée active 57 000 hommes environ pour former les garnisons des places fortes. Que nous reste-t-il ? 350 000 soldats dont il convient de retrancher les 19 374 gendarmes, l'escadron de l'empereur et 11 830 militaires servant dans l'administration. Même en comptant large, notre armée atteindra au mieux 300 000 hommes alors qu'en face, ne serait-ce que par le service obligatoire, ils dépasseront le million. »

Antoine avait résumé ces conclusions dans la deuxième lettre envoyée à Claire. La jeune femme lui avait demandé de redoubler de prudence, de lui revenir, de se préparer au pire dès début août car les premières batailles seraient désastreuses pour la France, puis elle avait épanché son cœur. Il lui confiait désormais le sien à chaque missive, révélant son amour entier et sa soif de vivre avec elle.

Pour l'heure, il avait mis Claire à l'abri dans un coin fortifié de son âme. Le malheur était à venir, inévitable. Il n'avait pas le don de voyance, mais la providence l'avait doté d'un esprit logique et critique. Il aurait été encore plus acerbe dans ses propos concernant les officiers et les sous-officiers qui avaient jeté l'héritage militaire des anciens aux orties. Les gradés ne pensaient qu'à s'enrichir et à briller lors des défilés. C'était un fait acquis : pour arriver, il fallait avoir avant tout un beau physique, une bonne conduite et une tenue correcte. En plus de ces atouts, dans l'infanterie, on devait flatter ses supérieurs et tenir correctement sa main sur la couture du pantalon, les yeux fixés à quinze pas devant soi, en écoutant parler le colonel ; dans la cavalerie, réciter par cœur le littéral de la théorie et faire bonne impression avec un cheval bien dressé ; dans l'artillerie, affecter le plus parfait mépris pour les connaissances techniques. Enfin, dans toutes les armes, être recommandé.

La recommandation était le chancre de l'armée où Antoine, simple troufion de ligne, devait faire ses preuves. Tandis que les fléaux sont passagers, comme la peste, le choléra, les nuages de sauterelles, les crues soudaines, les feux de forêt, la recommandation était devenue un mal chronique. En littérature, au théâtre, on avait vu apparaître un bouffon, le capitaine Bitterlin, puis un haut gradé ridicule, le général Boum, personnage d'opérette tout juste bon à pourchasser les mouches avec une tapette. Mais on se moquait encore plus des Allemands en vantant la « tendresse de ces bons voisins d'outre-Rhin qui ne demandaient qu'à nous serrer dans leurs bras ». Au bout du compte, s'ils s'avisaient de nous chercher noise, « nous les mettrions en fuite dès le premier coup de fusil ».

Antoine contempla son fusil, une arme efficace, un chassepot modèle 1866. Il déglutit à l'idée de tirer sur l'un de ces bons voisins d'outre-Rhin. Et il se demanda comment allaient réagir ses camarades de régiment à la première escarmouche. Aucun n'était prêt pour le baptême du feu.

Le long ruban des uniformes, des chariots et chevaux s'étirait à l'infini. Les soldats dépenaillés marchaient dans un désordre complet. La division du général Douay n'avait plus de tenue. Elle avançait, sans soutien, avec le risque d'être anéantie d'un jour à l'autre. Si le paysage avait été neigeux, avec un peu d'imagination on se serait cru en pleine retraite de Russie. Antoine était dans l'incapacité de reconnaître ses camarades du 2e bataillon du 74e régiment de ligne. Les hommes progressaient sans encadrement, pêle-mêle. Fantassins, brigadiers, dragons, lanciers, grenadiers, tirailleurs ayant quitté le quartier général de Steinseltz à l'aube peinaient sous une chaleur torride sur des routes défoncées, passant dans un piétinement de troupeau les gués de la Lauter, de la rive gauche à la rive droite, de la rive droite à la rive gauche. Il n'y avait aucune logique dans cet ordre de marche.

– C'est quoi ce village ? lui demanda un fantassin qui appartenait à la même compagnie que lui et tentait de décrypter un nom sur une pancarte.

Cette apparition rassura Antoine. L'unité se reconstituait.

– Altenstadt, répondit Antoine.

– Putain ! C'est pas des noms de chez nous ! Ça sent le patois allemand à plein nez ! s'insurgea le soldat illettré.

Antoine ne tomba pas dans le piège de la xénophobie primaire en abondant dans le sens de son interlocuteur. Il était même fâché qu'on pût remettre en cause l'appartenance française de cette province. Par bien des côtés, les Alsaciens et les Lorrains étaient plus patriotes que bien des citoyens du Sud. Il aurait l'occasion de rappeler à cet homme que la France était faite d'une mosaïque de populations différentes qui faisait sa richesse. Il contempla le faciès mal équarri du gars en s'attachant aux petits yeux bruns sous les arcades sourcilières prononcées. Un homme des cavernes, mais un homme d'honneur.

– Vous êtes du Gers ? l'interrogea-t-il en reconnaissant l'accent guttural.

– Presque… Je suis d'Espéraza dans l'Aude. Faut pas me vouvoyer. J'ai l'impression d'entendre mon patron.

– Comme tu voudras.

– Je m'appelle Georges Argelès, je suis chapelier… Enfin, disons plutôt que je lave et je tends les feutres. Les chapeaux, c'est pour les ouvriers spécialisés.

– Moi, c'est Antoine Vitalis de Fuveau, dit Antoine.

– T'es un noble ?

– Non, je viens du village de Fuveau.

– Je préfère. Les nobles ont tous du galon et les moustaches cirées. Il est où ton village ?

– Près de Marseille.

– Ah, je vois, répondit évasivement l'Audois en plissant les sourcils.

Les Marseillais n'avaient pas bonne réputation dans l'armée. Surtout depuis les prises de position révolutionnaires des dirigeants politiques de la cité phocéenne opposée à la guerre et à Napoléon III. Antoine ne laissa pas s'installer le froid entre eux.

– Fuveau n'est pas Marseille. Les Fuvelains sont patriotes. Ils défendraient le drapeau jusqu'à la dernière extrémité. Et si je suis ici, c'est pour l'honneur de la France.

Il mentait un peu. Le destin l'avait entraîné malgré lui dans cette folle aventure. Cependant, l'idée de se battre et de ressembler aux glorieux soldats de l'an II creusait son chemin en lui. Il était prêt à verser son sang pour l'Alsace qu'ils arpentaient depuis plusieurs jours.

– Tope-là mon brave, dit Georges en tendant sa courte main pleine de cals.

Ils scellèrent leur camaraderie d'une franche poignée de main.

Il y eut un ralentissement. Antoine et Georges se cognèrent aux soldats de devant. Un pont franchissait la Lauter d'un seul arc et, à cet endroit, l'eau était profonde et vaseuse. On ne pouvait pas passer à gué, d'autant plus que les rives étaient consolidées par de hauts murs. L'embouteillage fut tel que les hommes, exaspérés par des heures de marche, parlaient de se frayer un passage à coups de crosse.

– Si les Prussiens débouchent, on est faits comme des rats ! cria un sergent.

Les Prussiens. Le nom du peuple honni et craint avait été malencontreusement lâché et repris. Aussitôt des centaines de tirailleurs s'égaillèrent dans les houblonnières et les champs de pruniers qui bordaient la route. Ils ne trouvèrent que des sauterelles et des corneilles. Pas l'ombre d'un étendard décoré de l'aigle à deux têtes. La panique fut à son comble lorsqu'un convoi de batteries arriva de la ferme de Schafbusch. Dans un roulement de tonnerre, les canons rayés de quatre livres et les caissons d'obus tirés par des chevaux fougueux percèrent la colonne. Les soldats se jetèrent dans les fossés. Sur le pont, un trompette, major de la garde, reconnaissable à son colback orné d'un plumet et d'un cordon, sonna une charge qui eut pour effet de précipiter les hommes dans la flotte ou vers le village. En un instant, le pont fut dégagé. Seul un caporal eut le pied écrasé.

– Pauvre gars, pas de chance, il n'aura pas de médaille pour cette blessure, épilogua Georges.

– Parce que toi, tu comptes en décrocher une ?

– Sacrebleu ! Et comment que j'y compte ! Y a rien de mieux pour épater les filles. Tiens, même que je vais prendre un drapeau à l'ennemi pour la recevoir et avoir de l'avancement. Mon grand-oncle, il avait fait prisonnier un colonel à Wagram. De simple soldat, il est passé sergent-major. Cinq ans plus tard, il était capitaine. Dieu sait ce qu'il serait devenu s'il n'avait pas été tué en Espagne.

Dans son emballement et sa soif de s'illustrer, Georges Argelès, le chapelier d'Espéraza, se vit habillé en officier dans les rues de Carcassonne, une demoiselle à chaque bras.

– Que Dieu t'entende et te protège, répondit Antoine en reprenant leur marche sans fin.

Il avait les jambes lourdes et tremblantes, les épaules sciées par le sac de 25 kilos. Il n'avait jamais produit pareil effort, même en compagnie de ses bergers lors des transhumances. Il accumulait la fatigue depuis son départ. Il avait d'abord rejoint Marseille où, embarqué avec mille autres dans un train de marchandises, il s'était cassé les reins sur les planches mal équarries du wagon jusqu'à Châlons. Dans ce vaste camp, des sous-officiers aux capacités humanistes très limitées l'avaient fait suer sang et eau durant trois jours après l'avoir équipé. On l'avait fait grimper dans un autre train bourré à craquer qui avait vomi tout un joyeux régiment non loin de Metz.

Depuis, crasseux et tirant la langue, la tignasse colonisée par les poux, il usait ses chaussures à clous. Si au moins on savait quel but poursuivaient les supérieurs. D'après les rumeurs, il avait été impossible de repérer l'ennemi. Napoléon, inquiet, comprenant soudain que ses généraux étaient inaptes à diriger séparément plusieurs armées selon un plan stratégique, avait décidé de former une seule armée : l'armée du Rhin. Un monstre tentaculaire qui se mouvait avec la grâce d'une pieuvre sur la terre ferme. Elle jetait ses tentacules au hasard avec l'espoir de débusquer l'invisible adversaire. Contrairement aux Français, les Allemands, par l'intermédiaire de leurs espions et de leurs uhlans, dressaient la carte des futurs champs de bataille. Par des incursions rapides, ils accumulaient les renseignements sur l'état de nos places fortes et de nos troupes. Il y avait eu des alertes un peu partout, des accrochages, dont un à Reichshoffen brièvement envahi par deux régiments prussiens. La veille, le 2 août, à Altenstadt, ici même, des troupes bavaroises avaient recensé les ressources existantes.

Ils étaient là. Il les sentait, ces Teutons. Il les devinait derrière la ligne noire des arbres. Antoine était différent depuis la nuit du 14 juillet. Claire lui avait transmis une part de ses dons quand ils s'étaient donnés l'un à l'autre. Il mit la main sur son cou où était noué un ruban vert offert par la magicienne du Cengle. Claire y avait brodé les lettres d'une écriture ancienne faite de runes et de signes cunéiformes. Tant qu'il le porterait, il ne périrait pas au combat. Ce talisman le protégeait de la mort dont il décelait aussi la présence. La garce, enveloppée d'une cape noire en lambeaux, rôdait le long de la Lauter, juchée sur son cheval squelette, sa faux à l'épaule, ricanant silencieusement en songeant à sa future moisson de vies.

26

Wissembourg

Le jour baissait, la lumière baissait, le moral baissait. De lourds nuages violacés aux ventres pourpres s'accumulaient sur les noirs sommets des montagnes. Antoine eut la nostalgie de la lumineuse Provence, du mistral qui, par ses gifles magistrales, balayait les menaces venues du ciel. Ici, il n'y avait pas de vents violents, mais des courants d'air chaud et humide. La piétaille cessa de pester contre cette haleine poisseuse quand l'orage éclata.

– Diable ! s'écria Georges Argelès en battant des paupières.

L'éclair l'avait aveuglé. Un peuplier sabré par la fulgurance s'effondra à quelques mètres d'eux. Instantanément, le tonnerre les rendit sourds. C'était comme un dépôt de munitions venant de sauter. Des chevaux s'emballèrent. Le grain frappa avec une force inouïe, transformant rapidement la route en un ruban de boue. Les sacs à dos imbibés d'eau passèrent de 25 à 30 kilos. Malgré le handicap provoqué par la tempête, ils se hâtèrent : Wissembourg, l'étape finale, la position clef à tenir était en vue.

La petite ville à cheval sur les deux rives de la Lauter était une ancienne place forte qui avait été déclassée trois ans auparavant. Elle aurait pu arrêter les hordes d'Attila, mais pas une armée moderne. Sa position, encaissée entre les hauteurs qui la dominaient au sud et au nord, lui ôtait toute chance de résister à l'artillerie. Antoine et quelques soldats sensés le comprirent aussitôt. Les éclairs la zébraient de toutes parts, comme pour donner un aperçu de ses faiblesses.

– On va crever là-dedans, dit un officier.

Antoine reconnut son capitaine, Hector de la Lauzière, qui avait du mal à maîtriser sa monture.

– La 2e compagnie ! Rassemblement devant l'église ! lançait-il à ses hommes lorsqu'il les repérait en remontant la colonne.

La route était en pente douce, les flots boueux et les régiments se ruaient vers Wissembourg, enchâssé dans les nuées. Ce bijou scintillait par instants dans l'écrin noir de ses forêts croquées à grands traits de fusain. Antoine aperçut l'église Saint-Pierre et Saint-Paul dont le clocher surplombait les hautes maisons à colombages. Sur un mamelon s'élevaient un château et trois peupliers.

« La décision se fera là », pensa-t-il en imaginant une bataille.

Un bâtiment massif attira son attention. Il ignorait qu'il s'agissait de la Maison du sel qui avait fait la fortune de la cité au XVe et XVIe siècle. Il la compara à un édifice de défense parfaitement intégré au sein des remparts protégés par des fossés. Wissembourg était la citadelle des Vosges. Elle s'ouvrait aux voyageurs par trois portes fortifiées : Landau à l'est, Bitche à l'ouest et Haguenau au sud située sur la rive droite de la Lauter. Ce fut par cette dernière porte que l'armée entra sous la pluie battante.

La population en liesse les accueillit. La tempête n'avait pas entamé l'enthousiasme des habitants qui voyaient arriver le salut. Des femmes distribuaient du pain aux soldats. Les hommes offraient le vin blanc et la gnole. Antoine but au goulot d'une bouteille oblongue tendue par un bourgeois qui le congratula. Il remercia le bonhomme en redingote, puis une grosse femme qui lui remettait une miche de pain. Il s'étonna de la voir coiffée d'« ailes de papillon » sous l'orage. Cette image s'était imposée à lui dès sa première rencontre avec les Alsaciennes si différentes des Provençales dans leurs habits traditionnels. Des « ailes de papillon » fragiles qui ne résisteraient pas au progrès, il en avait conscience.

Et il le regrettait.

C'était cette France qu'il voulait défendre, cette France des diversités, cette France riche en histoires et en légendes, en vins et en fromages, celte, occitane, bretonne, franque, wisigothe, ligure, burgonde, basque et corse à la fois.

Les trompettes et les tambours rameutaient les différentes compagnies du 2e bataillon. Ce raffut intimida le ciel. L'orage se retira vers la forêt de Beinwald, puis disparut en une brume. Alors dans la lumière crépusculaire, rougeoyante, Wissembourg se découvrit dans toute sa beauté.

Évidemment, plusieurs capitaines avaient eu la même idée. La confusion régnait devant l'église, sur les places, face à la Maison du sel, autour de la mairie et dans la gare. Des ordres venus du général Douay désemmêlèrent les unités. Une grosse partie de la 2e division s'en alla occuper les deux mamelons au sud de la ville : le Vogelsberg et le Geissberg. Le général Douay misait beaucoup sur ces positions, surtout sur la seconde où s'élevait un solide château bordé à l'est par une terrasse que soutenait une muraille à pic.

La nuit arriva vite. La compagnie d'Antoine prit ses quartiers dans l'église. On avait empilé toutes les chaises dans une chapelle, il était prévu d'en faire un hôpital. Il y avait beaucoup de rouges dans le bataillon. Ces anticléricaux ne s'embarrassaient pas de la présence du Christ, de la Vierge, des saints, des prêtres et de leurs ouailles. Ils braillaient, buvaient, jouaient aux cartes, juraient sans se soucier de heurter la sensibilité des fidèles venus prier pour la victoire et la sauvegarde de la ville.

Georges Argelès, le nouveau camarade d'Antoine, ne s'était pas mêlé à la soldatesque. À Espéraza, on respectait la religion. Il avait pris le parti de bichonner son fusil. Il aiguisait sa baïonnette.

– Ça peut servir, dit-il en se sentant observé par Antoine.

– Je préfère ne pas penser au corps à corps, répondit Antoine.

– Tu y seras obligé à un moment ou à un autre. Va, tu t'y feras, tu n'es pas une mauviette.

Georges eut un large sourire à l'idée d'embrocher un Bavarois, de percer le flanc d'un cheval de uhlan, de couper la gorge d'un officier supérieur. Une médaille le récompenserait s'il se montrait à la hauteur de la boucherie. À les voir, lui et les autres, on avait l'absolue certitude de la victoire.

Pour ces soldats confiants, le plan de l'empereur, de Lebœuf, de Mac-Mahon et de Bazaine était limpide : faire traverser le Rhin à l'immense armée française avant l'arrivée du gros des troupes prussiennes, séparer l'Allemagne du Nord de l'Allemagne du Sud par une poussée héroïque en s'emparant des grandes villes industrielles et entraîner l'Autriche et l'Italie à marcher aux côtés de la France après la proclamation de victoires éclatantes. Ce plan était sur le point de se réaliser. On était à quelques kilomètres de la frontière ennemie. Il suffisait de traverser la Lauter en amont et de semer la panique dans le Palatinat, de mettre le feu aux villages et de pousser jusqu'à Trêves. Mais il semblait que les généraux timorés aient prévu un plan B qui ne figurait sur aucun document : le retrait. Wissembourg en était le parfait exemple. La position était si dangereuse que le général Douay venait de dépêcher des estafettes et plusieurs télégrammes au maréchal Mac-Mahon pour lui demander l'autorisation de se replier. On attendait la réponse du grand chef.

« Si on est encerclés, il sera difficile de s'escaper », pensa Antoine.

Il se mit à envisager toutes sortes de solutions, de charges héroïques, de sacrifices humains, puis ses yeux se portèrent sur la croix où le Christ douloureux attendait le Jugement dernier.

– La vraie Croix, murmura-t-il.

– Qu'est-ce que tu dis ? demanda Georges en l'interrompant.

– Je pensais aux Croisés qui se battaient contre les Sarrasins à Jérusalem. En cas de pépin, on devrait faire comme eux : prendre le Christ en croix et se frayer un chemin entre les lignes ennemies.

– Tu es gaga, conclut l'Audois en donnant un grand coup de pierre à aiguiser sur sa lame.

– Silence là-dedans !

Le capitaine, suivi des lieutenants, venait de pénétrer dans la nef. Il se planta devant l'autel et poursuivit :

– Extinction des feux et ça vaut aussi pour les cierges ! Les civils, hors de l'église ! À l'aube, soldats, je veux tous vous voir frais et dispos.

Il n'en dit pas plus et repartit avec ses subalternes dans une maison voisine où l'attendaient un vrai lit et un coussin de plumes, laissant ses hommes dans l'expectative. Frais et dispos pour quoi ? Courir au pas de charge en criant « Vive la France ! » ? L'ennemi avait-il été repéré près de Wissembourg ?

Les fantassins s'allongèrent sur les dalles, la tête sur le sac. Les ronflements remplacèrent les prières. Les Allemands pouvaient apparaître sous les remparts de la cité, les gars s'échappaient déjà dans leurs rêves. Antoine se serra entre Georges et Tonton Fernand, un Stéphanois qui avait douze années d'armée derrière lui et le grade de sergent. Il resta sans bouger. Les odeurs aigres de ses camarades et des senteurs de cire et d'encens, dont il n'avait pas pris conscience jusqu'à présent, se densifièrent. Il en eut le haut-le-cœur. Les poux lui parurent plus voraces. Sa tête le démangeait. Malgré son extrême fatigue, il ne trouva pas le sommeil. La certitude de ne pas être au bon endroit au bon moment le tenaillait. Il aurait donné la Braconnerie pour être entre les bras de Claire. Un million de pas le séparait de sa bien-aimée. Il pensa très fort à elle. Il avait découvert qu'en ouvrant grand son esprit et son cœur, il s'établissait un contact entre eux. Claire était alors présente, bienveillante, et il entendait ses tendres chuchotis, percevait son visage diaphane avec l'envie folle de l'embrasser.

Mais elle ne lui apparaîtrait pas ce soir.

Toutes ces dépêches inquiétantes durant la journée, le souvenir de ces marches et de ces contremarches folles à travers l'Alsace, ces élans et ces atermoiements, la proximité des féroces Teutons lui plombaient les tripes.

L'église était un four, une prison. Il y étouffait. Antoine ne tenait plus en place. Il désirait s'emplir les poumons d'air frais. Il se releva, marcha sur des camarades qui grognèrent. La porte latérale grinça lugubrement et il se retrouva sur la placette au cœur de la ville oppressée. Des tentes avaient été dressées et les fusils, réunis en faisceaux, s'alignaient devant les toiles. La 2e division de Douay occupait l'espace public, mais cette force endormie ne le rassura pas. Que vaudraient ces hommes en cas de siège ? Les munitions et les pièces de rechange ne leur étaient pas parvenues. On tenait pourtant la gare et la voie ferrée. Prendre un train. S'échapper. Filer à la vitesse du vent vers le Midi puis grimper vers la Bastide Verte. Cette perspective s'éloignait davantage à chaque heure.

Antoine erra dans une rue, puis dans une autre. Il atteignit le mur d'enceinte où les sentinelles s'usaient les yeux. Il s'accouda entre deux créneaux et chercha à percer les secrets de cette nuit menaçante. Pas une étoile. Le ciel drainait des nuages bas comme pour mieux protéger les mouvements des armées ennemies.

Où étaient donc ces chiens de Prussiens ?

27

Les Bavarois

Les Allemands se réjouissaient de la faiblesse des Français. Les espions et les reconnaissances avaient confirmé que l'armée de Napoléon n'était qu'un rideau de fumée, un ramassis de paysans et d'ouvriers mal équipés commandés par des officiers d'opérette. Le grand stratège Moltke, le 30 juillet, avait adressé l'ordre suivant au prince royal de Prusse :

> *Sa Majesté considère comme opportun qu'aussitôt que la IIIe armée aura été relevée par la division bavaroise et la division wurtembourgeoise, elle s'avance vers le sud par la rive gauche du Rhin, pour chercher l'ennemi et l'attaquer. De cette façon, on empêchera l'établissement de ponts au sud de Lauterbourg et on protégera de la manière la plus efficace toute l'Allemagne du Sud.*

– Venez voir ! Nom de Dieu ! Venez voir ça ! cria Antoine à Georges et à Tonton Fernand.

Le fantassin et le sergent grimpèrent quatre à quatre les marches qui menaient au chemin de ronde flanqué d'échauguettes.

– Qu'est-ce que c'est ? demanda Georges en plissant les yeux.

À la lisière des arbres, à plus de mille pas, des reflets métalliques se propageaient, des éclats de sabres, de baïonnettes, de baudriers trouaient les houssaies.

Tonton Fernand avait une vue perçante.

– Fichtre ! des casques à chenilles.

– Et alors ? fit Georges de sa grosse voix bourrue.

– Eh ben, des Bavarois… Les voilà donc, ces galeux d'Allemands. Va-t'en chercher le capitaine. Faut rameuter du monde.

C'était un ordre inutile. Le branle-bas de combat était enclenché. Des quatre coins de Wissembourg, les clairons sonnaient et les cloches leur répondaient. Les soldats se précipitaient vers les remparts en une joyeuse bousculade, ravis d'en découdre enfin après tant d'attente. Ils se sentaient forts derrière les épaisses murailles, les fières tours et les portes bardées de fer.

– Qu'ils viennent donc, ces cochons ! On va leur roussir les moustaches et leur botter le cul ! s'exclama Joseph Pelade, un garçon charcutier de Clermont-Ferrand qui avait d'aussi grosses bacchantes que ses ancêtres gaulois de Gergovie.

Les cochons commandés par le prince royal de Prusse progressaient lentement. Les régiments se déplaçaient avec des reptations de serpent, épousant les moindres accidents du terrain. Ils prenaient possession des profondeurs des futaies, se protégeaient derrière les corps de ferme, occupaient les lits des ruisseaux et encerclaient peu à peu la cité.

La compagnie rappliqua. Aucun homme, pas même le capitaine de la Lauzière, n'avait une idée du déploiement des forces ennemies. Aucun renseignement précis n'avait été fourni au général Douay. Ils ignoraient que quatre colonnes gigantesques venaient d'envahir la France. Ils entrevoyaient à l'horizon la première colonne composée du 2e corps bavarois mené par le fougueux général de Hartmann, dont l'avant-garde, la division d'élite de Bothmer, avait reçu l'ordre de marcher sur Wissembourg et de s'en emparer.

Les Français auraient été effrayés par la réalité. Cinq corps d'armée allaient franchir la Lauter sur un front de vingt-six kilomètres et menacer directement les malheureuses troupes du général Douay. Dans la cité, l'engouement des 6 663 soldats demeurait intact. Qu'en serait-il quand on apprendrait que l'écrasante machine à broyer allemande était forte de 170 000 hommes ?

– Vous tenez la victoire au bout de vos fusils. Ils ne sont qu'une poignée, assura le lieutenant Christophe Chéraud qui revenait du quartier général.

Le 11e chasseur du colonel d'Astagne, envoyé en reconnaissance, n'avait repéré que quelques troupes éparses. Douay avait été pourtant mis en garde dès l'aube. À cinq heures vingt-sept, il avait reçu un télégramme du maréchal Mac-Mahon stationné à Strasbourg :

> *Avez-vous, ce matin, quelques renseignements vous faisant croire à un rassemblement nombreux devant vous ? Répondez immédiatement. Tenez-vous sur vos gardes, prêt à vous rallier, si vous êtes attaqué par des forces très supérieures, au général Ducrot, par le Pigeonnier. Faites prévenir le général Ducrot, en route pour Lembach, d'être également sur ses gardes.*

– Ne vous en faites pas mon lieutenant, on va les découper en rondelles.

– On va les faire courir jusqu'à Berlin !

De tous côtés, les rodomontades fusaient. Les chassepots étaient posés sur les parapets, pointaient à travers les meurtrières, visaient les casques à chenilles, les longs manteaux des uhlans.

– Bon sang ! qu'est-ce qu'ils attendent ? Qu'ils s'approchent donc, pesta Georges.

– Inutile de t'énerver, l'Audois. Ils viendront pas se frotter à nous, dit le sergent.

Il disait vrai. L'ennemi manœuvrait à distance. Au bout d'un moment, lassé, on abandonna les postes aux sentinelles, et on retourna au camp. La routine reprit. Les soldats parfaitement sereins se répartirent les tâches. Antoine et Georges furent désignés pour préparer le feu de la soupe, Tonton Fernand et trois camarades se chargèrent du ravitaillement car on avait appris qu'un train formé de quatre wagons de marchandises était entré miraculeusement en gare. La guerre prenait une tournure rassurante.

Le clocher sonna huit heures.

Tout à coup, un petit nuage de fumée blanche creva sur les hauteurs de Schweigen, une détonation retentit, vite suivie par une deuxième, puis une troisième. Le ciel était limpide. Pas un nuage n'annonçait l'orage. Antoine et Georges en restèrent bouche bée. Des centaines d'hommes se figèrent. L'enfer se déchaîna. En quelques instants, une pluie de fer et de plomb s'abattit sur Wissembourg. Le cauchemar commençait. Quelque part sur les hauteurs dominant la ville, la première batterie de la division Bothmer avait ouvert le feu. Les artilleurs allemands se réjouissaient de voir les toits s'ouvrir, les ardoises s'élever en gerbes grises et retomber dans les rues, les pans de murs s'effondrer, toutes ces fourmis humaines courant dans tous les sens. Les clairons sonnaient l'alerte générale, les tambours raffermissaient les volontés.

– Aux remparts ! Aux remparts nord !

Ils suivirent l'appel du commandant Liaud, s'emparant de leurs fusils et des cartouchières. Les trois bataillons du général Pellé arrivèrent à la rescousse au nord de la gare. Antoine, Georges et leurs camarades, portés par le même élan, se retrouvèrent à la porte de Bitche.

– Là ! Là ! s'écria Tonton Fernand.

Le sergent s'excitait. Il désignait les cibles en uniforme blanc. Un Français, un ferblantier de Saint-Étienne, se signa avant de viser. Antoine s'accouda. Il avait l'esprit clair, les nerfs tendus comme des cordes de piano. Il engloba la scène du regard. Les Allemands avançaient prudemment. Ce n'était pas une attaque en masse. Il visa à son tour, tira, vit tomber sa cible. Aucun remords. Au contraire. La peur indicible restait tapie dans ses tripes, elle ne se propageait pas. Des balles ricochèrent sur les pierres. Une formidable explosion arracha une échauguette à la matrice des fortifications. Elle emporta trois hommes aux membres broyés. Ces marionnettes démantibulées tombèrent dans le fossé et disparurent sous l'eau verdâtre avant de remonter à la surface. L'un des morts avait sa face blême tournée vers ce ciel de triomphe qui n'était pas celui d'Austerlitz. Les premiers Français décédés. L'émotion gagna l'escouade. On entendit battre son cœur. C'était les premiers qu'ils voyaient. Ils découvraient la réalité de la guerre et la précarité de leur situation. Les remparts de Wissembourg n'avaient pas plus de consistance qu'un décor de théâtre en carton-pâte. La voix de Georges les secoua :

– Fichtre ! C'est pas passé loin. Vengeons nos camarades !

– Canailles ! enchaîna le sergent.

La haine balaya les peurs. Ils se fichèrent des crépitements de la mitraille, des sifflements des projectiles, du tonnerre des explosions. Ils désiraient abattre le plus d'ennemis possible et les voir s'étaler dans leur sang sous les pruniers et les pommiers derrière lesquels ils tentaient de s'abriter.

Antoine fit mouche une seconde fois. L'homme qu'il toucha à la poitrine tournoya sur lui-même comme un derviche. Il cherchait une nouvelle cible quand quelqu'un le tira en arrière.

– Que diable ! Qui…

Sa question mourut aussitôt. Personne ne le forçait à se planquer, mais il vit nettement la main blanche agrippée à son épaulette. Juste une main. Il la reconnut instantanément au grain de beauté placé dans le prolongement de l'index. Il avait déposé maints baisers sur cette marque de fée.

– Claire, balbutia-t-il.

Plusieurs balles passèrent au-dessus de sa tête. Claire, sans qu'il puisse l'expliquer rationnellement, venait de lui sauver la vie. La main disparut. Alors la peur, dans un gargouillement, lui noua les entrailles. Sa sueur se fit froide.

– Soldat Vitalis !

Qui l'appelait ?

– Soldat Vitalis ! Au poste ! Nom de Dieu !

Il réalisa que cette voix était celle du lieutenant Chéraud. Le blond officier, sabre au clair, pointait son pistolet vers les crêtes d'où surgissait la piétaille allemande. Il darda son regard flamboyant sur le Fuvelain qui se reprit.

– J'y suis, mon lieutenant.

Il y était, sur le front de ce merdier. Pareil à un automate. Ses gestes étaient ceux de l'instruction, mécaniques. Tout le haut de son corps – tête, épaules, bras, doigts – fonctionnait à merveille ; en dessous du plexus, la peur faisait son chemin. Du ventre, elle était partie à l'assaut de l'estomac. Il la jugula. Il isola un Bavarois qui courait dans un verger, visa, appuya sur la détente. Rien ne se produisit. Il n'avait pas chargé son chassepot. Il se traita d'« espèce de bourrique » avant d'alimenter la chambre de son arme. Le Bavarois avait disparu. Antoine n'eut pas le temps d'en abattre un autre.

– Ils détalent ! Ils détalent !

– Les couards !

– De vrais lapins.

Une trompette sonnait la retraite. Les Allemands se repliaient.

– On a gagné ! Victoire !

Ce cri était plus fort que les autres. Debout sur le parapet, Georges Argelès brandissait son fusil et répétait des « Victoire ! » à s'enrouer la voix.

– À couvert, Argelès. Rien n'est gagné, répliqua le capitaine de la Lauzière. Nous changeons de position.

Il venait de recevoir un message du colonel. On lui demandait de rejoindre au plus vite la brigade de Montmarie au Geissberg. Il distribua les ordres. La compagnie s'organisa en colonne.

– Qu'est-ce qui se passe là-haut mon capitaine ? demanda Tonton Fernand.

– Ça barde. Toute une division ennemie commandée par le général Bothmer va tenter de s'emparer des sommets de Wissembourg.

– Toute une division ? Mais les renseignements parlaient de petites unités en approche.

– Eh bien, disons que les renseignements se sont trompés, répondit avec humour le capitaine. Avec moi, mes braves ! lança-t-il en montant en selle.

La compagnie s'élança à travers les rues de la ville où affluaient les civils armés de fusils de chasse. Beaucoup venaient des villages voisins ; il y avait des blessés transportés sur des civières de fortune. Un tombereau chargé de morts que ces braves gens n'avaient pas voulu laisser sur place stationnait devant la Maison du sel. Derrière le véhicule, une femme à demi-nue hurlait de désespoir. Elle avait fui le moulin de Bien-Wald où sa famille avait été massacrée. Elle s'accrocha à la botte du capitaine qui demeura insensible à ses plaintes. Abandonnant l'officier, elle se jeta sur Antoine.

– Ils m'ont tué ma fille et mon fils d'un coup de canon. Les baïonnettes dans la poitrine de mon mari… Ô Seigneur… Il faut retourner là-bas pour enterrer les miens.

Antoine était paralysé par cette femme éplorée qui s'agrippait à lui.

– Madame, balbutia-t-il, on nous appelle pour défendre la ville.

– Mes enfants… Je veux mes enfants.

– Nous retrouverons vos enfants après la bataille. Pensez aux vivants. Voyez tous ces blessés. On a besoin de vous à l'église. Les docteurs manquent de bras.

La femme au visage griffé entendit la voix de la raison.

– L'église ? Ah oui… Saint-Pierre et Saint-Paul. Oui, les docteurs. Il faut sauver des vies.

Elle suivit les civils armés et les éclopés qui avaient bravement tenté d'arrêter des milliers de Bavarois sur un petit affluent de la Lauter maintenant entre les mains du XIe corps du prince royal. Trois ponts avaient été jetés en travers du cours d'eau. Plus rien n'entravait la progression de l'ennemi.

Les obus pleuvaient sur la cité. Antoine et ses camarades couraient derrière les chevaux des officiers. Le sol tremblait. Les étages s'effondraient dans un enchevêtrement de poutres et de moellons, vomissant des débris de meubles, des éclats de vitre et de porcelaine dans les rues. Partout, les habitants tentaient de préserver leurs biens. Munis de seaux, ils puisaient l'eau aux fontaines et s'attaquaient aux flammes qui dévoraient leurs maisons. Ils lançaient des appels au secours aux soldats qui passaient en trombe.

Plus la compagnie progressait vers le Geissberg, plus elle se rapprochait du cœur de l'enfer.

28

Le grand massacre

La 2e compagnie grimpait sans ralentir sa course. C'était un miracle qu'elle n'ait perdu aucun homme depuis le départ des remparts. Elle fut dépassée par une batterie de canons qui, dans un galop éperdu, rejoignait la batterie de mitrailleuses commandée par le capitaine Saint-Georges. Dans la foulée, des caissons à munitions, des fantassins les doublèrent.

– En voilà des diables d'hommes, constata Gros-François qui essaya de suivre leur train et renonça au bout de quelques mètres.

– Ce sont les tirailleurs algériens, lui répondit Antoine. Ils appartiennent à l'élite.

L'élite en question avait pris position sur l'aplomb qui dominait la ville quand la compagnie essoufflée parvint dans un parc arboré. Antoine s'allongea sur un parterre de fleurs piétinées. Ça tirait de tous les côtés, des soldats tombaient. Des têtes éclataient. Tenir. Tenir à tout prix. Le chassepot devint brûlant entre ses mains. Il tirait au jugé dans le grouillement des 12 000 hommes qui montaient à l'assaut des pentes du Vogelsberg. Il les voyait à travers un voile larmoyant ; la fumée de la poudre noire lui piquait les yeux.

– Vive le général Douay ! clama un groupe de soldats.

Douay était là. Magnifique dans son uniforme noir chamarré d'or et de médailles sur son alezan. Les plis de son front démentaient son impassibilité : il voyait à présent la vérité en face.

Presque encerclés. Dans moins de dix minutes, la mâchoire de fer se refermerait sur la petite ville. Il était trop tard pour se replier par échelons défensifs sur la division Ducrot. Cependant, la partie n'était pas encore jouée. Il croyait que le maréchal Mac-Mahon et le général Rouaut allaient venir à leur secours. À neuf heures quarante-cinq, une copie du télégramme suivant lui avait été remise :

> *Je reçois l'avis d'une attaque sur Wissembourg, que vos troupes se tiennent prêtes à marcher au premier ordre. Je pars au Soultz, d'où je me porterai sur les lignes d'avant-postes.*

Un renversement de la situation en faveur des Français était possible. Le général Douay croisa le regard d'Antoine dans lequel se lisait l'inquiétude.

– Ne perdez pas la foi, soldat, dit le général. On va recevoir du soutien et bouter ces barbares hors du pays.

Sur ces mots, son visage s'assombrit davantage. Antoine partagea cette montée d'appréhension. Lui, le général, la compagnie, les tirailleurs algériens, les artilleurs contemplaient le panorama apocalyptique. Les masses allemandes déboulaient de tous les horizons à la fois.

– Merde, fit Georges.

Ce « merde » englobait toutes ces troupes exaltées qui n'étaient pas uniquement composées de Bavarois, mais aussi des Prussiens du général de Bose. Le formidable 11e corps précédé de son artillerie moderne couvrit en quelques minutes la terre. Les pauvres artilleurs français furent pris sous le feu, criblés d'éclats. Les roues des canons se rompirent, les fûts d'acier s'envolèrent comme des fétus de paille sous le souffle des explosions. L'un d'eux retomba sur un cuirassier à cheval. L'homme et la bête furent écrasés.

Les officiers encourageaient leurs hommes à tenir. Les mitrailleurs s'accrochaient à leurs engins destructeurs protégés par des fascines. Antoine rampa jusqu'à l'une de ces machines que les uns appelaient « canon à balles » et les autres « mitrailleuses de Reffye », du nom du général Verchère de Reffye que le gouvernement avait nommé responsable de la fabrication des ateliers de Tarbes et de Meudon. Effectivement, les servants l'utilisaient comme un canon, tirant en courtes rafales les vingt-cinq cartouches de 13 mm qu'ils rechargeaient grâce à des blocs culasses amovibles.

« Trop loin », constata-t-il. Ces armes devaient être utilisées de près. Il imagina les ravages des vingt-cinq balles à moins de cent pas, les bataillons fauchés, les rangs perforés en profondeur. Les mitrailleuses faisaient un bruit infernal. Antoine se plaça au coin d'une fascine et se mit à tirer. Il avait sérieusement entamé son lot de quatre-vingt-dix munitions. Sa gorge se serra. Procéderait-on au ravitaillement dans de pareilles conditions de désorganisation ?

– Sergent ! hurla-t-il. Il me faut une boîte de cartouches.

– Plus tard. J'ai envoyé Poquin et Castillon chercher une caisse à la gare. Si tu manques de cartouches, tu n'as qu'à te servir sur les morts, répondit le pragmatique Tonton Fernand.

– Foutue intendance ! se plaignit Antoine en réduisant sa cadence de tir tout en corrigeant la hausse de son arme.

Il n'était plus question de gaspiller les munitions.

Il importait de rester calme et de laisser venir l'adversaire afin de tirer à coup sûr. Georges, Gros-François et Joseph Pelade eurent la même réaction. Ils ne sentaient plus la chaleur écrasante et les démangeaisons de la vermine. À la vue de la menace grandissante, le froid gelait la nuque et les reins.

Des flots d'hommes sortaient des profondeurs des bois. Ils naissaient des troncs d'arbres, jaillissaient spontanément de la terre avec des batteries innombrables qui tonnaient de partout à la fois. La compagnie du capitaine de la Lauzière voyait monter autour d'elle cette marée tumultueuse hérissée de drapeaux et de baïonnettes qui s'apprêtait à les engloutir.

Un clairon sonna la retraite. L'ordre venait d'être donné au commandant Léaud d'évacuer la ville basse et au général Pellé de se replier sur le Vogelsberg.

Antoine comprenait par bribes ce qui se tramait. Il jeta un regard désespéré au capitaine et aux deux lieutenants qui ressemblaient à des héros de Waterloo, prêts à sacrifier leurs vies. Un peintre aurait dû immortaliser ce trio à cheval bravant les balles perdues.

Le général Douay réapparut près des Trois-Peupliers après avoir rallié à lui la brigade de Montmarie. Les mitrailleuses fumaient. Les servants se brûlaient les mains en changeant les culasses.

– On tient le temps qu'il faudra ! ordonna-t-il.

Tout à coup, un obus prussien atteignit un caisson de munitions. L'explosion entraîna une réaction en chaîne. Des éclats de bois, de fer et de laiton volèrent dans tous les sens, massacrant les servants.

– Seigneur Dieu !

Tonton Fernand avait appelé Dieu trop tard. Le capitaine, les lieutenants et leurs chevaux s'effondrèrent. L'atterrement fut à son comble quand les soldats virent le général Douay se tenir la poitrine puis tomber à la renverse. Une ferraille s'était logée dans ses poumons ; des tirailleurs l'évacuèrent immédiatement vers la ferme de Shafbusch où des docteurs, devenus bouchers, coupaient des membres, extrayaient des balles et recousaient des bides sur des tables couvertes de sang et de vomissures. Ils ne purent sauver Douay qui fut le premier de nos officiers généraux à tomber au champ d'honneur.

La nouvelle de son décès n'était pas parvenue sur l'aire dévastée des Trois-Peupliers où se tassaient les deux compagnies du 4e au milieu des tirailleurs.

– Qu'est-ce qu'on va devenir ? Par pitié ! qu'on nous tire de ce guêpier !

Gros-François avait craqué, il pleurait à chaudes larmes. Un officier qui avait sous sa coupe l'unité de la Lauzière leur apprit que le général Pellé avait pris le commandement. Cette nouvelle ne rassura pas Gros-François. Ce petit homme adipeux au visage poupin n'avait plus toute sa raison. Son courage s'était vidé par tous les pores de sa peau. Il continuait à geindre.

– La ferme, le gros ! aboya Georges. Abats-moi plutôt le galonné au drapeau, à droite. C'était bien toi le meilleur tireur du régiment à l'instruction ?

À l'entraînement, Gros-François avait fait des prodiges. Il était naturellement doué. On aurait dit que le chassepot modèle 1866 avait été créé pour lui.

– Je peux pas… Je veux rentrer chez moi.

Son fusil était comme une branche de bois mort entre ses mains. Soudain, il le jeta loin devant lui.

– Gros-François !

Ils se révoltèrent tous contre son geste suicidaire. Un soldat sans son arme était un soldat mort. Gros-François ne les entendait plus. Il se releva, tourna sur lui-même pour s'orienter. La boussole dans sa tête lui indiqua approximativement la direction de la maison familiale. Quinze jours de marche et il reverrait ses parents, ses frères, ses sœurs et ses amis. Il s'avança entre les mitrailleuses rescapées dont le *tac tac* ne passait pas la barrière de son inconscience. Un Bavarois en pointe lui colla une balle dans le dos. Il succomba aussitôt. Antoine voulut lui porter secours.

– Bouge pas, lui intima le sergent. On peut plus rien pour lui.

On ne pouvait plus rien pour personne. À la porte de Haguenau, le commandant Léaud avait ordonné à ses hommes de se défendre jusqu'à la mort. Les remparts crevaient de toutes parts. La cité flambait. Les maisons de la périphérie s'effondraient comme sous l'effet d'un tremblement de terre. Les locomotives, prisonnières du dépôt, gisaient sur les bas-côtés des rails en exhalant leur dernier soupir dans des panaches de vapeur.

– Jésus ! souffla le sergent.

Pétrifié d'horreur, Antoine suivit le regard du sous-off, longeant l'entaille de la Grande-Rue jusqu'à la porte de Landau éventrée par les obus. Trois régiments bavarois s'engouffraient par le pont-levis. Ce fleuve écrêté de baïonnettes se répandit dans les quartiers. Une vague arriva devant l'hôtel de ville où un conseiller municipal hissait un drapeau blanc.

– On est trahis ! éructa Georges.

Plusieurs tirailleurs tentèrent d'atteindre le traître mais il était trop loin. La ville basse était perdue. Dans les maisons, les débris des compagnies du capitaine adjudant-major Bertrand se rendaient.

– Ils ne prendront pas le Geissberg, gronda un officier. Vive l'empereur ! Vive la France !

Le cri triomphal fut répété par des centaines de voix. Antoine y avait joint la sienne. Comme ses camarades, il avait dépassé la peur de la mort. Il était au centre du cauchemar, sur ce mamelon vers lequel toutes les unités battaient en retraite. Des chevaux à moitié fous faillirent écraser la compagnie. Ils traînaient les canons de la batterie Didier qui avait quitté le sud de la gare. Un cavalier désarçonné tomba sur Antoine. Du sang gicla sur son visage. Il eut le réflexe de plaquer sa main sur le trou qui béait au cou de l'homme. Geste dérisoire. La vie s'échappait à gros bouillons. C'était un cadavre qu'il tentait de sauver.

Il le reconnut soudain : le chef du bataillon de soutien du 50e, le brave commandant Boutroy. Il eut un autre geste dérisoire. Il ferma les paupières du héros.

– Où est la cavalerie ? demanda le soldat appelé Pelade, un gentil garçon toujours prêt à rendre service mais naïf au plus haut point.

– Elle est partie en virée loin du feu, répondit un homme.

– En fait, elle n'est jamais venue à Wissembourg. En raison des difficultés du terrain, la cavalerie de Septual a été envoyée à Riepseltz.

– Avec ou sans cavalerie, on va leur donner du fil à retordre à ces buveurs de bière, dit Georges en tirant successivement trois fois en direction des 20 000 Prussiens lancés à l'assaut du Geissberg.

Antoine estima qu'il lui restait trente-cinq cartouches. Il n'avait pas l'intention d'utiliser la baïonnette quand il serait à court de munitions. Il détacha la ceinture et le sabre du commandant Boutroy et s'en ceignit.

– Hé, t'as pas le droit de faire ça, s'étonna Georges.

– C'est pour le corps à corps.

– Dis plutôt que tu veux jouer au gradé.

– Imbécile.

La discussion fut écourtée. L'ordre de se replier dans le château avait couru sur toute la ligne circulaire du front. Au nord, le régiment des grenadiers du roi et la majeure partie de la 11e division abordaient les pentes. À l'est, la 41e brigade passait aussi à l'offensive.

Antoine, Georges, Pelade et Tonton Fernand s'étaient rués dans une pièce ravagée du rez-de-chaussée. Un obus avait explosé là, brisant les meubles et les objets. Une pendule, grièvement blessée, avait perdu tous ses rouages et ses ressorts. Une grande dame de la noblesse alsacienne souriait dans son cadre. Un éclat avait troué son corsage. Elle était immortelle. Les quatre hommes la remarquèrent à peine. Ils se postèrent derrière une fenêtre après avoir poussé une lourde commode devant l'ouverture. Cette fragile barricade ne résisterait pas longtemps mais elle arrêterait les balles ennemies.

– Les voilà !

Ce n'était pas les Prussiens mais les Bavarois qui envahissaient le parc du château. Un vol de sauterelles. Il n'y avait pas de comparaison plus juste. Antoine n'eut pas besoin de viser. Il suffisait de tirer sur cette nuée d'uniformes. Il appuya sur la détente. À ses côtés, Georges visait soigneusement. Il était obsédé par le drapeau ennemi. Il tua le porteur de l'étendard, puis celui qui s'en était saisi.

– Il est pour moi, ce drapeau ! beugla-t-il. Ils vont me l'apporter sur le perron du château.

À cet instant, un major bavarois s'empara du trophée et prenant la tête de la troupe, cria :

– En avant ! Pour l'honneur de la Bavière !

Georges l'ajusta. « Dans le cœur », pensa-t-il de toutes ses forces. Il ne fut pas le seul à vouloir abattre cet officier téméraire. Trois balles touchèrent le brave. Le drapeau ne tomba pas. Un lieutenant le rattrapa au vol et se mit à courir vers la fenêtre tenue par le quatuor.

Georges tira instinctivement. Frappé au front, le lieutenant s'arrêta net. Mais, déjà, le drapeau était entre les mains d'un sous-officier. Georges abattit celui-ci encore.

Le drapeau était au sol. Georges ne voyait que lui. Cette étoffe déchirée l'appelait. Il la désirait plus que tout. Elle lui vaudrait cette satanée médaille et une promotion. Les filles aimaient les héros, c'était connu. Il s'imagina avec deux belles, une à chaque bras, dans les rues d'Espéraza. Ses amis le virent bondir par-dessus la commode.

– Georges ! Fais pas le con ! hurla le sergent.

– Georges, t'es fou !

Antoine s'élança pour tenter de plaquer l'Audois. Les autres l'en empêchèrent et le maintinrent à l'abri. Georges filait droit vers la gloire. Il avait toujours son fusil. Il donna un coup de baïonnette à un soldat planqué derrière une jarre, abattit sa crosse sur la tête d'un grenadier. Le drapeau ! Le drapeau était à lui. Il se pencha, le ramassa, cria « Vive la France ! » et disparut dans un panache de fumée. Une pluie d'obus crachée par trois batteries venait de le souffler, le projetant à plusieurs mètres. Georges, en lambeaux, serrait contre sa poitrine un morceau de tissu. Il ne connaîtrait jamais la gloire au bras des filles dans cette vie.

Les trois compères serrèrent les dents. Joseph Pelade fit le signe de croix, puis baisa la médaille de Notre-Dame-du-Puy qu'il portait autour du cou.

– Que Notre-Dame nous protège.

– J'ai bien peur, mon p'tit gars, que ta Dame ne puisse plus rien pour nous.

Comme pour justifier le dépit du sergent, une dizaine d'obus s'abattirent sur le château. Une partie de la toiture s'effondra, entraînant les poutres maîtresses du grenier. À l'étage supérieur, une compagnie disparut sous les décombres. Deux soldats en feu s'écrasèrent devant la fenêtre. L'un des deux brûlés se releva en hurlant et se précipita vers les Trois-Peupliers où les Bavarois achevaient les tirailleurs algériens. Les survivants, n'ayant plus de munitions, finirent par mettre bas les armes.

– C'est la fin, lâcha Pelade.

– L'honneur doit être sauvé, dit le sergent.

Tonton Fernand avait la larme à l'œil. Partout dans la ville envahie, jugeant que toute résistance était désormais impossible, les Français se rendaient à discrétion. Au château, aucun ordre n'avait été donné en ce sens. Y avait-il encore des officiers pour en donner ?

– Il me reste neuf cartouches, ajouta le sergent.

– Et alors ? C'est avec ça que tu comptes arrêter l'armée du prince royal ?

– On reste, intima Tonton Fernand.

– Non Gaston, répliqua Antoine, on tente de ficher le camp par l'arrière.

Le Provençal voyait des débris du 1er régiment de tirailleurs s'enfuir en courant vers le château et d'autres le contourner pour se précipiter vers la campagne en contrebas.

– Tu n'es qu'un lâche, Vitalis.

– Non Gaston, s'il y a un moyen de rallier le général Montmarie, de se rassembler et d'atteindre les renforts de Mac-Mahon dans l'une de ces impénétrables sapinières, on doit le tenter. Se sacrifier ici ne servira à rien.

– Il a raison, renchérit Pelade.

Certes, Antoine avait raison, mais la raison avait déserté la cervelle du sergent. Le vide se fit dans son regard. À travers les histoires de son grand-père qui avait servi dans l'armée du premier Empire et perdu un bras au siège de Saragosse, il s'était fait une idée de l'honneur qui pouvait se résumer à cette phrase fameuse : « La garde meurt mais ne se rend pas. »

– Moi, je me replie, annonça Antoine.

Il leur tourna le dos. Il enjambait deux poutres quand il entendit crier Pelade :

– Putain ! T'es fêlé, Tonton !

Antoine se retourna. Le sergent avait épaulé son chassepot et s'apprêtait à tirer sur lui. Pelade lui sauta dessus. Les deux hommes roulèrent dans les débris. Antoine n'eut pas le temps d'aider Pelade. Les sifflements précédèrent l'impact d'une grappe d'obus de neuf livres. Tous les canons du 11e corps d'armée ennemi avaient été pointés sur le Geissberg. Le gigantesque pilonnage ébranla la colline. Antoine se sentit soulevé de terre. Des tonnes de briques, de moellons ensevelirent ses deux camarades enlacés. Il fut plaqué contre un mur et il vit, au sol, le portrait agonisant de la belle dame dont les habits peints à l'huile brûlaient. Sonné, il se déplaça comme un homme ivre dans le grand squelette fumant de l'édifice. Il se retrouva à l'air libre dans un parc creusé d'entonnoirs où pullulaient les cadavres et les blessés. Allemands et Français s'étaient livrés à un corps à corps furieux. Le tir de barrage achevait le massacre.

Antoine titubait toujours. Il avait perdu son fusil. Halluciné, il dégaina le sabre du commandant Boutroy. Une force le guidait. Claire était présente, le protégeait, elle lui ouvrait le chemin. Il devinait sa forme évanescente, il percevait son odeur et toutes les fragrances de la Provence. L'amour le transcenda.

« Vis pour nous… Je ne vais pas maîtriser le temps très longtemps. »

Sa soif de vivre décupla ses forces. Il se sentit léger. Claire l'aspirait dans son sillage. À un moment, d'une formidable pression, elle l'obligea à se coucher sur le sol entre deux monceaux de morts. Des Bavarois, des Prussiens chargeaient. Ils surgissaient des massifs taillés par la mitraille et des premières maisons éventrées. Il entendit les ordres et les jurons en allemand, les culasses qui claquaient, les détonations et les cris de ceux qui tombaient au champ d'honneur. Un brigadier lui marcha dessus. Deux compagnies foncèrent vers les ruines du château où une poignée de héros fous résistait au cœur des flammes.

La contrainte exercée sur son dos se relâcha.

« Je ne peux maintenir la bulle plus longtemps. À bientôt, mon amour… » Il y eut un chuintement et le fantôme de Claire disparut. Il se releva et s'enfonça dans la fumée épaisse qui s'élevait de la cité martyre.

29

La folie du maître

À la Braconnerie, on était loin d'imaginer le drame qui se jouait à Wissembourg. Les nouvelles d'une victoire symbolique en territoire ennemi s'étaient répandues en Provence. À Fuveau, on avait improvisé des farandoles au son des tambours. Depuis ce moment de gloire, les villageois attendaient l'annonce de la prise de Munich et de Francfort. Mais les dépêches concernant l'irrésistible avancée de l'armée du Rhin ne parvenaient plus aux sous-préfectures. Dans le cœur des Fuvelains, l'angoisse l'emportait sur l'optimisme.

Le tic-tac de la pendule comtoise avait pris des proportions colossales. Il résonnait comme les marteaux de Vulcain dans son royaume souterrain. Louis Vitalis avait des visions de flammes, de coulées de lave, d'un enfer où se tordaient les damnés de son espèce. Il était pourtant chez lui, dans le grand salon de la noble Braconnerie où quatre générations de Vitalis s'étaient succédées à la tête d'un immense domaine. Tous les objets avaient une histoire. Ils marquaient les étapes de l'ascension d'une famille provençale. Tel buste de Louis XV rappelait des périodes volages, quand les soubrettes pelotées dans les coins sombres gloussaient, des véroles mal soignées, des abus de toutes sortes. Telles statuettes égyptiennes évoquaient l'épopée napoléonienne au pied des pyramides. Des ancêtres Vitalis s'étaient aventurés dans des villes aux mosquées couvertes d'or, s'étaient battus pour les beaux yeux des danseuses du ventre dans les bouges d'Alexandrie. Mais aucune de ces images du passé n'effleurait l'esprit de Louis.

Sa tête était pleine d'une terreur sans nom, d'un désespoir sans fond. Au milieu de l'après-midi, les quatre nervis envoyés par ses « partenaires de jeu » avaient exigé qu'il honore la moitié de ses dettes. Sous la menace, ils avaient raflé tous les billets de banque et les pièces d'or qu'il conservait dans son bureau, et, pour faire bonne mesure, ils y avaient ajouté trois kilos de bijoux dérobés dans les cassettes de son épouse affolée.

– Cet acompte représente le millième de ce que tu dois ! avait expliqué le chef de la bande.

Louis avait bafouillé :

– J'ai mis en vente mes terrains.

– Faudra vendre aussi la baraque !

La baraque, la Braconnerie… Ces chiens voulaient tout, et tout de suite. Les terres suffisaient à éponger la dette à condition de ne pas les brader. Le temps lui manquait. Il n'avait aucun moyen de leur échapper. Il avait signé des reconnaissances. S'il ne payait pas en liquide, on se chargerait de saisir légalement tous ses biens et de les vendre aux enchères.

Louis se vit ruiné, vêtu d'une redingote miteuse, mendiant devant le palais de justice d'Aix-en-Provence.

– Jamais ! gronda-t-il.

Et ce maudit tic-tac qui n'en finissait jamais d'emplir le silence de la pièce, écourtant les jours qu'il lui restait à vivre dans sa peau de grand propriétaire terrien. C'était insupportable. Il eut un regard meurtrier pour le balancier de laiton qui oscillait dans le corps de la comtoise aux larges épaules de chêne. Les aiguilles, pareilles à deux épées, poursuivaient inlassablement leur route circulaire.

Arrêter le temps…

La solution lui parut évidente. Son cerveau ne contrôlait plus sa raison. Il souleva un fauteuil. Sa rage soudaine décuplait ses forces. Il le projeta sur la tête de la pendule, brisant la vitre, enfonçant la plaque aux douze chiffres romains dans le boîtier. La mécanique s'enroua, cracha ses rouages, ressorts, clavettes et vis. Un gargouillis de métal précéda sa mort.

Le temps était arrêté. Louis ricana comme un dément et arracha le balancier. C'était une arme de chevalier. Il la soupesa, la fit siffler autour de lui, puis commença à démolir. Un vase Ming vola en une pluie d'éclats bleutés, un angelot fut décapité, une forêt alpine peinte sur toile perdit tous ses arbres.

– Ils n'auront rien, hoqueta-t-il en reprenant son souffle.

– Monsieur, arrêtez !

La voix avait claqué comme un fouet. Louis se figea. Sur le seuil du salon, maigrichonne dans sa chemise de nuit, les épaules couvertes d'un châle violet, Jeannette Lebescon, la conscience de la Braconnerie, le fustigeait de ses yeux de rapace.

– Vous avez perdu la raison, continua-t-elle.

– Oui, fit-il en s'avançant vers elle.

– Ce sont ces bandits Marseillais qu'on vous a envoyés cet après-midi qui en sont responsables ? J'ai l'intention de me rendre à la gendarmerie d'Aubagne dès demain. Ces mécréants ne vous importuneront plus.

– Oui, c'est ça… les gendarmes. Et pourquoi pas les journalistes tant que tu y es, ma bonne Jeannette ?

– Les journalistes ? Que Dieu nous préserve de cette engeance !

– Oui, du scandale, de tous les témoins gênants. Oui.

Le dernier « oui » alarma Jeannette. Elle avait raison. Dans la tête de Louis, ce oui signifiait : « Il faut tout anéantir. Ne pas laisser de traces. Commençons par Jeannette. » Elle avait reculé. Il bondit et la frappa. Le tranchoir rond du balancier s'enfonça dans l'épaule de la sexagénaire qui poussa un hurlement strident. Le coup n'était pas mortel. Elle évita la seconde attaque et fila dans le couloir.

Étrangement, il ne la poursuivit pas. Il contemplait son arme inefficace et fit la moue. Un sourire mauvais tordit sa bouche. Il avait mieux. Il s'élança vers le fumoir où trônaient les trophées de chasse. Six fusils étaient accrochés dans le râtelier. Il s'empara d'une magnifique pièce usinée à Saint-Étienne, la chargea, puis s'emplit les poches de cartouches tout en regardant le plafond.

« Gisèle ne doit pas être éclaboussée par le scandale », se dit-il.

Il n'y avait qu'un seul moyen d'éviter ce déshonneur.

Gisèle avait le sommeil lourd. Dès la prière achevée, elle entrait dans le lit douillet et s'endormait la conscience tranquille sous la protection de ses saints favoris dont les icônes à la feuille d'or ornaient sa chambre. Elle n'avait pas entendu le fracas, ni le cri de détresse de Jeannette.

Elle ne perçut pas le pas de son époux, ni le *clic* quand il releva le percuteur. Elle eut un soubresaut. Un coussin avait été plaqué sur son visage. Ses bras battirent l'air.

– Pardonne-moi, murmura Louis en tirant.

Les chevrotines déchirèrent le coussin. Des plumes volèrent. Gisèle entra au purgatoire. Dans sa folie, Louis songea à dire une messe pour le repos de son âme, puis sa rage destructrice reprit le dessus. Il commença par répandre le pétrole d'une lampe sur le corps de la défunte et mit le feu au lit conjugal qu'il n'avait pas honoré de sa présence depuis une quinzaine d'années. Il versa le reste du pétrole sur la commode et l'armoire. Il y prenait plaisir. Il pensa aux drôles de têtes que feraient ses créanciers lorsque tout serait parti en fumée. Dévalant les escaliers, il traversa en trombe la salle à manger, les salons, la bibliothèque qu'il incendia. Le brasier s'étendit, grimpa aux murs, dévora les portes pour se ruer aux étages.

Louis aurait pu se tirer une cartouche dans la bouche ou périr comme Jeanne d'Arc, mais il préférait quitter ce monde autrement. Se rendant d'un pas tranquille aux écuries, il scella le bel Achille tout en le calmant car l'étalon sentait le feu. Il le conduisit sous le ciel où les étoiles étaient mangées une à une par de gros nuages arrivant de l'est, puis il mit le pied à l'étrier.

Louis ne s'était jamais senti aussi bon cavalier. Il partit au galop dans la nuit.

Le feu avait pris solidement pied dans les deux escaliers et progressait de boiserie en boiserie. Au premier étage, il calcina les portraits des honorables ancêtres des Vitalis. Il redoubla de violence en aspirant la fournaise de la chambre de Gisèle et s'attaqua au second étage. Il cherchait les lattes sous les moulures de plâtre du plafond qui se craquelait. Des flammèches s'insinuèrent dans les fissures.

Jeannette se retourna quand les flammes ondoyèrent sur le palier. Son visage, rougi par un afflux de sang, était pareil à un masque démoniaque. Elle entendit s'affaisser un plancher dans une pièce voisine, mais elle continua à amasser frénétiquement ses grosses économies pour les enfouir dans un sac de voyage. Elle avait planqué son magot en différents endroits. Plus des deux tiers provenaient de ses rapines. Jeannette la probe, l'honnête Lebescon, avait passé sa vie à voler intelligemment ses patrons dans le but de devenir propriétaire et rentière à son tour. Les pièces d'or et d'argent réparties dans des bourses étaient déjà dans le sac. Elle ôta le matelas de son lit. Des enveloppes cartonnées reposaient sur le sommier. Elles contenaient les billets de banque et les actions boursières. Ces dernières, elle les avait dérobées dans le coffre après le départ d'Antoine. Le fils Vitalis était un coupable idéal. Louis s'était aperçu de leur disparition cinq jours après la déclaration de guerre, jurant que son salaud de fils lui paierait au centuple cette trahison.

« Je suis riche ! Je suis riche ! » se dit-elle.

Un bruit assourdissant la fit sursauter. Quelque chose d'énorme s'était écroulé. En bouclant le sac, elle évalua le danger. Elle referma ses griffes sur la bandoulière et s'élança vers la porte. La fumée l'enveloppa. Elle toussa comme une tubarde. Des larmes jaillirent de ses yeux. Elle cria. Ce n'était pas un hurlement de peur, mais une façon féroce de se donner du courage. Le feu lui répondit. Il vrombit, chanta haut et fort. Ses sifflements lugubres se perdaient dans les crépitements.

Jeannette franchit une première barrière brûlante, dix pas la séparaient de la fenêtre qui avait volé en éclats, du salut. Elle sauterait des deux étages. Au pire, elle se casserait une jambe. Elle n'eut pas le temps de prendre son élan. Les flammes surgirent du parquet, le bois explosa, la criblant d'échardes brasillantes. Le trou de l'enfer s'ouvrit sous ses pieds et, torche vivante, elle eut un avant-goût des tourments éternels.

Le tocsin sonnait depuis plus d'une heure. Les Fuvelains avaient répondu aussitôt à son appel. Artisans, mineurs, paysans et fonctionnaires, sans distinction de sexe et d'âge, étaient arrivés en masse à la Braconnerie pour combattre le feu. Les chaînes humaines s'étaient formées entre le puits, le bassin et le foyer. Sous la direction d'Alberte la boulangère, les seaux filaient de main en main jusqu'à la courageuse Maryse.

La bossue, munie de son récipient, prenait des risques, elle défiait le brasier. L'haleine ardente la happait. Ses sourcils, ses cheveux roussissaient. L'eau versée chuintait. La vapeur montait instantanément. Maryse se désespérait. L'action engagée par la population ne suffisait pas à enrayer le sinistre. Elle eut un regard suppliant pour le ciel qui se couvrait, demanda à Dieu de provoquer l'orage. Le vent d'est ne soufflait pas encore assez fort, il ne tomberait pas une goutte de pluie avant des heures.

Le diable avait gagné la partie.

La Braconnerie agonisait. Une tornade se forma au cœur de l'incendie. Des étincelles s'élevèrent en une colonne échevelée vers les cieux, empourprant le ventre des nuages. Dans un effondrement colossal, le grenier et la toiture provoquèrent une déflagration. Des briques et des brandons fusèrent.

– Maryse ! cria Alberte qui s'était repliée avec toutes les femmes.

La bossue, hypnotisée par le feu d'artifice, demeurait figée. Elle sentit le poids sur son dos. Jean Menghi, après une course effrénée, lui avait sauté dessus. Elle tomba à plat ventre. Le Corse la protégeait avec son corps. Deux ou trois projectiles l'atteignirent, mais il avait subi bien pire au fond de la mine. Sa peau était comme une armure. Quand la tempête s'apaisa, il se releva puis aida Maryse à se remettre sur pieds. Elle tremblait. Il la prit tendrement dans ses bras et la laissa pleurer.

– C'est fini, on ne peut plus rien sauver, dit-il en contemplant la bâtisse ravagée.

– Ils sont tous morts, bégaya-t-elle.

– Mais Antoine est vivant, répondit-il.
– Oui, il est vivant.
Cette pensée la calma. Elle et Jean n'en doutaient pas. Claire le leur avait affirmé.

Tous n'étaient pas morts. On avait retrouvé deux cadavres calcinés dans les décombres. Deux femmes, avait conclu le médecin de Fuveau. Les gendarmes en avaient conclu que Louis Vitalis s'était échappé pendant la nuit du drame. Ils le soupçonnaient d'être l'incendiaire. Henriette, la cuisinière, avait confirmé la présence du maître. À huit heures, elle avait servi le repas aux époux Vitalis, puis s'était retirée dans sa chambre située dans les dépendances après avoir fait la vaisselle. Ost, l'intendant, qui habitait une maisonnette sur la propriété, avait signalé la disparition d'Achille, le cheval favori de Louis. Dieu seul savait où il pouvait être à présent.

30

L'ultime bataille

Comment était-il parvenu à quitter la ville ? À plusieurs reprises, on l'avait pris pour cible. Il avait traversé des maisons, franchi des ruelles, évitant les grands axes occupés par les bataillons ennemis. Il n'était pas le seul miraculé. Avec sept tirailleurs, il avait pu rejoindre la ferme de Schafbusch où se regroupaient les miettes du régiment. Là, les lieutenants-colonels de la Tour-d'Auvergne et Baudouin organisaient la résistance.

– Trouvez-vous une arme, lui avait commandé un capitaine.

Il avait ramassé un chassepot, détaché une giberne d'un officier du train des équipages qui était mort sous son cheval. Elle était pleine de cartouches.

« À quoi bon ? » pensa-t-il en chargeant son fusil.

Trois ou quatre mille Prussiens déboulaient à toute allure à travers champs. Une masse d'hommes compacte de laquelle émergeaient des étendards. Sur ses flancs, des uhlans et des hussards de la mort se jetaient sur les fugitifs de Wissembourg. Les uhlans perçaient des dos, les hussards sabraient des têtes.

La ferme de Schafbusch allait subir le sort de la cité. La tactique de l'ennemi ne varia pas. Les canons allemands passèrent à l'action. Une grange s'effondra dans une gerbe d'étincelles, des obus traversèrent l'étable et terminèrent leur course dans un pré où les vaches, rendues folles par les explosions, encornaient les arbres.

Antoine n'entra pas dans le corps de ferme principal soumis à un bombardement intensif. Il s'agenouilla derrière une charrette renversée. La canonnade cessa soudain. Une minute plus tard, les Prussiens apparurent en rangs serrés. De ce volcan en marche, partaient des centaines de coups de feu. Il y eut un mouvement au sein de cette armée vociférante ; elle se scinda en deux vagues pour laisser passer les grenadiers du roi et leur colonel.

À la vue de cette force invincible, la Tour-d'Auvergne et Baudouin ne se découragèrent pas. Ils ordonnèrent à leurs hommes de tenir coûte que coûte la ferme.

– Laissez-les s'approcher !

Les vingt secondes les plus longues de leur vie s'écoulèrent. Les Français se crispèrent sur leurs armes.

– Attendez !

Cinq nouvelles secondes passèrent.

– Feu à volonté !

La fusillade faucha les grenadiers. Ils étaient à trente pas d'Antoine et tombaient les uns sur les autres, aussitôt enjambés par leurs camarades. Les salves se succédaient. Antoine puisait dans la giberne, chargeait, tirait. Plus le temps de viser. Dans un instant, il se servirait du sabre. Il pensa à Claire à qui il avait promis de vivre.

Mais cet instant n'arriva pas.

Les grenadiers reculèrent subitement et entraînèrent derrière eux tous les bataillons vers la ville.

Une trompette sonna.

– On fout le camp ! dit un caporal qui s'enfuyait à toutes jambes.

Antoine décrocha. Profitant de ce moment de répit, les capitaines abandonnèrent la ferme. Antoine se retrouva dans l'une des deux colonnes qui se repliaient sur le bois de Bubeneich.

31

La vieille et le corbeau

Brûlant de fièvre, Antoine taillait sa route au hasard dans les bois épais qui se succédaient. À quel moment avait-il perdu le contact avec les autres ? Il ne s'en souvenait pas. Durant des heures, il avait été poursuivi par des pelotons ennemis. Se battre, décrocher, se battre, fuir. Puis, soudain, le silence avec la nuit revenue.

Il était épuisé, abêti, en dehors de la réalité. Son seul point d'ancrage dans ce monde devenu fou était Claire. La fée n'était jamais loin. Sa bienveillante amante dirigeait ses pas, égarait les patrouilles teutonnes.

« Je l'épouserai dès mon retour à Fuveau », pensait-il. Ce mariage, il en rêvait. Il se voyait tout contre sa belle dans la calèche les emmenant à la Braconnerie après la cérémonie religieuse. Mineurs, bourgeois, nobles et paysans réconciliés les suivaient. Son père, libéré de ses mauvaises passions, conduisait le cortège, sa mère rayonnante recevait tout ce monde. Elle ouvrait ses bras à Maryse sur qui veillait Jean Menghi.

Les rêves de bonheur ne durèrent guère. Il n'était pas au pays des cigales et des cistes. À travers les hautes futaies, les rayons pâles de la lune réapparue donnaient vie à des écharpes de brume. Il se croyait entouré de dragons fantômes surgis de *La Chanson des Nibelungen*. Il n'allait pas cependant en direction du Rhin ; il n'était pas Siegfried mais un soldat en fuite. Il atteignit enfin une lisière qui longeait une route déserte. Il tendit l'oreille. Le canon s'était tu depuis longtemps.

« Faute de combattants », se dit-il en pensant à ses camarades morts à Wissembourg. Les Français avaient été anéantis et il avait la sensation d'être l'unique survivant de la grande armée. Il était entier, contus mais en vie, battu mais plein d'espoir.

La vie reprenait ses droits. Dans l'ordre, il avait envie de pisser, de manger, de piquer un somme. Il se soulagea, mangea ses deux derniers biscuits, mais refusa de se coucher derrière les taillis qui bordaient la voie. Il était impératif de mettre deux ou trois douzaines de kilomètres entre lui et les éclaireurs allemands, de retrouver les divisions françaises de Mac-Mahon, de Bazaine ou de l'empereur. Il n'avait aucune idée de la direction à prendre. À la lecture de la carte des étoiles qui accompagnaient la lune, il s'orienta vers l'ouest. La route filait vers ce point cardinal. Une heure plus tard, il arrivait au village de Goesdorf.

La pancarte était de travers. Quelqu'un avait tenté de l'arracher du poteau sur lequel elle était clouée. Il préféra ne pas entrer par la rue principale qui menait à une église blanche dont le clocher gothique touchait le croissant de lune.

La vieille femme était assise sur la pierre tombale. Elle contemplait d'un œil hagard la carriole sur laquelle elle avait chargé ses biens les plus chers. Elle aurait bien suivi les autres villageois mais, exténuée dès les premiers pas, elle n'était pas allée plus loin que le cimetière. Ces galeux l'avaient abandonnée. Personne n'avait cherché à l'aider. Sa famille n'était pas aimée. Son grand-père, immigré de Hambourg, et sa grand-mère, née à Munich, poussés par la misère avaient échoué à Goesdorf, autrefois grande ville, aujourd'hui hameau. Les guerres et les révolutions, la peste et le choléra étaient passés par là. La moitié des terres étaient en friche. Aucune cheminée d'usine ne rivalisait avec le clocher. La triste harmonie de la campagne ne serait jamais rompue par les toits en dents de scie des lourds bâtiments d'industrie. Rien n'avait changé depuis l'installation des Strauss au siècle dernier.

Strauss… La vieille femme, qui n'avait jamais accepté aucune demande en mariage du temps de sa jeunesse, était fière de porter ce nom. Elle pensait à un temps béni où les hommes s'entraidaient, à la solidarité entre voisins lorsque s'abattaient les calamités. Peut-être s'inventait-elle des fraternités qui n'avaient jamais existé ? Elle était au moins sûre d'une chose : le bonheur était perdu à jamais. Elle avait vu partir son père, sa mère, des oncles, des tantes et ses sept frères et sœurs, emportés par des maladies et des accidents. Il lui restait un neveu à Liebfrauenberg.

– Vous, au moins, vous êtes tranquilles, dit-elle aux morts en tapotant la stèle sur laquelle étaient inscrits les noms de ses proches.

Sa physionomie changea. Elle eut un regard mauvais pour les croix, les vierges et les anges qui paraient les sépultures. Les habitants du paradis se fichaient de son sort. Dieu avait décidé qu'elle survivrait dans les pires conditions, la chargeant de rhumatismes, la réduisant à la misère, la dotant d'une mémoire infaillible qui avivait ses regrets. Elle n'était pas comme la plupart des vieux qui avaient des trous dans la cervelle et retombaient en enfance.

Pleine d'amertume, elle vida son esprit des souvenirs pour se préparer à mourir. Les ombres de l'aube se raccourcissaient dans le village et les collines. Les pourpres et les bleus se disputaient les champs et les jardins. Le soleil mettrait bientôt fin à cet éternel partage en mouvement. Elle crèverait au soleil.

Antoine rasait les murs des jardins. La proximité du jour lui fit redoubler de vigilance. Un coq chanta, donnant le coup d'envoi aux prémices de la vie. Les habitants n'allaient pas tarder à paraître sur le seuil de leurs maisons. Il leur achèterait des vivres. Il trouverait un rebouteux ou une guérisseuse versée dans l'art des plantes pour soulager ses maux. Il souffrait abominablement des pieds. Ses lourdes et dures godasses fournies par l'armée lui avaient mis la chair en sang malgré les épaisses chaussettes. Il se servait de son chassepot comme d'un bâton de berger, piochant le sol. La crosse résonna sur les pavés d'une jolie rue bordée de coquettes maisons quand il entra dans le village par la brèche d'un rempart érodé par les siècles. Ce bruit n'attira pas les résidents. Antoine comprit avec stupeur que Goesdorf avait été évacué.

L'ennemi le devançait-il ? C'était impossible. Il n'y avait aucune trace de combats et d'incendies. Les portes béaient. Des vêtements et des objets de toutes sortes étaient éparpillés le long des rues. Un lit à baldaquin avait été déposé devant l'église. Les gens, conformément aux directives alarmistes des préfets relayées par les maires, avaient fui.

Il entra dans une belle demeure. Un ouragan était passé. Les commodes, vidées à la hâte, avaient piètre allure avec leurs tiroirs à terre, la vaisselle des buffets avait été volontairement fracassée, les armoires avaient vomi draps, manteaux, costumes et jupons. Dans la salle à manger, on avait procédé au tri des biens les plus précieux. Un tas de porcelaines, de bronzes, duquel émergeait une statue de femme en marbre, attendait les « voleurs allemands » Tous les vivres avaient été emportés. Antoine visita la vaste cuisine, farfouilla dans les placards, ouvrit des boîtes en fer. Il n'y avait rien de comestible. Un tour à la cave le consterna : tout avait été brisé, percé. Des odeurs de vin et de bière stagnaient en un répugnant mélange qui souleva son estomac creux.

Il explora en vain d'autres habitations. Pas une miette. Pas une peau de saucisson. Pas une tranche de couenne rance. Il dut se rendre à l'évidence. Les Alsaciens s'étaient jurés de ne rien laisser à l'ennemi. Ils avaient emmené les animaux domestiques. Les clapiers à lapins, les poulaillers, les porcheries étaient vides.

Il aurait dévoré une volaille crue. Cette pensée déplut à un corbeau qui lança un graillement lugubre et le rasa de près. Antoine fut tenté de l'abattre. À quoi bon gaspiller une cartouche ? De mémoire d'homme, ces volatiles, même cuits pendant des heures, étaient immangeables. L'oiseau se découpa dans le soleil montant et fila vers une fortification derrière l'église.

La vieille entendit battre des ailes. Le corbeau au vol disgracieux se posa lourdement sur la tombe voisine et la regarda de son œil anthracite. Elle accepta cette présence. Ce messager de la mort était à sa place dans le cimetière. Elle eut une pensée morbide. L'envie de rire sur sa triste fin lui arracha une grimace. Cet emplumé du diable assisterait à son agonie en claquant du bec. Il lui perforerait ensuite les yeux, puis les parties tendres du visage avant de s'attaquer à ses seins flasques. Ce n'était pas digne d'une Strauss.

– Tu vas attendre un long moment, je t'avertis. Je suis coriace. Et puis, si l'envie me prend de manger, j'ai de quoi tenir quelques jours. J'ai du pain, du lard, des galettes et du vin dans ma carriole.

La bête était intelligente. Elle lui répondit d'un croassement agacé.

– Quel dommage que tu arrives si tard. Je t'aurais bien apprivoisé. Les voisins auraient eu l'occasion de m'appeler la « sorcière allemande ».

Nouveau croassement ; l'entente entre la vieille et l'envoyé d'Odin était conclue. Ils en étaient là dans leur dialogue lorsque le soldat apparut.

Antoine était dans l'expectative. Dans quel but avait-on fortifié ce cimetière ? Contenait-il des trésors ? À première vue, il ne se différenciait guère des lieux de sépulture ordinaires. Il y avait cinq ou six tombes monumentales et des pierres anciennes ouvragées qui attestaient que Goesdorf avait été autrefois une ville florissante.

Il vit soudain les deux êtres noirs et la carriole. Le corbeau et la vieille se concertèrent en silence, puis la femme prit la parole :

– En voilà un beau soldat de la garde.

– Bonjour madame.

– Alors, on vient de Sarrebruck ? Il paraît qu'on a gagné une grande bataille là-bas.

– Sarrebruck ? Une bataille… Je ne suis pas informé. Mais je peux vous dire qu'on a perdu Wissembourg.

– Je le savais aussi, mon brave. C'est pour cette raison qu'ils se sont tous enfuis comme des rats après la proclamation du garde champêtre. Une belle bousculade avec en tête le maire, les adjoints, le curé, le notaire et le docteur suivis du beau linge. Des rapides, nos notables et nos bourgeois. Ils étaient en calèche, en berline, en fiacre flanqué de la nuée de leurs administrés et de leurs domestiques. Moi, comme vous pouvez le constater, je ne suis pas allée bien loin.

Antoine posa son fusil, ôta son sac et s'assit sur la tombe occupée par le corbeau. Ce dernier s'éloigna un peu. Jugeant l'humain capable d'un mauvais coup, il préférait être prudent. De plus, il ne supportait pas l'odeur de poudre noire émanant de l'uniforme. Plus sérieusement, il craignait les forces magiques qui protégeaient le nouveau venu. Une puissante sorcière occupait son esprit et son cœur. Le corbeau percevait l'influence de Claire. Il en fut tout ébouriffé.

– Vous n'êtes pas un homme ordinaire, constata la femme en voyant la réaction de l'oiseau.

Antoine fit semblant de ne pas comprendre.

– Pourquoi n'avez-vous pas quitté le village ? demanda-t-il en lorgnant la rondeur d'une miche de pain qui dépassait d'une caisse attachée sur la carriole.

– Pas assez de forces et plus envie de continuer sur le chemin de la vie. Avec le temps, les choix se réduisent, mon beau. Je suis une femme épuisée par l'âge qui ne veut plus partager les misères de notre époque. Cette guerre est de trop. Elle empoisonne mon existence. Je suis d'origine allemande. Comprenez-vous ce que cela signifie quand on vit en Alsace ? Magda Strauss, fille de Karl Strauss et de Greta Strauss, née Richter. Ça vous plombe une destinée d'être issue d'une telle descendance. Croyez-moi jeune homme, je ne porte pas les Napoléon, les Metternich et Bismarck dans mon cœur. Si j'avais vingt ans de moins, j'embarquerais pour l'Amérique et j'irais chercher de l'or. Au moins, j'aurais de quoi me payer de belles robes et un cercueil en acajou.

Antoine sourit. La vieille avait de l'humour. Il n'arrivait pas à détacher son regard de la croûte dorée du pain. Le corbeau non plus.

– Je vois que mes compagnons d'infortune ont faim, dit-elle en se saisissant de la miche.

D'un geste sec, elle la morcela en trois parts inégales, réservant la plus grosse au soldat et la plus petite à l'oiseau.

Elle mordit comme elle pouvait dans la troisième avec ses six dents branlantes.

– Merci, madame Strauss.

– Vous n'êtes pas de l'Est. Vous avez un étrange et agréable accent.

Il lui raconta d'où il venait et ce qu'il avait enduré depuis le début de cette affreuse campagne militaire.

– Donc, si j'en crois votre histoire, la France a perdu la guerre, conclut-elle en débouchant une bouteille de vin blanc.

Elle but à même le goulot avant de la lui passer. Antoine apprécia le goût de ce cépage fleurant la pomme et l'écorce de bouleau.

– Je ne dis pas qu'on a perdu, la reprit-il. Je pense que l'affaire est mal engagée et qu'il faudra du génie pour la retourner à notre avantage.

– Bah… le Napoléon va bien nous sortir un bon plan de sa boîte à malice. Le sang de son ancêtre va parler.

– Espérons-le… Où comptiez-vous vous rendre si vos jambes et votre tête avaient obéi ?

– À Mertzwiller, chez mon neveu. C'est mon dernier parent et il est gentil.

– C'est à combien de kilomètres ?

– Je ne sais pas. Je dirais à deux jours de marche pour une vieille femme percluse de rhumatismes.

– Eh bien, allons-y, je tirerai la carriole.

32

L'exode

Un sourd roulement courait au loin. Antoine dressa l'oreille. C'était une artillerie en action. Trop loin pour l'inquiéter. La vieille eut un frémissement.

– Aucun danger, dit Antoine à Mme Strauss.

Les civils qu'ils avaient rattrapés ne l'entendaient pas de cette oreille. Ils se jetèrent dans les vignes, s'allongèrent dans les fossés.

– Ça tonne fort, répondit la vieille.

– Ne vous tracassez pas, madame, cette canonnade n'est pas pour nous.

– Bon, je vous crois, après tout c'est vous le spécialiste de la guerre.

Antoine soufflait. Il s'était attelé à la carriole sur laquelle il avait lié son barda et son fusil. On regardait passer avec suspicion ce soldat bizarre flanqué d'un sabre d'officier. Il avait l'air d'une haridelle hors service. Le corbeau, juché sur un tas de hardes, montait la garde. Ce gros fainéant avait décidé de voyager sans se fatiguer. Lui aussi n'attirait pas la sympathie. On le zieutait de travers.

L'oiseau du malheur, le déserteur et la sorcière.

Antoine redressa brusquement la tête. Un homme coiffé

d'un chapeau à large bord se mit à critiquer ouvertement l'armée indisciplinée.

– Il y a des soldats qui devraient être fusillés, gronda-t-il.

Antoine maîtrisa sa colère. Casser la gueule de ce civil ne résoudrait pas le problème. Il devait faire preuve de patience. Bientôt les Français apprendraient que les généraux incapables avaient conduit leurs troupes à l'abattoir, que le gouvernement, par son imprévoyance, avait envoyé au combat une armée obsolète face à un ennemi dont les effectifs étaient quatre fois plus nombreux. La nation vivait dans le mensonge. Le réveil allait être brutal.

Au fur et à mesure de leur progression vers Mertzwiller, des réfugiés les rejoignaient. La route de terre, chargée de pauvres hères, s'étirait en une infinie tristesse sous le soleil implacable. Familles et animaux arrivaient de tous côtés par les sentes et les chemins traversiers. La population obéissait aux autorités et à son instinct de survie. Des dépêches officielles recommandaient aux maires d'avertir les habitants de se retirer le plus loin possible de la frontière allemande. Elles avaient semé l'épouvante. La panique était à son comble. Tous se voyaient prisonniers, expédiés en pays teuton dans les mines de sel ou condamnés aux travaux forcés dans la lointaine Prusse. Les femmes se préparaient au pire ; elles avaient en mémoire les histoires de viol racontées par leurs grands-mères qui avaient subi les horreurs des guerres du premier Empire. Il leur semblait entendre le grondement de l'invasion, le grondement des cavaleries, le grondement de la soldatesque à la recherche de plaisirs volés. Le petit peuple d'Alsace, porté par l'effroi, fuyait vers l'ouest, vers Paris, au milieu des clameurs et des lamentations.

À Reichshoffen, les cloches sonnaient à toute volée sans discontinuer. Antoine, Mme Strauss et le corbeau contemplèrent, effarés, le vent de tempête qui soufflait sur la petite ville. Devant les portes des maisons, des boutiques et des ateliers, des hommes vociférants chargeaient des véhicules, entassaient armoires, coffres, ustensiles de toutes sortes, désespérés de ne pas pouvoir tout emporter. Certains enragés brisaient là un buffet, là une commode en criant que ce serait toujours ça de moins laissé aux barbares. Les scènes se répétaient de rue en rue. Les bébés étaient sanglés dans leurs berceaux, eux-mêmes sanglés entre les quatre pieds des tables renversées sur les chariots, calés par les matelas et les couvertures. On empilait tout en vrac : vaisselle, animaux empaillés, infirmes, bonbonnes, cages à poule, carillons, chaudrons, tout en hurlant contre les voisins qui encombraient le passage.

Antoine vit des familles se battre, un prêtre courbé sous une grande croix sur laquelle souffrait un Christ doré à l'or fin, un maire qui trimballait un buste de Napoléon III dans une brouette et des mères par dizaines poussant des marmots en larmes.

Reichshoffen se vida en moins d'une heure. Les équipages rapides distancèrent les lourds chariots tirés par des chevaux de trait ou des bœufs que les cochers fouettaient jusqu'au sang. À la queue suivaient les pauvres. Antoine, la vieille et le corbeau faisaient partie de ce lot. Ils laissaient le néant derrière eux.

Deux kilomètres furent parcourus dans la poussière soulevée par des centaines de pieds et de sabots. Le corbeau croassa. Antoine se raidit. Chaque fois que la sale bête se manifestait, le danger se profilait. Un peu avant Reichshoffen, l'oiseau avait plusieurs fois donné l'alerte avant qu'apparaissent des silhouettes de soldats à l'horizon. Antoine n'avait jamais pu vérifier s'il s'agissait d'amis ou d'ennemis. Cette fois, c'était différent.

– Là-bas ! s'exclama la vieille femme en pointant son doigt déformé vers la ligne des arbres.

Une escouade de uhlans aux longues lances surgit. Des cris montèrent de la foule des civils. Les fouets claquèrent sur le dos des bêtes, le galop soudain des galoches fit un vacarme d'enfer.

– On est perdus !

– Que Dieu nous protège !

– Cachez-vous !

– Saligauds d'Allemands ! s'écria un bonhomme replet avant de sortir un pistolet de sa redingote.

Antoine lâcha la carriole, courut et flanqua un coup de poing sur le nez du type. Ce dernier lâcha son arme.

– Imbécile ! Vous voulez tous nous faire tuer ? dit Antoine en ramassant l'arme.

L'idiot couinait en se tenant l'appendice qui pissait le sang. Les uhlans s'étaient rapprochés. Ils considérèrent la colonne en folie d'un œil morne. Il n'y avait rien à glaner, rien à tuer, pas même ce soldat qui venait de frapper un civil stupide. Antoine évita leurs regards. Il retourna auprès de la vieille et du corbeau, souleva les bras de la carriole et reprit la route qui franchissait une butte couverte de hêtres. La bousculade cessa après la descente quand les gens s'aperçurent que les éclaireurs allemands ne les avaient pas suivis.

Au-delà des bandes vertes ou dorées des cultures, le château de Liebfrauenberg se profilait, beau et inutile face aux canons des temps modernes. Il n'y avait d'ailleurs aucun drapeau flottant sur ses tours, ni agitation militaire dans ses parages. On vit les toits pointus des forges de Mutterhausen que la puissante famille Dietrich venait de racheter, puis les maisons de Mertzwiller séparées par la Zindel du nord, petite rivière sans intérêt stratégique que les belligérants avaient définitivement rayée de leurs cartes d'état-major.

– Nous y voilà ! s'exclama Mme Strauss.

Elle était fière d'avoir accompli ce périple. La joie transparaissait sur son visage ridé. Ses prunelles bleu pâle avaient repris vie et ne se lassaient pas de contempler la petite bourgade qui, étrangement, n'avait pas été abandonnée. Les hautes cheminées des usines crachaient du noir. L'activité y paraissait intense. Les Dietrich, contre l'avis des maires et des préfets, avaient réussi à maintenir leurs ouvriers en poste. Les coulées de fonte continuaient à remplir les rigoles de lave, les marteaux-pilons n'avaient pas cessé de battre le fer. Jour et nuit, ils façonnaient d'énormes pièces destinées à l'industrie. Malgré la distance, leurs coups titanesques faisaient vibrer le sol sous les pieds des réfugiés.

– Mon neveu travaille là, ajouta la vieille avec enthousiasme en prenant la tête du cortège. Je vais vous conduire chez lui.

Antoine la suivit. Ils arrivèrent dans un quartier d'une tristesse sans nom où de modestes maisons identiques en brique se succédaient en une double ligne séparée par des potagers. Devant la huitième maison, le visage de la vieille femme se décomposa.

– Nom de Dieu ! jura Antoine.

Le neveu était attaché à un pommier, la tête massacrée, le cou brisé, avec en travers de la poitrine une pancarte sur laquelle était écrit en lettres grossières : *Traître à la patrie. Espion.*

Mme Strauss se précipita vers le cadavre. Antoine la rattrapa et l'empoigna. Elle se débattit.

– Il faut l'enterrer chrétiennement, sanglota-t-elle.

– Madame Strauss ! madame ! Écoutez-moi. Ne vous faites pas repérer.

– Ça m'est égal. Qu'ils me tuent donc !

– J'y passerais aussi. Je ne veux pas mourir. Pas encore. J'ai une femme qui m'attend en Provence.

Elle acquiesça. Cet homme avait été bon pour elle. Elle n'avait pas le droit de le mettre en danger. Antoine la prit par les épaules et la ramena sur le chemin. Après avoir quitté le quartier ouvrier, ils se rendirent au centre-ville. Devant l'église, un bataillon de sœurs bénédictines distribuait des vivres à la cohue piétinante pressée d'arriver à Paris ou de pousser jusqu'aux plages de l'Atlantique.

Le cœur d'Antoine s'emballa. Alors que la foule submergeait le pont franchissant la Zindel, une vision le frappa. Un capitaine du 1er régiment de cuirassiers de la garde, immobile sur un cheval, avec tout un escadron groupé derrière lui autour du drapeau, attirait des soldats déguenillés venus de tous les fronts brisés.

– Ma sœur, appela Antoine en s'adressant à une forte femme au visage lisse et jaune.

– Oui mon fils ?

– Pouvez-vous prendre en charge cette pauvre femme qui a perdu tous les siens ?

La sœur jaugea Mme Strauss. Le corbeau se sentit de trop. Il déploya ses ailes et s'élança d'un vol lourd vers le coq du clocher qu'il insulta d'un bref coassement. L'épopée du trio s'arrêtait là. La sœur acquiesça en prenant la vieille femme sous sa coupe. Mme Strauss, muette, traumatisée par le martyre de son neveu, n'eut aucune réaction en voyant partir ses compagnons de route.

Antoine marcha vers le drapeau. L'aigle dorée resplendissait au-dessus des trois couleurs sur lesquelles se mouvaient les noms brodés des victoires. Le vent matinal fit claquer l'emblème à la croix d'honneur attaché à la cravate, focalisant tous les regards des soldats rescapés et des Français exilés.

– Ordre à tous les hommes des régiments dispersés de se rendre à Sedan ! ordonna le capitaine.

Antoine ignorait où se trouvait Sedan. Au-delà du pont, une section se reconstitua à partir de bric et de broc. Un sergent alsacien en prit la tête. La troupe se mit en route pour Sedan et la victoire.

33

Sedan

Ils marchaient depuis trois jours dans un épais brouillard, cinq cents ou mille soldats, allez savoir. Ils dormaient où ils pouvaient, dans les fondrières, les granges et les étables bordant la Meuse glaciale au petit matin. Au réveil, cernés par les brumes, les hommes atterrés et épuisés ne réagissaient plus au son de la diane. La priorité n'était plus au combat, mais à la nourriture. Il n'y avait eu aucune distribution de biscuits, de soupe, de café. Pas le moindre quignon de pain à se mettre sous la dent. L'intendance se baladait sur des lignes de chemin de fer, loin des mouvements de l'armée disparate. Tous les régiments confondus se ruaient vers Sedan dans l'espoir de faire bombance. Le salut les y attendait. On y retrouverait des chefs, l'empereur et des lits.

Antoine rêvait d'un matelas, d'un coussin de plumes, d'une paire de draps propres sentant la lavande. En attendant, il parcourait des lieues et des lieues comme une bête puante et malade.

Des civils abattus et tout aussi affamés suivaient cette armée en débâcle qui avait vu son 5e corps écrasé à Beaumont et le 7e corps éperdu après s'être battu en se repliant continuellement. Les villages traversés ne cessaient de se vider d'une population qui venait grossir ce fleuve d'hommes et de matériels ralenti par les bêtes et les carrioles. Les soldats prenaient d'assaut les berlines et les calèches. Ils s'y tassaient avec les civils, heureux de soulager leurs jambes.

Antoine n'eut pas la chance de grimper dans un véhicule. Il tenait compagnie à un vieux caporal qui, les yeux larmoyants, fixait les drapeaux sur lesquels se cristallisaient tous les orgueils et les espoirs. Tous ces naufragés comptaient bien prendre leur revanche à Sedan.

Antoine était porté par le mouvement mécanique et chaotique de la marche forcée. Il était un spectre parmi le troupeau d'ombres. Pendant plus d'une heure, il s'était accroché à un caisson de munitions jusqu'à ce que les chevaux de l'équipage s'écroulent d'épuisement. On les avait achevés sur place. Des soldats et des civils, unis dans l'épreuve, s'attelèrent au caisson. Tous songeaient au siège, à la bataille finale, au gigantesque festin d'obus et de balles qu'on allait servir aux Allemands.

Antoine n'avait pu aider ses compagnons. À bout de forces, il avait continué en trébuchant. Puis quelqu'un, après la traversée de Bazeilles transformé en forteresse, avait crié : « Sedan ! »

Antoine avait redressé les épaules, allongé le cou et vu la vieille ville grise enchâssée dans l'immense étau sombre des forêts. Des remparts l'entouraient. Sedan ressemblait à Wissembourg en plus grand. Une tombe digne du cadavre de la France. L'apocalypse aurait lieu ici. Il n'en doutait pas.

Les ponts-levis avaient été relevés derrière la masse des derniers réfugiés. Le piège s'était refermé sur la grande armée. Antoine avait trouvé refuge, avec quelques soldats, dans l'une des hautes et étroites maisons où la femme d'un bourrelier leur avait servi une maigre soupe au lard. Le pain sec avait été coupé par le mari et béni avant d'être distribué aux hommes que le hasard avait rassemblés sous ce modeste toit.

Un caporal acariâtre appartenant au 11e bataillon de chasseurs à pied du 3e régiment en avait contre Napoléon et la clique gouvernementale menée par l'impératrice. Il n'avait pas cessé de critiquer les ordres de Bazaine, la politique étrangère et la lâcheté de nos alliés autrichiens et italiens. Après avoir épinglé tous les ministres, les secrétaires d'État, les généraux et une flopée de députés de gauche, il asséna le coup de grâce en révélant le scandale.

– Savez-vous pourquoi nous n'avons pas de munitions ? demanda-t-il à la ronde en fronçant les sourcils.

– Non, répondit le bourrelier, qui croyait fermement à la supériorité de l'armée française et à l'inéluctable victoire.

– La ferme, Granier ! gueula un soldat. Tu nous sapes le moral avec tes conneries. On ne manque pas de munitions. Nous avons tous nos quatre-vingt-dix cartouches et nos chassepots de 11 mm sont nettement meilleurs que le fusil Dreyse des ennemis.

Les soldats opinèrent du chef. Le chassepot était la meilleure arme du monde. Il l'avait prouvé lors des premiers engagements avec les Goths. Plus précis, d'une portée plus longue, il ne s'enrayait pas.

– Quatre-vingt-dix cartouches, ouais, rétorqua le caporal Granier de sa voix de commissaire-priseur. Au mieux, de quoi tenir quatre heures en étant économe, et après ?

– Après nous userons de nos baïonnettes et nous ramasserons les fusils ennemis, dit Antoine. Et dans l'élan, nous raflerons les canons du prince de Saxe.

– Toi, tu es un beau parleur. T'as l'accent et la manière des Provençaux mais je doute que sur le terrain tu te comportes en héros.

– J'étais à Wissembourg ! se récria Antoine.

– Et tu fais partie des miraculés qui ont fui à toutes jambes, on connaît la musique. Ne t'énerve pas, j'étais moi-même à Beaumont et je me suis sauvé la peur au ventre. Je vais vous dire ce qui se passera après l'épuisement des quatre-vingt-dix cartouches.

Granier marqua un temps d'arrêt, se laissant dévorer par les regards anxieux de ses camarades et de ses hôtes. Il reprit en esquissant un sourire amer :

– Plus rien. Vu que la France a eu la mauvaise idée d'acheter les munitions à la manufacture belge de Herstal.

– C'est plutôt une bonne chose, avança le bourrelier. La Belgique est à côté et nous serons approvisionnés dans les heures à venir.

– Sauf que ladite manufacture a pour principal actionnaire le Kronprinz, qui a donné l'ordre d'arrêter la production et de ne pas livrer les munitions.

– Quoi ? s'exclamèrent les soldats furieux.

– Eh oui, mes canards. Nos munitions appartiennent à l'ennemi. Elles ne seront jamais acheminées à Sedan et vous figurerez tous sur les tableaux de chasse teutons. Vos têtes empaillées décoreront les salons prussiens.

Après la colère, ce fut la stupeur. Les soldats se sentaient trahis et pensaient tout bas qu'ils se l'étaient fait mettre jusqu'au trognon.

– Il faut se tirer de là, glapit un turco.

– L'ordre d'évacuer la position doit venir de Napoléon.

– Lui ! il ne commande plus. Son Eugénie lui a ordonné de tenir jusqu'à l'arrivée de l'armée de Châlons. De plus, c'est Bazaine qui a pris la tête des troupes et je pense pas que ces abrutis soient en mesure de nous sauver. Les troupes de Châlons demeurent notre seul et faible espoir.

Une lueur d'espérance brilla dans leurs pupilles. L'armée de secours de Châlons était comme un mirage tremblant à l'horizon d'une France dans laquelle s'achevaient les moissons.

– Une percée avec Bazaine ? avança un homme.

– Et pourquoi pas avec Mac-Mahon ? ironisa un autre.

Il y eut des ricanements et des grincements de dents. Mac-Mahon, le maréchal hésitant, et Bazaine, le prudent qui paradait à l'arrière depuis le début des opérations, n'inspiraient plus confiance.

– Moi, j'ai foi en l'empereur, clama le bourrelier en se levant de table pour décrocher le fusil de chasse placé au-dessus de la cheminée. S'il le faut, je ferai partie de la première attaque.

Son épouse bougonnait des choses contre la guerre. Il la fit taire d'un geste, puis défia du regard ces soldats sans panache, vaincus avant d'entamer la moindre escarmouche, promis à la capture et à l'esclavage en Allemagne. Maintenant, tous pensaient à l'empereur. On ne savait s'il était à Sedan. Des bruits couraient : il avait fui pour organiser la résistance à Paris, il se terrait en Belgique, il était mort… Il se disait qu'il avait été remplacé par un double lui ressemblant. Ce mannequin adroitement maquillé faisait illusion à dix pas, mais on s'apercevait de la supercherie en s'approchant du faux empereur. Sous le fond de teint dissimulant une tristesse infinie, le visage d'un capitaine tentait de mimer les souffrances du souverain.

Antoine ne croyait pas à ces ragots. De source sûre, l'empereur avait été aperçu à la ferme de Baybel, près de Mouzon, puis entrant avec tout son équipage dans Sedan.

Beaucoup de soldats et d'habitants avaient vu les douze fourgons, les deux calèches, la berline fermée, le chariot blanc, Napoléon III et ses aides de camp. Le bourrelier n'en démordait pas : le descendant du grand Napoléon Ier pouvait les sauver. Il évoqua les glorieuses chevauchées du maréchal

Ney, l'invincible artillerie à Austerlitz, la magnifique victoire des Français en Savoie après la défaite de Waterloo.

– Nous perdons parce que nous sommes trahis ! s'exclama-t-il. Il faut retrouver l'empereur et rallumer le feu du génie des Bonaparte.

Un regain de confiance gagna les soldats. Ils se sentaient investis d'une mission. Mais comment aborder Sa Majesté et le faire réagir ? Depuis le repli de ses armées, Napoléon broyait perpétuellement du noir. Faire jaillir une étincelle dans la nuit de ce cerveau tenait de la magie.

Antoine était perdu dans ses réflexions lorsque la voix de Claire se manifesta : « Parle à l'empereur, mon amour, mais sache que si ton destin est lié au sien, ni toi ni lui ne sauverez la France. Il y a une autre voie. Va… Maintenant. »

Il s'ébroua comme au sortir d'un lourd sommeil. Son cœur battait tel celui d'un oiseau effarouché en cage. Claire l'avait effleuré du bout de ses lèvres. Son parfum léger de fleur sauvage était perceptible mais les soudards respiraient leur propre remugle âcre. Ils n'eurent aucune réaction. Pas un ne lui demanda où il se rendait, quand tout à coup, il quitta la maison avec son barda sur le dos et son fusil à l'épaule.

Il était facile de repérer l'endroit où logeait le souverain. Près de la sous-préfecture où se concentrait un bataillon de tirailleurs, trois compagnies de la garde impériale occupaient le centre du périmètre militarisé. Des zouaves, des grenadiers, des chasseurs à pied, des escadrons de cuirassiers et de dragons veillaient à la sécurité de Napoléon. Toutefois, la fine fleur de l'armée française ne montrait aucun enthousiasme. Ses uniformes chamarrés s'étaient ternis lors des marches interminables et les célèbres étendards étaient enfermés dans leurs fourreaux. Un simple drapeau tricolore pendait au-dessus de la porte d'un bâtiment, flasque dans l'air immobile.

Sa grosse tête était plus embrumée que les rives de la Meuse. Napoléon aurait donné tout son trésor pour ne plus entendre le son du canon allemand. Ces maudites pièces d'artillerie forgées dans le bassin de la Ruhr avaient anéanti ses projets de conquête. L'Europe ne serait pas franco-autrichienne. Il ne marcherait pas sur Berlin comme son aïeul. Il ne verrait pas s'agenouiller les rois devant lui.

Les essaims d'obus écrasaient ses régiments à l'extérieur de la ville, les forçant à se replier dans un cercle de fer formé par la 1re armée de Steinmetz, la 2e armée du prince Frédéric-Charles, la 3e armée du Kronprinz Frédéric Guillaume et par leurs cousins insolents, pugnaces et courageux, le prince de Wurtemberg, Alvensleben Ier, Manstein, le prince de Saxe, Kirchbach, Bose, Zastrow, Goeben…

« Ils sont meilleurs que nous », pensa-t-il. Il était même sur le point d'admettre que leur cause était juste. Il se pencha sur la carte déroulée sur le bureau, l'affreuse carte où se dessinaient les remparts de Sedan. Il la connaissait par cœur. Elle n'offrait aucune possibilité de manœuvre. Ils étaient piégés par les mouvements tournants de l'ennemi qui resserrait son étreinte mortelle d'heure en heure.

Bien enfermé. À moins que…

Il s'usa une fois de plus les yeux sur l'échappée de Mézières, vers Bazeilles. Une larme de fatigue tomba sur le papier froissé et s'étala en une sombre tache. La percée était possible. Il posa un doigt sur l'invisible affrontement héroïque qu'il envisageait. Aurait-il le courage de lancer l'ordre de marche et de s'opposer à la volonté de son impératrice chérie qui lui avait intimé de résister en attendant l'armée de secours ? Il s'était trop plié aux désirs d'Eugénie ces dernières années ; il fallait briser l'emprise de cette femme sur son esprit.

Le vaste bureau encombré de bagages et d'armes lui sembla trop petit pour prendre la décision qui changerait le cours de cette guerre si mal engagée. Il avait besoin d'espace et d'être au contact de la troupe. Il quitta la pièce sous l'œil indifférent de son ordonnance et du secrétaire, traversa deux autres salles où des regards tout aussi indifférents virent passer un fantôme. Il n'existait plus. Ses officiers obéissaient désormais à Bazaine et Mac-Mahon ou au diable. Aucun ne faisait confiance à l'impératrice qui essayait de conduire les opérations militaires via le télégraphe et les pigeons voyageurs. Ils haïssaient secrètement la première dame de France. La veille, un lieutenant avait eu l'audace de chantonner, sous les fenêtres du souverain, les horribles vers composés lors de son mariage :

Montijo, plus belle que sage
De l'empereur comble les vœux
Ce soir s'il trouve un pucelage
C'est que la belle en avait deux.

L'empereur n'avait pas réclamé de punition. Il s'était réfugié dans un sommeil haché de cauchemars. Plusieurs fois dans la nuit, l'empereur Maximilien fusillé par les rebelles mexicains lui était apparu à la tête de ses divisions massacrées.

Il se retrouva dehors et fit non de la tête aux gardes du corps qui voulaient l'escorter. Ils n'insistèrent pas ; on ne pouvait pas protéger un homme qui cherchait délibérément la mort. Napoléon avait tenté à deux reprises de s'exposer aux tirs directs des canons prussiens et s'en était sorti sans une égratignure. Ce n'était pas son heure. Dieu lui réservait une autre fin.

Tout le poids des chaînes de l'état-major tomba soudain. Il eut la nette impression d'avoir remonté le temps et de redevenir l'invincible opportuniste des années cinquante. Cette sensation ne dura pas. L'orage de la canonnade était plus proche. Ses épaules s'affaissèrent, son dos se voûta, son regard traîna sur les pavés.

Antoine s'était immobilisé sous l'enseigne fleurie d'une auberge. Il n'en revenait pas. Il n'avait pas besoin de se pincer pour reconnaître l'empereur, du moins ce qui restait de Sa Majesté.

Napoléon III marchait d'un pas hésitant dans l'artère étroite. Son visage cadavérique portait les marques d'un maquillage que la sueur faisait fondre. Le blanc de la poudre et le vermillon du fard coulaient en un rose sale au bas de ses joues creuses. Le cirage de la moustache et du petit bouc se craquelait.

– Mon Dieu, murmura Antoine.

Il avait devant lui une marionnette défraîchie livrée à elle-même. Plus personne ne tirait les ficelles de ce pantin décoré de la légion d'honneur. Antoine ne s'écarta pas quand l'empereur fut face à lui. Il planta son regard dans les yeux pâles et doux, cherchant en vain une étincelle de vie.

– Sire !

Il avait lâché le titre d'une voix forte. Ce « Sire » se fraya un chemin dans les limbes du cerveau impérial. Napoléon prit conscience de la présence de ce simple soldat de ligne qui lui barrait le chemin et répétait :

– Sire !

Antoine était sur le point de se saisir de son supérieur pour le secouer.

– Sire, sauvez l'armée du Rhin ! Ordonnez la percée. Nous bousculerons les Bavarois et les Prussiens. Je porterai votre drapeau à la tête des troupes. Faites donner la garde, les zouaves et les chasseurs. Lancez les cuirassiers et les dragons. Nous nous sacrifierons pour l'honneur de la France, et l'armée s'évadera de Sedan.

Napoléon balaya d'une main l'idée héroïque proposée par le soldat.

– Ce serait provoquer la mort de trente mille braves. Ma conscience est lourde, soldat. J'ai déjà perdu de nombreux régiments, mon âme saigne. Je ne peux donner cet ordre. L'avenir de la France ne se jouera pas à Sedan ou à Metz, mais à Paris.

– C'est faux ! Nous sommes prêts à mener une charge qui aura autant de retentissement que celle d'Alexandre le Grand au Granique. Nous pouvons rallier l'armée de Châlons.

– Ah, l'armée de Châlons… Existe-t-elle ? Et puis je ne suis pas Alexandre le Grand.

Antoine était consterné. Il n'y avait rien à tirer d'un Bonaparte aux ressorts cassés, gangrené jusqu'à la moelle par l'épidémie de défaitisme. Une lueur d'espoir se ralluma en lui quand l'empereur lui dit d'un ton ferme :

– Suivez-moi, soldat.

Cinq minutes plus tard, Antoine était au centre de toutes les interrogations. L'empereur l'avait introduit dans ses quartiers. Les officiers perplexes virent ce fantassin de première ligne mal embouché, mal rasé, pouilleux, sans décoration, aux côtés du souverain qui semblait ragaillardi par cette présence. On se demanda s'il s'agissait d'une estafette porteuse d'un message crucial.

– Sortez ! intima Napoléon à son ordonnance et à son secrétaire lorsqu'il pénétra dans son bureau.

– Votre nom, soldat ?

– Vitalis, Antoine Vitalis.

– Vous êtes promu sergent et messager impérial. Je vais vous établir un sauf-conduit et vous allez accomplir une mission de la plus haute importance.

Antoine se sentit soudain investi d'une responsabilité qui dépassait ses compétences. Allait-il devoir rejoindre l'armée de Châlons ? Trouver le 13e corps du général Vinoy et lui ordonner d'accélérer la marche sur Sedan ? Courir à Metz et réclamer des renforts ? Il n'avait pas l'étoffe d'un héros. Il contempla d'un œil anxieux Napoléon. Le chef d'État prit un parchemin et s'appliqua à écrire une longue lettre en mâchant par moments son porte-plume. Quand il fut à court de mots, il demeura quelques instants rêveur, signa, puis cacheta la missive.

– Je compte sur vous, mon brave. Vous remettrez cette lettre à l'impératrice. En mains propres.

– À l'impératrice, Sire ? C'est à Paris.

– Agissez en homme d'honneur, poursuivit l'empereur en évaluant mentalement les chances d'Antoine de parvenir au but.

Le visage du Provençal lui inspira une confiance totale. Il poursuivit d'une voix chevrotante :

– Si la situation l'exige, protégez mon épouse. Puis-je avoir votre parole ?

– Vous l'avez, Sire.

Napoléon prit la main d'Antoine entre les siennes et la serra chaleureusement.

– Tentez de passer par Bazeilles. C'est la plus éloignée de nos positions, mais faites vite. Bientôt cette ligne sera brisée et l'encerclement de Sedan définitif.

34

Tempête sur Bazeilles

Dans deux heures, l'horizon tenu par les armées de Bismarck s'enflammerait. Antoine poussa un soupir de soulagement. La canonnade avait cessé à minuit. Un épais brouillard montait de la Meuse, gommant les fermes et les moulins qui brûlaient comme des fagots de bois sec.

– Bon courage, lui glissa à l'oreille le chef de poste qui venait de lui ouvrir la poterne.

Antoine évita le chemin qui menait à la route départementale. Il se laissa glisser sur un glacis, pataugea dans une eau noire et nauséabonde, puis gagna un verger aux arbres élagués par la violence des explosions. Son objectif, Paris, était sur une autre planète. Le paysage lunaire, le sol troué de cratères, les morts dans des positions grotesques lui apparaissaient fugitivement. Il courait à perdre haleine. Le buste penché en avant, il suivait la route de Bazeilles encore tenue par les Français.

Une balle siffla à ses oreilles, une autre se logea dans le tronc d'un poirier sans branche. Putain ! ses camarades lui tiraient dessus. Il fonça dans une anxiété atroce, sans faiblir. La certitude qu'il pouvait être accidentellement tué par ses frères lui glaça tout d'un coup le cœur. Il plongea dans un entonnoir dans lequel un bouquet de cadavres croupissait dans la boue. Son regard frôla des visages jeunes et blêmes. Pauvres soldats à peine instruits qui, sans avoir fait le coup de feu, avaient été soufflés au hasard par un obus de douze livres. Il songea à tous les projectiles manipulés par les femmes dans les ateliers, à Berlin ou ailleurs, des femmes qui portaient la vie dans leurs ventres et la mort entre leurs doigts. La guerre lui donnait envie de vomir. Il en était l'un des infimes rouages, le petit grain de sable qui pouvait peut-être gripper cette machine infernale. Le message qu'il détenait était sûrement d'une importance capitale. Il n'en connaissait pas le contenu, mais se persuadait que la réussite de sa mission épargnerait des milliers de vies.

La rage au ventre, il bondit hors du cratère. Au loin, des feux follets dansaient à la périphérie de Bazeilles. Le gros bourg était l'ultime bastion de la grande armée recroquevillée sur ses peurs. Il était tenu par les troupes de la marine et des restes de régiments divers. L'avenir de Sedan se jouait là, et les généraux n'en avaient pas conscience.

Dans son dos, la clarté d'une nouvelle journée de gloire et de massacre se mit à grandir. Un rayon rosâtre frappa le clocher de Bazeilles, point de ralliement de tous les combattants. Des soldats éparpillés dans les champs alentour se relevèrent dans la brume qui s'effilochait et firent mouvement vers l'épicentre de l'imminente bataille. Durant quarante-huit heures, ils avaient tenu ferme derrière les murets des jardins. Ils se reconnurent et entrèrent dans le village transformé en forteresse.

Sept heures. Une détonation ébranla les cieux. Mille oiseaux quittèrent les berges de la Meuse, mille autres s'envolèrent des bois épargnés par la folie des hommes. Ils fuyaient à tire d'ailes vers la calme Belgique. L'obus craché par un canon allemand tomba à la périphérie de Bazeilles.

La gerbe de terre et d'herbe née de l'explosion se fana aussitôt. Le coup d'envoi avait été donné.

Antoine entendit le formidable aboiement des bouches à feu, le terrifiant sifflement des projectiles. Les combats reprenaient. Les obus pleuvaient dru. Cette averse mathématiquement orchestrée par les artilleurs frappa le village de plein fouet.

Antoine se précipita vers d'hypothétiques abris tout en guettant les obus.

Les Allemands étaient furieux, avides de revanche. La veille, un régiment bavarois avait été chassé de ses positions après un corps à corps qui s'était poursuivi de maison en maison. Antoine marcha sur des cadavres. La puanteur de la décomposition était atroce ; il regretta de ne pas avoir de l'essence de lavande. Il s'en serait badigeonné les narines. En se rapprochant du cœur du cyclone, ses chances de s'en sortir indemne diminuaient. Le souffle brûlant des déflagrations passait sur lui. Une bicoque éclata à quelques pas de là. L'onde le souleva. Une brique le blessa à la cuisse, les gravats le criblèrent. Pendant un moment, il resta à terre, hébété et sourd. La mort rôdait autour de lui. Il pensa à Claire. Puis une ombre lui masqua le ciel roussi par les fumées.

– Ça va ?

La question venait d'un monde lointain.

– Je ne sais pas, s'entendit-il répondre.

Les bruits de la guerre recouvrirent de nouveau le tambour affolé de son cœur.

– Je vais t'aider.

C'était un marin avec un fort accent de Toulon. Il lui tendit la main. Antoine s'en saisit, se releva et constata qu'il était entier. Sa cuisse lui faisait un peu mal. Il en serait quitte pour un gros bleu.

– Merci.

– Faut pas rester ici. Dans quelques minutes, le coin va être infesté d'Allemands. On se regroupe au centre. Il faut tenir jusqu'à l'arrivée des renforts.

Antoine se contint pour ne pas montrer son dépit. Il savait que les renforts ne viendraient jamais. Il hocha la tête, se remit en marche en suivant le marin qui bondissait, longeait les murs, disparaissait dans les ruines où étaient postées des escouades, des civils résolus à crever sur place, dans les lieux qui les avaient vus naître.

Un épouvantable fracas se produisit sur leur gauche. Une pluie d'ardoises s'abattit sur eux. Plus loin, une tannerie s'effondra dans une tempête de braises tournoyantes.

– Je dois franchir les lignes ennemies ! cria Antoine.

– Tu es fou.

– Non, je suis porteur d'un message de l'empereur.

Antoine se mit à tousser. Des fumées noires venaient de l'envelopper. Elles entraient dans sa gorge en une coulée acide qui attaquait ses poumons. Échappant à cette étreinte mortelle, ils émergèrent dans une rue relativement épargnée. Toutes les habitations étaient bourrées de combattants prêts à vendre chèrement leur peau. Des meubles avaient été poussés contre les portes et les fenêtres, des baïonnettes et des canons de fusil saillaient des façades.

– Les Bavarois reviennent ! cria une vigie.

On tira. De toutes les meurtrières partirent des flammèches.

– Bonne chance, que Dieu te protège, dit le marin en entrant dans un immeuble.

Antoine se retrouva seul. Il ne voyait pas l'ennemi. Cependant, des balles piaulaient, ricochaient, criblaient les meurtrières improvisées dans les murs de Bazeilles. L'une de ces abeilles de plomb le frôla.

Comment sortir de ce guêpier ? Avant son départ de Sedan, il avait mémorisé les tracés des départementales, des chemins vicinaux, des ruisseaux de la carte d'état-major de la région. Ces détails s'accumulaient en un fatras indéchiffrable dans sa tête préoccupée par sa survie.

Il se rapprocha de l'épicentre du cataclysme. Dans cette zone, les obus ne tombaient pas. Les envahisseurs positionnés sur les crêtes ne tiraient pas de crainte de toucher leurs frères d'armes. Il coupa par une traverse dans laquelle geignaient trois blessés graves qui ne recevraient jamais de soins. Il ferma son cœur, évita leurs regards presque éteints et une main avide qui quémandait du secours. Au sommet d'une haute bâtisse qui avait perdu son toit, il vit des civils derrière un crénelage de parpaings, de caisses et de matelas, hommes et femmes munis de fusils de chasse. Ils déchargeaient obliquement des essaims de chevrotines en direction de l'église reprise par les Bavarois. Sur le parvis, une compagnie ouvrit un feu nourri sur le pâté de maisons. La riposte fut tout aussi violente et dévastatrice. Les morts s'entassèrent.

Antoine rampa jusqu'à l'une de ces piles saignantes. Un Allemand montra sa trogne rougie. Antoine lui logea une balle dans la broussaille de sa barbe trapézoïdale. L'homme foudroyé rejoignit le tas de morts.

Une unité française surgit dans un élan héroïque. Menés par un sous-lieutenant devenu fou, les soldats repoussèrent les assaillants jusque dans la nef de l'église. Ils firent feu. La chair des fantassins et les marbres des saints reçurent leur part de fer. Dieu reconnaîtrait les siens.

Antoine n'avait nulle envie de se présenter devant le trône du Tout-Puissant ou celui de Satan. Il s'arracha aux pavés gluants, survola les corps, passa entre des façades en flammes. Des désespérés vidaient le pétrole des lampes sur leurs biens et fuyaient leurs logis. Un garçon en caleçon courait avec une torche dans une main et une hache poissée de sang dans l'autre. Il entra dans une maison pour y bouter le feu. Des enfants hurlaient, des vieillards hurlaient, des chiens hurlaient. Ces cris précédaient la course éperdue de ceux qui s'accrochaient à la vie. Partout, les clairons sonnaient la retraite. Ils entraînaient des flots d'éclopés et des drapeaux en loques. Tous espéraient se mettre à l'abri derrière les remparts de Sedan.

Un seul homme fonçait à contre-courant, le sabre tendu. Antoine se servit de sa lame à quatre reprises. Quatre fois, il zébra des visages stupéfaits de voir surgir un Français. À un moment, après avoir franchi plusieurs murets, il sauta dans un canal peu profond où des militaires, la bouche dans la vase, flottaient comme des billots. Dans son dos, la destruction de Bazeilles s'achevait dans un grondement. Il quitta le canal qui bifurquait vers les lignes ennemies. Puis il profita de tous les accidents du terrain pour ne pas s'exposer à la vue des patrouilles, calquant ses déplacements sur ceux des lézards de Provence qui avaient l'art de se confondre avec les pierres et les herbes.

Il se serait donné des coups de fouet pour aller plus vite. Faute de sentir la morsure du cuir sur ses épaules, il se mordit les lèvres jusqu'au sang et demanda à Claire de lui insuffler des forces.

Six heures plus tard, il s'écroulait dans un champ de betteraves.

35

La nuit du pendu

Achille peinait sur la large allée menant à la ruine de la Braconnerie. Il boitait. Son poitrail portait les meurtrissures des ronciers qu'il avait traversés. Il s'arrêta entre les bâtiments des dépendances et les écuries, puis poussa plusieurs hennissements en roulant ses yeux inquiets vers le squelette noirci de la Braconnerie.

Maryse et les femmes dressèrent l'oreille. Depuis le drame, les plus vaillantes se réunissaient dans l'atelier d'Antoine qui était devenu une sorte de sanctuaire. Elles espéraient son retour et la reprise des affaires. Assises en cercle autour de l'établi, elles effectuaient de menus travaux, des raccommodages, de la broderie, de la vannerie, débattant de leur avenir compromis. Leurs maris, leurs pères et leurs frères, les hommes épargnés par la guerre, continuaient à entretenir les champs, à soigner les bêtes, à couper du bois et à mettre en bouteille le vin d'une récolte qui avait été d'une exceptionnelle qualité. Comme ils ne percevaient pas de salaires, ils avaient constitué une coopérative non officielle pour revendre les produits du domaine en cas d'urgence. Les plus pessimistes pensaient que les terres allaient être achetées par les sociétés minières. Il n'était pas question pour eux de descendre dans les ténèbres d'un puits. Ils en crèveraient de ne plus voir le soleil. Mais comment trouver du boulot ailleurs quand l'anarchie régnait ? Le pays était au bord du gouffre.

Les hennissements ne cessaient pas. Un enfant entra en courant dans l'atelier.

– Le cheval du maître est revenu !

Elles se précipitèrent vers le porche. La bête était bien là. Elles l'entourèrent, stupéfaites. Des hommes les rejoignirent. Eux aussi n'en revenaient pas de voir Achille. Ils observèrent les alentours à la recherche de M. Vitalis. Lorsqu'ils furent certains que le bougre n'était pas dans le coin, leurs langues se délièrent. Ils remirent Louis sur le grill des accusations. Les malédictions pleuvaient. On voulait l'atteindre où qu'il fût, lui souhaitant les pires tourments.

Maryse ne prit pas part à l'hallali verbal. Elle avait l'intuition que le maître de la Braconnerie avait payé chèrement ses erreurs et, en vrai chrétienne, elle était encline au pardon. Elle regardait le cheval qui renâclait. L'animal sentait l'animosité de tous ces gens qui tentaient de le caresser. Il s'écartait, secouait sa crinière, s'énervait. Soudain, il rua, s'éloigna en un court galop, puis montra les dents.

– Sale bête ! dit un métayer ventru. On devrait l'abattre et se partager sa viande.

– Oui, ce sera toujours ça de pris, renchérit une paysanne entourée de ses huit gosses

– Tuons-le, c'est une monture de riche. Il ne sert à rien, argumenta une femme munie d'une fourche

– Non !

Maryse avait crié. Ils suivirent d'un regard méchant la bossue qui s'interposait entre eux et l'étalon.

– Toi aussi, on devrait t'équarrir et jeter ta bosse dans le Trou du diable, lança le métayer. Tu as toujours été proche de ce chien de Louis

– Jamais ! répliqua Maryse. Le maître m'humiliait sans cesse. Sans son fils, je ne serais plus ici. Sans Antoine, beaucoup d'entre vous vivraient comme des bohémiens dans les quartiers miséreux de Marseille.

Au nom d'Antoine, ils s'apaisèrent. Le souvenir du courageux, de l'honnête fils Vitalis leur rappela les jours heureux. Il leur manquait et leurs cœurs se soulevèrent à l'idée qu'il ait pu disparaître dans la tourmente de la guerre.

– Le cheval peut nous conduire à l'incendiaire, continua Maryse.

Elle avait volontairement utilisé le mot « incendiaire » pour frapper leurs esprits. Elle les vit acquiescer ; ils rêvaient de le retrouver et de se venger.

– Il est en Italie, cet assassin, affirma un vieux.

– Le cheval ne revient pas d'Italie, croyez-moi. Il a erré dans la région. Vitalis se cache non loin d'ici. Voilà ce que j'en dis. Maryse a raison, cette bête sait où se terre son maître.

Ils avaient écouté sans broncher celui qui venait de s'exprimer. Ost l'intendant, le second de Jeannette Lebescon, avait servi treize ans sous les ordres de Louis. Il en savait assez sur les habitudes du bonhomme pour les convaincre.

– Et comment ce cheval peut-il nous mener à lui ? demanda le métayer.

– Claire Charme saura, intervint Maryse. Montrons-lui Achille et elle découvrira où il se cache.

Ils tournèrent leurs regards vers la barre du Cengle. La magicienne, ils en convinrent, était la seule à pouvoir repérer le fuyard. Des femmes se signèrent.

– Je vais conduire Achille à la Bastide Verte, dit Maryse. M. Ost viendra avec moi.

Ost et Maryse avaient eu du mal à conduire le pur-sang inquiet. L'orage menaçait. Cela faisait des jours que les nuages s'accumulaient entre le Rhône et le comté niçois. Le couvercle sombre écrasait la Provence. Les sommets de la Sainte-Victoire, du mont Aurélien et de la Sainte-Baume avaient disparu sous les nuées. La fin du jour accentuait la noirceur venue de la mer.

Achille frémissait. Ses naseaux dilatés aspiraient l'air humide et électrifié. La tempête était imminente. Elle frappait déjà la région toulonnaise. Il sentait sa force malgré les vingt lieues qui les séparaient de la Bastide Verte.

– Calme-toi mon beau, dit Claire.

Maryse et Ost, après une brève explication avec la magicienne, s'étaient écartés du cheval et de Marthe qui, les mains sur les hanches, des récriminations plein le crâne, dardait son regard sans complaisance sur la bossue.

Achille se laissa approcher par la femme rousse. La bienveillance émanait de cette humaine à l'aura dorée. Il accepta la main sur son encolure. La caresse était légère. Elle se déplaça, passa sur son front. Claire absorbait la peur de l'animal. Achille avait l'âme noble. Elle lui souffla dans les naseaux comme le faisaient les cavaliers mongols et cosaques afin de s'unir à lui.

Il ne tremblait plus.

Maryse suivait avec anxiété le rituel auquel se livrait Claire. Il semblait que le cheval retrouvait son assurance. À un moment, il chanta. Claire eut un sourire et se mit à lui parler dans un dialecte ancien. Ost, rationaliste intransigeant, admit que la sorcière avait un talent de dresseuse. Il n'aimait pas cependant sa façon de s'exprimer ; elle baragouinait en alémanique d'une voix rauque.

Claire se tourna vers eux.

– Les gendarmes n'ont pas été avertis ?

– Non, dit Ost.

– Tant mieux.

Elle bondit sur le dos d'Achille.

– Mais où vas-tu ? s'écria Marthe.

– Voir Louis Vitalis, répondit Claire.

– Espèce de folle ! Il va faire nuit. L'orage est là. Sainte Mère de Dieu, reviens !

Il était trop tard. D'un coup de talon, la testarde avait incité Achille à trotter. Marthe continua à maugréer contre l'inconscience de sa fée, puis se signa. Maryse était tombée à genoux et priait. Une grosse goutte s'écrasa sur ses mains jointes.

– La tempête va vous estrasser. Entrez donc vous mettre à l'abri. J'ai du bouillon de poule, concéda Marthe au couple.

– On devrait aider Mlle Charme, dit Ost.

– Peuchère de vous, mon bon monsieur. L'aider, elle ? N'y songez pas. Elle n'a besoin de personne.

Claire en était sûre. Achille l'avait conduite sur le versant sud-est de la Sainte-Baume. Elle pénétra sur le terrain maudit. Durant des mois, elle avait rêvé de l'Olivier du Diable. L'arbre mort était lié aux Vitalis et à son propre destin. La pluie la mitraillait violemment de face. Elle n'y voyait pas à plus de dix mètres dans cette nuit tempétueuse et refusait d'user de ses dons pour éclaircir sa vision. La foudre frappa les décombres d'une tour. Le cheval s'arrêta brusquement ; une frontière invisible l'empêchait d'aller de l'avant. Le panorama dantesque lui apparut brièvement. L'immense ruine de la léproserie s'étendait au pied d'une colline basse à proximité de la source du Gapeau. Les monceaux de pierre blanchie brasillaient. L'ancienne enceinte lui fit l'effet d'une immense mâchoire édentée. Les ronces, les genêts, les myrtes, les acacias et les genévriers avaient pris possession de ce domaine interdit. Ils courbaient leurs courtes têtes épineuses sous l'effet de l'orage, mais peut-être était-ce pour rendre hommage au monstrueux olivier.

Le cheval refusa de faire un pas de plus. Claire sauta à terre et l'attacha à un chêne kermès. Elle se dirigea vers le cœur pourri de la léproserie. Plus elle avançait, plus les bourrasques augmentaient. Les forces de l'enfer s'unissaient pour l'empêcher d'atteindre son but.

Un nouvel éclair se divisa en cinq fourches et détruisit la double arche de l'entrée. La détonation la cloua quelques instants sur place. La lumière fulgurante lui avait révélé le corps pendu à une branche. Le vent hurlait, un torrent de boue coulait sur sa droite, une tornade arrachait des pierres aux ruines. Elle n'avait aucun moyen d'agir sur les éléments, mais elle les défia en réduisant la distance qui la séparait de l'olivier.

Levant la tête, elle contempla Louis Vitalis dont le corps purulent oscillait et tournait sur lui-même. À chaque tour, la figure blême lui adressait une grimace affreuse. Les corbeaux avaient mangé ses yeux. Sa langue gonflée et déchiquetée avait été entamée par les becs.

Un autre éclair la visa. Claire avait anticipé sa frappe en bondissant sur le côté. Il toucha le sol. L'arbre se souleva, arrachant des tonnes de terre et de roc. L'explosion la rendit sourde. Reprenant ses esprits, elle constata que l'olivier penchait dangereusement sur le côté. Ses racines noueuses étaient à nu, pareilles à de gros serpents figés sur la tête de Méduse. Le cadavre de Louis était à présent plus haut.

Un trou s'était formé, révélant une faille qui ne paraissait pas naturelle. Elle aiguisa son regard, aperçut des marches. Respirant à fond, elle décida d'explorer la cavité. Les profondeurs l'engloutirent et elle fit appel à ses pouvoirs pour découvrir les secrets de la léproserie.

Quand elle réapparut à la surface du monde, le visage décomposé, elle se mit à combler le trou avec des pierres et des branches mortes. Elle s'épuisa pendant des heures. Puis elle détacha le cadavre de Louis. Le mettre en travers de la croupe du cheval ne fut pas une mince affaire.

Personne ne devait savoir qu'il s'était pendu à l'Olivier du Diable.

Personne ne devait découvrir ce que cachait cette terre maudite.

36

Paris dans la tourmente

Antoine ressemblait à un franc-tireur ou à l'un de ces aventuriers venus d'Italie à la suite de Garibaldi. Son uniforme décousu, plâtré de boue et maculé de sang séché, avait perdu la moitié de ses boutons et ses épaulettes. Son soulier droit bâillait, laissant paraître la crasse d'une chaussette. Il avait semé son képi, mais pas ses poux. Ces derniers grouillaient dans la jungle de ses cheveux tombant sur ses épaules. Ils festoyaient sur son crâne, s'accouplaient, pondaient des lentes par centaines, alors que lui, le messager impérial, se serrait la ceinture.

Tout au long de cet épuisant voyage, n'ayant plus un sou, il avait mendié sa nourriture. On ne l'avait pas toujours bien reçu. Plusieurs fois, il s'était livré à la maraude, au pillage des poulaillers, gobant des œufs crus. Il avait même tordu le cou à un poulet, volé du pain et du fromage en s'introduisant dans des fermes isolées. On l'avait pourchassé, insulté, menacé avec des fourches.

Passé la Marne, un changement s'était produit. Il semblait que la France relevait la tête. Des milliers de volontaires se rendaient à la capitale. Des corps francs se formaient dans tous les départements du pays, rassemblant des patriotes et des bandits. Sur les cendres de l'Empire finissant, un ordre nouveau naissait dans un épouvantable désordre. L'idée d'une IIIe République faisait son chemin dans les caboches échauffées des revanchards. À moins d'un renversement miraculeux de la situation militaire, la république allait voir le jour dans la violence. Des hommes politiques sans scrupule s'apprêtaient à rédiger une constitution avec le sang des Allemands et des Français. Paris était l'enjeu de toutes les convoitises.

Antoine ne se faisait aucune illusion sur la suite des événements. Ses compatriotes s'étriperaient mutuellement le moment venu. Ils s'y préparaient avec hâte, aveuglés par l'intime conviction que leur union était sacrée. Rouges, blancs, impériaux, républicains et socialistes, tous hormis les royalistes chantaient *La Marseillaise* et *Le Chant du départ* à se déchirer les cordes vocales. Les hymnes cimentaient les troupeaux d'hommes groupés derrière des drapeaux tricolores. Les couplets se mélangeaient, les refrains fouettaient les sangs. La violence était à fleur de peau, l'envie de sacrifice totale.

Nous entrerons dans la carrière
Quand nos aînés n'y seront plus
Nous y trouverons leur poussière
Et la trace de leurs vertus !
Et la trace de leurs vertus !
Bien moins jaloux de leur survivre
Que de partager leur cercueil,
Nous aurons le sublime orgueil
De les venger ou de les suivre !

Cet orgueil était porté par trois ou quatre cents Bourguignons qui précédaient Antoine tandis que, derrière lui, plus de mille Picards entonnaient :

La victoire en chantant nous ouvre la barrière,
La liberté guide nos pas,
Et du Nord au Midi, la trompette guerrière

A sonné l'heure des combats.
Tremblez ennemis de la France !
Rois ivres de sang et d'orgueil !
Le peuple souverain s'avance ;
Tyrans, descendez au cercueil !

Antoine était étourdi par l'enthousiasme collectif. L'appel à la défense de Paris avait provoqué un encombrement effroyable sur les routes. La toile des voies reliant la capitale aux grandes villes du pays était gorgée, emplie à un point tel d'hommes et de femmes, de chevaux, de bœufs, de moutons, de vieilles pièces d'artillerie, qu'elle semblait drainer toute la population française.

C'était grisant et inquiétant à la fois de côtoyer ce mélange de bons citoyens, d'arrivistes, de voleurs et de gueux. Antoine se mêlait parfois à des bandes qui lui rappelaient les heures tragiques de l'Histoire quand les routiers et les étripeurs du Moyen Âge ravageaient le pays.

« Paris ! Paris ! Paris ! »

Le nom de la ville monta en une vague de cris, le submergea. Quelques dizaines de pas plus loin, alors qu'il atteignait le sommet d'un mamelon, il reçut un choc. Dans le bassin creusé par la Seine, Paris s'offrit à lui avec ses buttes, ses quinze forts et ses six redoutes, ses formidables remparts répartis en neuf secteurs. Il ne le connaissait que par les gravures et les descriptions romanesques. Son esprit avait du mal à assimiler cette vastitude peuplée de plus d'un million d'êtres.

« Imprenable », pensa-t-il au premier abord.

Il haleta d'un espoir partagé avec des milliers d'autres. La colossale cité ceinturée de granit et de fossés, de centaines de canons, nourrissait les illusions de tous les provinciaux venus la défendre. La victoire finale leur paraissait à présent évidente.

Antoine se souvint des pièges de Wissembourg et de Sedan. Un ver grignota sa confiance.

– Ces cochons d'Allemands ne pourront jamais encercler la ville, ricana un balèze qui arborait un bicorne à plumes tricolores et un uniforme coupé dans un drap bleu de qualité.

C'était l'un de ces officiers improvisés, choisis parmi les notables d'une sous-préfecture, à la tête d'une génération spontanée de civils déguisés en soldats. Il fut acclamé. Antoine admit qu'il n'avait pas tort. Les Allemands ne seraient jamais assez nombreux pour rendre étanche leur cercle de fer. Il se mit à croire à une autre stratégie des forces parisiennes. Il y aurait des sorties en masse, des attaques fulgurantes. Au bout du compte, l'ennemi harcelé et épuisé si loin de ses frontières se retirerait.

– En avant ! commanda l'officier d'opérette.

La lecture de la proclamation mensongère du maréchal Bazaine n'était pas encore parvenue aux oreilles des Parisiens qui en étaient encore à attendre des nouvelles tragiques de Sedan. En Alsace-Lorraine, les populations, d'abord atterrées, s'étaient révoltées en prenant connaissance de cette traîtrise :

> *À l'armée du Rhin,*
>
> *Vaincus par la famine, nous sommes contraints de subir les lois de la guerre en nous constituant prisonniers. À diverses époques de notre histoire militaire, de braves troupes, commandées par Masséna, Kléber, Gouviau Saint-Cyr, ont éprouvé le même sort, qui n'entache en rien l'honneur militaire, quand comme vous, on a aussi glorieusement accompli son devoir*

jusqu'à l'extrême limite. Tout ce qu'il était loyalement possible de faire pour éviter cette fin a été tenté et n'a pu aboutir…

Antoine était au cœur de la capitale en effervescence. La foule, répandue sur les boulevards, la place de la Concorde et aux abords du Palais-Bourbon, avait commenté fiévreusement durant des jours les racontars que la presse lui avait jetés en pâture. Un peu avant onze heures, des rumeurs venant de Londres et de Bruxelles avaient commencé à se répandre avant d'être confirmées par une dépêche de l'empereur : « L'armée est défaite et captive, moi-même je suis prisonnier. »

La nouvelle fusa comme une traînee de poudre enflammée. La populace prit le mors aux dents. Antoine était déboussolé, pris à parti, sommé de prendre d'assaut l'Assemblée nationale.

« Déchéance ! » hurlaient les Parisiens.

Il essayait de se repérer dans ce tumulte, demandant son chemin aux premiers venus.

– Les Tuileries ? Où se trouvent les Tuileries ?

– Le repaire des scorpions, c'est par là, lui répondit une femme échevelée en lui désignant la rive gauche du fleuve.

Elle ressemblait à une Marianne sortie d'un asile d'aliénés. Elle reprit d'une voix suraiguë :

– Oui aux Tuileries ! Tu as raison, c'est là qu'il faut frapper !

– Non, prenons le Louvre, dit un homme, et forçons le général Trochu à marcher avec nous.

– Oui, le gouverneur de Paris doit s'unir au peuple ou mourir ! cria un autre.

Antoine contemplait ces gueules déformées par la haine, ces poings levés, ces mains brandissant des pétoires, des pistolets, des haches, des marteaux et des couteaux. Les bandes se formaient mais elles n'offraient aucune unité. Antoine était face au grand temple à colonnes qu'il avait aussitôt identifié comme celui où se réunissaient les députés. Il ne fallut que quelques minutes aux sergents de ville pour disperser la foule versatile. Seuls quelques petits groupes s'accrochèrent en bordure de la rive droite de la Seine et continuèrent à vociférer. Comme le crépuscule envahissait la capitale, Antoine décida de remettre au matin sa rencontre avec l'impératrice. La Marianne était toujours à ses côtés. Il ne savait pas comment s'en débarrasser. Il semblait qu'elle avait mis ses espoirs insensés en lui.

À la nuit tombée, les cris haineux redoublèrent d'intensité à l'arrivée des voitures du chef du gouvernement, le comte de Palikao, et de son escorte de ministres encadrés de dragons à cheval. Le favori de l'impératrice régente allait annoncer officiellement la capitulation de Sedan aux députés.

– Tu veux toujours te rendre aux Tuileries ?

Antoine sursauta. La virago de la République qui avait disparu pendant une heure venait de réapparaître. À la lueur des flambeaux, ses traits asymétriques et anguleux lui donnaient un air démoniaque. Au demeurant, elle n'était pas laide mais il doutait qu'elle fût en ménage. Elle s'était changée, elle portait une chemise et une jupe rouge. Deux dagues anciennes étaient passées dans sa large ceinture de cuir. Elle planta son regard farouche et déterminé dans celui d'Antoine qui répondait :

– Je vais attendre l'aube. Le bras de fer entre les députés et le cabinet de l'impératrice va se jouer ici. J'aviserai quand la situation sera plus claire.

Il lui laissait entendre qu'il se préparait à une action violente et c'était ce qu'elle désirait. Elle eut un élan vers lui et déposa ses lèvres brûlantes sur sa joue.

– Toi, tu es homme, un vrai. On se la fera tous les deux !

– On se fera qui ?

– L'impératrice, tiens ! C'est vrai, il y a toutes ces salopes autour d'elle, ses dames de compagnie vérolées, sa lectrice, la Lebreton qui doit lui lire des livres obscènes. Je voudrais bien couper aussi les couilles de Chevreau et les lui faire avaler avant de lui arracher le cœur, mais celui-là je le laisse à mes amis que nous libérerons des prisons.

Antoine se souvint que Chevreau était le ministre de l'Intérieur. Il fit oui de la tête.

– Je m'appelle Marie-Pierre, dit-elle.

– Antoine, répondit-il.

Ce prénom parut la troubler. Elle se tut. Autour d'eux, la foule se densifiait, grondait, aiguisait ses dents à la lueur des torches. À l'intérieur du Palais-Bourbon, les dés du destin politique de la France roulaient. Jules Favre, en son nom et au nom de ses collègues de l'opposition, déposait une proposition tendant à prononcer la déchéance de l'empereur et de sa dynastie, à nommer une commission gouvernementale investie des pouvoirs souverains et chargée de chasser l'ennemi du territoire.

Antoine et Marie-Pierre la rouge, pas plus que les acharnés venus des faubourgs et de la butte Montmartre, ignoraient tout des tractations politiques. La fatigue et le sommeil eurent raison de la houle populaire. Les plus tenaces ne rentrèrent pas chez eux et dormirent sur place comme des bêtes. Antoine s'adossa au parapet surplombant le quai. Marie-Pierre se roula en boule sur le sol. Il ferma les yeux, imprégné par la vision de cette fleur vénéneuse qui murmurait ses prières aux dieux de la révolution.

Quand il rouvrit les paupières, Marie-Pierre était debout, nimbée par la fusion cuivrée du soleil levant. Il avait dormi comme une brute.

– Alors ? fit-elle.

– Je vais aux Tuileries, bougonna-t-il. Seul !

– Je viens aussi. Je veux ma part !

Il ne s'en dépêtrerait jamais.

– Je te laisse toutes les parts que tu désires. Là-bas, ce sera chacun pour soi.

Il l'avait tutoyée pour s'imposer. Elle haussa les épaules. Jamais un homme ne lui mettrait la bride sur le cou.

L'impératrice avait essuyé ses larmes en lisant la dépêche fatale de Sedan. Seules sa camériste et Mme Lebreton, sa lectrice, avaient été témoins de ce chagrin. C'était déjà trop.

Elle était la régente, le pivot de l'Empire, elle représentait l'essence même du pouvoir. Elle se mit au travail avec ses secrétaires. Son premier acte fut de nommer Thiers chef du gouvernement, mais une heure plus tard, la réponse du député de gauche la contraria : il refusait. Elle essaya alors de rallier Trochu à sa cause et le convoqua. Le général gouverneur militaire de Paris lui promit de venir conférer avec elle. Elle l'attendit en vain toute la nuit. Tous ceux qui auraient pu inverser le cours des événements se défilaient. Ils étaient comme des joueurs de poker, guettant le moment opportun pour abattre leurs cartes et entrer dans l'Histoire par la grande porte. Ses proches lui avaient conseillé de gagner la Loire avec son gouvernement. Elle leur avait répondu : « Ce serait la guerre civile. Et à quoi bon ? Qui n'a plus Paris n'a rien. Je ne bougerai pas d'ici. »

Le petit oratoire sentait bon l'encens, la cire d'abeille et le parfum des roses blanches dont les bouquets ornaient l'autel et la statue de Notre-Dame. L'impératrice n'avait pas dormi de la nuit. Les cernes creusaient sa noble face, le vermeil n'embellissait plus ses lèvres. Elle ne se souciait plus de son apparence. Seule la pureté de son âme lui importait.

Elle n'avait jamais manqué l'office de sept heures. Elle s'adressa à la Vierge immaculée qui la couvrait de son doux regard.

– Mère très digne, mère du Créateur et de mon Sauveur, depuis que vous avez écrasé sous vos pieds la tête du serpent infernal, vous êtes devenue l'objet de la haine et de la fureur du démon, aussi bien que des hérétiques ses enfants, lesquels, possédés de l'esprit de leur père, n'ont cessé, depuis l'établissement de l'Église, de combattre votre culte, comme ils le combattront plus âprement encore quand l'Empire cessera d'exister. Que ne feraient-ils pas pour obscurcir et même pour détruire votre gloire ?

Eugénie avait entendu la progéniture de Satan mugir à l'extérieur des Tuileries, la populace déchaînée qui hurlait sa haine contre Napoléon. Elle demanda protection pour son fils, pour son époux et ses fidèles partisans. Les demoiselles d'honneur s'interrogeaient sur la raison de ce long conciliabule avec sainte Marie. Elles voyaient le temps s'écouler et se rétrécir, n'ayant qu'un but en tête : partir au plus vite de Paris. Leurs bagages avaient été emportés la veille. L'hostie avalée, l'amen encaissé, elles galoperaient vers la berline anonyme et l'exil. Le prêtre accomplit son devoir.

Quand son âme fut soulagée, Eugénie s'apprêta à affronter le monde des hommes.

37

L'impératrice Eugénie

La journée se levait, tiède et radieuse. Un beau dimanche en perspective. Le soleil illuminait les coupoles des monuments, avivait les flèches des églises et vivifiait les couleurs des drapeaux qui fleurissaient aux fenêtres. La Seine se pailletait d'or comme pour fêter un événement heureux.

Antoine fut étonné de constater que l'humeur des Parisiens avait changé. Les gens souriaient, se rendaient aux remparts pour observer les préparatifs de la défense comme à une avant-première à l'opéra. Les familles, les amoureux, les enfants et les vieux envahissaient les rues sans plus se soucier de l'Empire et des Prussiens que s'ils n'avaient jamais existé.

Seule l'enragée qui s'attachait à ses basques continuait à soliloquer.

– On va pas en rester là. Il faut en tuer. Le peuple doit agir et déloger la salope de son trône. Lâches ! cria-t-elle soudain à un couple qui se bécotait sur le quai de la rive gauche.

Le palais des Tuileries s'étendait dans le prolongement du Louvre. De nombreuses compagnies de soldats en défendaient tous les accès.

– Il faut en tuer, répéta Marie-Pierre. Comme en 89.

Elle promena son regard d'aliénée sur les uniformes. Un gros paquet d'hommes gardait les imposantes grilles pareilles à des armes de piquier. Antoine jugea bon de s'écarter de sa compagne. Elle était toute à son obsession, l'ignorant désormais.

Tuer, tuer et provoquer la révolte.

Elle faisait monter la pression de son sang. Ses lèvres tremblaient. Sa poitrine se soulevait. Elle crispa ses poings sur les manches des poignards et s'élança soudain sur le poste de garde.

Les sentinelles virent s'avancer cette drôlesse, les lames étincelantes, la folie dans ses yeux écarquillés.

– Halte ! hurla un lieutenant.

Ses hommes n'attendirent pas qu'il ordonne de tirer. La femme à la bouche ouverte sur un hurlement muet avait l'intention de leur crever le bide ou de leur ouvrir la gorge. Ils épaulèrent et firent feu. À cinq cents mètres, une balle de 13 mm arrêtait un cheval au galop. À cinquante pas, les neuf ou dix projectiles crachés par les chassepots eurent un effet dévastateur. Ils percèrent la poitrine de la pauvre illuminée, lui cassant les os. Le cœur broyé, elle partit en arrière et tomba sur le dos.

Antoine ne prit pas la peine de lui porter secours. Il n'y avait rien à espérer après une pareille fusillade. Marie-Pierre n'avait sûrement rien senti et continuait sa course effrénée en enfer sans se rendre compte qu'elle était morte. Il se dirigea vers le poste.

Le second « halte ! » fut lancé par le lieutenant qui avait pâli à la vue des groupes de badauds figés sur la place de la Concorde. Il avait son pistolet à la main.

– Je suis un messager de l'empereur ! annonça Antoine.

Le lieutenant le considéra d'un air circonspect, le prenant pour l'un de ces dangereux arrivistes engagés dans les corps francs. Antoine ne ressemblait plus à un soldat de ligne. Son uniforme en loques, son sabre de cavalerie et sa saleté faisaient de lui un parfait suspect.

– Vous étiez avec cette femme ? demanda le lieutenant.

– Non, le hasard a fait que je me suis trouvé près d'elle. J'arrive de Sedan, répondit-il en exhibant le sauf-conduit qui portait le cachet impérial.

– Approchez.

Antoine avança prudemment. Une vingtaine de fusils étaient pointés sur lui. L'officier étudia le document, puis le visage d'Antoine.

– Vous étiez réellement à Sedan ?

– Oui et avant à Wissembourg.

Le lieutenant déglutit. La défaite héroïque de la France à Wissembourg avait largement été commentée par la presse.

– Je dois remettre mon message à l'impératrice. En mains propres. Ce sont les ordres de l'empereur. Conduisez-moi à elle.

On ne le conduisit pas à l'impératrice, mais à un capitaine, puis à un colonel. À chaque rencontre, Antoine n'en démordit pas : « En mains propres. » Finalement, il fut reçu par le général Mellinet, commandant les forces du palais. Son sauf-conduit fut examiné à la loupe par un expert. C'était bien l'écriture et la signature de Napoléon. Le général soupira puis appela son ordonnance.

– Faites préparer un bain pour ce soldat et procurez-lui un uniforme neuf.

– Mais il y a urgence mon général, se récria Antoine.

– Urgence ou pas, vous ne vous présenterez pas devant la régente comme un mendiant.

Le palais était glacial malgré la température estivale qui régnait au-dehors. Antoine et le général marchaient côte à côte. Le bruit de leurs pas se répercutait dans ce vaste mausolée qu'étaient devenues les Tuileries. Les soldats en faction étaient pareils à des gisants de marbre plaqués de part et d'autre des portes monumentales. Où étaient les courtisans, la noblesse, les ambassadeurs ? Oubliés les bals fastueux, les millions dépensés, le champagne coulant à flots, les rivières de diamants, les diadèmes d'or, les robes de soie, les épées enrichies de pierres précieuses, les marches solennelles, les quadrilles endiablés, les valses étourdissantes et l'aura de gloire des Bonaparte. Les salles d'apparat se succédaient, vidées de leur substance. Le malaise gagna Antoine. La pensée de Claire se glissa en lui et, en une prémonition néfaste, la magicienne l'enjoignit de fuir cet endroit dès sa mission accomplie. Il eut la brève vision du palais pillé, saccagé et livré aux flammes.

Ils arrivèrent face à une porte devant laquelle patientaient des hommes anxieux et des femmes angoissées. Ce devait être le dernier carré de fidèles au régime. Les gardes qui en contrôlaient l'accès se raidirent. Le capitaine qui les commandait ouvrit le battant.

Le général invita Antoine à pénétrer dans l'imposant cabinet de travail où une douzaine de fonctionnaires s'escrimaient à empiler des dossiers importants dans des caisses qui, une fois remplies, étaient emportées vers une destination inconnue par une porte secondaire donnant sur un escalier. Quelques papiers étaient jetés au feu. Des compromissions partaient en fumée sous l'œil du buste affaissé de Napoléon III posé sur le revêtement de marbre rose du foyer. Au milieu de l'agitation des paperassiers, l'épouse impériale, penchée sur son bureau, écrivait fiévreusement une dépêche à Trochu.

Eugénie avait l'air d'une fleur de deuil. Sa robe noire et moirée décorée de volants gris foncé et de perles s'étalait en une demi-corolle autour de son fauteuil. Elle leva la tête. Elle avait le visage grave. Aussitôt, Antoine se sentit diminué. Noblesse et force de caractère se conjuguaient dans les traits tirés de cette femme hors du commun. Antoine comprit qu'elle aurait pris les bonnes décisions si elle avait commandé l'armée du Rhin.

– Majesté, dit le général Mellinet en s'inclinant, un messager de l'empereur est parvenu à sortir de Sedan avant la reddition.

– Votre nom, soldat ? demanda Eugénie.

– Antoine Vitalis… Sergent Vitalis au service de Votre Majesté.

Il n'avait pas oublié sa nomination par l'empereur. Il en était fier. L'impératrice l'analysait. L'ayant jaugé, elle déclara :

– Sergent, vous honorez l'armée du Rhin. Avec dix mille hommes de votre trempe, je serais certaine d'arrêter les Allemands sur la Marne.

– Hélas Majesté, ces dix mille hommes sont morts à Wissembourg, à Reichshoffen et à Bazeilles, répondit-il.

Il avait le message à la main et le lui tendit. Elle s'en empara sans hâte, contempla le sceau comme s'il s'agissait d'une sainte relique, le décacheta puis lut. La lettre était longue. Son regard se mouilla mais aucune larme ne roula sur ses joues. Antoine et le général retenaient leur souffle. La missive renfermait peut-être un plan secret qui assurerait la victoire de la France.

– Vous pouvez disposer, général, dit Eugénie en repliant la lettre. Vous, sergent, vous demeurez auprès de moi.

– Vous n'avez pas de consignes particulières à me donner ? s'enquit Mellinet.

– Continuez à maintenir l'ordre aux Tuileries.

Le général se retira. L'impératrice fit asseoir Antoine près du bureau et commanda un déjeuner car elle voyait bien qu'il était affamé.

Du temps passa, rythmé par le froissement du papier et les grattements de plume. Puis une rumeur se propagea entre les portes capitonnées du palais. Elle gonfla en une marée de cris et de chants belliqueux. Le général Mellinet revint, affolé.

– Majesté, c'est l'émeute. L'Assemblée nationale a été envahie par le peuple. Les députés de notre parti ont dû fuir. De Palikao est sur le point de s'échapper.

Antoine s'était levé d'un bond. Il avait laissé tomber le petit pain au beurre tartiné de foie gras qu'il mordait. Sur ces entrefaites, dans la foulée du général, des députés de gauche demandèrent à être reçus par la régente. Ils étaient pareils à des croque-morts, prêts à mettre en bière la belle Eugénie sur qui ils tiraient à boulet rouge depuis des années. Deux d'entre eux, Buffet et Daru, s'avancèrent et se retrouvèrent face à Antoine qui avait fait quelques pas en avant.

– Je ne suis pas en danger… pas encore. Ce ne sont pas eux qui me conduiront à la guillotine, glissa Eugénie à l'oreille du Provençal.

Antoine s'écarta. Les deux députés le toisèrent, puis demandèrent à la régente de remettre ses pouvoirs au corps législatif.

– C'est le seul moyen d'empêcher la déchéance de la dynastie, ajouta Buffet sur un ton plein de déférence.

Eugénie eut un sourire indéfinissable. Dans son regard, en une fraction de seconde, toutes ces années où elle avait été au pouvoir et connu la gloire défilèrent. Elle leur répondit très calmement :

– Ce que vous me proposez, messieurs, préserve, dites-vous, l'avenir, mais à la condition que j'abandonne le présent et, à l'heure du plus grand péril, le poste qui m'a été confié. Je ne le puis, je ne dois pas y consentir. L'avenir est aujourd'hui ce qui me préoccupe le moins, non pas assurément l'avenir de la France, mais l'avenir de la dynastie. Messieurs, les épreuves que je viens de subir ont été tellement douloureuses, tellement horribles que la pensée de conserver cette couronne à l'empereur et à mon fils me touche très peu. Mon unique souci, ma seule consolation est de remplir, dans toute son étendue, les devoirs qui m'ont été imposés. Si vous croyez, si le corps législatif croit que je suis un obstacle, que le nom de l'empereur est un obstacle et non une force pour dominer la situation et organiser la résistance, que l'on proclame la déchéance, je ne m'en plaindrai pas. Je pourrai quitter mon poste avec honneur, je ne l'aurai pas déserté. Mais je suis convaincue que la seule conduite sensée, patriotique, pour le pays serait de se serrer autour de moi, autour de mon gouvernement, de laisser de côté toutes les questions intérieures et d'unir étroitement nos efforts pour repousser l'invasion.

Antoine était suffoqué par l'aplomb de cette femme dont le courage dépassait l'entendement. À moins que ce ne fût un orgueil démesuré qui la poussât à ne pas quitter le navire. Il l'écouta plaider sa cause avec admiration. Elle rappela aux représentants de la nation que les Cortes de Cadix étaient restés fidèles à leur roi dans les moments difficiles traversés par l'Espagne. Enfin elle ajouta :

– Quant à moi, je suis prête à affronter le danger et à suivre le corps législatif partout où il voudra organiser la résistance. Si cette résistance était reconnue impossible, je crois que je serais encore utile pour obtenir des conditions de reddition moins défavorables.

Elle marqua une pause. À l'intérieur du grand cabinet, le silence était total. Les secrétaires s'étaient redressés et jetaient des coups d'œil angoissés en direction des fenêtres sur lesquelles venaient mourir les échos de la vindicte populaire. Cette colère se rapprochait, mais elle n'entamait pas la détermination de l'impératrice qui, voyant que les députés demeuraient dans l'expectative, reprit son monologue.

– Hier, le représentant d'une grande puissance m'a offert de proposer une médiation des États neutres sur ces deux bases : intégrité du territoire de la France et maintien de la dynastie impériale. J'ai répondu que j'étais disposée à accepter le premier point, mais je l'ai énergiquement repoussé sur le second. Le maintien de la dynastie est une question qui ne regarde que le pays, et je ne souffrirai pas que les puissances étrangères interviennent dans nos arrangements intérieurs.

À ce moment-là, les langues se délièrent. Les députés montraient leur insatisfaction. Aucun ne salua son courage. Antoine vit l'instant où ils allaient se saisir d'elle et l'entraîner de force pour la faire juger par un tribunal du peuple. Il était prêt à sabrer le premier qui oserait la toucher ; le général Mellinet lui avait fait remettre le sabre de Wissembourg.

Buffet et Daru montèrent en première ligne. Ils n'avaient pas l'intention de renoncer : l'impératrice avait le devoir d'abdiquer !

Elle les fit taire d'un geste. Toute comédie avait une fin. Elle leur dit :

– Vous l'exigez, messieurs, ce n'était pas mon sentiment ; mais je laisse de côté tout ce qui m'est personnel. Seulement, je veux agir régulièrement, je veux que mon cabinet soit consulté. Si mes ministres acceptent les mesures que vous me proposez de prendre, l'obstacle ne viendra pas de moi. Parlez-en au comte de Palikao, s'il adhère, j'adhérerai.

La délégation se retira en désordre. On entendit ses pas précipités sur les dalles de marbre.

– Ils sont pressés de prendre le pouvoir, dit Eugénie à Antoine. Pourtant, ils s'entre-déchireront quand Paris tombera. Jules Favre est un homme de compromis, il n'a pas les épaules assez larges pour assurer l'unité de la nation et museler les voix des rouges. Je vous le prédis, monsieur, dans un an, ce sera la guerre civile.

Elle lui avait donné du « monsieur » comme s'il appartenait à la noblesse et faisait partie du cercle de ses favoris. Il en éprouva de la fierté.

– Que pensez-vous de la situation ? lui demanda-t-elle.

Antoine se racla la gorge. Il avait son idée ; elle s'était noircie depuis qu'il avait pu se faire une opinion sur les représentants du pays, des maquignons que les Prussiens allaient mettre au pas. Paris était un Sedan en plus grand, et le peu qu'il avait lu sur l'histoire militaire de l'humanité depuis les conquêtes d'Alexandre l'obligea à répondre franchement :

– On ne gagnera pas une guerre avec des hommes qui opteront pour une stratégie de défense. Vous avez raison, Majesté, Paris tombera et ce sera la révolution.

– Bien, je n'ai pas l'intention de suivre l'exemple de Marie-Antoinette. L'empereur dit dans sa lettre que je peux m'en remettre à vous en cas de danger. Son choix n'a jamais été aussi bon. Pour l'heure, attendons la réaction de mes ministres et la réponse du corps législatif.

Les nouvelles étaient alarmantes. Les émeutiers menaçaient d'incendier les bâtiments publics, de faire le siège des Tuileries. Le général Trochu, chef des forces armées de la capitale, aurait pu rétablir l'ordre, mais il était parti inspecter les forts. C'était le meilleur moyen de fuir ses responsabilités et de fragiliser un régime qu'il n'avait jamais soutenu. Antoine suivait les allées et venues des personnages en perdition. Tous adjuraient l'impératrice de se démettre et de partir. La situation empirait de minute en minute. Antoine avait survécu à Wissembourg, à Sedan, à Bazeilles, mais il ne donnait pas cher de sa peau dans ce palais cerné par cent mille assoiffés de sang. Les Tuileries étaient indéfendables.

Trois ministres, Jérôme Doval, Busson-Billault et Henri Chevreau déboulèrent dans le bureau impérial et insistèrent auprès de la régente pour qu'elle veille à sa propre sûreté. Elle refusait toujours de fuir et interdisait au général Mellinet d'ouvrir le feu sur les manifestants.

« Périsse la dynastie plutôt que de coûter la vie à un Français ! »

Elle était cependant profondément ébranlée. Ses lèvres tremblaient, ses mains trituraient les plis de sa robe. Antoine bénit le préfet de police, Pierri, qui, arrivant sur les coups de trois heures, expliqua que le palais allait être envahi d'ici quinze à vingt minutes. À sa voix, se joignit celle du prince de Metternich qui craignait pour la vie de tous les fidèles et des serviteurs restés sur place.

– J'ai promis à l'empereur de vous sauver, intervint Antoine. Il est temps de quitter la place, vous avez fait plus que votre devoir.

On la pressait de toutes parts. Elle céda. Elle serra des mains, donna des accolades. Metternich et Nigra l'entraînèrent.

– Venez avec nous, monsieur, ordonna-t-elle à Antoine qui n'avait nulle intention de l'abandonner.

Les fidèles suivirent la corolle noire de sa robe qui faisait des frous-frous. Ils firent un détour par les appartements privés. Eugénie voulait assurer ses arrières. Elle remplit un coffret de sa fabuleuse collection de pierres précieuses.

– C'est pour vous, dit-elle à Antoine en lui remettant une émeraude.

Antoine écarquilla les yeux. C'était un joyau énorme, d'une eau si pure qu'il semblait avoir été taillé dans le Saint-Graal.

– Je ne peux accepter un tel présent…

– C'est un ordre, sergent. Vous en aurez besoin pour refaire votre vie.

Eugénie avait eu une prémonition. Le retour de ce brave Provençal ne serait pas facile. Il serra la pierre dans sa poche.

– Il faut se rendre au rez-de-chaussée, place du Carrousel, dit Mme Lebreton.

La lectrice de l'impératrice avait prévu ce dénouement depuis le 2 septembre et organisé leur départ.

– Une voiture de service nous attend. Nous passerons inaperçus.

Les hurlements étaient audibles, univoques. Les révoltés se ruaient sur les Tuileries. Parvenues devant la grille de la place du Carrousel, Eugénie et sa petite troupe se figèrent d'horreur. La foule chantait à tue-tête des airs de la Révolution de 1789. Il y eut une clameur immense.

« À mort ! à mort ! à mort les tyrans ! »

Antoine fit rempart avec son corps ; certains excités étaient armés. Eugénie et Mme Lebreton le tirèrent en arrière, et on repartit en sens inverse par la galerie de Diane. Antoine demanda à un garde désemparé de lui donner son fusil et ses munitions. Ce dernier lui fourra le tout entre les mains et se sauva. Il existait un passage, une possibilité de quitter le périmètre condamné. Ils coururent. Essoufflés, ils dépassèrent le pavillon de Flore, traversèrent la nouvelle salle des États où, le 21 mai précédent, l'Empire avait été plébiscité.

21 mai-4 septembre. Il avait suffi de moins de quatre mois pour chuter de l'Éden en enfer ; Eugénie réalisa que

la roue de la fortune avait définitivement tourné. Il y avait là une porte qui communiquait avec la grande galerie du Louvre. Elle était fermée. Antoine déchargea son chassepot à plusieurs reprises sur les serrures, puis il les détruisit à coups de crosse. La porte céda enfin sous les efforts conjugués des hommes.

« Vite ! vite ! »

La course reprit dans la grande galerie, le salon carré, la galerie d'Apollon. Antoine n'eut pas le temps de s'émerveiller devant tant de splendeur. Tout le génie artistique de la France était conservé dans cet antique édifice où rôdaient les fantômes des rois maudits et des reines débauchées. Dans la salle des Sept Cheminées, à la hauteur du tableau de Géricault, *Le Radeau de la Méduse*, l'impératrice exigea que les serviteurs se désolidarisent de son malheur. Ils s'égaillèrent. Restaient Mme Lebreton, Metternich, Nigra et Antoine. Le dernier carré de l'impératrice. Ils s'enfoncèrent dans le dédale des antiquités grecques et égyptiennes.

Sous les regards des anubis et des sekhmet, des pharaons, des prêtres et des scribes, ils descendirent par le large escalier menant au passage voûté qui reliait la cour du Louvre à la place Saint-Germain-l'Auxerrois.

Le concierge blêmit en voyant l'impératrice, une pinte supplémentaire de sang se retira de sa face de rat quand il croisa le regard meurtrier d'Antoine. Le Provençal avait à moitié dégainé son sabre. Le pauvre fonctionnaire grisâtre se hâta de prendre son trousseau de clefs et d'ouvrir la grille. Il n'y avait presque personne sur la place. Au loin, les grondements des Parisiens augmentaient.

Metternich arrêta un fiacre. À cet instant, un gamin des rues qui rôdait s'écria : « Tiens, l'impératrice ! » Nigra le prit à part tandis que les deux femmes grimpaient à bord du véhicule.

Avant de partir, Eugénie se retourna vers Antoine :

– Si le cœur vous en dit, sergent, venez me retrouver à Londres. Adieu !

– Adieu Majesté.

Son adieu était définitif. Son cœur aspirait à se rendre en Provence. Là-bas, une autre femme l'attendait. Claire. Il souhaita à voix basse bonne chance à cette grande dame qu'il ne reverrait jamais. Il serra les mains de Metternich et de Nigra puis, humant l'air comme un fauve qui cherche sa tanière, il se mit en route vers le sud.

38

Retour en Provence

Des habitudes lui étaient venues ; il lui semblait qu'il n'avait jamais vécu autrement que sur les routes, dans les étables et les wagons à bestiaux, qu'il menait une vie d'errance depuis des siècles dans une France devenue folle. À Melun, il avait vendu son fusil et ses munitions à un bourgeois pressé d'en découdre avec les Prussiens. Avec ce pécule, il avait tenu trois semaines. L'important était de rester neutre. Il ne se souciait pas des péripéties de la guerre, ni des tribulations politiques. Il ne se mêlait pas aux disputes, n'adressait pratiquement jamais la parole aux gens dont les regards féroces tentaient de percer la nature de ses intentions. Un soldat qui marchait à contre-courant des forces libératrices de la nation ne pouvait être qu'un lâche ou un déserteur. Antoine n'avait qu'un seul but en tête : Fuveau. Et au-delà, la Bastide Verte et le vert des yeux de sa magicienne.

Sa sensation d'exil prit fin quand il arriva à Marseille dans un train de marchandises. Il n'y séjourna que quelques heures. La ville avait rompu avec Paris. Elle renouait avec son ancien désir d'indépendance. Les vieux quartiers avaient nommé des comités révolutionnaires. Des règlements de comptes éclataient à tout moment et les ouvriers, menés par des notables jacobins, menaçaient de mettre la cité en pièces.

Antoine avait reçu sa part de massacres, d'incendies, de ventres ouverts, de crânes fendus, de fusillés et de pendus. Il aspirait à la tranquillité des collines, aux murmures du vent dans les feuillages des oliviers, aux senteurs de thym, aux doux baisers de son aimée et à la réconciliation avec ses parents.

Il lui fallut de la patience pour trouver une patache, puis il dut entamer une longue discussion avec le cocher pour monnayer son transport jusqu'à Aubagne. En échange d'une place, il lui céda le sabre. Ce fut sans regret. Il rentrerait dans son pays en homme de paix.

Rêveur, il atteignit Aubagne où il n'y avait aucune trace d'agitation. Puis il se rendit à pied à Fuveau par la route sinueuse longeant l'Huveaune. Il entra dans un autre monde. Le temps d'antan n'avait pas été bouleversé par l'invasion de la France et la chute de l'Empire. Le cœur du paysage immuable battait toujours au rythme des machines à vapeur des mines, les vendangeurs courbés dans les vignes répétaient les mêmes gestes ancestraux, les cadiers entretenaient les feux éternels de leurs fours en pierre sèche, les chèvres gambadaient joyeusement sur les collines arides. La terre trembla sous ses pieds ; il eut un sourire. Un pet de mine. Le diable n'avait pas déserté les profondeurs de cette terre. Il pensa à Jean Menghi et à ses amis mineurs. Il reprenait peu à peu ses marques, mais elles disparurent brusquement lorsqu'il pénétra sur le domaine des Vitalis.

Une douleur lui perça la poitrine.

La Braconnerie n'était plus qu'une ruine calcinée. Il s'était immobilisé. Il allait se réveiller. Un cauchemar dans son sommeil. Il ne pouvait en être autrement. Sa vision était concise et fixe. Dans les rêves, les détails changeaient d'apparence, se déformaient, mutaient. Pas dans celui-ci. Le vent léger lui apportait des odeurs froides de brûlé. Il cligna des yeux.

Le cauchemar était une réalité. L'incendie avait eu lieu ; sa maison natale avait été anéantie pour une raison… Ses pensées s'agitèrent. Il y vit une vengeance. Les ennemis de son père avaient profité des troubles politiques et de l'insécurité civile pour frapper. Mais quels ennemis ? Un rival du monde agricole ? Un grand patron de mine désirant étendre son empire sur la propriété ? La mécanique de son corps se mit en marche. Son cerveau commanda à ses jambes de courir.

Il s'élança vers les chicots noirs de la demeure tout en réalisant que les dépendances avaient été épargnées.

– Monsieur Antoine !

Quelqu'un l'appelait. Il n'arrêta pas sa course, foula la cendre, se jeta entre les poutres noircies et les monceaux de gravats. La cheminée du grand salon était encore en place, lézardée, son marbre constellé de pustules sombres. Elle s'adossait au pilier de briques réfractaires qui s'étirait, tel un moignon brun, entre les étages disparus.

Une main toucha délicatement son épaule.

– Mon pauvre monsieur Antoine, mon pauvre petit maître.

La voix de Maryse s'entrecoupait de sanglots. Il se retourna et la prit entre ses bras.

– Où sont mes parents ?

Elle releva son visage larmoyant.

– Dieu n'a pas voulu ça, c'est un grand malheur qui s'est abattu sur votre famille.

– Dis-moi ce qui s'est passé, lui demanda-t-il sur un ton suppliant.

Alors elle lui raconta tout.

Maryse l'avait accompagné au cimetière de Fuveau. Face aux noms gravés dans la pierre du caveau familial, il réalisa que son père et sa mère n'étaient plus de ce monde. Il avait pleuré comme un enfant. Le trop-plein des peines accumulées depuis Wissembourg avait débordé. Des centaines de visages avaient été emportés par le torrent de son chagrin.

– Elle t'attend, dit Maryse qui avait prié pour le repos des âmes des défunts.

Il se retourna lentement vers la barre bleutée du Cengle. Du cimetière, on ne pouvait pas voir la Bastide Verte. Mais il devina la présence de Claire sur la marche géante des rocs ; et elle le sentit aussi.

Leurs esprits avaient volé l'un vers l'autre.

Antoine oublia instantanément les morts et s'élança vers la vie. Claire quitta soudain la bastide et dévala le sentier menant à la vallée de l'Arc. Lorsqu'ils furent en vue l'un de l'autre, ils ne ralentirent pas. Ils se heurtèrent, se saisirent comme pour une lutte. Antoine la souleva.

– Mon amour !

Leurs bouches s'ouvrirent, leurs dents s'entrechoquèrent, leurs langues se mêlèrent. Le baiser n'en finissait pas et ils tournaient, tournaient sur eux-mêmes au sein de la garrigue. Ils perdirent l'équilibre et tombèrent sur les herbes piquantes et les pierres coupantes. Les blessures leur importaient peu. L'amour gommait les douleurs, il éleva leur âme plus haut que la Sainte-Victoire.

Marthe Palmède ne décolérait pas. Sa petite protégée avait ramené ce va-nu-pieds d'Antoine Vitalis sous leur toit. Il fut un temps, Marthe aurait dit : « Ma pitchoune, ne réfléchis pas trop. Ce Vitalis, il a des biens et il te tombe du ciel. Peuchère de moi, si j'avais ton âge et ta beauté, il y a longtemps que j'aurais ferré ce poisson et proclamé les fiançailles. » Mais voilà, le Vitalis, des biens, il n'en avait plus. Tout avait été saisi et vendu à l'encan à des rapaces de Marseille, alors que tout le monde le croyait mort à Wissembourg. Il ne lui restait qu'un seul terrain dont personne ne voulait, une terre pourrie du côté de Signes, chez les sorcières. Son père s'y était suicidé en se pendant à un olivier monstrueux et desséché qui avait été planté par le diable. Le Louis, il grillait à présent en enfer et c'était bien comme ça. Son fils aurait dû s'y trouver aussi.

Marthe tordit avec délice le cou de la poule qui se débattait. En plus, il fallait préparer à manger pour trois, maintenant ! Elle aurait volontiers étranglé l'Antoine qui, à cet instant, se vautrait dans le lit de Claire. La fée se damnait en commettant des péchés de chair hors des liens sacrés du mariage. Marthe se signa puis ébouillanta la poule sans se soucier de se brûler les mains. Elle arracha violemment les plumes tout en jetant des coups d'œil mauvais vers le plafond.

L'émeraude roula entre les seins laiteux de Claire. Antoine s'amusait avec le joyau, le comparant aux yeux de sa magicienne. Elle le rattrapa sur son nombril et le mira.

– L'impératrice te l'a réellement donnée ? lui demanda-t-elle.

– Ai-je la figure d'un voleur ?

– Mais non, idiot.

– Elle m'a ordonné de la prendre avant que je l'aide à s'enfuir des Tuileries.

– Tu as pris Eugénie, quel souvenir inoubliable, plaisanta-t-elle.

– Je vais me fâcher.

Ils se mirent à rire tous les deux, se firent de gros câlins, puis se disputèrent l'émeraude. Claire eut gain de cause après avoir mordu Antoine à l'épaule. Elle fit étinceler la pierre dans un rayon de soleil qui perçait à travers la jalousie.

– Te rends-tu compte qu'elle vaut au moins 50 000 ou 100 000 francs ? Je n'en ai jamais vu de pareille sauf dans le livre des *Merveilles de Topkapi*. À Istanbul, les sultans offraient des émeraudes semblables à leurs favorites.

– Eh bien, disons que je suis un sultan et que tu es ma favorite.

Il l'embrassa tendrement.

– Elle est à toi, ajouta-t-il.

– Soit, ce sera notre cadeau de noces.

– Oui !

Ils avaient évoqué leur mariage en mêlant leurs corps. Ils ne pouvaient s'imaginer vivre l'un sans l'autre.

– J'aurais tant voulu que tu règnes sur la Braconnerie. Je n'ai plus rien, mon amour.

– Nous régnerons tous les deux sur la Bastide Verte. Et puis, tu possèdes toujours une terre de l'autre côté de la Sainte-Baume.

Le front d'Antoine s'assombrit. La terre de l'Olivier du Diable, là où son père s'était pendu, cette parcelle de rocaille et de ruines antédiluviennes portait la poisse.

– Tu devrais t'y rendre, tu sais. Cela te permettrait de tourner une page tragique de ta vie… Il y a là-bas quelque chose que je dois te montrer.

39

L'Olivier du Diable

Leurs mulets trottaient sans rechigner. Antoine et Claire avaient traversé le rude village de Rougiers, franchi le col des Glacières où les hommes s'échinaient à conserver de la glace naturelle dans d'énormes tours au quatre cinquième enfouies sous terre. Au second col, à Taillane, ils avaient redoublé de prudence ; il y avait là un hameau habité par un clan de sauvages qui vivaient en autarcie et parlaient une langue inconnue. Ils durent éviter Signes dont la population n'aimait guère les estrangers. Ils taillèrent leur route sur des sentines serpentant au-dessus des précipices d'Agnis, s'aventurant sur les contreforts rocheux où s'élevait un formidable oppidum ligure.

La nature sauvage tendait ses pièges. Gouffres, éboulis et épineux décourageaient les curieux. L'homme avait tenté de la dompter durant des siècles, il avait échoué et renoncé à l'époque de la peste noire qui avait tué la moitié des Européens. Antoine et Claire contournaient les obstacles. Ils gagnèrent l'extrémité est de la plaine signoise qui s'étranglait en forme de S. Claire était aux aguets. Elle tendit l'index vers une grande bâtisse entourée d'arbres centenaires.

– C'est Signes la Noire, dit-elle. Le domaine des sorcières. La légende raconte qu'elles étaient déjà installées ici avant l'arrivée des Romains. Elles servaient le dieu Borvo à la source du Gapeau à qui elles offraient des victimes en sacrifice... Elles les noyaient, précisa-t-elle. Leurs descendantes n'ont guère changé même si elles prêtent aujourd'hui allégeance au diable. Il vaut mieux qu'elles ne nous repèrent pas.

Claire ne se faisait guère d'illusions. Les bougresses avaient des antennes ; à cette heure, elles n'ignoraient pas qu'une femme et un homme venaient de pénétrer dans leur territoire. Claire sentit rôder une pensée à la périphérie de son esprit. Elle verrouilla ses dons ; ils pouvaient la trahir.

– Tu les connais ? demanda Antoine.

– Oui, j'ai eu l'occasion de participer au pont du Diable à un rassemblement de femmes et d'hommes réputés pour leurs pouvoirs. Je pense être en mesure de contrer les sorts des Signoises et de leur inspirer de la crainte, mais je n'en viendrai pas là. Elles ne se risqueront pas à approcher l'Olivier.

– Pourquoi ?

– Trop de forces puissantes et instables s'affrontent à cet endroit. En tentant de se les approprier, on y perdrait la vie. C'était autrefois un lieu affreux, un mouroir. Il y avait là une immense léproserie dont l'origine remontait à l'Antiquité. Les seigneurs signois, sous la coupe des évêques de Marseille, y enfermèrent tous les malades incurables de la région. Au temps des premières croisades, quand les femmes de la Cour d'amour s'imposèrent sur cette partie de la Provence, il y eut des améliorations. On fit venir les meilleurs médecins du monde médiéval afin de soulager les maux de ces gens à qui les dames accordèrent le droit de se déplacer. Mais lorsque la Grande Peste ravagea la Provence, la Cour d'amour disparut et les nobles renouèrent avec l'ancien système carcéral. Dans cette forteresse de la mort qu'était devenue la léproserie, les malades de tous les milieux s'entassèrent avec leurs biens les plus précieux. Ils étaient nourris jusqu'à la fin, qui survenait très vite dans des conditions sanitaires déplorables. Les bûchers, sur lesquels les cadavres se consumaient, empoissaient l'air. Mais ces malheureux n'étaient pas tous livrés aux flammes qui les condamnaient à une errance éternelle. Beaucoup furent inhumés sur place à la manière des premiers chrétiens. Comment ils y parvinrent à la barbe et au nez de leurs gardiens ? Ce n'est pas un mystère. Je pense qu'ils payèrent ce droit.

– Mon Dieu, quelle misère !

– Ton grand-père n'a pas eu la main heureuse en achetant cette parcelle. Peut-être que vos malheurs viennent de là.

L'olivier géant à demi arraché par la tempête se dressait au milieu d'imposantes ruines. Antoine imagina la léproserie en état avec ses tours de guet, ses hauts murs infranchissables, ses bâtiments peuplés de pauvres hères dont les chairs partaient en lambeaux, la fumée noire des bûchers, les nuées de grosses mouches vrombissant dans l'air chargé d'odeurs putrides. L'horreur lui souleva l'estomac. L'âme de son père avait été happée par le diable dans ce lieu funeste. Elle pourrissait dans les profondeurs avec celles des bourreaux de la compagnie du Saint-Office, qui avaient été les derniers à martyriser les malades avant d'être emportés à leur tour dans la tourmente des guerres de Religion.

Des blocs et de la terre avaient été soulevés par l'arbre. Ses énormes racines tordues semblaient saigner. Claire fouilla dans le sac accroché sur le flanc du mulet et en sortit une lampe à pétrole et un briquet. Antoine ne lui posa pas de question. Il s'avança au bord du gouffre dans lequel plongeaient les racines.

– J'ai rebouché les trous comme j'ai pu avant l'arrivée des gendarmes, dit Claire.

– Tu as rebouché des trous ?

Elle se laissa glisser à l'intérieur de l'excavation formée par le déracinement et commença à enlever des pierres.

– Aide-moi.

Il la rejoignit. Au bout d'une dizaine de minutes, une faille apparut. Claire prononça une incantation face à une stèle qui encombrait le passage. La pierre était gravée de mots en latin et de croix.

– Ils sont derrière, annonça-t-elle d'une voix pleine de crainte et de tristesse.

Antoine s'arc-bouta sur la stèle et parvint à la faire pivoter. Claire alluma la lampe et la promena devant elle. Des marches grossièrement taillées s'enfonçaient en un escalier abrupt. Claire n'était pas descendue lors de la nuit du pendu, mais il lui était venu des images. Elle savait ce qu'ils allaient trouver. Ils s'aventurèrent dans le conduit rocheux, à une trentaine de mètres sous terre. Ils atteignirent une grotte immense dont le fond se perdait dans les ténèbres.

– Seigneur, balbutia Antoine.

– Les dépouilles des lépreux et des pestiférés, dit Claire.

Des milliers de squelettes s'entassaient en piles régulières. Le halo de la lampe accrocha l'ivoire des sourires édentés et fit naître des feux dans l'enchevêtrement des tibias, des péronés, des phalanges et des vertèbres. Les morts portaient leurs bijoux. Des bagues, des colliers, des médailles brillaient. Des perles avaient roulé entre les côtes. Des saphirs, sertis sur un diadème posé de travers sur un crâne, luisaient comme des étoiles maléfiques. Des os reposaient sur des pièces d'or et d'argent. Les malades avaient emporté leurs trésors dans cette nécropole et personne n'avait osé les dérober de peur de subir leur sort.

Antoine et Claire explorèrent le vaste tombeau. D'autres boyaux conduisaient à des niveaux inférieurs. Ils les évitèrent. À un moment, la main de Claire se crispa sur le bras de son compagnon, lui intimant qu'il était temps de rebrousser chemin. Ils remontèrent en silence à la surface.

Tant de richesses accumulées sous ses pieds, Antoine en avait le tournis. Cet or lui avait fait oublier la tragique fin de ses parents. Avec cette manne, il aurait pu racheter toutes les terres perdues et les mines de Fuveau, et le château de l'Arc, et... Mais il fit ce que Claire attendait de lui : il remit la stèle en place.

– Qu'ils dorment en paix, dit-il.

Puis il fit dégringoler une énorme pierre et encore une autre dans le trou. Durant des heures, Claire s'épuisa aux côtés de l'homme qu'elle aimait. Ils rebouchèrent le cratère, l'aplanirent avec de la terre de leurs mains en sang. Quand ce fut accompli, Antoine la prit dans ses bras et se fondit dans son aura.

– Je reviendrai avec du matériel pour effacer toutes les traces du passé. L'olivier sera brûlé. J'emporterai les pierres des ruines pour bâtir des restanques.

– C'est moi qui mettrai le feu à l'olivier. Tu m'apprendras à bâtir les restanques autour de la Bastide Verte.

Leur avenir s'éclaira. Ils avaient la jeunesse. Ils avaient l'émeraude de l'impératrice. Ils prirent la route de Fuveau. La Sainte-Victoire auréolée de gloire les attendait.

FIN

Collection

« FRANCE DE TOUJOURS ET D'AUJOURD'HUI »

Jean Anglade, *Une vie en rouge et bleu*
Le Dernier de la paroisse
Sylvie Anne, *Le Gantier de Jourgnac*
Jean-François Bazin, *Les Raisins bleus*
Henriette Bernier, *Le Baron des champs*
Jean-Baptiste Bester, *L'Homme de la Clarée*
Françoise Bourdon, *Le Moulin des Sources*
Le Mas des tilleuls
Patrick Breuzé, *Les Remèdes de nos campagnes*
Michel Caffier, *Corne de brume*
Anne Courtillé, *La Tentation d'Isabeau*
Raphaël Delpard, *L'Enfant sans étoile*
Alain Dubos, *La Mémoire du vent*
Élise Fischer, *Les Noces de Marie-Victoire*
Gérard Georges, *Une terre pour demain*
Yves Jacob, *Sous l'ombre des pommiers*
Hélène Legrais, *L'Ermitage du soleil*
Les Héros perdus de Gabrielle
Philippe Lemaire, *Rue de la Côte-Chaude*
Éric Le Nabour, *Retour à Tinténiac*
Jean-Paul Malaval, *L'Or des Borderies*
Soleil d'octobre
Antonin Malroux, *La Promesse des lilas*
Jean-Luc Mousset, *L'Enfant des labours*
Jean Siccardi, *La Source de saint Germain*

Collection

« ROMAN D'AILLEURS »

Jean Bertolino, *Pour qu'il ne meure jamais*
Marie-Bernadette Dupuy, *L'Orpheline des neiges*
Le Rossignol de Val-Jalbert
Michel Peyramaure, *Les Villes du silence*
Tempête sur le Mexique

DOCUMENT

Jérôme Deliry, *Sept Enfants autour du monde*

ROMANS HORS COLLECTION

Jean-Jacques Antier, *Blanche du Lac*
Jean-Baptiste Bester, *Le Cocher du Pont-Neuf*
Bernard Simonay, *Le Lys et les ombres*

Photocomposition PCA

Cet ouvrage a été imprimé en France
par CPI Bussière
à Saint-Amand-Montrond (Cher)
en août 2011

N° d'édition : 15132/01.
N° d'impression : 111968/4.
Dépôt légal : septembre 2011.